Für Jeanette,

zu der mich die Fügungen des Lebens

schließlich führten.

und für Chris,

meinen Fels.

DIE STARKBOGEN-SAGA
BUCH ZWEI:

Drachen
aus dem Meer

DÄNEMARK UND
WESTFRANKENREICH
845 n. Chr.

JUDSON ROBERTS
UND
RUTH NESTVOLD

INHALTSVERZEICHNIS

Personenverzeichnis

BERTRADA Die Ehefrau von Wulf, einem fränkischen Schiffskapitän und Kaufmann in der Stadt Ruda (Rouen).

BJÖRN EISENSEITE Ein Sohn von Ragnar Logbrod; einer der Wikingerfürsten, die zusammen den dänischen Angriff auf das westliche Frankenreich führen.

CLOTHILDE Eine fränkische Frau, die persönliche Dienerin von Genevieve, der Tochter des Grafen Robert von Paris.

CULLAIN Der persönliche Diener von Jarl Hastein. Er ist ein ehemaliger irischer Mönch, der während eines Wikingerüberfalls in Irland gefangen genommen und versklavt wurde.

DERDRIU Eine irische Adlige, die bei einem Überfall in Irland von dem dänischen Stammesfürsten Hrorik gefangen genommen wurde. Sie wurde Hroriks Konkubine und Mutter seines unehelichen Sohnes Halfdan.

EINAR   Ein erfahrener Fährtenleser aus einem
               Dorf am Limfjord im Norden Jütlands,
               der mit Halfdan befreundet ist.

GENEVIEVE   Eine junge fränkische Adlige, die
               Tochter des Grafen Robert von Paris.

GUNHILD   Die zweite Ehefrau des Stammesfürsten
               Hrorik. Toke ist ihr Sohn aus einer
               früheren Ehe.

GUNTHARD   Ein Gefolgsmann des Grafen Robert,
               der Genevieve, die Tochter des Grafen,
               bei ihrer Rückkehr nach Paris begleitet.

HALFDAN   Der Sohn von Hrorik, einem dänischen
               Stammesfürsten, und Derdriu, einer
               irischen Sklavin.

HARALD   Der Sohn von Hrorik und seiner ersten
               Frau Helge; Halfdans Halbbruder und
               Zwillingsbruder von Sigrid.

HASTEIN   Ein dänischer Jarl, der sich Halfdans
               annimmt. Er gehört zu den Anführern
               des Wikingerangriffs auf das Westfran-
               kenreich.

HORIK   Der König der Dänen.

HRODGAR	Oberhaupt in einem Dorf am Limfjord im Jütland und Kapitän eines Kriegsschiffs, das am Angriff auf das Frankenreich teilnimmt.
HRORIK	Ein dänischer Stammesfürst, genannt Starkaxt; Vater von Halfdan, Harald und Haralds Zwillingsschwester Sigrid; Stiefvater von Toke.
IVAR DER KNOCHEN-LOSE	Ein Sohn von Ragnar Logbrod; einer der Wikingerfürsten, die zusammen den dänischen Angriff auf das westliche Frankenreich führen.
KARL II	König des westlichen Frankenreichs, das etwa dem heutigen Frankreich entspricht. Er wurde auch Karl der Kahle genannt.
LEONIDAS	Ein junger fränkischer Kavallerieoffizier; der Vetter von Genevieve und ein Neffe des Grafen Robert von Paris.
ODD	Ein Besatzungsmitglied auf Hasteins Langschiff, der Möwe, und ein erfahrener Bogenschütze.

RAGNAR	Der dänische Anführer des Angriffs auf das Westfrankenreich; auch Logbrod (oder Lodbrok), das heißt „Lodenhose", genannt.
ROBERT	Ein hochrangiger fränkischer Adliger; der Graf, der über eine Reihe von Städten und Landstrichen im Westen des Frankenreichs einschließlich Paris regiert; Vater von Genevieve.
SIGRID	Die Tochter des dänischen Stammesfürsten Hrorik und seiner ersten Frau Helge; Zwillingsschwester von Harald und Halbschwester von Halfdan.
SNORRE	Ein dänischer Krieger; Stellvertreter des Stammesfürsten Toke.
STENKIL	Ein dänischer Krieger; Kamerad eines Mannes, der von Halfdan getötet wird.
STIG	Ein Gefolgsmann von Jarl Hastein und Kapitän der Schlange, eines Langschiffs.
SVEIN	Ein Gefolgsmann von Jarl Hastein und Kapitän des Seewolfs, eines Langschiffs.

TOKE   Ein dänischer Stammesfürst; Gunhilds
                Sohn aus erster Ehe und Hroriks Stief-
                sohn; Haralds Mörder.

TORE   Ein Besatzungsmitglied auf der Möwe,
                Hasteins Langschiff, und Anführer von
                dessen Bogenschützen.

TORVALD   Der Steuermann und stellvertretende
                Anführer auf der Möwe, Hasteins
                Langschiff.

WULF   Der Kapitän eines fränkischen Handels-
                schiffs, das von der dänischen Flotte
                gekapert wird.

1

Haithabu

Zu Beginn des Jahres, das die Christen als das acht-
hundertfünfundvierzigste nach dem Tod ihres Gottes,
des Weißen Christus bezeichnen, führte mich mein
Schicksal in die Außenbezirke von Haithabu, der größten Stadt im ganzen Reich der Dänen. Ich kam am späten
Nachmittag dort an und war müde, hungrig und wund
von den vielen Tagen, die ich auf meinem Pferd verbracht hatte. Zumindest war die Kälte auf meiner Reise
erträglich gewesen, denn obwohl die letzten Wochen des
Winters gemessen am Stand der Sonne noch nicht vorbei
waren, war das Wetter seit dem Julfest ungewöhnlich
warm für die Jahreszeit gewesen. Am Tag meiner Ankunft in Haithabu lag sogar eine Frische in der Luft, die
die Ankunft des Frühlings andeutete.

Haithabu war nicht nur eine Stadt. Es war eine Festung, die dick und massiv entlang des Ufers einer flachen Bucht an einer Seite des Schleifjords kauerte, einem
langen, tiefen Einschnitt des Meeres in die Ostküste von
Jütland. Ein tiefer Graben verlief in einem Halbkreis von
einem Ufer rund um die ganze Stadt bis zum Ufer auf
der anderen Seite der Stadt. Die beim Bau des Grabens
ausgehobene Erde war dahinter angehäuft worden, um
einen Erdwall zu bilden, auf dem eine Holzpalisade
stand.

Ich zügelte mein Pferd am Waldrand und starrte
über die freie Fläche, die sich zwischen mir und den

1

Mauern von Haithabu erstreckte. Zu dieser Jahreszeit waren die Felder noch kahl, und nur kurze, verwitterte Stoppeln aus den Überresten der Ernte des letzten Jahres zeichneten sich dunkel gegen den Boden ab, wie der grauhaarige Bartwuchs an der Wange eines alten Mannes.

Meine Stute zerrte ungeduldig an den Zügeln und drängte mich dazu, Nahrung und Unterkunft in der Stadt zu suchen. Sie gehörte mir erst seit wenigen Tagen. Ich hatte sie einem toten Mann abgenommen. In der Tat stammte viel von der Ausrüstung, die ich trug – mein Eisenhelm, mein Schild, mein Lederwams, meine kleine Axt und sogar der spärliche Vorrat an Silbermünzen in dem Lederbeutel an meinem Gürtel – von Menschen, die tot waren; Männern, die ich getötet hatte. Nur die Kleider, die ich am Leib hatte, der lange, schwere Bogen, den ich trug, und der feine Dolch in meinem Gürtel gehörten wirklich mir. Der Dolch war ein Geschenk von Harald, meinem Halbbruder und Lehrmeister. Er hatte ihn mir zu meinem fünfzehnten Geburtstag geschenkt, um zu feiern, dass ich das Mannesalter erreicht hatte. Es schien so lange her – war es wirklich nur eine Handvoll Tage? Der Dolch war eines von zwei Geschenken, die Harald mir in jener Nacht gemacht hatte. Das andere war mein Leben.

Noch im Schutz der letzten Bäume versteckt, ignorierte ich das Drängen meines Pferdes und starrte bewegungslos auf die Stadt. Es war nicht zu spät, umzukehren. Das hätte ich liebend gern getan, da mein Herz plötzlich voller Furcht war. Zum Teil war es Furcht vor dem Unbekannten, denn ich hatte noch nie eine solch große Stadt gesehen, hatte mir nie vorgestellt, jemals so viele Menschen zusammen an einem Ort zu erleben. Aber meine Furcht ging tiefer – ich hatte Angst, ich würde nicht dem gerecht werden, was vor mir lag.

Ich fürchtete mich vor dem Schicksal, das die Nornen, die drei alten Schwestern, die den Verlauf des Lebens aller Menschen bestimmten, für mich webten. Wie konnte ich jemals die Aufgaben meistern, die vor mir lagen? Von den Jahren her war ich jetzt ein Mann, und ich war tatsächlich groß und kräftig für mein Alter. Aber ich war allein, völlig auf mich gestellt, und in meinem Herzen war ein Teil von mir immer noch wie ein Kind; ich sehnte mich nach jemandem, der mir den Weg weisen konnte. Es war aber niemand da. Alle, auf die ich mich früher in Zeiten der Not verlassen hatte – meine Mutter, mein Bruder und sogar dessen Männer – waren jetzt tot. Die Nornen hatten ihre Lebensfäden abgeschnitten und mich meinem Schicksal alleine überlassen.

Schließlich trieb mich die Scham über meine eigene Feigheit vorwärts. Ich wusste, dass ich mich meiner Angst stellen und sie überwinden musste; andernfalls würde ich mich entehren. Ich hatte eine Blutschuld zu begleichen. Ich hatte geschworen, die Toten zu rächen.

Ich drückte meine Fersen in die Flanken der Stute, und wir trabten die Straße durch Weiden und Felder hinunter in Richtung des Tors von Haithabu, das wie ein fehlender Zahn in der Stadtmauer klaffte. Vor uns überquerte die Straße einen wasserlosen Graben über eine Holzbrücke und verschwand durch die Öffnung in der Mauer dahinter.

Als ich näher kam, sah ich einen bewaffneten Krieger, der auf der Mauer neben dem Tor Wache stand. Über die geschärften Holzspitzen der Palisade hinweg beobachtete er mich mit einem gelangweilten Ausdruck im Gesicht. Die Sonne des späten Nachmittags blinkte auf seinem polierten Helm und seiner Brünne und brachte die scharf geschliffene Klinge des Speers in seinen Händen zum Funkeln wie Feuer.

Die Hufe meines Pferdes schlugen auf die Planken der Brücke wie ein langsamer Trommelschlag. Als ich die Öffnung in der Mauer erreichte, sah ich drei weitere Krieger, die auf dem Wall hinter der Wache hockten und würfelten. Ich wusste, dass sie Krieger des Königs waren, königliche Huscarls, denen von ihrem Herrn befohlen worden war, die Stadt zu schützen und den Anteil des Königs an dem Handel, der auf dem geschäftigen Markt abgewickelt wurde, einzunehmen.

Ich fragte mich, ob sie Ausschau nach einem Geächteten und Mörder hielten. Das war die Lüge, die vom Anführer der Männer, die meinen Bruder Harald getötet hatten, über mich erzählt wurde. Hatte die Verleumdung den Weg so weit in den Süden geschafft? Hatte sie Haithabu vor mir erreicht?

Ich zwang mich dazu, gelassen und unbeteiligt auszusehen, als ich durch das Tor ritt, obwohl sich mein Magen zusammenkrampfte und ich mich daran erinnern musste, zu atmen. Ich war bereit, mein Pferd herumzureißen und Richtung Wald zu entkommen, falls die Wache mich anrufen sollte, aber sie tat es nicht. Während ich den Mann passierte, lehnte er seinen Speer gegen die Holzwand der Palisade und hockte sich zu

4

seinen Gefährten, um beim Spiel mitzumachen. Ich stieß einen stummen Seufzer der Erleichterung aus und ritt in die Stadt.

Hinter der Mauer wurde der unbefestigte Weg zu einer Straße mit einem Belag aus dicken Balken, die nebeneinander auf die Erde gelegt worden waren. Nicht weit weg von der Straße in dem breiten Streifen freier Fläche entlang der Mauer durchwühlten zwei Schweine einen Haufen Abfall. Sie blickten kurz zu mir auf, als ich näher kam, dann gruben sie ihre Schnauzen wieder in den stinkenden Haufen. Ein kleiner Junge, der auf die Schweine aufpasste, drehte den Kopf zu mir, als ich vorbeiritt, und folgte mir mit den Augen.

Nach den vielen Tagen im Freien auf meiner Reise durch Jütland, auf der ich vom Wind gepeitschte Moore und dunkle Wälder durchquert hatte, war der Geruch der Stadt überwältigend. Der Gestank von verwesendem Abfall, Tierdung und menschlichen Exkrementen vermischte sich unangenehm mit Geruchsfetzen der Essenszubereitung. Rauch von unzähligen Feuerstellen überlagerte alles. Darüber hinaus griff ein Schwall von Lärm meine Sinne an. Hunde bellten, Schweine quiekten, Hühner gackerten, Rinder muhten und Männer und Frauen plapperten miteinander, während sie die Straße entlang gingen.

Die Stadt war mir bereits vom Waldrand aus riesig vorgekommen, aber innerhalb ihrer Mauer war sie für mich regelrecht beängstigend. Ich hatte das Gefühl, als hätte ich mich in einem riesengroßen Irrgarten verloren. Gassen zweigten ständig von beiden Seiten der Hauptstraße ab. Sie waren gesäumt mit dichten Reihen von

Häusern, die alle viel kleiner waren als das große Langhaus des Stammesfürsten, in dem ich aufgewachsen war.

Ich konnte nicht verstehen, wie Menschen es ertragen konnten, so zu leben. Warum taten sie sich das an?

Schließlich erreichte ich das Zentrum der Stadt. Die Straße mündete dort auf einem Platz, der aus einem schmucklosen Freigelände bestand. Wegen der Menschenmenge, die darauf kreuz und quer hastete, war mir klar, dass es sich um den berühmten Markt von Haithabu handeln musste, wo Waren aus den entferntesten Ecken der Welt gekauft oder verkauft werden konnten.

Der äußere Rand des Marktplatzes war mit kleinen, eingezäunten Tiergehegen mit Schafen, Rindern und quiekenden Schweinen belegt. Gleich hinter ihnen auf einer niedrigen Plattform wurde eine andere Art von Vieh zum Verkauf angeboten. Drei Kinder – zwei Jungen, vielleicht zehn Jahre alt, und ein wesentlich jüngeres Mädchen – kauerten in der Mitte der Plattform. Sie sahen schmutzig und hungrig aus, und sie trugen nur zerlumpte Tuniken, die mindestens genau so viel aus verkrustetem Dreck zu bestehen schienen wie aus der groben Wolle darunter. Es waren Sklaven. Die dünnen Seile, die ihre Hälse umschlungen und sie zusammenbanden, machten es offensichtlich, doch auch ohne die Fesseln hätte ich es gewusst. Ich kannte den matten, geschlagenen Ausdruck in ihren Augen. Ich verstand auch, woher ihre Apathie kam. Ich fragte mich, wo sie gefangen genommen worden waren. Welchem Land waren sie entrissen worden? Was war aus ihrer Heimat und ihrer Familien geworden?

Ich wandte mich ab und erhob mich in den Steigbügeln, um den Marktplatz besser zu überblicken. Es hatte den Anschein, als könne man fast alles, was man wollte oder brauchte, hier in Haithabu finden. Was ich allerdings nicht sah, war das, was ich am meisten zu finden hoffte. Ich musste meine Stute und ihr Sattel- und Zaumzeug verkaufen. Ich brauchte ihre Dienste nicht mehr, denn ich war nach Haithabu gekommen, um als Besatzungsmitglied auf einem Schiff anzuheuern – hoffentlich auf einem Langschiff, das auf Raubzug ging. Aber in keinem der Tiergehege am Rand des Platzes befanden sich Pferde, und nirgends sah ich Menschen, die um Reittiere feilschten. In der Tat gab es auf dem Platz kaum Pferde, und diejenigen, die ich sah, schienen dem Transport zu dienen und wurden nicht gehandelt.

Ich wusste nicht, an wen ich mich wenden sollte, obwohl es eigentlich ganz einfach gewesen wäre. Der Markt war voller Menschen. Ich musste nur jemand fragen, wo ich einen Käufer für mein Pferd finden könnte, aber ich fürchtete, wie ein Narr dazustehen. Ich wollte nicht wie der aussehen, der ich war: ein grüner Junge vom Land.

Als ich entmutigt den Marktplatz ein letztes Mal absuchte, erhaschte ich durch eine kurze Lücke in der Menge einen Blick auf einen Mann, der intensiv einer Aufgabe nachging, die ich oft selbst ausgeführt hatte. Er war klein und sehnig mit einem verwitterten Gesicht und saß auf einem niedrigen Hocker, während er einen langen, schmalen Holzstab auf seinem Schoß hielt. Er zog ein dünnes, flaches Stück Stahl in langen Zügen über das Holz und hobelte auf der Suche nach der im Holz versteckten Form feine, gekräuselte Späne von dem entstehenden Bogen ab. Ich hatte die gleichen Bewegungen unzählige Male selbst im Arbeitsschuppen von Gudrod, dem Zimmermann auf dem Gut meines Vaters, durchgeführt.

Jemanden bei einer so vertrauten Arbeit zu beobachten, machte Haithabu irgendwie weniger fremd und bedrohlich. Ich stieg von meiner Stute ab und führte sie näher an die Stelle, an der der Mann arbeitete. Als ich mich ihm näherte, sah ich drei Bündel Pfeile und einen fertigen Bogen – die Waren, die er zum Verkauf anbot – in einer Reihe auf dem Boden neben seinen Füßen ausgebreitet.

Der Mann blickte auf, sah wie ich ihn anstarrte, und betrachtete mich und mein Pferd.

„Ich heiße Raud", sagte er. „Wenn Ihr einen Bogen oder Pfeile dafür kaufen wollt, seid Ihr an der richtigen Stelle. Obwohl es scheint, dass Ihr schon einen Bogen habt", fügte er hinzu und deutete auf den Bogen, den ich in der Hand hielt.

„Ich brauche keinen Bogen", stimmte ich ihm zu. „Ich habe zugeschaut, wie Ihr das Holz bearbeitet habt. Es war das Erste, was mir vertraut vorkam, seit ich in diese Stadt gekommen bin."

Mein Geständnis lockte ein Grinsen auf Rauds Gesicht, aber er sprach mit freundlicher Stimme. „Ja, Haithabu kann einem befremdlich erscheinen, wenn man frisch vom Dorf kommt. Aus welchem Grund seid Ihr hierher gekommen?"

„Um mich einer Schiffsmannschaft anzuschließen und mein Glück zu suchen. Aber zuerst", fügte ich hinzu, „muss ich dieses Pferd verkaufen."

Raud nickte. „Könnt Ihr mit dem Bogen umgehen? Ein kluger Kapitän hat immer gerne erfahrene Bogenschützen in seine Mannschaft."

„Ich kann damit umgehen", antwortete ich. Es gab viel, worüber ich unsicher war, vor allem seit ich Haithabu erreicht hatte, aber über mein Können im Umgang mit dem Bogen hatte ich keine Zweifel.

Er legte den Holzstab, an dem er gerade arbeitete, auf den Boden. „Darf ich Euren Bogen anschauen? Er sieht sehr edel aus."

Ich reichte ihn ihm. Er fuhr mit den Händen die langen Wurfarme entlang und streichelte das Holz. Dann prüfte er die geschärften und mit schmalen Bändern aus gehämmerter Bronze geschmückten Hornnocken, die auf beide Enden des Bogens aufgesetzt waren, während er die ganze Zeit die Lippen schürzte und anerkennend nickte. Schließlich streckte er seinen Arm aus und balancierte den Bogen auf seiner Handfläche.

„Darf ich ihn bespannen?"

Ich nickte.

Er stand auf, stützte den Bogen gegen sein Fußgewölbe und bog ihn, damit er die Schleife der Bogensehne in die obere Nocke einhängen konnte. Er packte den lederbezogenen Griff und drückte den Bogen in einer fließenden Bewegung mit seinem linken Arm nach vorne, während er mit dem rechten die Sehne zurückzog, um den Bogen voll zu spannen. So hielt er die Waffe kurz, während er die Wölbung der Wurfarme untersuchte, dann ließ er die Sehne wieder in ihre Ausgangsposition zurückgleiten. Noch immer ohne ein Wort gesprochen zu haben, entspannte er den Bogen und gab ihn mir zurück.

„Wer hat ihn gefertigt?" fragte er.

„Ich."

„Ihr seid sehr jung, eine solche Fähigkeit zu besitzen. Ein Langbogen wie dieser ist schwerer herzustellen als ein Flachbogen, und dieser hier gehört zu den besten, die ich je gesehen habe. Ich hätte ihn selbst nicht besser machen können, und das ist das höchste Lob, das Raud der Bogenmacher dem Bogen eines anderen Mannes aussprechen kann."

Er schaute in den Himmel. „Bald ist Abenddämmerung. Wenn Ihr gerade erst in Haithabu angekommen seid, nehme ich an, dass Ihr noch keine Bleibe für die Nacht habt?"

Ich schüttelte den Kopf. „Ich war viele Tage unterwegs und habe immer im Freien geschlafen. Ich kann es wieder tun."

„Das wird nicht nötig sein", sagt Raud. „Ich würde einen anderen Bogenmacher nicht abweisen, besonders wenn er so begabt ist wie Ihr. Ich wollte den Markt ohnehin bald verlassen. Ich biete Euch heute Nacht die Gastfreundschaft meines Hauses an. Das Essen ist einfach, aber zumindest könnt Ihr unter einem Dach schlafen. Euer Pferd ist hinter meinem Haus in Sicherheit, und morgen früh suchen wir einen Mann auf, der es möglicherweise kauft. Er betreibt einen Pferdestall. Es ist nicht ungewöhnlich, dass ein Reisender mit dem Schiff in Haithabu ankommt und seine Reise zu Land fortsetzen muss. Solchen Menschen verkauft er Reittiere und hält immer Ausschau nach gesunden Pferden zu einem angemessenen Preis."

„Das ist äußerst großzügig von Euch", sagte ich. „Vielen Dank. Ich weiß es sehr zu schätzen." In der Tat war mir die Aussicht, wieder geschützt in vier Wänden zu schlafen – mit mehr als einem Mantel und einem kleinen Feuer, um der Kälte zu trotzen – ausgesprochen willkommen.

Raud bückte sich, nahm sein Bündel mit Pfeilen auf und gab sie mir zu tragen. „Hier. Ich werde dafür sorgen, dass Ihr Euch die Übernachtung verdient. Aber bevor ich Euch in mein Haus lasse, werdet Ihr mir Euren Namen verraten müssen."

Ich errötete; es war mir peinlich, dass ich meine Manieren vergessen hatte. „Ich heiße Halfdan", sagte ich.

Raud führte mich über den Marktplatz und durch eine Reihe von zunehmend schmaleren Gassen. Schließlich blieb er vor einem kleinen Haus stehen und entriegelt das Tor im Zaun um das Grundstück. Im Hof befand sich ein Pferch mit einer Sau und fünf Ferkeln sowie ein Garten mit Hühnern, die in den sauber gepflanzten Reihen mit Kohl nach Insekten suchten.

Die Tür der kleinen Hütte stand offen. Raud trat in den Hof und rief durch die offene Tür: „Asa, wir haben einen Gast zum Abendessen."

Asa war eine rundliche Frau mit braunen, zu zwei Zöpfen geflochtenen Haaren. Ihre Kleider, wie auch die von Raud sowie das Haus selbst, deuteten darauf hin, dass sie arme Leute waren. Rauds Frau hatte aber ein freundliches Gesicht und ein warmes Lächeln, und ich hatte schnell das Gefühl, willkommen zu sein.

Im Inneren bestand Rauds und Asas Haus aus ei-

11

nem einzelnen Zimmer mit einer erhöhten Feuerstelle in der Mitte und an drei der Wände niedrigen Sitzbänken, die aus Holz und gestampfter Erde hergestellt waren. Ein Webstuhl stand an der vierten Wand, ebenso wie zwei Holzkisten, eine große und eine kleine.

Während Asa das Abendessen fertig zubereitete, machte Raud mich mit dem Rest der Familie bekannt. Ihr Sohn Hake war noch ein Kleinkind. Thora, ihre Tochter, war zehn Jahre alt. Ich wunderte mich, dass es eine solche Lücke im Alter der beiden Kinder gab.

Als hätte er meine Gedanken gehört, erklärte Raud: „Wir hatten einen zweiten Sohn namens Gif. Er wäre jetzt sieben Jahre alt. Er starb vor zwei Wintern an einem Fieber."

Wir aßen unser Abendessen auf einer kleinen Tischplatte, die Asa und Thora von der Wand abgehängt und auf die kleinere der beiden Kisten aufgelegt hatten. Thora war entschlossen, die einzige Person zu sein, die mich bediente. Sie setzte sich neben mich an den Tisch und lauschte wie gebannt, wenn ich sprach. Ihre Aufmerksamkeit brachte mich in Verlegenheit, aber bei Raud und Asa verursachte sie viel Heiterkeit.

Zum Abendessen gab es einen deftigen Eintopf mit Gerste, Zwiebeln, Karotten und Fischstücken, die alle in einem eisernen Topf über der Feuerstelle gekocht worden waren. Ich hatte mich viel zu viele Tage von erlegtem Wild ernährt, das ich über einem offenen Feuer ohne Gewürze gebraten hatte – oder von trockenem, gepökeltem Schweinefleisch, wenn mir nichts in Reichweite meines Bogens über den Weg gelaufen war. Obwohl der Eintopf einfach war, schmeckte er mir wunderbar.

Während wir aßen, erzählte Raud Asa wie er mich kennengelernt hatte. „Halfdan ist auch ein Bogenmacher. Ich traf ihn auf dem Markt. Er ging an meiner Auslage vorbei und ich bemerkte seinen Bogen. Er ist sehr gut gearbeitet. Und Halfdan hat ihn selbst gemacht."

Asa schaute mich mit einem Lächeln an. „Euer Bogen muss wirklich ausgezeichnet sein, wenn Raud ihn so lobt", sagte sie und nickte. „Alle in Haithabu wissen, dass Raud die besten Bögen südlich von Ribe herstellt."

„Das stimmt nicht", sagte Raud. „Ich mache auch die besten Bögen nördlich von Ribe." Er wandte sich an Asa. „Halfdan möchte in die Mannschaft eines Langschiffs aufgenommen werden."

Thora schaute mich mit großen Augen an. „Seid Ihr ein Krieger?" In ihrer Stimme klang Überraschung. Ihre Reaktion bestürzte mich. Wenn ich nicht einmal für ein zehnjähriges Mädchen wie ein Krieger aussah, wie sollte ich dann einen Schiffskapitän davon überzeugen?

Auch Asa schien überrascht. „Was meint Eure Mutter dazu?"

Auf diese Frage war ich nicht vorbereitet, und ich verschluckte mich vor Überraschung derart an der Suppe, dass ich Brühe durch die Nase hustete. Das Ganze schien Raud sehr peinlich zu sein.

„Asa", schimpfte er, „ein erwachsener Mann muss nicht die Erlaubnis seiner Mutter einholen, um zur See zu fahren."

Er wandte sich mit einem entschuldigenden Gesichtsausdruck mir zu. „Asas Bruder war Mitglied der Besatzung eines Langschiffs, als er noch sehr jung war – gerade zwei Jahre älter als Thora. Er hat nur deshalb die

Reise antreten dürfen, weil ich für ihn gebürgt hatte. Ich war der Führer der Bogenschützen auf dem Schiff. Wir gingen in England auf Raubzug, und er wurde getötet. Das war vor fünf Jahren. Asa trauert noch immer sehr um ihn."

„Er hieß Gisli", sagte Asa. „Er war noch so jung. Zu jung für den Krieg. Zu jung, um zu sterben. Sein Leben hatte noch gar nicht richtig begonnen. Ihr seht auch jung aus", fügte sie hinzu.

Ich wusste nicht, was ich sagen sollte. Wenn ihr Verlust sie immer noch so sehr schmerzte, wollte ich nicht riskieren, ihre Erinnerungen weiter aufzuwühlen. Stattdessen zog ich es vor, auf ihre frühere Frage zu antworten.

„Meine Mutter weiß nichts von meinen Plänen", sagte ich. „Sie kann nichts davon wissen, denn sie ist tot. Meine ganze Familie ist tot."

Das stimmte nicht ganz; meine Halbschwester Sigrid lebte noch, aber sie war für mich wie tot. Sie war jetzt in der Gewalt meines Feindes, des Mannes, der unseren Bruder Harald getötet hatte.

„Viele junge Männer, die mit nichts angefangen haben, sind als Wikinger reich geworden", sagte Raud. „Ich halte Eure Entscheidung für klug."

„Und viele junge wie auch nicht so junge Männer sind bei dem Versuch umgekommen", schnaubte Asa. „Raud, ich bin den Göttern dankbar, dass du zur Vernunft gekommen bist, nachdem Gisli starb. Wir besitzen vielleicht keine Reichtümer, aber zumindest bin ich keine Witwe, und unsere Kinder haben noch einen Vater."

14

Jetzt war ich an der Reihe, für Raud verlegen zu sein. Kein Mann mag es, von seiner Frau vor Gästen gescholten zu werden. Rauds Gesicht wurde rot. Er stellte seine Schüssel mit dem Eintopf auf den Tisch, stand auf und ging durch den Raum zu der Stelle, an der jetzt der lange Holzstab an der Wand lehnte, an dem er heute auf dem Markt gearbeitet hatte.

„Ich gehe eine Zeitlang nach draußen", kündigte er an. „Es ist noch genug Licht vorhanden, dass ich der Maserung des Holzes folgen kann."

Nachdem er weg war, sprach Asa. „Geht zu ihm, Halfdan. Wir haben nicht oft Gäste, und ihm fehlt die Gesellschaft von Männern. Er hat die Lebensweise der Beutezüge für mich aufgegeben, und ich bin ihm dafür dankbar. Ich hätte nicht so vor einem Fremden sprechen sollen."

Als ich mich draußen zu ihm gesellte, schüttelte Raud den Kopf. „Hört nicht auf Asa", sagte er. „Das Leben eines Wikingers ist ein gutes Leben für einen Mann. Es fehlt mir. Aber nachdem ihr Bruder in meiner Obhut gestorben war, hatte ich das Gefühl, dass ich es ihr schuldig war. Sie ist mir eine gute Ehefrau.

Auf dem Markt ist mir zu Ohren gekommen, dass heute einige Langschiffe in Haithabu angekommen sind", fuhr er fort. „Es ist wahrscheinlich, dass mindestens eines davon Verstärkung braucht. Wir verkaufen morgen früh Euer Pferd, und dann könnt Ihr die Schiffskapitäne am Ufer aufsuchen.

Es ist ein gutes Leben", wiederholte er. „Männer können auch zu Hause sterben. Ich würde lieber schnell und sauber im Kampf sterben, als krank und schwach im

15

Bett."

Ich fragte mich, ob Asas Bruder dem zugestimmt hätte.

2

Der Jarl

Nachdem wir am nächsten Morgen eine einfache Mahlzeit aus Gerstenbrei zu uns genommen hatten, begleitete Raud mich zu dem Besitzer des Pferdestalls, von dem er gesprochen hatte. Die schwarzen Haare und der Bart des Stallbesitzers waren fettig, und er roch so, als würde er bei den Tieren schlafen, die er hielt. Aber nach einigem Feilschen bezahlte er mich in Silber für die Stute und ihren Sattel. Das Grinsen im Gesicht des Stalleigentümers und Rauds überraschter Gesichtsausdruck, als wir uns über den Preis geeinigt hatten, legten die Vermutung nahe, dass ich betrogen worden war. Ich hatte keine Ahnung, was ein Pferd wert war, und ich wusste noch weniger über den Wert der Silbermünzen, die er mir gegeben hatte. Dennoch war ich überzeugt, dass ich ein gutes Geschäft gemacht hatte, da mich das Pferd nichts gekostet hatte.

Es war Zeit, uns zu verabschieden. Raud streckte die Hand aus, und wir umklammerten unsere Handgelenke.

„Vielen Dank für Eure Hilfe und die Gastfreundschaft Eures Hauses", sagte ich. „Und dankt Asa noch einmal von mir."

„Es war mir ein Vergnügen", antwortete er. „Ich wünschte, ich könnte Euch begleiten. Das Meer fehlt mir. Es fehlt mir, in andere Länder zu reisen. Es ist ein gutes Leben für einen Mann, besonders wenn er keine Familie hat, die zu Hause auf ihn wartet." Er gab mir einen Schlag auf die Schulter. „Ihr seid zwar noch jung, aber ich bin mir sicher, dass Ihr gut zurechtkommen werdet. Viel Glück bei der Suche nach einem Schiff. Viel Glück auf Eurer Reise und im Leben."

„Euch und Eurer Familie wünsche ich auch viel Glück."

Raud wandte sich um und ging zurück zu seinem Haus und seiner Familie. Er kannte mich nicht, und dennoch war er großzügig mit seiner Freundschaft gewesen. Ich sah ihm nach, und ein Teil von mir wünschte, ich wäre an seiner Stelle. Er sehnte sich nach einem Leben als Wikinger, da es ihm verwehrt war. Ich dagegen sehnte mich nach einer Familie und einem Zuhause, weil ich die meinen verloren hatte. Es war jedoch mein Schicksal, ein Krieger zu werden. Dazu musste ich ein Langschiff finden, dessen Kapitän mich anheuern würde. Der Weg, dem ich folgen musste, führte zum Meer.

Ich machte mich auf den Weg durch die Gassen von Haithabu, bis ich den Hafen erreichte. Es war das erste Mal, seit ich in den Besitz von Schild, Wams und Helm gekommen war, dass ich sie zusammen mit meiner restlichen Ausrüstung selbst auf dem Rücken tragen musste. Es dauerte nicht lange, bis ich die kleine Stute vermisste.

Am Ufer angekommen stand ich eine Weile und beobachtete den belebten Hafen vor mir. Vier Langschiffe waren an einer Mole vertäut, die aus in den Boden gerammten Baumstämmen errichtet worden war, um geschützte Ankerplätze zu bieten. Ein kleines Boot war

18

an der Seite eines der tief im Wasser liegenden Kriegs-
schiffe befestigt. Näher an Land war einen Teil der
Uferlinie entlang ein langes, hölzernes Dock gebaut
worden. Daraus ragten einige Kais in das Wasser hinaus.
An mehreren der Kais waren Knorren festgemacht –
Handelsschiffe, die kürzer und breiter als Langschiffe
waren. Eine Knorr war wohl erst kürzlich angekommen,
denn die Besatzung war noch beim Entladen. Die Männer der Mannschaft trugen Bündel von Tierfellen zu
einem offenen Schuppen und stapelten sie unter dem
Schutz des Daches. Ein Mann stand in der Nähe und
schnitt bei jedem gelieferten Pelzbündel eine Kerbe in
einen Stock, den er hielt. Zwei andere Männer standen
neben ihm, und ab und zu streckte einer eine Hand aus,
um neu abgesetzte Felle zu befühlen. Ich näherte mich
ihnen mit einem Lächeln und versuchte, selbstbewusst
zu wirken.

„Ich suche die Kapitäne der Langschiffe dort drüben", sagte ich. „Wisst Ihr, wo ich sie finden kann?"

Die drei Männer drehten sich um und sahen mich
an. Nach einem Moment schaute der Mann, der mit dem
Kerbholz die Fracht zählte, weg, und sein gelangweilter
Ausdruck spiegelte sein völliges Desinteresse an meiner
Frage wider. Seine Unhöflichkeit ärgerte mich, und ich
spürte, wie mein Gesicht heiß und rot wurde.

Die anderen beiden Männer prüften mein Äußeres
und musterten mich von den Schuhen bis zum Kopf.
Durch ihre Mienen und die schönen Kleider, die sie
trugen, wurde mir der Zustand meiner eigenen Kleider
bewusst. Sie waren einmal von guter Qualität gewesen,
aber jetzt waren sie verschmutzt und sahen reichlich

mitgenommen aus.

Einer der Männer lächelte. Es war kein unfreundliches Lächeln. Ich fühlte mich wieder ermutigt.

„Was wollt Ihr von den Kapitänen?" fragte er.

„Ich möchte mich einer Schiffsbesatzung anschließen. Von einem Langschiff."

Der zweite Mann sprach. „Seid Ihr ein Krieger?" Er klang überrascht.

„Das bin ich", sagte ich und legte so viel Überzeugung in meine Stimme, wie ich aufbringen konnte.

Die beiden Männer schienen amüsiert zu sein. Ich war es nicht. Wieso hielten sie es für so unwahrscheinlich? Was war nötig, um aus einem Mann einen Krieger zu machen, außer der Fähigkeit und dem Willen, das Leben anderer Menschen zu nehmen? Ich hatte ja bereits getötet.

Der Mann, der mir als erster geantwortet hatte, sprach wieder. „Die Kapitäne von zwei dieser Langschiffe dienen Jarl Hastein." Er hob den Arm und deutete auf etwas hinter mir. „Das ist sein Schiff dort am Strand."

Ich drehte mich in die Richtung, in die er zeigte. Dort sah ich ein Langschiff an einem offenen Strandabschnitt auf der anderen Seite der Kais. Es war mit dem Hintersteven voran halb an Land gezogen worden.

Ich nickte und bedankte mich bei meinem Informanten, bevor ich den Strand entlang auf das Schiff zuging.

Als ich näher kam, sah ich eine Reihe von gleichmäßig langen Baumstämmen, die vom Wasser her bis zum Hintersteven als Laufrollen hingelegt worden waren und über die der Schiffskiel gezogen worden war.

Zu beiden Seiten des Schiffsrumpfes waren Holzbalken als Sprieße aufgestellt, um den Rumpf zu stützen. Auf der mir zugewandten Seite waren die drei obersten Planken des Rumpfes etwas hinter der Schiffsmitte tief eingedrückt und zersplittert. Ein Stück Segeltuch war über die zerbrochenen Balken genagelt worden, damit kein Spritzwasser aus dem Meer eindringen konnte. Zwei Zimmermänner arbeiteten an dem Bruch, einer oben auf dem Deck und der andere auf einer kurzen Leiter, die an die Seite des Schiffs gelehnt war. Zusammen schnitten sie das Stoffstück weg und entfernten die Nieten, die die langen, gebrochenen Planken festhielten.

Ein solches Schiff hatte ich noch nie gesehen. Seine Linien waren so elegant, dass es lebendig aussah. Der Rumpf war in der Mitte breit, lief an Bug und Heck spitz zu und führte an beiden Enden in einem dramatischen Bogen nach oben zu den Steven der Kiele. Die Steven wiederum, sowie die obersten Seitenplanken, die auf die Steven trafen, waren reich mit Schnitzereien verziert, die in roter und goldener Farbe bemalt waren. Der geschnitzte Drachenkopf, der auf dem Vordersteven am Bug montiert war, blitzte ebenfalls golden.

Ich lief um das Schiff herum und bewunderte die Form.

Mein Vater Hrorik hatte ein Langschiff namens Roter Adler besessen. Ich hatte nie die Gelegenheit gehabt, darauf zu fahren. Aber als mein Vater noch am Leben und ich sein Sklave war, hatte ich das Deck und den Rumpf geschrubbt und geholfen, ihm einen neuen Anstrich Pech zu geben, wenn es gegen Ende des Winters aus dem Bootshaus gezogen wurde. Der Rote Adler war ein schönes Schiff, aber es besaß nicht die Anmut desjenigen, das ich gerade betrachtete. Dieses Schiff sah geschmeidig und grazil aus, als könnte es das Wasser zerschneiden, anstatt hindurch zu segeln.

„Schön, nicht wahr?" ertönte eine Stimme hinter mir.

„Ja. Der Schöpfer hat das Holz zum Leben erweckt."

Ich drehte mich um, damit ich den Sprecher sehen konnte. Hinter mir standen zwei Männer.

Der nähere stand mit den Händen in den Hüften und bewunderte das Schiff. Er war reich gekleidet in eine dunkelrote Tunika, die am Hals, an den Ärmeln und am Saum von einer mit Goldfäden durchwirkten dunkelgrünen Borte eingefasst war. Der Stoff war sehr fein gewebt, wodurch er weich fiel und die geringste Bewegung seines Trägers in Wellen umfloss. Es musste Seide sein. Mein Bruder Harald und mein Vater Hrorik hatten einige ihrer schönsten Tuniken an den Ärmeln und am Saum mit Bordüren aus Seide verzieren lassen. Meine Mutter, die Kleider für sie genäht hatte, hatte mir erlaubt, den leichten, kostbaren Stoff zu berühren. Ich hatte allerdings noch nie eine Tunika gesehen, die ausschließlich aus diesem wertvollen Material bestand. Sie war wunderschön. Ich konnte mir nicht vorstellen, wie viel sie gekostet hatte.

Auch die übrigen Kleider des Mannes waren von höchster Qualität. Ein kurzer, dunkelblauer Umhang, der mit dem dicken, weißen Winterfell eines Fuchses eingefasst war, hing von seinen Schultern und wurde von einer großen, reich verzierten, silbernen Brosche gehalten. An den Beinen trug er eine dunkelgrüne Wollhose, die passend zu der Borte an seiner Tunika gefärbt war. Seine Füße steckten in Stiefeln aus schwerem, dunkelbraunen Leder. Ein Schwert hing an seinem Gürtel, dessen Griff und Knauf aus grauem Stahl bestand, in den Muster und Runen aus Silber eingelegt waren.

Der zweite Mann, der hinter ihm stand, war auch eine bemerkenswerte Erscheinung, wenn auch nicht aufgrund seiner Kleidung. Er war der größte Mensch, den ich je gesehen hatte. Er überragte seinen Begleiter, der selbst ein großer Mann war, um weit mehr als einen Kopf. Die Kleider des Riesen waren ebenfalls gut gemacht, aber viel einfacher als die des anderen Manns. Sein dunkelbraunes Haar reichte ihm bis über die Schultern und wurde hinten am Nacken mit einem dicken silbernen Ring zusammengehalten. Wie sein reich gekleideter Kamerad hatte auch der Riese ein Schwert an seinem Gürtel, wobei seines ungewöhnlich lang war.

„Ich heiße Hastein", sagte der reich gekleidete Mann. Er zeigt auf den Riesen hinter ihm und fügte hinzu, „Und das ist Torvald, der Starki, der Starke, genannt wird. Er ist mein Steuermann. Das Schiff, das Ihr gerade bewundert, gehört mir. Ich nenne es die Möwe nach der Art, wie es durch das Meer gleitet."

Der Mann, der mir dieses Schiff gezeigt hatte, hatte gesagt, es gehöre Jarl Hastein. Trotz des Reichtums, der sich in der wertvollen Kleidung dieses Mannes ausdrückte, war ich überrascht, dass er ein Jarl war. Er sah nicht älter als Mitte oder Ende zwanzig aus – nur wenige Jahre älter als mein Bruder Harald geworden war. Mit seinem schlanken Körperbau und dem gepflegten, goldblonden Haar erinnerte mich sein Aussehen sogar an Harald. Wie konnte ein so junger Mann es erreicht haben, als Stellvertreter des Königs über eine ganze Region zu regieren?

„Ihr habt übrigens Recht", sagte er.

Ich konnte nicht folgen. Womit hatte ich Recht?

„Der Mann, der dieses Schiff baute, schuf ein lebendes Geschöpf", fuhr er fort. „Er erweckte das Holz, aus dem es gebaut ist, wirklich zum Leben. Als es repariert werden musste, brachte ich es hierher zurück, nach Haithabu, zu dem Meister-Schiffsbauer, der es gebaut hat. Ich würde die Möwe keinem anderen anvertrauen."

„Was ist mit dem Schiff passiert?" fragte ich.

„Vor der Küste von Friesland waren wir hinter einem fränkischen Schiff her. Als wir längsseits gingen und unsere Enterhaken warfen, versuchte der Kapitän, uns zu rammen. Ich habe ihn persönlich dafür getötet, dass er die Möwe beschädigt hat.

Ihr habt das Lebendige an der Möwe gut erkannt, auch wenn sie gerade auf dem Trockenen liegt", lobte er. „Die Schönheit ihrer Linien ist nicht schwer zu erkennen, aber erst wenn sie im Wasser ist, sieht man das Leben in ihr. Kennt ihr Euch mit Schiffen aus?"

„Nein", musste ich zugeben. „Aber ich kann mit Holz umgehen."

Hasteins Blick wanderte zu dem Bogen, den ich in der Hand hielt. „Euer Bogen ist mir aufgefallen, als ich mich Euch von hinten genähert habe", sagte er. „Es ist eine eindrucksvolle Waffe. Habt Ihr ihn selbst gemacht?"

Ich nickte. „Das habe ich."

24

„Ihr müsst sehr geschickt und erfahren sein, um einen solchen Bogen anzufertigen." Er lächelte, und dann gingen er und der Riese an mir vorbei, zu der Stelle, an der die Arbeiter die geborstenen Planken von der Seite des Schiffs entfernten.

Wenn ich nur einen solchen Mann wie diesem dienen könnte. Um so jung zum Jarl aufzusteigen, musste er ein großer Anführer sein.

Spontan platzte es aus mir heraus: „Ich kann nicht nur gute Bögen anfertigen, ich bin auch ein guter Schütze."

Der Jarl blieb stehen und wandte sich zurück, um mich anzusehen. Er hatte einen amüsierten Ausdruck im Gesicht.

„Und wie gut seid Ihr im Bogenschießen?" fragte er.

Einen Augenblick lang war ich sprachlos. Ich wollte diesen Mann beeindrucken, aber nicht überheblich erscheinen.

„Eure Frage ist schwer zu beantworten", sagte ich. „Ich könnte Euch erzählen, dass ich sehr gut schießen kann, aber wie könnt Ihr wissen, ob meine Maßstäbe die gleichen wie die Euren sind? Was ich für sehr gekonntes Schießen halte, könntet Ihr als nur passabel erachten. Andererseits könnte es sein, dass ich selbst einen meiner Schüsse enttäuschend finde, während jemand anders ihn als durchaus gelungen betrachten könnte. Ihr könnt nur wissen, wie gut ich mit dem Bogen umgehen kann, wenn Ihr mich auf die Probe stellt."

Ein Funken Interesse blitzte nun in Hasteins Augen auf, und ein Lächeln machte sich auf seinem Gesicht

25

breit. „Ihr verwandelt eine einfache Frage in eine feine Unterscheidung. Wenn Ihr mit Euren Pfeilen ebenso präzise seid wie mit Euren Worten, bin ich beeindruckt."

„Ich möchte mehr, als Euch beeindrucken, Herr." Ich war über meine eigene Kühnheit erstaunt. „Ich bin nach Haithabu gekommen, in der Hoffnung, einen Platz auf einem Kriegsschiff zu finden und mein Glück zu suchen. Ich würde gern in Eurer Mannschaft anheuern und auf Eurem Schiff dienen. Lasst mich meine Fähigkeit mit dem Bogen beweisen. Sucht ein Ziel aus, um mein Können zu prüfen."

Der Riese Torvald schnaubte vor Entrüstung. „Unverschämter, bartloser Junge! Dieser Mann, mit dem Ihr sprecht, ist Jarl der gesamten Region von Nordjütland. Seine Mannschaft besteht aus handverlesenen Kriegern und erfahrenen Männern. Kinder dienen nicht auf der Möwe."

„Ich bin kein Kind", entfuhr es mir. „Genauso wenig wie Ihr ein sprechender Baum seid, obwohl Ihr eigentlich die entsprechende Größe habt. Ich bin ein erwachsener Mann."

Torvald öffnete den Mund, vermutlich um mich wieder zu beleidigen, aber Hastein hielt eine Hand hoch, um ihn zum Schweigen zu bringen.

„Euch ist wohl nicht bewusst, was Ihr da begehrt", sagte er zu mir. „Selbst wenn Ihr nicht so jung wärt, würde ich keinen Mann in meine Mannschaft aufnehmen, den ich nicht kenne. Meine Männer sind mir alle gut bekannt. Ihren Mut, ihre Treue und ihre Kampfkunst haben sie vielfach bewiesen. Ich weiß überhaupt nichts über Euch – nicht einmal Euren Namen, oder wer Euer

Vater ist, oder woher Ihr kommt."

Halfdan, Sohn von Hrorik, wollte ich sagen, aber dann zögerte ich. Was, wenn der Jarl meinen Vater gekannt hatte? In diesem Fall würde er auch von meinem Bruder Harald wissen, aber nicht von mir. Wie sollte ich das erklären? Ich würde zugeben müssen, dass ich ein Sklave im Haushalt meines eigenen Vaters gewesen war. Welche Chance würde ich dann noch haben, überhaupt in die Mannschaft eines Langschiffs aufgenommen zu werden, geschweige denn in die Mannschaft dieses Jarls?

„Mein Vater hieß Eric", log ich. „Er war ein einfacher Bauer. Er ist jetzt tot. Er starb an einem Fieber. Wir wohnten in der Nähe von Ribe." Da Jarl Hastein Herr über Nordjütland war, hoffte ich, dass er mit den Menschen südlich davon im Binnenland um Ribe weniger vertraut war. „Ich heiße Halfdan", fügte ich hinzu. Zumindest das war die Wahrheit.

Der Jarl starrte mich einen Moment lang an, und der Ausdruck in seinem Gesicht war für mich unergründlich. Ich erwiderte seinen Blick, ohne zu blinzeln oder wegzuschauen.

„Also gut, Halfdan", sagte er endlich. „Ihr habt mich neugierig gemacht, wie gut Ihr mit Eurem Bogen schießen könnt." Hastein griff in den Beutel an seinem Gürtel und zog eine Silbermünze heraus. „Ihr bekommt keinen Platz auf meinem Schiff, auch wenn Ihr mich mit Eurer Schießkunst beeindruckt. Aber wenn Ihr das von mir bestimmte Ziel trefft, bekommt Ihr von mir diesen silbernen Denar als Lohn für Eure Bemühungen und für Euren Beitrag zu meiner Unterhaltung."

Hastein drehte sich um und ließ seinen Blick über das Gebiet des Hafens schweifen. Dann zeigte er auf die Mole aus Holzstämmen.

„Seht Ihr das Stück Pfahlwerk, das über den Rest hinausragt?" fragte er.

Das tat ich. Ich nickte, überrascht. Das von ihm vorgeschlagenen Ziel war nicht allzu weit entfernt.

„Etwa eine Handbreit unterhalb der Oberkante ist ein Astloch", fuhr er fort. „Seht Ihr es? Könnt Ihr das Astloch mit Eurem Pfeil treffen?"

Das Astloch war etwa so groß wie meine Handfläche. Das war schon eher ein Test – ein Ziel, bei dem nur ein erfahrener Bogenschütze sicher sein konnte, es zu treffen. Dennoch bezweifelte ich nicht, dass ich es schaffen würde. Ich hatte das Bogenschießen bei der Jagd auf Eichhörnchen, Vögel und anderes Kleinwild erlernt. Dass solche Kost sehr häufig auf den Tisch meines Vaters kam, war ein Beweis meiner Fähigkeit, auch die kleinsten Ziele zu treffen.

Das Astloch zu treffen würde beweisen, dass ich ein ausgesprochen guter Schütze war, aber ich wollte mehr. Ich wollte den Jarl verblüffen. Dann würde er vielleicht seine Meinung ändern. Ich schaute mich im Hafen um, auf der Suche nach einem schwierigeren Ziel. Weit entfernt am Ufer in dem hohen Gras, das an der Stelle wuchs, an der der Erdwall der Stadtmauer an der Wasserlinie endete, sah ich eine Bewegung.

Es wäre ein aberwitzig schwieriger Schuss. Wenn ich aber mein anvisiertes Ziel träfe, müsste das jeden beeindrucken. Andererseits, wenn ich das Ziel verfehlte, würde ich wie ein Angeber und ein Narr dastehen.

Aber ich war nach Haithabu gekommen, um mein Glück zu suchen. Glück kann man eher durch Kühnheit als durch Vorsicht erzwingen. Ich entschied mich, es zu riskieren.

„Hättet Ihr gerne frische Ente zum Mittagessen, Jarl Hastein?" fragte ich. Meine Stimme klang viel ruhiger als ich mich fühlte.

„Was?" fragte er verwirrt.

Torvald verdrehte die Augen. „Er kann Euer Ziel nicht treffen", murrte er. „Er will ein anderes aussuchen."

Ich ignorierte ihn. „In dem hohen Gras dort hinten nisten Stockenten." Ich zeigte dem Jarl die Stelle. „Seht Ihr, wo gerade eine ans Ufer gewatschelt ist? Wenn Ihr gern Ente esst, werde ich sie für Euch erlegen."

Dieses Ziel war gut doppelt so weit entfernt wie das Astloch, das der Jarl vorgeschlagen hatte.

Hastein starrte mich einen Moment lang durchdringend an. „Manche sind der Meinung, dass Stockente zu stark nach Fisch schmeckt", sagte er. „Aber wenn Euch dieser Schuss gelingt, dann werde ich gebratene Ente speisen und Ihr werdet mir dabei Gesellschaft leisten."

Ich bespannte meinen Bogen, dann nahm ich beide Köcher von der Schulter und wählte einen Pfeil aus, den ich selbst gemacht hatte und von dem ich wusste, dass er nicht abweichen würde.

„Ho, Junge, habt Ihr Silber, um Eure Prahlerei zu bekräftigen?" sagte Torvald, als ich den Pfeil an die Sehne meines Bogens legte. „Ich wette zwei silberne Pfennige, dass Ihr diesen Schuss nicht schaffen könnt."

„Ich nehme die Wette an, Torvald", sagte Jarl Hastein. Sein Steuermann blickte ihn überrascht an. „Wenn er erfolgreich ist, zahlt Ihr. Jetzt seid still, damit er schießen kann."

Die Worte des Jarls überraschten auch mich. Wieso sollte er auf mich wetten?

Die Ente watschelte das Ufer entlang, während sie im Sand pickte, kurz anhielt und sich dann wieder bewegte – sie stand immer nur einen Moment lang still. Ich beobachtete sie und hielt meinen Bogen bereit, aber nicht gespannt. Innerlich machte ich mir Vorwürfe. Warum war ich so töricht gewesen? Warum hatte ich meine Zukunft einer Ente anvertraut? Wenn sie in Bewegung blieb, musste ich voraussehen, welche Richtung sie einschlagen würde, nachdem ich meinen Pfeil abgeschossen hatte und bevor er zur Erde fiel. Das war unmöglich. Das dumme Geschöpf konnte überallhin watscheln.

Ich hatte gerade angefangen, meinen Bogen auszuziehen, als eine zweite Ente aus dem Schilfrohr kam, kurz ihr Gefieder schüttelte, sich im warmen Sand niederließ und anfing, ihre Federn mit dem Schnabel zu putzen.

„Die zweite Ente", murmelte ich und zog den Bogen aus.

Als ich über die Pfeilspitze hinweg visierte, sah ich die Küstenlinie der Stadt ausgebreitet vor mir, die Häuser und Arbeitsgebäude auf der einen Seite, das Meer auf der anderen. Mein Blickfeld verengte sich, bis ich nur den Streifen Strand deutlich sah, an dem es sich die Ente im Sand gemütlich gemacht hatte. Ich ließ alles andere aus meinem Blick und aus meinem Kopf verschwinden. Schließlich sah ich nur noch die Ente selbst, dann den Punkt, an dem sich ihr Hals und ihr Rücken vereinigten. In diesem Moment gab ich den Pfeil frei.

Leite meinen Pfeil, Odin! betete ich, als er davonraste. *Und sorge dafür, dass die Ente ruhig bleibt!*

Der Pfeil flog in einem Bogen nach oben über den Küstenstreifen und begann dann, nach unten zu streben. Sein Flug beschrieb eine anmutige Kurve wie die Form eines gespannten Bogens. Wie ein von Thor geschleuderter Blitz fiel er vom Himmel und durchbohrte die Ente, die dadurch auf die Seite geworfen und im Sand festgeheftet wurde. Ihr Gefährte quakte vor Angst und ergriff die Flucht.

„Unglaublich", murmelte Hastein. „Das war wirklich unglaublich. Einen solchen Schuss habe ich noch nie gesehen." Er wandte sich mir zu und schaute mich an. „Wenn Ihr auf eine solche Entfernung schießt, wie schätzt Ihr die nötige Höhe des Schusses ein, um das Absinken des Pfeils zu kompensieren?"

Ich schüttelte den Kopf. „Wenn ich schieße, schaue ich mein Ziel an und wähle die Stelle aus, die ich treffen will. Wenn ich nur noch diesen Punkt sehen kann, löse ich den Pfeil."

„Unglaublich", sagte er wieder. Er wandte sich an Torvald. „Ihr schuldet mir zwei silberne Pfennige. Und da Ihr die Wette verloren habt, solltet Ihr die Ente holen."

Wir schauten Torvald nach, als er das Ufer entlang zu der Stelle ging, an der mein Pfeil die Ente durchbohrt hatte. „Warum habt Ihr auf mich gewettet?" fragte ich.

„Ihr habt mich doch noch nie schießen sehen."

„Ich habe auf Euer Selbstvertrauen gewettet", antwortete Hastein. „Ihr habt keine Anzeichen von Versagensangst gezeigt, und auch wenn Ihr jung seid, kommt Ihr mir nicht wie die Art von Narr vor, der prahlerisch etwas behaupten würde, von dem er weiß, dass er es nicht bewältigen kann.

Ich hätte natürlich auch falsch liegen können", fuhr er fort. „Aber ich halte mich für einen guten Menschenkenner. Ich wäre heute nicht mehr am Leben, noch hätte ich meine jetzige Stellung, wenn dem nicht so wäre. Und wenn ich mich doch geirrt hätte, war der Einsatz ja nur zwei silberne Pfennige. Ich habe meinen Reichtum und meine Macht nicht dadurch erlangt, dass ich Risiken aus dem Weg gegangen wäre."

Ich fragte mich, ob Jarl Hastein auch dann auf mich gewettet hätte, wenn er gewusst hätte, wie mir das Herz bei dem Schuss bis zum Hals geschlagen hatte.

3

Erzählt mir Eure Geschichte

Während die Möwe für ihre Reparaturen auf den Strand gezogen war, lebten Jarl Hastein und seine Mannschaft in Zelten, die entlang des Ufers aufgestellt waren. Das Zelt des Jarls war gestreift und bestand aus breiten Bändern aus zusammengenähtem roten und weißen Segeltuch. Die oberen Enden der Giebelbalken, die die Firststange trugen, waren mit geschnitzten Drachenköpfen verziert, ähnlich dem, der am Vordersteven vom Hasteins Schiff angebracht war.

Ein schwaches Feuer brannte in einem Ring aus Steinen vor dem Zelt des Jarls. Zwei gabelförmige Eisenstangen waren auf jeder Seite in die Erde gerammt. In den Gabelungen lag eine weitere Eisenstange quer über dem Feuer, und darüber waren Würste drapiert, deren Fett in die Flammen tropfte.

Als wir uns näherten, kam ein kleiner, seltsam aussehender Mann aus dem Zelt und stach mit einem kleinen Messer in eine der Würste. Er trug nur eine lange Tunika aus grober brauner Wolle, und sein Kopf war oben kahl geschoren. Der Haarkranz an den Seiten und hinten war jedoch lang genug, dass er seine restlichen Haare zu einem lockeren Zopf zusammenbinden konnte.

Hastein nickte in die Richtung des kleinen Mannes. „Das ist Cullain. Er ist mein Sklave. Er ist in vielen Sachen bewandert, unter anderem im Kochen. Gebt ihm die Ente, damit er sie zubereiten kann."

Cullain. Der Klang seines Namens rief Erinnerungen an die Stimme meiner Mutter wach, an Geschichten, die sie von ihrer fernen Heimat Irland erzählt hatte. Ich hatte immer geliebt, wie die Namen der irischen Könige und Helden in ihren Geschichten über ihre Zunge rollten.

„Stammt Cullain aus Irland?" fragte ich.

„Ja. Ich habe ihn dort bei einem Überfall auf eine Abtei gefangengenommen. Ich hätte Lösegeld für ihn bekommen können, da die Christen ihre Priester normalerweise freikaufen, aber ich fand ihn viel zu nützlich. Abgesehen davon, dass er ein ausgezeichneter Koch ist, kann er auch Bier und Met brauen, und er ist ein erfahrener Heiler, der weiß, wie man Wunden und Krankheiten behandelt."

Meine Mutter hatte ihr Zuhause und ihre Existenz in Irland wegen ihrer Schönheit verloren. Diesem kleinen Mann war sein Wissen zum Verhängnis geworden. Es ist seltsam, wie scheinbare Geschenke der Götter zum Fluch im Leben eines Menschen werden können.

Ich reichte Cullain die Ente. „Obwohl Euer Weg lang und einsam ist, wünsche ich Euch am Ende Frieden darin", sagte ich zu ihm auf Latein.

Er schaute mich überrascht an. „Wie kommt es, dass Ihr die Sprache von zivilisierten Menschen sprecht?"

„Meine Mutter stammte aus Irland und wurde in der Sprache der alten Römer unterrichtet."

Die Unterhaltung mit Cullain auf Latein erinnerte mich an meine Mutter. „Du solltest Latein lernen, Halfdan", hatte sie mir immer gesagt, wenn ich mich gegen ihren Unterricht gesträubt hatte. „Es ist die Sprache der Zivilisation." Das erschien mir kein ausreichender Grund für den Sklaven eines Dänen, die seltsame Sprache zu lernen, da sie nach ihrer eigenen Aussage nicht glaubte, dass das Volk meines Vaters zivilisiert sei.

„Worüber sprecht ihr da?" fragte Hastein. „Und woher kennt Ihr die Sprache der christlichen Priester?"

„Ich habe ihn nur gegrüßt. Ich kann Latein, weil meine Mutter es mir beigebracht hat. Sie kam aus Irland." Das Bild meiner Mutter hatte ich immer noch vor Augen. „Sie lernte Latein in einem Kloster, das in der Nähe ihrer Heimat lag."

„Ich habe einige Zeit in Irland verbracht", sagte Hastein. „Nur ein Teil der Priester und Mönche sowie einige wenige aus dem Adel können Latein sowohl sprechen als auch lesen. Es ist für eine Frau sehr ungewöhnlich, so gebildet zu sein."

Ich antwortete, ohne zu nachzudenken. „Ja, ihr Vater war ein König, und das Kloster befand sich in der Nähe seiner Ländereien. Deshalb haben die Priester sie unterrichtet."

Hastein starrte mich einen Augenblick schweigend an. „Wie merkwürdig", sagte er schließlich. „Eure Mutter war die Tochter eines Königs in Irland, aber Euer Vater war nur ein Bauer in Ribe?"

Für einen Moment verwirrte mich seine Bemerkung. Zu spät erinnerte ich mich an die Lüge, die ich ihm über meinen Vater erzählt hatte. Bevor ich versuchen konnte, eine Geschichte zu erfinden, sprach Hastein erneut.

„Ich hatte schon vorhin den Verdacht, dass Ihr ge-

35

logen habt. Niemand muss überlegen, wenn ihn jemand nach den Namen seines Vaters oder seines Heimatorts fragt, aber Ihr habt bei Eurer Antwort gezögert. Die Wahrheit ist wie ein vertrauter Weg; unsere Schritte können ihm folgen, ohne nachzudenken. Aber Lügen sind uns nicht so vertraut. Eure Stimme hat Euch verraten, so wie es Euer Gesicht jetzt tut. Sein Ausdruck ist ehrlicher als Eure Worte vorhin waren."

Mein Gesicht, das einen eigenen Willen zu haben schien, hatte in der Tat Hasteins Vorwurf bestätigt, indem es leuchtend rot angelaufen war.

Cullain hatte die Ente neben das Feuer gelegt und war ins Zelt gegangen. Jetzt schwankte er heraus, fast verborgen unter dem riesigen Bündel eines dicken braunen Pelzes – dem Fell eines großen Bären – das er auf dem Boden ausbreitete. Als er fertig war, setzte Hastein sich auf das Fell und kreuzte die Beine. Torvald setzte sich zu seiner Rechten neben ihn. Hastein zeigte auf die leere Stelle an seiner linken Seite.

„Setzt Euch", sagte er mir.

Ich wäre lieber aus Scham davongekrochen, aber seine Stimme klang wie ein Befehl, und ich wagte nicht, die Anweisung zu missachten. Durch meine Lüge war ich dem Jarl gegenüber bereits respektlos gewesen. Wenn ich mich jetzt abwendete und flüchtete, fürchtete ich, dass er den Riesen auf mich hetzen würde.

„Es wird eine Weile dauern, bis Cullain die Ente zubereitet hat. In der Zwischenzeit unterhalten wir uns. Ich möchte Euch davon abraten, mich noch einmal täuschen zu wollen. Ich werde allgemein für scharfsinniger als die meisten Männer gehalten. Ich möchte wissen, wer Ihr seid und weshalb Ihr glaubt, die Wahrheit über Eure Identität vor mir verbergen zu müssen. Nun erzählt mir Eure Geschichte."

Ich konnte ihm unter den gegebenen Umständen nichts anderes als die Wahrheit erzählen. Aber mein Leben war gewundene Wege gegangen und ich wusste nicht, wo ich anfangen sollte.

Als würde er mein Zögern spüren, fragte mich Hastein: „Wer ist Euer Vater? Wo kommt Ihr her?"

Wo kam ich her? Ich erinnerte mich an den Tag, an dem mein Bruder Harald mir die Grabhügel unserer Vorfahren gezeigt hatte.

„Der Name meines Vaters war Hrorik", sagte ich. „Er war der Sohn vor Offa, dem Sohn von Gorm, dem Sohn von Haldar Graumantel. Mein Vater wurde Starkaxt genannt, und er war ein Stammesfürst."

„Ich kenne ihn", sagte Hastein. „Ich bin ihm schon begegnet und war mit ihm auf Beutezug. Ich habe Gerüchte gehört, dass er gestorben ist."

„Es stimmt. Er ist bei einem Überfall in England im Kampf schwer verletzt worden. Mein Bruder Harald brachte ihn zurück nach Hause. Hrorik ist in der Nacht nach ihrer Rückkehr gestorben."

Hastein nickte. „Ich kenne auch Harald. Ich erinnere mich an eine Rechtsstreitigkeit, die bei einem Thing oben am Limfjord gegen ihn vorgebracht wurde, bei der ihm der Mord an einem Mann zur Last gelegt wurde. Ich war an der Verhandlung beteiligt. Die Tötung wurde als rechtmäßig eingestuft, da sie bei einem Zweikampf geschah."

Er schaute mir in die Augen. „Ich kann mich aber

nicht daran erinnern, gehört zu haben, dass Hrorik noch einen Sohn hatte. Wer seid Ihr?"

Obwohl es mir schwer fiel, erwiderte ich seinen Blick und schaute nicht weg. „Ich heiße Halfdan, wie ich Euch sagte. Hrorik war mein Vater. Meine Mutter war die Tochter eines Königs in Irland, aber Hrorik nahm sie bei einem Überfall in Irland gefangen und behielt sie als seine Konkubine. Sie war seine Sklavin."

„Und seid Ihr auch ein Sklave?" fragte er. „Ein Entlaufener? Obwohl Eure Haare herausgewachsen sind, zeigen sie noch Spuren, dass sie kürzer geschnitten waren, als ein freier Mann sie tragen würde."

Ich schüttelte den Kopf. „Es ist wahr, dass ich einst ein Sklave war. Aber in der Nacht, in der Hrorik aus England nach Hause zurückkehrte, schenkte er mir die Freiheit, bevor er starb."

„Und Eure Mutter? Lebt sie noch?"

Jetzt schaute ich doch weg. Ich wollte nicht, dass der Jarl die Tränen in meinen Augen sah. „Nein, sie ist auch tot. Ihr Leichnam wurde mit dem meines Vaters auf seinem Scheiterhaufen verbrannt. Sie hatte sich bereit erklärt, Hrorik auf seiner Todesreise ins Jenseits zu begleiten, wenn er mich befreien und als seinen Sohn anerkennen würde."

Ich vermisste meine Mutter, aber das war nicht der Grund für die Tränen in meinen Augen. Ich litt noch immer darunter, dass sie für mich gestorben war; dass sie meine Freiheit mit ihrem Tod erkauft hatte. Das hätte ich nicht zulassen sollen.

„Warum habt Ihr versucht, dies vor mir zu verbergen?" fragte Hastein. „Und warum seid Ihr hier in

Haithabu und versucht, auf einem Langschiff anzuheuern? Könnt Ihr nicht im Haushalt bleiben, wenn Hrorik Euch als seinen Sohn anerkannt hat? Will Harald die Erbschaft nicht mit Euch teilen?"

„Nein, das ist überhaupt nicht wahr", stammelte ich. Ich wollte nicht, dass jemand schlecht von Harald dachte. „Harald war der beste Mann, den ich je gekannt habe. Ich mochte ihn sehr. Er hat mich ohne Zögern als Bruder angenommen. Er hat mich in den Fähigkeiten eines Kriegers unterwiesen und mir die Manieren eines freien Mannes beigebracht."

„Ihr sprecht von ihm in der Vergangenheit, als sei er tot", warf Hastein ein.

„Er *ist* tot." Bei dem Gedanken an Haralds Tod kamen mir fast wieder die Tränen. „Er wurde ermordet. Deshalb hatte ich Angst, Euch zu erzählen, wer ich bin. Der Mann, der Harald umgebracht hat, sucht auch mich. Und er hat Lügen über mich verbreitet, um seine eigenen Untaten zu verschleiern. Er behauptet, ich sei unter den Männern gewesen, die Harald und seine Gefolgsleute getötet haben."

„Harald Hroriksson ist tot?" fragte Hastein. „Ermordet? Davon habe ich noch nichts gehört. Ich war auf Reisen und habe die Küsten Frankens erkundet. Das sind schlimme Nachrichten. Wie ist es passiert?"

„Harald und ich waren mit einigen seiner Männer nach Norden zu Hroriks kleinerem Anwesen am Limfjord gereist", erklärte ich. „Dort ist es geschehen. Der Hof wurde nachts überfallen. Wir versuchten uns zu wehren, aber es waren zu viele Gegner. Am Ende waren alle auf dem Bauernhof tot – sogar die Frauen, Kinder und Sklaven. Alle außer mir."

„Wie seid Ihr entkommen?"

„Beim letzten Angriff opferte Harald sein Leben und kämpfte einen Weg durch den Feind frei, damit ich fliehen konnte. Ich wollte ihn nicht verlassen, aber er befahl mir, zu gehen. Er sagte, dass jemand entkommen müsse. Jemand musste überleben, um die Toten zu rächen."

„Und Ihr sagt, dass die Männer, die Harald umbrachten, auch hinter Euch her sind?" fragte Hastein. „Wer sind sie?"

„Ihr Anführer heißt Toke. Er ist Hroriks Stiefsohn."

Die Überraschung war Hastein deutlich anzusehen. „Ich kenne Toke. Er ist ein Stammesfürst. Ich habe ihn einmal in Dublin getroffen. Ich bin nie mit ihm auf Beutezug gewesen, aber es heißt, dass er ein wilder Krieger ist, der im Kampf keine Furcht kennt. Er gehört nicht zu der Sorte von Mann, die ich eines solchen Verrats verdächtigen würde. Wieso sollte er seinen eigenen Stiefbruder töten?"

„Er ist ein Berserker" sagte ich. „Als er bei uns wohnte, neigte er zu schlechter Laune und Anfällen von Gewalt. Außer Hrorik und Harald war niemand vor ihm sicher, wenn ihn eine seiner düsteren Stimmungen überkam. Schließlich wagte er sogar, Hroriks Autorität in Frage zu stellen, und Hrorik verbannte ihn. Aber nachdem Hrorik gestorben war, kehrte Toke zurück und verlangte seinen Erbteil. Er war sehr verärgert, als er erfuhr, dass Hrorik ihm nichts vererbt hatte."

„Aber wenn Harald tot und kein anderer männlicher Erbe vorhanden ist, dann kann sich Toke doch noch

Hoffnungen machen, die Erbschaft anzutreten", sinnierte Hastein.

Ich nickte. „Ich glaube, das ist sein Plan. Er und Harald hatten sich heftig gestritten, und Harald befahl Toke, den Hof zu verlassen und nie mehr zurückzukommen. Ich dachte in jener Nacht, dass Blut fließen würde, aber Toke und seine Mannschaft reisten friedlich ab. Jetzt weiß ich, dass sie nur den richtigen Augenblick abgewartet hatten."

„Toke hat Harald und alle seine Männer umgebracht?"

„Zumindest alle, die bei uns waren. Ich weiß nicht, wie Toke erfahren hat, dass wir mit nur wenigen Männern zu dem kleinen Anwesen am Limfjord gereist waren. Aber Toke und seine Mannschaft landeten in der gleichen Nacht und umzingelten das Langhaus. Harald wusste, dass wir hoffnungslos in Unterzahl waren. Er verhandelte mit den Angreifern und erreichte, dass den Frauen und Kindern sicheres Geleit aus dem Anwesen zugesichert wurde, aber nachdem sie das Langhaus verlassen hatten, töteten Toke und seine Mannschaft sie alle. Sie wollten keine Zeugen ihres Verrats. Dann steckten sie das Langhaus in Brand. Wir versuchten, zu entkommen und uns bis zum Wald durchzukämpfen, aber es waren zu viele von ihnen."

Hastein schüttelte den Kopf. „Mord an Frauen und Kindern?" fragte er. „Nachdem ihre Sicherheit zugesagt worden ist? Und Mord an einem Stiefbruder? Das ist ein enormer Vorwurf, den Ihr da macht. Es ist sehr schwer, das von einem Anführer wie Toke zu glauben."

Ich glaubte zu wissen, was Hastein nicht ausgesprochen hatte. Toke war ein angesehener Krieger und Anführer, während ich nur ein ehemaliger Sklave war. Warum sollte man meinem Wort trauen?

Ich konnte spüren, wie mein Gesicht rot vor Zorn wurde. „Gewährleistet eine edle Geburt ehrenhafte Taten? Ihr seht Toke als untadeligen Edelmann, aber Ihr kennt nur seinen Ruf. Ich weiß, wozu er in Wirklichkeit fähig ist, weil ich es selbst gesehen habe. Er ist ein Nithing, ein Mann ohne Ehre. Ich habe geschworen, ihn und alle seine Krieger zu töten, die geholfen haben, Harald zu ermorden, und das werde ich auch tun oder bei dem Versuch sterben."

Bisher hatte Torvald geschwiegen, aber jetzt schnaubte er verächtlich. „Ich glaube, das letztere ist wahrscheinlicher", sagte er. „Toke hat schon viele Menschen getötet. Ich selbst habe gesehen, wie er einen Mann im Zweikampf zur Strecke brachte. Ihr hättet gegen ihn keine Chance."

„Vielleicht wisst Ihr noch, dass Menschen das gleiche auch über mich gesagt haben", bemerkte Hastein mit ruhiger Stimme. „Damals als ich mit Grim Ormsson um das Recht kämpfte, in Nordjütland zu herrschen."

Hastein wandte sich zu mir und fuhr fort. „Mein Vater ist vor mir Jarl gewesen", erklärte er. „Aber als er starb, war ich noch ein junger Mann. Grim war ein erfahrener Anführer und Krieger, und er dachte, dass er ein besserer Herrscher sei, als ein bartloser Jüngling. Womöglich war der König der gleichen Meinung, denn er griff nicht ein, als Grim und seine Männer sich bereit machten, gegen mich zu marschieren. Aus Loyalität zu meinem verstorbenen Vater unterstützten mich seine

Huscarls, aber nur wenige andere standen zu mir. Mir wurde geraten, den Titel des Jarls an Grim abzutreten und ihm die Treue zu schwören. Man hat mir gesagt, ich hätte gegen Grim keine Chance. Doch heute bin ich Jarl, und Grims Knochen zerfallen in seinem Grabhügel. Ich bin Jarl, weil ich es wagte, mich dem Schicksal zu stellen, das die Nornen für mich gewebt hatten, obwohl außer mir nur wenige glaubten, dass ich Erfolg haben könnte."

Er war eine Zeitlang still. „Ich herrsche für den König über die Länder um den Limfjord", sagte er schließlich. „Ich bin dafür verantwortlich, den Frieden dort aufrechtzuerhalten. Wenn sämtliche Bewohner eines Anwesens ermordet wurden, ist das meine Angelegenheit. Ich muss darüber nachdenken."

Hastein lehnte sich auf einen Ellbogen zurück, streckte die Beine vor sich aus, und rief: „Cullain!"

Der Sklave, der neben dem Zelt saß und dabei war, die Ente zu rupfen und auszunehmen, schaute hoch.

„Bring uns Wein und etwas zu essen, während wir darauf warten, dass die Ente zubereitet wird", befahl Hastein. „Ich habe einen Mordshunger."

Ich hatte ebenfalls Hunger. Cullain brachte uns ein Holzbrett, das mit einer großen Scheibe Käse, einem Laib duftendem, frisch gebackenen Brot, drei silbernen Bechern und einem Tonkrug beladen war. Er setzte das Brett auf den Boden vor Hastein ab, zog ein Messer aus der Käsescheibe und benutze es, um drei der Würste abzuschneiden, die über dem Feuer brieten.

Nachdem er die Würste auf das Brett gelegt hatte, hob Cullain den Krug und füllte die drei Kelche.

Hastein nahm einen der Kelche und gab ihn mir.

„Ihr seid bei dieser Mahlzeit mein Gast. Zu Eurem Wohl."

Cullain reichte einen zweiten Becher Hastein, der daraus einen langen Zug nahm und dann zufrieden seufzte. Während Hastein trank, nahm Torvald den dritten Kelch, trank, und rülpste genussvoll.

Ich betrachtete die Flüssigkeit in meinem Kelch misstrauisch, dann nahm ich vorsichtig einen Schluck. Der Wein glänzte in tiefem, satten Rot und hatte fast die Farbe von Blut, wenn auch dünner.

Hastein grinste mich an. „Habt Ihr noch nie Wein getrunken?"

Ich schüttelte den Kopf. Ich hatte Bier und gelegentlich Met getrunken, aber Wein bisher nie.

„Der Wein war Teil der Ladung des Schiffs, das ich an der fränkischen Küste aufgebracht habe. Das Schiff, das die Möwe beschädigt hat. Die Priester des Weißen Christus trinken Wein wie diesen bei ihren Ritualen. Sie glauben, dass er sich in das Blut ihres Gottes verwandelt und sie vor dem Tod schützt. Nach allem, was ich gesehen und erlebt habe, glaube ich das kaum, aber es ist dennoch ein edles Getränk."

Hastein beugte sich vor, schnitt ein Stück Brot ab und belegte es mit Scheiben von Wurst und Käse. Dann lehnte er sich wieder auf den Ellbogen zurück. „Bitte, bedient Euch!" Er nickte in Richtung des mit Essen beladenen Holzbretts. Torvald nahm ein Messer aus seinem Gürtel und stach es in eine der Würste. Er hob sie zum Mund und biss ein großes Stück von einem Ende ab. Ich wartete, um sicherzugehen, dass Torvald fertig war, bevor ich mir Brot, Fleisch und Käse besorgte. Es wäre wohl klüger, dachte ich mir, mich nicht zwischen einen Riesen und sein Essen zu stellen.

„Ihr habt gesagt, dass die Männer, die Harald töteten, auch hinter Euch her sind", sagte Hastein. „Wie habt Ihr das gemeint?"

„Während des letzten Gefechts konnte ich in den Wald entkommen. Am nächsten Morgen schickte Toke Krieger, die von Spurenlesern und Hunden aus dem nahegelegenen Dorf unterstützt wurden, um mich zu finden."

„Warum halfen ihm die Dorfbewohner?"

„Toke sagte ihrem Aufseher, dass Banditen das Langhaus überfallen und seine Bewohner abgeschlachtet hätten. Er sagte, dass er sein Lager in der Nähe aufgeschlagen und die Flammen bemerkt hätte. Als sie ankamen, sei es aber schon zu spät gewesen, sodass ihnen nur noch übrig geblieben sei, Rache an den Banditen zu nehmen. Toke behauptete, er und seine Leute hätten alle Banditen getötet, außer einem, der geflüchtet sei. Er bezog sich natürlich auf mich."

„Und der Aufseher des Dorfes glaubte ihm?" fragte Hastein.

„Genau wie Ihr kannte er Toke", antwortete ich. „Ich nehme an, dass auch er es schwer fand, zu glauben, dass solch ein berühmter Anführer alle Bewohner eines Hofs – einschließlich seines eigenen Stiefbruders – ermorden würde."

„Toke kann Euch nicht am Leben lassen", sagte Hastein grimmig. „Ihr könntet seine Erzählung als Lüge entlarven und seinen Verrat offenbaren.

„Es ist ein langer Weg vom Limfjord bis Haithabu",

fuhr er fort. „Wie seid Ihr Euren Verfolgern entkommen? Oder verfolgen sie Euch noch immer?"

„Ich kenne mich im Wald besser aus als die meisten Männer", sagte ich. „Ihr Vorteil war nicht so groß, wie sie glaubten, und das hat sie nachlässig gemacht. Ich habe die beiden Dorfbewohner nicht getötet, denn mit ihnen hatte ich keinen Streit. Aber aus der Gruppe meiner ersten Verfolger lebt von Tokes Männern keiner mehr. Ich bin mir allerdings sicher, dass Toke andere schicken wird."

„Es ist nicht einfach, Eurer Geschichte Glauben zu schenken", sagte Hastein. „Nur wenige Männer könnten es überleben, so gejagt zu werden, wie Ihr es beschrieben habt. Es gibt noch weniger, die die Oberhand gewinnen könnten. Und dabei seid Ihr nicht viel mehr als ein Junge ohne Kampferfahrung – und darüber hinaus noch bis vor kurzem ein Sklave." Er nahm einen großen Schluck Wein, dann starrte mich nur an und sagte nichts.

Es hatte mich erleichtert, Hastein meine Geschichte zu erzählen. Es war als ob die Last, die ich trug, weniger schwer wog, wenn auch jemand anders von Tokes Verrat wusste. Aber je länger sich Hasteins Schweigen hinzog, umso mehr sank meine Stimmung.

Er glaubte mir nicht.

Endlich sprach er wieder. „Es ist nicht einfach, Eurer Geschichte Glauben zu schenken", sagte er erneut. „Und doch erkenne ich einige Anzeichen dafür, dass Ihr die Wahrheit sagt. Euer Aussehen ist im Einklang mit Euren Worten. Der Schnitt Eurer Haare und der Zeitraum, während dessen sie dem Anschein nach ausgewachsen sind, passen zu den Fakten, die Ihr mir erzählt habt. Und obwohl Eure Kleider jetzt etwas beschmutzt und zerlumpt aussehen, sind sie offensichtlich einmal von guter Qualität gewesen und scheinen Euch auf den Leib geschneidert und nicht gestohlen worden zu sein. Wörter können lügen, aber solche Dinge nicht. Gibt es irgendwelche anderen Details, die Ihr hinzufügen könnt, um Eure Geschichte zu untermauern?"

Ich ließ mir die Ereignisse der letzten Zeit durch den Kopf gehen. „Ich kenne den Namen des Dorfaufsehers, der mit Toke sprach. Er heißt Hrodgar."

Hastein nickte. „Ich kenne ihn. Er ist ein guter Mann."

„Und die Fährtenleser, die Hrodgar zur Unterstützung von Tokes Männern mitschickte, heißen Einar und Kar", fuhr ich fort. „Am Ende tat sich Einar mit mir zusammen und half mir, den letzten von Tokes Männern zu überwältigen. Er kennt die Wahrheit. Er hörte das Geständnis von Tokes Mann, bevor dieser starb. Und ich habe diese."

Ich kramte in einem meiner Köcher und zog zwei Stöcke heraus, in die Runen geschnitzt waren. Hastein nahm sie entgegen.

„Was ist das?" fragte er.

„Darauf stehen die Namen von Tokes Männern, die an dem Überfall beteiligt waren. Einar schnitzte sie für mich in diese Stöcke. Wir zwangen Tokes Mann, sie preiszugeben, bevor wir ihn töteten." Ich erwähnte nicht, dass ich keine Runen lesen konnte, sodass ich nicht wusste, was auf den Stöcken stand. Das war ein Problem, mit dem ich mich befassen würde, wenn die Zeit reif war.

„Wenn dieser Einar das Geständnis von einem von Tokes Männern gehört hat, dann ist er ein wichtiger Zeuge", sagte Hastein. „Ich möchte mit ihm sprechen."

Hastein war wieder eine Zeitlang still, dann stieß er einen langen Seufzer aus. „Ich bin nie imstande gewesen, Mord, Verrat und das Werk von Nithings zu ignorieren. Allerdings habe ich jetzt keine Zeit, mich darum zu kümmern. Viel größere Angelegenheiten werden demnächst in Bewegung gesetzt, und ich habe dabei eine Rolle zu spielen."

Er schaute mir in die Augen. „Ich frage ich mich allerdings, ob es die Nornen waren, die unsere Wege zusammengeführt haben. Wenn sie die Schicksale der Menschen weben, kreuzen die drei Schwestern die Fäden unterschiedlicher Leben nur selten ohne Grund. Ich habe gelernt, den Weg meines Lebens genau zu verfolgen, um verräterische Spuren des Schicksals zu erkennen. Ich frage mich, ob Euer Schuss vorhin ein Zeichen für mich sein sollte, dass Euer Schicksal von den Göttern berührt wurde. Wenn dem so ist, dann glaube ich, dass wir uns nicht zufällig getroffen haben."

Er seufzte wieder.

„Es führt wohl kein Weg daran vorbei", sagte er. „Ich muss Euch fürs Erste in meiner Nähe behalten, bis ich die Zeit hatte, Eure Anklage gegen Toke zu untersuchen und zu entscheiden, was getan werden muss. Trotz Eurer Jugend und Eures Mangels an Erfahrung werdet Ihr in die Mannschaft der Möwe aufgenommen."

4

Die Möwe

Hasteins Worte überraschten mich. Aber Torvald war mehr als überrascht. Er war entrüstet.

„Mein Jarl!" stieß er aus. „Er ist nur ein bartloser Jüngling. Er gehört nicht in die Mannschaft der Möwe. Wir sind alle sorgfältig ausgewählte Männer."

„Ihr habt seine Geschichte gehört", antwortete Hastein. „Er hat mehr Kampferfahrung als in Anbetracht seiner Jugend zu erwarten wäre. Und Ihr habt gesehen, wie er mit dem Bogen umgehen kann. Kein Bogenschütze der Möwe hätte dieses Ziel getroffen, nicht einmal Tore."

Hastein wandte sich an mich. „Torvald hat allerdings nicht ganz Unrecht. Die Mannschaft wird nicht erfreut sein. Sie haben alle viele Schlachten gesehen und sich dabei bewährt. Ihr dürft nicht erwarten, dass sie Euch schnell akzeptieren. Ihr müsst Euch ihre Anerkennung verdienen."

„Das wird zu schlechter Stimmung führen", sagte Torvald und schüttelte den Kopf. „Ich halte es für einen Fehler."

„Es ist meine Entscheidung, wer auf meinem Schiff dient", erwiderte Hastein. „Die Mannschaft wird sich meiner Entscheidung beugen, ebenso wie Ihr. Und Ihr seid mein Stellvertreter. Ich erwarte von Euch, dass es deswegen keine Probleme gibt."

Torvald warf sich zurück auf sein Bärenfell und

lehnte sich mit einem grimmigen Gesichtsausdruck auf einen Ellbogen. Er griff nach seinem Becher und nahm einen großen Schluck, sagte aber nichts mehr.

„Als Mitglied der Mannschaft der Möwe seid Ihr auch Teil des Felags, der Gemeinschaft aller Besatzungen meiner drei Schiffe", sagte Hastein mir nun. „Das bedeutet, dass Ihr einen Anteil von allen gemeinsam erbeuteten Gütern erhaltet. Selbst Erbeutetes gehört Euch alleine.

Ich habe mich davon überzeugt, dass Ihr ein meisterhafter Bogenschütze seid. Ihr sagtet mir, dass Ihr auch im Wald erfahren seid, und ich habe Euch die lateinische Sprache sprechen hören, was auf dieser Reise wohl nützlich sein wird. Habt Ihr irgendwelche anderen Fähigkeiten, die mir noch nicht bekannt sind?"

„Ich kann Bögen und Pfeile fertigen", antwortete ich. „Und seit ich zehn Jahre alt war, habe ich beim Schmied auf dem Gut meines Vaters ausgeholfen."

Ein Lächeln breitete sich langsam auf Hasteins Gesicht aus. „Dies ist ein weiteres Zeichen für mich", sagte er. „Der Schmied auf meinem Anwesen am Limfjord ist in diesem Winter auf dem Eis ausgerutscht und hat sich ein Bein gebrochen. Es ist nicht gut verheilt, und er ist nicht in der Verfassung, zur See zu fahren. Die Möwe ist auf dieser Reise ohne einen Schiffsschmied gewesen ... bis jetzt."

Er wandte sich an seinen Steuermann. „Seht Ihr, Torvald, es soll wohl so sein. Und seine handwerkliche Fertigkeit wird dazu beitragen, dass die Männer ihn akzeptieren."

Torvald grunzte nur. Er schien nicht überzeugt zu

sein.

Hastein wartete, während er mich erwartungsvoll ansah, aber ich sagte nichts. Ich würde mich sicher nicht dagegen wehren, als Schiffsschmied zu arbeiten. Ich war froh, überhaupt in der Mannschaft zu sein.

„Als Schmied besitzt Ihr wertvolle Fähigkeiten, die über die eines gewöhnlichen Seemanns hinausgehen", sagte er schließlich. „Ein erfahrener Krieger würde um zusätzliche Anteile des Felags feilschen. Ich werde Eure Unerfahrenheit nicht ausnutzen. Ihr werdet zu anderthalb Anteilen berechtigt sein, anstatt nur zu einem."

Hastein warf einen Blick auf die Ausrüstung, die ich mit zu seinem Lager geschleppt hatte. Neben meinem Bogen, zwei Köchern, der kleinen Axt und dem Dolch in meinem Gürtel hatte ich einen Schild, einen Helm, ein gerolltes Bündel aus zwei Umhängen und ein mit Metallstücken besetztes Lederwams sowie einen Beutel mit Essensvorräten und einen Wasserschlauch. Es war alles, was ich in der Welt besaß.

„Ich sehe, dass Ihr keine Schmiedewerkzeuge habt", bemerkte Hastein. Er griff in einen kleinen Lederbeutel, der an seinem Gürtel hing, und zog einige Silbermünzen heraus. Als er sie mir reichte, sagte er: „Nehmt dies, um die benötigten Werkzeuge zu kaufen. Am Ende der Reise könnt Ihr mir den Betrag zurückzahlen, wenn Ihr sie behalten wollt. Wenn Ihr Eure Werkzeuge beisammen habt, kauft Roheisen mit dem übrigen Silber."

Ich nahm die Münzen in die Hand und starrte sie wortlos an. Ich merkte, wie mein Gesicht rot anlief.

„Gibt es ein Problem?" fragte Hastein. „Benötigt Ihr

mehr Silber?"

Ich starrte auf den Boden statt in seine Augen. „Ich weiß, welche Werkzeuge ich brauche, aber ich war fast mein ganzes Leben lang ein Thrall. Ich kenne weder den angemessenen Wert der Dinge, die ich kaufen muss, noch den Wert dieses Silbers. Ich kann die benötigten Sachen nicht kaufen."

„Ihr seid in der Tat ein merkwürdiger Geselle", sagte Hastein. „Allerdings stimmt das, was Ihr sagt, mit Eurer Erzählung überein. Torvald, Ihr begleitet Halfdan und sorgt dafür, dass er nicht betrogen wird." Torvald rollte mit den Augen, sagte aber nichts. Ich hatte das Gefühl, dass ich in seiner Wertschätzung kaum noch tiefer sinken konnte.

Hastein schaute wieder mich an. „Und was Euch betrifft, ist es gut, dass Ihr mir die ganze Geschichte erzählt habt. Ich werde Euch nicht vorwerfen, dass Ihr als Sklave geboren wurdet. Aber Ihr solltet wissen, dass viele Menschen Euch danach beurteilen werden, was Ihr früher wart, und nicht danach, was Ihr seid. Eure Vergangenheit sollte am besten ein Geheimnis bleiben."

Nach dem Essen gingen Torvald und ich in die Stadt. Ich schlug vor, dass wir zunächst einen Schmied aufsuchen und ihn fragen sollten, ob er überschüssiges Werkzeug zu verkaufen hätte, aber Torvald bestand darauf, zuerst zum Marktplatz zu gehen.

„Wenn Ihr wirklich den Wert von Silber nicht kennt und nicht wisst, wie man handelt, müsst Ihr es lernen", betonte er. „Wenn Ihr es nicht tut, werdet Ihr Euch bald vor der gesamten Mannschaft blamieren. Es wird schwer genug sein, sie dazu zu bringen, Euch zu akzeptieren.

Besonders Tore wird es nicht mögen."

„Wer ist Tore?" fragte ich.

„Er ist der Anführer der Bogenschützen auf der Möwe. Im Kampf werdet Ihr meistens unter seinem Befehl stehen. Wenn er Euch akzeptiert, werden die anderen Mitglieder der Mannschaft Eure Anwesenheit zumindest tolerieren. Aber es wird Tore nicht gefallen, einen solch jungen und unerfahrenen Krieger befehligen zu müssen und für ihn verantwortlich zu sein."

Torvald seufzte. „Es sieht dem Jarl ähnlich, eine solche Entscheidung zu treffen und es dann mir zu überlassen, die Situation zurechtzubiegen. Ich muss mir etwas einfallen lassen." Er seufzte wieder. „Der Jarl kann sich glücklich schätzen, dass er sich auf mich verlassen kann."

Als wir den Marktplatz erreichten, bummelten wir durch die ausgelegten Erzeugnisse, die zum Tausch oder Verkauf dargeboten waren. Torvald hielt oft an und feilschte gekonnt um diesen oder jenen Artikel. Obwohl er nie etwas kaufte, half mir sein Schachern mit den Händlern, den Wert der Silbermünzen zu verstehen, die ich bei mir trug. Zu meiner Überraschung war es nicht die Prägung der einzelnen Münzen – ob englischer Penny, fränkischer Denier oder sogar eine in Haithabu selbst geprägte Münze – die ihren Wert bestimmte. Es war das Gewicht des Silbers, das zählte. Das einzige Mal, als Torvald tatsächlich etwas kaufte – einen mit fränkischem Wein gefüllten Weinschlauch, den wir uns hin und her reichten, während wir über den Markt schlenderten – bezahlte er nicht einmal mit Münzen. Stattdessen zog er eine dünne, geflochtene Silberstange aus seinem Gürtel, die aussah, als sei sie einst Teil eines Armreifs gewesen, und hackte mit seinem Messer ein kleines Stück ab.

Trotz seines anfänglichen Murrens Jarl Hastein gegenüber, wegen meiner Aufnahme in die Mannschaft der Möwe, stellte ich fest, dass Torvald ein angenehmer und unterhaltsamer Begleiter sein konnte. Er lächelte oft, lachte gern und schien es zu genießen, einen begierigen Zuhörer für seine Erzählungen von Hastein und der Mannschaft der Möwe zu haben. Ich erfuhr, dass Torvald nicht nur der Steuermann auf Hasteins Schiff, sondern auch der Krieger war, der das Banner des Jarls im Kampf trug und an seiner Seite kämpfte. Hastein und Torvald waren seit ihrer Kindheit Freunde, und wenn man Torvalds Worten Glauben schenkte, wären die meisten Erfolge des Jarls ohne Torvalds Unterstützung nicht zustande gekommen. Ich fragte mich, ob Hastein auch so dachte.

Ich lehnte meinen Kopf zurück, um einen weiteren Schluck aus dem Weinschlauch zu nehmen, als Torvald mich mit dem Ellbogen anstieß. Ein kleiner Schubser von Torvald war wie ein harter Stoß von einem kleineren Mann; ich taumelte zur Seite und spritzte Wein auf mein Gesicht anstatt in den Mund.

„Seht dort", sagte er. „Der Mann da drüben verkauft Seekisten. Ich wusste, dass sie in einer Hafenstadt wie Haithabu erhältlich sein würden. Jetzt seid Ihr an der Reihe. Verhandelt darum und kauft eine."

Ich schaute in die Richtung, in die Torvald zeigte. Nicht weit von uns entfernt saß ein alter Mann mit einem grauen Bart auf einer langen, niedrigen Holzkiste.

Eine weitere Kiste stand mit geöffnetem Deckel neben ihm. Der Mann trug eine einfache Tunika und eine Hose aus grober, grauer Wolle und schnitzte einen dicken Stab mit der feinen Klinge eines Messers.

Es war mir nicht eingefallen, dass ich eine Seekiste brauchte, bis Torvald es erwähnte, aber daraufhin erinnerte ich mich, wie mein Vater und seine Mannschaft sich auf ihre Reisen auf dem Roten Adler vorbereiteten. Jedes Mitglied der Besatzung hatte eine solche Kiste, um seine Ausrüstung zu verstauen und um sie beim Rudern als Sitz zu verwenden.

„Wie viel sollte ich dafür bezahlen?" fragte ich.

Er zuckte mit den Schultern. „Finde heraus, wie viel er dafür verlangt und biete ihm weniger."

Als ich mich näherte, schaute der alte Mann von seiner Schnitzerei auf.

„Habt Ihr diese Kisten gemacht?" fragte ich ihn. Er nickte. Ich schaute die Truhe an, die er nicht als Sitzgelegenheit benutzte. Sie war mit hervorragender Handwerkskunst gefertigt und mit einem dunklen, stark gemaserten Holz beplankt, das ich nicht kannte. Es fühlte sich glatt wie Stahl an und es glänzte, als wäre Öl eingerieben worden. Die Scharniere waren aus auf Hochglanz polierter Bronze gemacht, und zwei Streifen desselben Metalls umschlossen die Kiste nahe den Seitenwänden, um sie zu verstärken. Eine reich verzierte Bronzeplatte, die in der Gestalt einer sich windenden Schlange gegossen war, war in das Holz auf der Vorderseite der Truhe eingelassen und hatte in der Mitte einen Schlitz für einen Schlüssel.

„Wie viel wollt Ihr für diese hier?" Natürlich

brauchte ich keine so edle Seekiste, aber ihre Schönheit erweckte in mir das Verlangen, sie zu besitzen.

„Diese dort?" fragte der alte Mann. Er hielt einen Moment inne, während er mich von Kopf bis Fuß eingehend musterte. „Das ist eine meiner besten Arbeiten. Ich werde sie für drei Silberpfennige mit dem Pfenniggewicht von Haithabu verkaufen."

Der Preis und der Gesichtsausdruck des alten Mannes brachten mich wieder zur Besinnung. Die Kiste war schön, aber sie war nicht für jemanden wie mich geeignet. Ich schaute auf die Truhe, auf der der Mann saß. Sie war ungefähr gleich groß wie die schöne Kiste, war aber viel einfacher gebaut. Die Planken waren aus Kiefer und die Scharniere und der Verschluss waren aus rohem Eisen geschmiedet.

„Darf ich diese genauer ansehen?" fragte ich.

Der alte Mann stand auf und machte langsam seinen Rücken gerade, als ob ihn die Bewegung schmerzte. Ich öffnete den Deckel der Kiste aus Kiefer. Er bewegte sich ruckfrei in den Scharnieren und passte gut auf das untere Teil, wenn die Truhe geschlossen war. Die Planken waren an den Kanten stabil miteinander verbunden.

„Wie viel wollt Ihr dafür?"

„Einen Silberpfennig", antwortete er.

Torvald schnaubte und fing an, sich demonstrativ umzuschauen, als ob er auf dem Marktplatz nach einem anderen Verkäufer von Truhen suchte. Ich war für den Hinweis dankbar.

„Ich gebe Euch einen halben Pfennig", sagte ich.

„Pfenniggewicht von Haithabu?" fragte der alte Mann.

Seine Bereitschaft, mein Angebot anzunehmen, war ein Hinweis darauf, dass ich wohl auch bei einem halben Pfennig zu viel zahlte, aber ich nickte und fischte die englischen Pfennige, die ich Tokes Männern abgenommen hatte, nachdem ich sie getötet hatte, aus dem Beutel an meinem Gürtel. Der Verkäufer nahm eine kleine Waage, wog die Münze und legte sie auf einen nahen Holzblock. Dann setzte er die Schneide seines Messers auf die Münze.

„Seid Ihr mit diesem Schnitt einverstanden?" fragte er.

Ich nickte abermals. Er schlug mit dem Stock, den er zuvor geschnitzt hatte, auf die Rückseite der Klinge, und der Handel war abgeschlossen.

Wie ich geahnt hatte, mussten wir einen Schmied finden, damit ich die benötigten Werkzeuge kaufen konnte. Es stellte sich heraus, dass es zwei Schmiede in Haithabu gab. Der erste hatte keine Werkzeuge zu verkaufen, aber der zweite, ein Mann in fortgeschrittenem Alter, hatte einen Satz, den er früher auf Seereisen mitgenommen hatte und für den er jetzt keine Verwendung mehr hatte: einen Hammer mittleren Gewichts, dessen Kopf auf der einen Seite flach und auf der anderen keilförmig war, einen Satz kurzer Eisenzangen, einen Block aus gehärtetem Stahl etwa in der Größe von Torvalds Faust als Amboss und einen kleinen Blasebalg aus Leder und Holz. Ohne Feilschen zahlte ich ihm den Preis, den er verlangte, und schätzte mich glücklich.

Ich verlud meine neu erworbenen Werkzeuge in

meine Seekiste und zog sie auf meine Schulter. Mit dem restlichen Silber von Hastein kauften wir fünf Stangen Roheisen, die Torvald auf seine Schulter lud, als seien es Scheite aus Brennholz. Wie es aussah, trug er seine schwere Bürde mit viel weniger Mühe, als meine Seekiste mir bereitete.

Als wir zum Lager zurückkehrten, war Hastein weg. Cullain war damit beschäftigt, die Abendmahlzeit für Hastein und die Kapitäne seiner anderen beiden Schiffe vorzubereiten, die mit ihm speisen würden.

Torvald lud mich daraufhin ein, mit ihm zu Abend zu essen. „Ihr könnt heute Nacht auch das Zelt mit mir teilen." Er zeigte mit einer großen Geste auf einen breiten Umhang, der über gekreuzte Stöcke drapiert war und einen einfachen, schrägen Unterschlupf neben Hasteins Zelt bildete. „Wir haben am Ufer ein großes Zelt als Schlafstätte für den Rest der Mannschaft aufgeschlagen, aber da sie noch nicht wissen, dass Jarl Hastein Euch als neues Besatzungsmitglied auf der Möwe verpflichtet hat, wärt Ihr dort wohl kaum willkommen." „Cullain", rief er, bevor der kleine Ire entkommen konnte. „Wenn du das Abendessen für den Jarl und seine Gäste zubereitest, denke daran, auch genug für Halfdan und mich zu kochen."

Obwohl er weit mehr als einen Kopf kleiner als Torvald war, starrte Cullain ihn zornig an, sagte aber nichts.

„Wann erfahren die anderen in der Mannschaft von mir?" fragte ich.

„Es ist wohl besser, sie erst kurz bevor wir ins See stechen, darüber zu unterrichten", sagte er. „Ich habe einen Plan."

Während ich meinen Helm, meine Umhänge, meine Köcher und die restliche Ausrüstung in meiner Seekiste verstaute, verschwand Torvald. Er kehrte mit einem Stück Eichenplanke zurück, das etwa so lang wie der Unterarm eines Mannes und so breit wie die Spanne einer Hand war. Ich fragte mich, ob es aus dem beschädigten Holz des Plankengangs am Rumpf der Möwe herausgesägt worden war, denn es war verwittert und durch Pech verfärbt, und an einer Kante war es mit einem Loch für eine Niete durchbohrt. An einem Ende des Brettes waren zwei neue Löcher gebohrt worden, und durch eines der Löcher war ein an einem Ende verknotetes Stück Seil gezogen worden.

„Was ist das denn?" fragte ich ihn.

„Ihr werdet sehen", antwortete er lächelnd. „Zu gegebener Zeit."

Während der letzten Stunde des Tageslichts und danach beim Schein eines kleinen Feuers, das wir vor seiner Unterkunft errichtet hatten, stocherte Torvald mit der Spitze seines Messers ein flaches Loch in das Brett. Als ich ihn fragte, was er tat, antwortete er wieder nur, „Zu gegebener Zeit."

Ich sah mit Interesse zu, als Hastein in Begleitung der Kapitäne seiner zwei anderen Schiffe zurückkehrte. Die beiden Männer sahen an die zehn Jahre älter aus als Hastein, wenn nicht noch mehr. Ihre Tuniken waren von guter Qualität und aus feinem, buntgefärbten Leinen – einem teuren Stoff, wenn auch nicht so edel wie die Seide, die Hastein trug – und an ihren Gürteln hingen hochwertige Schwerter. Torvald nannte mir ihre Namen:

Svein war Kapitän des Seewolfs und Stig Kapitän der Schlange. Beide schienen das zu sein, was Harald „Männer von Rang und Namen" genannt hätte, dennoch waren sie damit zufrieden, einem viel jüngeren Mann zu dienen. Ich sehnte mich danach, mehr über diesen Jarl zu erfahren, dem auch ich nun dienen sollte.

Die Speisen und Getränke des Abendessens waren ausgezeichnet; wir bekamen das Gleiche, das Hastein und seinen Kapitänen serviert wurde. Ich nahm an, dass es sich um ein Privileg handelte, das Torvald als Steuermann und persönlicher Begleiter des Jarls genoss. Der Wein zum Essen sagte mir immer mehr zu, obwohl ich anfangs misstrauisch gewesen war. Während unserer Mahlzeit unterhielt mich Torvald mit weiteren Erzählungen seiner Abenteuer mit Hastein.

Als wir mit dem Essen fertig waren, nahm Torvald das Projekt mit dem Brett wieder auf. Er bohrte weiter mit der Spitze seines Messers – einem großen Sax, der dafür eigentlich wenig geeignet war – in der Mitte der Planke, bis er in dem Holz ein rundes und fast fingerdickes Loch ausgehöhlt hatte. Schließlich zog er eine Silbermünze aus der Tasche, legte sie auf das Loch, nickte zufrieden, polierte sie mit seinem Ärmel, bis sie im Feuerschein hell leuchtete, und hämmerte mit dem Knauf seines Saxes auf die Münze, bis sie fest in dem Loch saß. Torvald sah sehr zufrieden aus, als er fertig war, und hielt sein Werk für mich hoch, damit ich es begutachten konnte.

„Was meint Ihr?"

„Wenn es eine in ein Brett gehämmerte silberne Münze sein soll, ist es durchaus beeindruckend. Sonst bin ich mir nicht so sicher."

Torvald lachte.

„Wozu soll es gut sein?" fragte ich.

„Zu gegebener Zeit", antwortete er.

Die Reparaturen an der Möwe waren am Vormittag des folgenden Tages abgeschlossen. Hastein und Torvald riefen die Mannschaft zusammen, und mit gemeinsamen Kräften schoben sie das Schiff über die Rollen aus Baumstämmen zurück ins Meer. Sobald es im Wasser war, wurde ein Anker gesetzt, damit das Schiff parallel zum Ufer nicht weit vom Land verharrte.

Um mich herum zogen die Besatzungsmitglieder ihre Kleider aus, verstauten sie in ihren Seekisten und fingen an, durch das hüfthohe Wasser zu waten, um ihre Ausrüstung an Bord des Schiffs zu laden. Proviant – Fässer mit gepökeltem Schweinefleisch, lebende Hühner in Käfigen, Bierfässer, Säcke mit Gerste und Fässer voll Süßwasser – wurde ans Ufer gebracht und im Beiboot der Möwe übergesetzt.

Torvald hastete von einem Ende des Schiffs zum anderen und beaufsichtigte die Mannschaft, während sie die Lebensmittel und ihre Ausrüstung verluden. Als Steuermann war er dafür verantwortlich, dass das Gewicht an Bord des Schiffs gleichmäßig verteilt wurde.

Hastein, der vom Ufer zugesehen hatte, wie sein Schiff wieder ins Wasser gebracht wurde, gesellte sich zu mir, wo ich das Verladen beobachtete.

„Warum habt Ihr Eure Ausrüstung noch nicht an Bord gebracht?" fragte er.

„Torvald sagte mir, ich solle es noch nicht tun. Ich solle warten, bis er mich rufe."

Bei meiner Antwort runzelte Hastein die Stirn. „Wieso?"

„Ich weiß es nicht." Ich hatte mich das auch schon gefragt.

„Wir müssen das Schiff fertig beladen und in See stechen. Bringt Eure Ausrüstung an Bord. Und sucht Euch anschließend eine Position in der Nähe des Hecks. Wenn wir auf See kämpfen müssen, werde ich wahrscheinlich dort sein, und ich habe gern meine besten Bogenschützen um mich herum, damit ich ihre Schüsse besser dirigieren kann."

Ich hatte meine Seekiste und die Eisenstangen bereits zu meinem Aussichtsplatz am Ufer gebracht, damit ich alles an Bord schaffen konnte, wenn Torvald mir das Zeichen gab. Ich bückte mich, hob zwei der rohen Eisenbarren auf und wuchtete sie auf meine Schulter.

Hastein sah mich erheitert an. „Was macht Ihr da?"

„Ich nehme diese Eisenstangen aufs Schiff", antwortete ich. *Wie Ihr befohlen habt, ist das nicht offensichtlich?* dachte ich.

„Ihr habt vor, Eure Kleidung im Wasser zu tragen?"

Eigentlich hatte ich genau das beabsichtigt. Ich war bereits nervös genug, was die anfängliche Reaktion der Besatzung auf mich anging. Wenn ich beim ersten Treffen dann auch noch nackt sein sollte, wäre das keine Hilfe. Der Kontrast zwischen meinem jugendlichen Körper und ihren muskulösen und vernarbten Erscheinungen würde meinen Mangel an Alter und Erfahrung nur noch stärker hervorheben. Aber ich wollte auch nicht, dass Hastein mich für einen Narren hielt.

Widerwillig zog ich mich aus, verstaute die Kleider in meiner Seekiste und begann, die Eisenstangen zum Schiff zu tragen. Das Wasser war sehr kalt, und die rohen Metallbarren schwer und unbequem auf meiner nackten Haut. Ich musste zweimal hin und her waten, um sie alle zum Schiff zu bringen. Jedes Mal, wenn ich an der Schiffsseite ankam, reichte Torvald hinunter und nahm mir die schweren Stangen ab, als wögen sie nichts.

Beim dritten Mal trug ich meine Seekiste auf der einen Schulter und hielt meinen Schild und den Bogen, die zu groß für die Truhe waren, mit der anderen Hand hoch. Als ich die Schiffsseite erreichte, war Torvald nicht da – er war wohl irgendwo vorne im Schiff. Mit klappernden Zähnen stand ich im Wasser und fragte mich, wie ich an Bord gelangen sollte. Schließlich erschien ein Paar Hände über der Reling und nahm meinen Bogen und den Schild. Ich wartete, aber niemand kam zurück, um mir die Kiste abzunehmen.

„Kann mir jemand helfen?" rief ich.

Ein Mann schaute über die Seite des Schiffs. „Habt Ihr Euch verlaufen, Kleiner?" Er nahm mir meine Seekiste von der Schulter ab, stellte sie auf das Deck und reichte mir seine Hand, um mich an Bord zu ziehen.

„Danke", sagte ich, als ich auf dem Deck stand.

„Nicht der Rede wert", antwortete er. „Ich angele gern, und Ihr seid der größte Fisch, den ich seit Langem an Land gezogen habe. Allerdings noch etwas klein für dieses Schiff."

Die Männer um uns herum lachten. Ihre Gesichter waren alle bärtig und verwittert von einem Leben im

Freien. Sogar die Jüngsten unter ihnen sahen Jahre älter aus als ich.

Als ich dort nackt, kalt, und fröstelnd von ihnen stand, war mir peinlich bewusst, dass ich für diese Männer wohl wie ein kleiner Junge aussehen musste. Die Wirkung des kalten Wassers hatte diesen Eindruck noch verstärkt. So schnell ich konnte, fand ich meine Seekiste, zog mich wieder an und schaute mich nach meinen Waffen um.

In meiner Nähe saß ein Mann auf einer Kiste und hielt meinen Bogen auf dem Schoß. Er hatte ihn bespannt. Als er merkte, dass ich ihn ansah, sprach er. „Wie heißt du, Junge?"

Er war nicht groß. Eigentlich war er kleiner als ich, aber unterhalb seines dichten, schwarzen Barts war sein Oberkörper doppelt so breit wie meiner, und seine kurzärmelige Tunika gab den Blick auf muskulöse Arme frei.

„Halfdan", antwortete ich. Ich konnte nur hoffen, dass er nichts weiter von mir wollte. Er hatte dicke, schwere Brauen, die seine ohnehin schon finstere Miene noch bedrohlicher erscheinen ließen.

„Ich heiße Tore. Ich habe deinen Bogen angeschaut."

Als ich nichts sagte, fuhr er fort. „Er ist gut gearbeitet und hat eine große Zugstärke. Nur wenige Männer können einen solch zugstarken Bogen benutzen. Auf der Möwe bin ich der Einzige."

Jetzt nicht mehr, dachte ich.

„Er ist ein ungewöhnlich feiner Bogen für einen Jungen wie dich."

Ich war schon verärgert, dass er sich die Freiheit genommen hatte, meinen Bogen zu bespannen. Jetzt ärgerten mich der abfällige Ton seiner Stimme und sein höhnischer Gesichtsausdruck noch mehr.

„Ich stimme Euch zu", sagte ich. „Dies ist ein ausgesprochen schöner Bogen. Aber er gehört mir. Und ich bin kein Junge mehr." Ich streckte die Hand nach meinem Bogen aus, aber er gab ihn mir nicht.

„Wie kommt es, dass ein *Junge* wie du einen solchen Bogen besitzt? Und was machst du damit auf diesem Schiff?"

„Ich habe ihn selbst gefertigt", antwortete ich mit zusammengebissenen Zähnen. „Mein Bogen und ich sind an Bord dieses Schiffs, weil ich ein Bogenschütze und jetzt Mitglied dieser Mannschaft bin."

Tores Gesicht lief rot an. „Ich bin Erster Bogenschütze auf diesem Schiff", sagte er. „Es war mir nicht bekannt, dass wir einen weiteren Bogenschützen für unsere Mannschaft bekommen haben."

Torvalds Stimme kam von hinter mir. „Und mir war nicht bekannt, Tore, dass deine Erlaubnis erforderlich ist, bevor Jarl Hastein einen neuen Bogenschützen anheuert. Ich glaube, er ist sich dessen auch nicht bewusst, aber er ist gerade am Bug. Komm, lass uns zu ihm gehen und ihn fragen, wenn du möchtest."

„Der Jarl wählt wen er will", sagte Tore mürrisch. „Aber wir sind alle erfahrene Krieger hier. Ein Junge wie er gehört nicht in diese Mannschaft."

Torvald zupfte an seinem Bart und sah verwirrt aus.

„Ich gestehe, auch ich fand es merkwürdig, dass

der Jarl ihm die Möglichkeit gab, sich uns anzuschließen. Er ist allerdings ein Schmied, und wir haben derzeit keinen. Vielleicht hat der Jarl ihn gerade deshalb angeheuert. Und soweit ich weiß, kann er gut mit dem Bogen umgehen."

„Gut mit dem Bogen umgehen!" brüllte Tore. Bei der Lautstärke seiner Stimme drehten sich die Männer auf dem gesamten Schiff zu ihm um und starrten ihn an. „Viele Männer können gut mit einem Bogen umgehen, aber nur wenige sind gut genug, um auf der Möwe zu dienen."

Torvald zuckte mit den Achseln. „Vielleicht kann er auch sehr gut mit dem Bogen umgehen?"

Ich fragte mich, was Torvalds Plan sein könnte, und wann ich ihn verstehen würde. Bis jetzt hatte ich nicht den Eindruck, dass er sonderlich gut lief.

Hastein kam in den hinteren Teil des Schiffs. „Gibt es ein Problem hier?" fragte er. „Torvald, Ihr solltet doch dafür sorgen, dass das Schiff bald startklar ist.."

„Es ist dieser Junge, mein Jarl", sagte Tore. „Es entehrt uns alle, mit einem so jungen und unerfahrenen Jugendlichen dienen zu müssen. Wir sind alle ausgewählte Männer, die ihren Wert bewiesen haben."

In der Zwischenzeit hatten sich einige Mitglieder der Mannschaft um uns versammelt, und sie murmelten ihre Zustimmung mit Tore. Ich sah keine freundlichen Mienen in den Gesichtern, die mich anstarrten.

„Das sind wahre Worte, Tore", sagte Torvald. „Wir haben alle unseren Wert bewiesen, aber nicht dieser Junge. Es ist nicht nur eine Beleidigung, ihn in unserer Gemeinschaft zu haben. Es könnte auch gefährlich sein.

Wir wissen nicht, ob wir uns in einem Kampf auf ihn verlassen können."

„Ja, genau." Die Männer um uns herum murmelten jetzt lauter, und sie schauten mich noch feindseliger an. Ich starrte fassungslos auf Torvald, denn seine Worte kamen für mich so überraschend. Auch Hastein sah überrascht aus – und verärgert. Seine Kiefermuskulatur arbeitete, und sein Gesicht begann, rot anzulaufen; die Farbe kroch von seinem über seiner Tunika sichtbaren Hals aufwärts wie eine Flut.

„Also, Tore, vielleicht sollten wir ihn jetzt testen", schlug Torvald vor. „Wir könnten ein Ziel festlegen, und du könntest gegen ihn antreten. Ein Bursche wie dieser sollte nicht mit uns kämpfen dürfen, wenn er nicht unseren Besten schlagen kann. Nur wenn er besser treffen kann als du, darf er bleiben. Wenn du gewinnst, darfst du ihn über Bord werfen."

Jarl Hastein und ich starrten Torvald zornig an, aber dieser lächelte breit zurück. „Ich mag diesen Plan", sagte er. „Ich finde, er ist gut."

Auch Tore schien den Plan zu mögen. Er grinste mich höhnisch an. „Na, Junge, willst du jetzt auf eigene Faust das Schiff verlassen? Oder willst über Bord geworfen werden?"

Torvald ging zu seiner Seekiste und öffnete sie. „Ich glaube, ich habe eine ausgesprochen gute Zielscheibe hier", sagte er, während er das Brett mit der darin versenkten Silbermünze herausnahm.

Mit dem Brett in Hand durchmaß Torvald die gesamte Länge des Schiffs bis zum Bug. Das Seil, das am Brett befestigt war, verwendete er, um die Zielscheibe am Vordersteven des Schiffs unterhalb des vergoldeten Drachenkopfs festzubinden. Dann schlenderte er unbekümmert eine Melodie pfeifend zu uns zurück. In der Zwischenzeit interessierte sich jeder in der Mannschaft dafür, was jetzt passieren würde.

„Die Münze ist ein kleines Ziel", sagte Tore. „Aus welcher Entfernung sollen wir schießen?"

„Vom Achterdeck natürlich", sagte Torvald. „Du bist ein Meister im Bogenschießen. Ein zu einfaches Ziel wäre eine Beleidigung für dich. Jeder hat einen Pfeil. Wer der Münze am nächsten kommt, gewinnt den Wettbewerb."

Ich streckte Tore meine geöffnete Hand entgegen.

„Was willst du, Junge?" fauchte er.

„Ohne meinen Bogen kann ich nicht schießen", antwortete ich.

Er drehte den Kopf und spuckte auf den Boden. „Glaubst du, du hast den Hauch einer Chance, mich zu besiegen?"

Ich sagte nichts, aber ich erwiderte seinen Blick ohne zu zucken. Ich konnte nur hoffen, dass ich zuversichtlicher aussah, als ich mich fühlte. Schließlich gab Tore mir meinen Bogen zurück, indem er ihn widerwillig in meine ausgestreckte Hand klatschte, dann griff er hinter sich und hob seinen eigenen hinter seiner Seekiste verstauten Bogen auf, der in einer Tasche aus Hirschleder steckte. Er zog den Bogen aus der Tasche, stand auf und bespannte ihn.

Ich öffnete meine Truhe und wählte sorgfältig einen Pfeil aus einem der Köcher aus. Ich überprüfte und glättete die Befiederung, dann peilte ich entlang des

Schafts, um sicherzustellen, dass er sich nicht verbogen hatte, seit ich ihn das letzte Mal benutzt hatte.

Tore gehörte offenbar nicht zu denjenigen, die grübeln oder nachdenken, bevor sie handeln. Er trat auf das kleine, erhöhte Deck am Heck des Schiffs neben dem Steuerruder und legte einen Pfeil an seinen Bogen.

„Ich schieße als erster", kündigte er an.

„Tore!" rief Torvald. „Ich wette drei Silberpfennige gegen einen, dass dieser Junge dich schlägt."

Tore ließ seinen Bogen sinken und betrachtete ihn sichtlich verärgert. „Zur Hölle mit dir, Torvald. Glaubst du, du kannst mich so leicht aus der Fassung bringen? Ich gehe deine Wette ein und werde sie auch gewinnen."

Auf dem ganzen Schiff riefen nun andere Männer. „Darf ich auch mit dir wetten, Torvald?"

„Für mich auch, drei Pfennig zu einem auf Tore!"

„Ich nehme auch gern dein Silber, Torvald!"

Torvald schaute kurz besorgt, als ob er die Worte bereute, die er gesprochen hatte. Dann zuckte er mit den Schultern und sagte, „Also gut. Wer will die Wette eingehen?"

Insgesamt gingen dreizehn Männer auf die Wette ein – und mit Tore waren es vierzehn.

Torvald würde vierzehn Silberpfennige gewinnen, wenn ich Tore besiegen sollte. Aber sollte ich verlieren, dann würde es ihn zweiundvierzig kosten. Ich fragte mich, ob Torvald immer noch mit seinem Plan zufrieden war.

Tore nahm seinen Bogen wieder auf und brachte ihn zum vollen Auszug. Männer huschten von der Mitte des Decks und aus der Flugbahn des Pfeils. Das Schiff schaukelte sanft in den Wellen, die gegen den Rumpf plätscherten. Ich sah, wie Tore seine Knie leicht beugte, um die Bewegung auszugleichen, während sein Oberkörper ruhig wie Stein blieb. Lange hielt er den Pfeil bei vollem Auszug, während er das Ziel anvisierte.

Als Tore endlich löste, drehten sich alle Köpfe, und die Blicke folgten dem Flug des Pfeils. Er schoss die Länge des Decks entlang und schlug hart zwei Fingerbreit unterhalb und nur leicht links von der Münze in das Eichenbrett ein. Wäre er nicht zu niedrig gewesen, hätte der Pfeil den Rand der Münze gestreift.

Ich war beeindruckt. Dem breiten Grinsen auf Tores Gesicht nach zu urteilen, war er es auch. Er trat vom Achterdeck herunter und stolzierte nach vorne. Als er an Torvald vorbeiging, streckte er die Hand aus und schüttelte den Beutel an Torvalds Gürtel. „Der wird bald leichter sein", sagte er hämisch.

Ich trat auf das Achterdeck und drehte mich um, um den Schuss zu analysieren. Mein Pfeil würde seitlich am Mast vorbei und über das erhöhte Rudergestellt in der Mitte des Decks fliegen müssen. Ich starrte auf das Ziel im Bug und versuchte abzuschätzen, wie ich das Schaukeln des Schiffs ausgleichen könnte. Ich war daran gewöhnt, festen Boden unter den Füßen zu haben. Im Flüsterton verfluchte ich Torvald. Er war offensichtlich kein Bogenschütze und hatte keine Ahnung, was für einen schwierigen Schuss er als Test ausgewählt hatte.

Hastein saß nicht weit entfernt auf dem obersten Plankengang auf einer Seite des Schiffs und schaute mir zu. Der Ärger war aus seinem Gesicht gewichen und war durch einen Ausdruck der Neugier ersetzt worden.

Vielleicht betrachtet er diese Vorführung als eine weitere Gelegenheit abzuwägen, ob meine Aufnahme in die Mannschaft wirklich das von den Nornen gewebte Schicksal darstellte. Aber es waren nicht die Nornen, die diesen Pfeil schießen mussten. Nur ich allein würde das Ziel entweder treffen oder verfehlen.

Torvald schaute mit besorgter Miene zwischen Tores Pfeil im Brett und mir hin und her. Beim Anblick der offen zur Schau gestellten Beunruhigung des Steuermanns verspürte Tore offensichtlich Schadenfreude. Es war nicht gerade hilfreich für mein Selbstvertrauen.

Torvald kam auf mich zu und blieb vor mir stehen. Er holte tief Luft und atmete mit einem langen Seufzer wieder aus, als ob er bereits den anstehenden Verlust von so viel Silber bejammerte. Dann – mit seinem Rücken der restlichen Mannschaft zugewandt – zwinkerte er mir zu.

„Vierzehn Silberpfennige", flüsterte er. „Es war mein Glückstag, als ich dich kennenlernte."

„Es freut mich, dass du mit deinem Plan so zufrieden bist", murmelte ich, während ich so tat, als ob ich die Wurfarme meines Bogens überprüfte. „Ich bin es nicht. Wenn Tore gewinnt, werde ich über Bord geworfen. Aber wenn ich gewinne, bekommst du dank meiner Leistung viel Silber, während ich meine zukünftigen Kameraden gekränkt haben werde, weil sie meinetwegen ihre Wetten mit dir verloren haben."

„Darüber solltest du dir keine Gedanken machen", beschwichtigte mich Torvald. „Die Mannschaft ist gutmütig, zumindest größtenteils. Die Männer werden es als großen Streich auffassen."

Großen Streich? Und wenn Torvald falsch gelegen hatte und ich gegen Tore nicht gewinnen würde? Ich schäumte fast vor Wut, was wiederum meiner Konzentration beim Schießen nicht zuträglich war.

„Hast du vor, zu schießen, oder willst du gleich über Bord springen und mir die Mühe ersparen, dich zu werfen?" rief Tore spöttisch unten auf dem Deck.

„Oh ja, ich sehe, wie gutmütig diese Mannschaft ist", flüsterte ich. „Vielleicht hat Tore Recht. Vielleicht wäre es besser für mich, aufzugeben, und gar nicht erst zu schießen. Dank deines Plans ist es egal, wie dieser Wettbewerb ausgeht: jetzt kann ich nur noch verlieren."

Torvald schaute auf einmal besorgt. Er trat näher an mich heran. „Das kannst du nicht tun. Ich werde zweiundvierzig Silberstücke verlieren. Und ich werde zum Gespött werden. Tore wird mich das nie vergessen lassen."

Sein beunruhigter Blick hob meine Stimmung deutlich. Zumindest war ich jetzt nicht der einzige, der sich Sorgen um das Ergebnis seines schlecht durchdachten Plans machte.

„Was machst du, Torvald?" bellte Tore. „Geh zur Seite und lass ihn schießen!"

„Die Hälfte", murmelte ich. Torvald runzelte verwirrt die Stirn. „Die Hälfte des Silbers, das du gewinnst, gehört mir", erklärte ich. „Das ist mein Können wert."

Ein finsterer Blick huschte über Torvalds Gesicht und verschwand ebenso schnell wie Rauch im Wind. Er lachte laut, dann flüsterte mir zu: „Abgemacht, Halfdan. Sehr gut gemacht, sogar. Du hast gelernt, gut zu verhandeln."

Torvald trat zur Seite. Ich blickte auf und suchte die Silbermünze, die am anderen Ende des Schiffs in der Sonne glitzerte. Ich ließ meine Wut und meine Angst von mir abfallen. Die Geräusche der Wellen gegen den Rumpf und die Pfiffe von Tore und der Mannschaft verklangen langsam, und das Bild der Münze wuchs in meinem geistigen Auge, bis ich nichts anderes sah. Mit einer schnellen Bewegung hob ich meinen Bogen, zog und löste.

Der Flug des Pfeils schien endlos, als ob die Götter die Zeit selbst verlangsamt hätten. Er überflog das Rudergestell und zischte am Mast vorbei. Dann, als er sich dem Schiffsbug näherte, kehrte die Zeit zurück. Der Pfeil schlug in der Mitte der Silbermünze mit solcher Kraft ein, dass das Eichenbrett zerbrach. Die beiden Hälften des zertrümmerten Bretts trennten sich, und der Pfeil, dessen Spitze nun in der durchbohrten Münze steckte, fiel klappernd auf das Deck.

Einen Moment lang herrschte Stille. Dann brüllte jedes Mitglied der Besatzung laut vor Erstaunen, sogar diejenigen, die Wetteinsätze verloren hatten.

Als der Lärm nachgelassen hatte, trat Jarl Hastein vor und legte seine Hand auf meine Schulter. „Das ist Halfdan", verkündete er mit lauter Stimme. „Ich habe ihn eingeladen, sich unserer Mannschaft anzuschließen. Wie Ihr bemerkt habt, ist er im Vergleich zu Euch anderen etwas jung. Allerdings ist er ein Schmied, und wir werden einen auf dieser Reise brauchen. Und ich glaube, dass er womöglich einige andere Fähigkeiten besitzt, die sich vielleicht als nützlich erweisen könnten."

Die Männer lachten.

Hastein fuhr fort. „Seid Ihr damit einverstanden, dass Halfdan in die Gemeinschaft unseres Felags eintritt?"

Die Mannschaftsmitglieder grunzten und nickten. Sie sahen immer noch nicht glücklich darüber aus, aber zumindest waren ihre Gesichtsausdrücke nicht mehr feindselig.

„Tore", sagte Hastein und wandte sich an den finster dreinblickenden Verlierer. „Halfdan ist ein Bogenschütze. Ihr seid der Anführer meiner Bogenschützen. Er wird unter Eurem Befehl kämpfen. Akzeptiert Ihr ihn jetzt?"

Tore sah aus, als ob er gerade einen großen Bissen von etwas genommen hatte, das scheußlich schmeckte, aber auch er nickte. Er war auf die Bedingungen der Wette eingegangen, und nun war er daran gebunden.

„Ja", sagte er.

„Dann lasst uns mit der Möwe auslaufen!" rief Hastein. „Wir haben genug Zeit mit Torvalds Spielereien vergeudet. Der König hat mich und andere Jarle zu einer Ratsversammlung einberufen."

5

Die Ratsversammlung des Königs

Nachdem wir Haithabu verlassen hatten, segelten wir in Richtung der großen Insel Seeland, wo König Horik ein umfangreiches Anwesen besaß. Torvald erzählte mir, dass der König dort zu überwintern pflegte. Für mich war die Reise das erste Mal, dass ich in einem Langschiff auf See war.

Die von Torvald organisierte Schießvorführung war ein erster Schritt, mir bei der Mannschaft der Möwe Ansehen zu verschaffen, mehr aber auch nicht. Es dauerte nicht lange, bis mir klar wurde, dass ich für diese Männer, die schon so oft zusammen gesegelt waren und gekämpft hatten, noch ein Außenseiter war. In einer Schlacht oder bei anderen Gefahren konnten sie sicher sein, dass sie sich aufeinander verlassen konnten. Ob sie mir mit ihrem Leben vertrauen konnten, wussten sie nicht.

Tore, den ich mit meinem Bogen besiegt hatte, schien entschlossen, möglichst schnell so viel über mich herauszufinden, wie er konnte. Noch bevor wir richtig unterwegs waren, fing er damit an. „Stell deine Seekiste hierher!" befahl er mir barsch und zeigte auf das letzte Ruderloch hinten auf der Steuerbordseite. „Mein Platz ist am vorletzten Ruder auf dieser Seite. Wenn du unter meinem Befehl kämpfst, will ich dich in meiner Nähe haben"

Ich fragte mich, ob er hoffte, mich bei Fehlern zu ertappen, die dazu führen könnten, dass man mich aus der Mannschaft der Möwe werfen würde. Wenn das sein Ziel war, muss meine anfängliche Leistung ihn ermutigt haben. Als der Befehl kam, die Ruder aus den Gestellen zu nehmen, damit wir ablegen konnten, wählte ich das falsche Ruder. Ich griff mir eines der kurzen Ruder, das in einem der vor dem Mast befindlichen Gestelle zu beiden Seiten des Schiffs verstaut war, da ich dachte, es sei einfacher zu handhaben.

Tore korrigierte mich. „Nicht dieses." Er nahm mir das Ruder aus der Hand und legte es wieder zurück ins Gestell. „Wir Männer an Bug und Heck, wo der Rumpf schmaler ist, müssen die längeren Ruder benutzen, damit wir dieselbe Reichweite haben wie die Ruderer in der Mitte. Unsere Ruder sind zusammen mit dem Ausleger und dem Segel in der oberen Ablage verstaut. Diese kürzeren Ruder sind für die Männer, die mittschiffs rudern. Hast du noch nie auf einem Langschiff gedient?"

Ich wurde rot und schüttelte den Kopf. „Nein", sagte ich.

Er verdrehte die Augen.

Als wir kurz danach unsere Ruder durch die Löcher in den Seiten des Schiffs gleiten ließen und begannen, im Takt zu Torvalds Befehlen zu ziehen, zeigte ich erneut meine Unerfahrenheit. Rudern mit einem solch langen und schweren Ruder war keine einfache Angelegenheit. Das Blatt meines Ruders verfing sich in einer niedrigen Welle, nachdem ich es aus dem Wasser gehoben hatte und dabei war, den Griff für den nächsten Zug nach vorne zu schieben. Durch den unerwarteten Widerstand wurde mir fast das Ruder aus der Hand gerissen, und ich kam aus dem Rhythmus. Ich brauchte zwei volle Ruderschläge, bis ich wieder im Takt mit dem Rest der Mannschaft zog.

Tore saß direkt vor mir, den Kopf leicht zur Seite geneigt, während er ruderte. Er konnte mein Ruder genauso sehen wie sein eigenes. Er schüttelte den Kopf, und ich spürte, wie mein Gesicht erneut errötete.

Ich beobachtete Tore, während er ruderte. Er ließ es so einfach aussehen. Sein Körper pendelte auf der Seekiste vor und zurück, seine Beine waren vor ihm abgestützt, und sein breiter Rücken und seine Schultern zogen und schoben das große Ruder in langen, gleichmäßigen Bewegungen. Ich versuchte, meine eigenen Ruderschläge an die Bewegungen seines Rückens anzupassen. Als wir die Mündung des Fjords erreichten, hatte ich das Gefühl, den Rhythmus einigermaßen zu beherrschen. Dennoch war ich dankbar, als Torvald den Befehl gab, die Ruder einzuziehen und das Segel zu setzen.

Jenseits der Mündung des Schleifjords blies der Wind stetig in einer günstigen Richtung. Das große rot und weiß gestreifte Segel der Möwe füllte sich, und das Schiff drängte vorwärts über die Dünung. Ich konnte fühlen, wie sich sein Rumpf unter meinen Füßen wie etwas Lebendiges bog und bewegte.

Der Wind blies den ganzen Tag beständig. Ich hatte auf einmal freie Zeit und nichts zu tun, um sie totzuschlagen. Ich war es gewohnt, immer Arbeit zu haben. Ein Sklave hat selten Zeit für sich, und auch nachdem ich befreit worden war, waren meine Tage durch Haralds Unterricht gefüllt gewesen. Ich ertappte mich beim

Grübeln. So sehr ich auch versuchte, meine Gedanken in andere Bahnen zu lenken, kehrten sie doch immer wieder zum Tod von Harald und von meiner Mutter zurück. Ihre Gesichter verfolgten mich und schnürten mein Herz ein.

Ich brauchte etwas, um meine Hände zu beschäftigen. Wenn ich für sie eine Aufgabe hätte, würde das vielleicht auch meinen Kopf auf andere Gedanken bringen. Ich öffnete meine Seekiste und zog das mit Nieten versehene Lederwams heraus, das ich darin verstaut hatte. Es hatte vorne im Bauchbereich ein kleines Loch. Ich würde die Zeit nutzen, um es zu reparieren.

Tore und andere Mitglieder der Mannschaft lungerten in der Nähe herum und diskutierten, wie man am besten eine Holzpalisade durchbrechen konnte. Tore behauptete, es sei am besten, Zweige gegen die Stämme des Zauns aufzuschichten und zu versuchen, ein Loch hindurchzubrennen. Odd, ein anderer Bogenschütze, der am Ruder gegenüber von mir saß, fand die Idee lächerlich.

„Und wenn sich das Feuer ausbreitet?" fragte er. „Was dann? Alles, was wertvoll ist, wird vernichtet. Über die Mauer zu steigen ist besser. Nachts, wenn alle schlafen."

Als ich ihnen zuhörte, wurde mir meine Einsamkeit besonders schmerzlich bewusst. Ich wünschte, ich könnte an ihrem Geplänkel teilnehmen. Es war ein törichter Wunsch. Es war sicherer, ignoriert zu werden – was deutlich wurde, als Tore sich plötzlich zu mir wandte und fragte: „Und du, Halfdan? Erzähl uns, wie würdest du eine Palisade durchbrechen?"

Wie konnte ich eine solche Frage beantworten? Mein Bruder Harald hatte mir so viel wie er konnte über das Leben eines Kriegers beigebracht, bevor er starb. Aber ich war noch nie in den Krieg gezogen und noch nie auf Raubzug gewesen.

„Ich habe bisher keine Palisade angegriffen", gab ich zu.

Tore tat so, als wäre er überrascht, und warf einen Blick auf Odd und die anderen, um ihre Reaktion zu sehen. Sie starrten mich jetzt neugierig an. Sicher fragten sie sich gerade erneut, wieso Hastein mich in die Mannschaft aufgenommen hatte.

„Du hast noch nie eine Palisade angegriffen?" wiederholte Tore. „Tja, das ist wohl nicht sehr ungewöhnlich, so jung wie du bist. Aber du hast bestimmt schon Kampferfahrung. Oder bist du auch dafür zu jung?"

„Ja, ich habe Kampferfahrung", antwortete ich. „Ich habe Männer getötet, und ich habe gesehen, wie Kameraden im Kampf gestorben sind."

Tore und die anderen schauten mich erwartungsvoll an, als warteten sie auf eine detailliertere Beschreibung. Aber ich tat ihnen den Gefallen nicht. Meine Vergangenheit ging sie nichts an.

Ich versuchte, das Thema zu wechseln. „Hat jemand von euch eine Nadel? Ich muss dieses Loch in meinem Wams flicken."

„Darf ich mal sehen?" fragte Tore, und streckte seine Hand aus. Widerwillig gab ich ihm das Lederwams. Er untersuchte es genau, wobei er besonderes Augenmerk auf die beiden dunklen Flecken richtete – der eine unterhalb des Kragens und der andere im Bauchbereich um das Loch, das ich nähen wollte.

„Es sieht aus wie Blut", sagte er.

„Ist es auch."

„Deines?"

Ich schüttelte den Kopf.

Tore steckte einen Finger durch das Loch im Leder und bewegte ihn hin und her. „Es ist klein. Etwa so groß wie von einem Pfeilschuss."

Er hatte es gut erkannt, aber ich sagte nichts.

Leider konnte Tore es damit nicht bewenden lassen. „Hast du den Pfeil geschossen?" fragte er.

Ich wollte dieses Gespräch nicht. Aber Tore hatte mir eine direkte Frage gestellt. Es wäre unhöflich, ihn zu ignorieren, und ich wollte ihn nicht beleidigen.

„Ja."

Wieder schauten Tore und die anderen mich ohne ein Wort an, als ob sie eine ausführliche Geschichte erwarteten. Und wieder sagte ich nichts mehr.

„Du hast also dein Wams von einem Toten?" fragte Tore. „Einem Mann, den du umgebracht hast?"

Ich erinnerte mich, wie ich das Kleidungsstück dem leblosen Körper auf dem Hügel abgenommen hatte – dem Leichnam eines der Männer, die mich gejagt hatten.

Ich nickte langsam. „Genau."

„Ich selbst habe meine Brünne von einem Franken, den ich getötet habe", sagte Tore und neigte den Kopf anerkennend zur Seite. Es war das erste Mal, dass er überhaupt positiv auf mich reagiert hatte. „Was ist geschehen?", fragte er. „Wie ist es dazu gekommen, dass du den Mann getötet hast, der dieses Wams trug?"

Ich konnte nicht mehr. Ich streckte die Hand nach meinem Wams aus. „Es war eine private Angelegenheit zwischen dem Toten und mir", sagte ich. „Ich möchte euch die Geschichte lieber nicht erzählen."

Ich rollte das Wams wieder auf, legte es in meine Seekiste zurück, drehte mich um und entfernte mich ein Stück, angetrieben von dem Bedürfnis, Tores Fragen zu entkommen. Hinter mir hörte ich ein empörtes Schnauben.

Ich hätte Tore und den anderen nicht den Rücken zuwenden sollen. Es war beleidigend, als ob sie meiner Aufmerksamkeit nicht wert wären. *Sie werden dich niemals akzeptieren, wenn du sie so beleidigst,* dachte ich. Ich hielt an, löste die Schnur um meine Taille, mit der meine Hose zusammengehalten wurde, und ging zur Seite des Schiffs. Ich musste meine Blase eigentlich gar nicht entleeren, aber es gab mir eine Rechtfertigung dafür, die anderen sitzen gelassen zu haben. Ich warf einen Blick zurück in Richtung Heck. Tore beobachtete mich.

„Unser neuer Kamerad scheint schüchtern zu sein", sagte er. Vermutlich meinte er damit nicht, dass ich mich entfernt hatte, um meine Notdurft zu verrichten.

König Horiks Anwesen auf der Insel Seeland lag oberhalb einer von einem Sandstrand gesäumten Bucht. Am Nachmittag des dritten Tages, nachdem wir Haithabu verlassen hatten, senkten wir das Segel der Möwe am Eingang der Bucht und bereiteten uns vor, den letzten Abschnitt unserer Reise mit den Rudern zurückzulegen. Hasteins beiden anderen Schiffe, der Seewolf und die

Schlange, drehten links und rechts von uns bei und brachten ebenfalls die Ruder aus. Als alle drei Besatzungen bereit waren, gab Torvald die Schlagfrequenz vor. Die Ruder aller drei Schiffe hoben und senkten sich gleichzeitig, glitten durch das Wasser und trieben uns in Richtung Ufer.

„Zug! Zug! Zug! Zug!" skandierte Torvald. Seine Rufe fanden ihren Widerhall in den keuchenden Atemzügen der Ruderer, während wir an den Rudern zogen.

Die drei Langschiffe schossen nebeneinander Richtung Küste, die Ruder bewegten sich in perfekter Synchronität, während alle drei Mannschaften zusammen wie eine arbeiteten. Sogar ich schaffte es, im Rhythmus zu bleiben.

Torvald stand auf dem kleinen, erhöhten Deck im Heck, von wo aus er das Schiff steuerte und abschätzen konnte, wie nah das Ufer war. Auf einmal hob er die Faust hoch über den Kopf.

„Ruder!" rief er. Wir führten den Durchzug der Blätter im gleichen Rhythmus fort, aber jetzt waren alle Augen auf Torvald gerichtet.

Er ließ die Faust fallen. „Halt!"

Alle dreißig Ruder der Möwe hoben sich gleichzeitig aus dem Wasser. Rechts und links von uns hoben auch die Besatzungen des Seewolfs und der Schlange ihre Ruder und führten sie ein Stück bugwärts, bis sie senkrecht zum Rumpf standen und wir uns ans Land treiben lassen konnten.

Torvald ließ den Griff der Ruderpinne los, griff hinter sich und zog mit beiden Händen an dem Seil, das an der Hinterkante des Steuerruders befestigt war, bis es nach oben schwenkte, sodass es nicht in Kontakt mit dem Meeresboden kam.

Ich spürte, wie der Kiel der Möwe knirschend auf den sandigen Boden auflief, und kurz darauf kamen wir mit dem Bug des Schiffs hoch über dem Strand zum Stillstand.

Torvald hob seine Faust noch einmal über den Kopf. Um mich herum brüllten die Männer der drei Schiffsbesatzungen einen einzigen Ruf hinaus.

„Hastein!"

Der Jarl war bei der Ratsversammlung des Königs angekommen.

Während Hastein und seine Kapitäne, Svein und Stig, sofort aufbrachen, um dem König ihre Aufwartung zu machen, bereiteten wir unser Nachtlager vor. Dunkle Wolken, die nach Regen aussahen, hingen tief am Horizont, und der Wind des Nachmittags brachte kühle Luft vom Wasser her. Wir senkten den Mast ab und benutzten die Rahe als Mittelpfosten, über den wir das Segel über das Deck spannten, um ein einfaches Zelt als Unterschlupf für die Nacht zu schaffen.

Insgesamt acht weitere Langschiffe waren entlang des Ufers vertäut; ihre Buge waren auf den Sand hochgezogen worden und auch ihre Segel waren zu Zelten umgebaut. Torvald zeigte auf das Schiff, das den dreien von uns am nächsten war. Es hatte sechzehn Paar Ruder – ein Paar mehr als die Möwe – und sein Rumpf war schwarz bemalt.

„Da liegt der Rabe", sagte er mir. „Das ist das Schiff von Ragnar Logbrod."

Ich wusste, dass ich den Namen schon in Geschichten gehört hatte, die an langen Winterabenden im Langhaus meines Vaters um die Feuerstelle erzählt worden waren. Nun konnte ich mich aber an nichts von dem erinnern, was ich gehört hatte, mit Ausnahme eines seltsamen Spitznamens: Haarige Hose.

„Wer ist er?" fragte ich.

„Er ist ein Kriegerkönig", antwortete Torvald. „Vielleicht der größte, der je gelebt hat, ein echtes Geschenk an die Aasfresser. Er hat keine Herrschaft über Gebiete im Namen des Königs wie Jarl Hastein, obwohl er mit König Horiks Linie blutsverwandt ist. Ragnar besitzt nur ein bescheidenes Anwesen in Vik nördlich von Jütland. Doch wenn Ragnar an einem Krieg oder Beutezug teilnimmt, wählen die Männer ihn auf jeden Fall zum Führer."

Ein steiler Hügel überragte die Bucht. Ich konnte auf seinem Kamm gegen den Himmel den Schattenriss des großen Langhauses des Königs sehen, das von kleineren Gebäuden umgeben war. Eine Prozession bahnte sich den Weg vom Gipfel zum Ufer herunter.

Sklaven des Königs fuhren Ochsenkarren, die mit Brennholz oder Bierfässern beladen waren, an den Strand und entluden sie vor den Schiffen. Hinter den Karren trieben andere Sklaven eine kleine Rinderherde heran. Zwei der Rinder wurden unseren drei Schiffen zugeteilt. Der König versorgte die Schiffsmannschaften seiner Ratsmitglieder mit einem Festmahl – wenngleich nur einem einfachen aus Rindfleisch und Bier.

Wir schlachteten das Vieh am Strand und errichteten ein Feuer, dann verbrachten wir den Rest des Nachmittags damit, zuzuschauen, wie die riesigen Rinderviertel auf großen Spießen über den Flammen gebraten wurden. Hasteins Sklave Cullain beaufsichtigte die Zubereitung; in regelmäßigen Abständen prüfte er das Fleisch mit einem spitzen Stock und sorgte dafür, dass Besatzungsmitglieder in der Nähe des Feuers die Spieße drehten. Niemand schien daran Anstoß zu nehmen, Befehle eines Sklaven zu befolgen, denn wir hatten alle Hunger und verließen uns darauf, dass er diesen Zustand beenden konnte.

Während wir warteten, wurde ein Bierfass angezapft, und die Männer holten Becher aus ihren Seekisten und versammelten sich um das Fass. Ich hatte noch keinen Becher – dass würde ich meiner Seekiste hinzufügen müssen – aber Torvald hatte einen zweiten, den er mir auslieh. Bis die Mahlzeit fertig war, tranken wir.

Kurz nach Anbruch der Dunkelheit verkündete Cullain, dass das Fleisch gar war.

Ich schnitt ein Stück Fleisch so groß wie meine Faust von einer Rinderhüfte ab und spießte es auf die Spitze meines Dolchs, da ich weder Teller noch Brot hatte, um es darauf zu legen. Torvald, der neben mir stand, kümmerte sich nicht um solche Feinheiten. Er ging mit seinem Sax auf das Rind los, schnitt ein Stück fast von der Größe einer kleinen Katze ab, steckte das große Messer wieder ein und trug das Stück Fleisch in der Faust. Auf dem Weg zurück zu der Stelle, an der wir unsere Umhänge auf dem Boden neben unseren Bechern ausgebreitet hatten, riss er gelegentlich mit den Zähnen Stücke aus dem Fleisch heraus.

Ich schluckte die ersten Bissen herunter, ohne zu kauen, aber nachdem mein größter Hunger erst einmal gestillt war, lehnte ich mich auf einen Ellbogen zurück und kaute jeden Bissen langsam und mit geschlossenen Augen, um den Geschmack des Fleisches zu genießen. Ich hatte mich immer noch nicht daran gewöhnt, so viel Rindfleisch essen zu können, wie ich wollte. Ich konnte meine Jahre als Thrall nicht vergessen, als ich bei den seltenen Anlässen, zu denen eine Kuh oder ein Stier geschlachtet wurde, nur zusehen konnte, wie andere sich satt aßen, während ich nur auf Essensreste hoffen konnte.

Torvald saß im Schneidersitz neben mir und genoss die Mahlzeit offensichtlich ebenfalls. Er grunzte bei jedem Bissen, den er mit den Zähnen aus dem großen Fleischstück in seinen Händen abriss, kaute mit einem lauten Schmatzen seiner Lippen, und seufzte zufrieden jedes Mal, wenn er das Essen mit einem großen Schluck Bier herunterspülte. Sein Bart triefte vom Fett aus dem Fleisch, und auch sein Ärmel, mit dem er sich regelmäßig über das Kinn wischte, damit die Bratensäfte ihm nicht den Hals herunterliefen, war verdreckt.

Tore und Odd hatten ihre Umhänge schon zuvor auf dem Boden in der Nähe ausgebreitet; nun gesellten sie sich mit Fleischstücken und vollen Bierbechern zu uns. Während unserer Reise von Haithabu war mir klar geworden, dass Tore und Odd gute Kameraden waren, die in der Regel zusammen anzutreffen waren. Vom Aussehen her waren sie ein seltsames Paar. Tore, der jüngere der beiden, war kurz und krummbeinig und hatte eine breite Brust, rund wie ein Fass, sowie massive, muskulöse Arme. Er sah fast so aus, als sei irgendwo unter seinen Ahnen ein Zwerg gewesen. Odd war das älteste Mitglied der Mannschaft der Möwe und war groß und schlaksig. Während Tore dichte schwarze Haare hatte, waren Odds hellbraunen, grau gestreiften Haare dünn und strähnig und am Hinterkopf so spärlich, dass er für gewöhnlich eine mit Pelz besetzte Mütze trug, um seinen Schädel zu bedecken. Tore hatte einen schwarzen Bart so lang und dicht, dass er seinen ohnehin schon kurzen Hals verbarg – sein Kopf hatte nicht viel Abstand von seinen Schultern. Odd dagegen trug einen langen, herabhängenden Schnurrbart, und alle paar Tage schabte er mit einem kleinen Messer die Barthaare sorgfältig von seinem Kinn.

Zu meiner Erleichterung hatte Tore mir nicht dauernd mit Fragen zugesetzt, während wir nachmittags am Ufer verweilt und auf das Abendessen gewartet hatten. Vielleicht hatte das reichliche Angebot an Bier ihn vorübergehend milde gestimmt.

„Hast du gesehen, Torvald?" fragte Odd, als er sich auf seinen Umhang niederließ. „Eines der Schiffe hier ist der Rabe. Ragnars Schiff."

Torvald nickte und Tore schloss sich ihm an.

„Ja", sagte Tore. „Wenn Ragnar hier ist, berät die Ratsversammlung sicherlich über Krieg. Ragnar kommt nur zu einer Ratsversammlung, wenn er Blut wittert."

„Hastein zieht dich häufig ins Vertrauen, Torvald," sagte Odd. „Will der König die Dänen in einen Krieg gegen die Franken führen? War das der Grund, weshalb Hastein mit uns die Küste des Frankenlandes erkundet hat?"

Torvald antwortete nicht sofort. Er legte den Kopf zurück, als ob er die Sterne prüfen wollte, die über uns durch verstreute Risse in der Wolkendecke schimmerten, dann schob er das Kinn vor und streckte den Hals. Erst nachdem seine Bemühungen mit einem lauten Rülpsen belohnt worden waren, reagierte er auf Odds Frage.

„Manchmal zieht mich Jarl Hastein ins Vertrauen und manchmal zieht er es vor, seine Gedanken für sich zu behalten. Aber er ist mein Jarl und ich vertraue ihm und ich habe mich verpflichtet, ihm zu folgen. Wie auch du, Odd, und der Rest seiner Huscarls. Er wird uns sagen, was wir wissen müssen, wenn wir es wissen müssen."

Tore wechselte das Thema. „Es heißt, Ragnar hätte einmal einen Drachen getötet. Einen großen Lindwurm, der Feuer und kochendes Gift aus dem Maul spie."

Jetzt erinnerte ich mich daran, was ich vor langer Zeit über Ragnar gehört hatte. Es war eine Geschichte, die der alte Ubbe, der Aufseher auf dem Gut meines Vaters, manchmal erzählte, wenn mein Vater und seine Männer sich um die Wärme der Feuerstelle versammelt hatten, um die langen Winternächte mit Trank und gegenseitiger Unterhaltung zu verbringen.

„Ja", sagte Odd. „Ich hörte, dass der Atem des Drachens Ragnars Schild versengte, als er angriff."

Tore nickte. „Und Ragnar trug eine eigens aus Bärenfell gefertigte Hose. Die Haare waren nicht entfernt worden und die Hose wurde in Pech gekocht und dann in Sand gerollt, um seine Beine vor Feuer und Gift zu schützen. Deshalb wird er Logbrod genannt."

Torvald schnaubte und verdrehte die Augen. Er schaute mich an, als erwartete er, dass ich mit ihm einer Meinung wäre. Ich war überrascht. Was Tore gesagt hatte, entsprach der Geschichte, die ich gehört hatte.

„Du spottest?" fragte Tore. „Es war ein kluger Plan und eine kühne Tat, würdig eines großen Helden. Ich glaube nicht, dass *du* einen Drachen besiegen könntest."

„Es wäre tatsächlich schwer", stimmte Torvald ihm zu. „Zuerst müsste ich nämlich einen finden. Ich bin viel in der Welt herumgekommen, und ich habe in meinem Leben einige seltsame Dinge gesehen. Ich glaube nicht, dass es Drachen gibt."

„Es gibt nur wenige Drachen", stellte Odd fest. „Und nur wenige Männer haben das Glück – oder Unglück – gehabt, einen zu sehen. Das bedeutet jedoch nicht, dass sie nicht existieren. Es gibt zu viele Erzählungen. Es muss etwas Wahres daran sein."

„Du hast auch noch nie die Götter gesehen, oder?" fragte Tore provokant. „Heißt das, dass sie nicht existieren?"

„Ich habe die Macht der Götter gespürt. Ich muss sie nicht gesehen haben. Aber davon abgesehen kenne ich den wahren Grund, aus dem Ragnar zu seinem Namen kam. Es gab keinen Drachen, obwohl tatsächlich Hosen aus Bärenfell eine Rolle spielen."

Nun war Tore an der Reihe, ungläubig dreinzuschauen. „Also, Torvald Starki, du kennst die *wahre* Geschichte von Ragnar Logbrod, und wie er zu seinem Namen kam? Hat der große Mann selbst dir die Geschichte anvertraut?"

„Nein", sagte Torvald. „Ich hörte wie sein Sohn, Björn Eisenseite, Hastein die Geschichte erzählte. Laut Björn hängt es auch damit zusammen, wie er zu seinem eigenen Namen kam und wieso sein Bruder Ivar später der Knochenlose genannt wurde."

Odd grinste. „Ich habe mich lange gefragt, woher Ivar diesen Namen hat. Bitte erzähl uns die Geschichte!"

Torvald schüttelte den Kopf. „Ich kann sie nicht erzählen."

„Wieso denn nicht?" verlangte Tore.

Vielleicht war Torvald zu Geheimhaltung verpflichtet worden, dachte ich.

Torvald blickte in seinen Becher und seufzte. „Weil die Geschichte lang, meine Kehle trocken, und mein Becher leer ist. Ich könnte sie nie zu Ende erzählen. Vorher würde meine Stimme sicherlich versagen ... es sei denn, du holst mir mehr zu trinken."

Odd schickte sich an, aufzustehen. „Ich werde deinen Becher nachfüllen", bot er an.

Tore drängte ihn wieder zurück, sein Gesichtsausdruck finster. „Das wirst du nicht. Es ist unter deiner Würde, Torvald zu bedienen. Du bist ihm ebenbürtig. Ich bin ihm ebenbürtig. Dennoch versucht er immer, mich oder dich sonst jemand in der Mannschaft dazu zu bringen, seine Arbeit für ihn zu tun. Wir werden sein Spiel nicht mitspielen. Wir sind nicht seine Knechte. Er kann sein eigenes Bier holen."

„Aber ich will seine Geschichte hören", klagte Odd.

Torvald legte sich auf seinen Umhang mit einem Arm als Kissen hinter dem Kopf und begann, mit dem Zeigefinger der anderen Hand in seinem Mund nach Resten von Rindfleisch zwischen den Zähnen zu suchen. Angesichts von Tores Ausbruch schien er kein Problem damit zu haben, seinen Durst zu ertragen.

Auch ich wollte Torvalds Erzählung über Ragnar

hören. Ich fand es nicht unter meiner Würde, Torvald zu bedienen, wenn ich im Austausch dafür seine Geschichte zu hören bekam. Ich war ein Thrall gewesen und war es gewohnt, anderen zu dienen.

Ich trank meinen Becher aus und stand auf. „Mein Becher ist leer, und ich gehe ihn jetzt nachfüllen. Wenn ich ohnehin dabei bin, soll ich deinen Becher mitnehmen, Torvald?"

Nachdem ich mit zwei vollen Bechern zurückgekehrt war, fing Torvald an zu erzählen.

„Ragnar hat viele Söhne mit seinen zwei Frauen und vielen Nebenfrauen gezeugt. Vier seiner Söhne leben noch, und drei davon sind selbst berühmte Krieger geworden: Ubbe der Friese, den Ragnar mit seiner ersten Frau, Thora, zeugte, sowie Ivar der Knochenlose und Björn Eisenseite, die seine zweite Frau, Kraka, gebar. Der vierte, Sigurd Schlangenauge, stammt von einer Frau, die Ragnar bei einem Überfall auf die Wenden gefangen nahm, und ist noch jung.

Als seine anderen Söhne noch jung waren, war Ivar immer Ragnars Liebling, wegen seiner schnellen Auffassungsgabe. Wie sein Vater war er geboren, um Männer im Kampf zu führen. Es wird gesagt, dass es schon als Ivar erst acht Jahre alt war, keinen in Haushalt von Ragnar – von Ragnar selbst abgesehen – gab, der gegen den Jungen bei einer Partie Hnefatafl bestehen konnte. Als erwachsener Mann kann er wie Ragnar die Bewegungen von Schiffen und Heerscharen besser planen, als die meisten Männer Spielsteine auf einem Brett bewegen können.

Es war in Ivars zehntem Winter, als er und Björn,

der zu der Zeit acht Jahre alt war, Ragnar in den Wald begleiteten, um eine von ihm aufgestellte Baumfalle zu prüfen, in der Hoffnung, einen Wolf zu fangen, der gefährlich nahe an ihrem Gehöft gejagt hatte.

Als sie die Falle erreichten, sahen sie, dass sie Erfolg gehabt hatten. Der große Wolf lag tot unter dem schweren Baumstamm, der ihm beim Fallen den Rücken gebrochen hatte.

Während Ragnar den Kadaver häutete, durchstreiften die beiden Jungen den umliegenden Wald. Auf der Seite eines niedrigen, felsigen Hügels fanden sie ein Loch, das tiefer in den Boden führte. So wie Björn Hastein die Geschichte erzählte, glaubten er und Ivar, dass es das Versteck eines Trolls sein könnte. Das Wissen, dass ihr Vater in der Nähe war, machte sie mutig, und so beschlossen sie, die Höhle zu erforschen, in der Hoffnung den Schatz des Trolls zu finden. Da er der ältere war, kroch Ivar in die Höhle, während Björn draußen Wache hielt, falls der Troll zurückkehrte."

Torvald hielt inne und schaute in seinen Becher. „Er ist schon wieder leer", sagte er und grinste Tore erwartungsvoll an.

„Mein Becher ist noch voll", sagte ich und reichte ihn ihm, bevor die beiden ihren Streit wieder aufnehmen konnten.

„War es die Höhle eines Trolls?" fragte Odd. Das hatte ich mich auch gefragt.

„Nein", antwortete Torvald. „Es war die Höhle, die eine große trächtige Bärin für ihren Winterschlaf ausgesucht hatte.

Die Bärin schlief im hinteren Teil der Höhle und

war zum Teil mit Blättern zugedeckt. Im Halbdunkel konnte Ivar nur einen großen Haufen erkennen. Ohne zu wissen, was es war, versuchte er törichterweise, es durch Stoßen seines Speers herauszufinden.

Ihr habt vermutlich schon gehört, dass es nicht klug ist, einen schlafenden Bären zu wecken. Wie wahr der Spruch ist, erfuhr Ivar schnell. Die Bärin erwachte mit einem lauten Brüllen und war wegen Ivars unhöflichen Verhaltens rasend vor Wut. Ivar floh aus der Höhle, die Bärin dicht auf seinen Fersen. Als er im Freien war, wurde er durch den Tiefschnee behindert, und die Bärin streckte ihn mit einem Tatzenhieb nieder.

Als Ragnar das Brüllen und die Schreie des jungen Ivar hörte, lief er sofort in die Richtung des Tumults. In dem Moment, in dem er ankam und die Bärin sah, die über Ivar stand und ihn mit ihren Krallen traktierte, ging Björn auf das Tier los und stieß seinen kleinen Speer in ihre Seite, um sie von seinem Bruder abzulenken. Die große Bärin drehte sich um und schlug Björn so hart beiseite, dass er durch die Luft flog.

Björn erzählte Hastein, dass der Schlag ihn vo-rübergehend bewusstlos gemacht hatte. Als er wieder zu sich kam, kniete sein Vater über ihm. Weiter weg lag der leblose Körper der Bärin im Schnee und daneben auch Ivars blutiger, zerschundener Körper.

Ragnar trug beide Jungen in die Sicherheit ihres Langhauses zurück. Obwohl Björn übel zugerichtet war und große Schmerzen hatte, hatte er durch den Angriff der Bärin keine Knochenbrüche davongetragen. Ragnar sagte, seine Rippen müssten wohl aus Eisen sein, dass sie einem solchen Schlag standgehalten hatten. Der Name blieb – er wird seither Björn Eisenseite genannt.

Ivar dagegen war schwer verwundet. Seine Kopf-haut, sein Gesicht und sein Rücken waren von den Klauen der Bärin aufgerissen worden, und die Kraft ihrer Hiebe hatte auch seine beiden Arme, ein Bein, und viele andere Knochen gebrochen. Er bekam bald darauf Fieber, und es schien, dass er nicht mehr lange zu leben hätte. Aber Ivars Wille war stark, und er weigerte sich, sein Leben aufzugeben.

Das Fieber dauerte zehn Tage. Als es endlich seinen Höhepunkt überschritten hatte und abklang, freuten sich alle im Haushalt; sie glaubten, das Schlimmste sei nun vorbei. Aber was sie auch versuchten, konnten Ragnar und Kraka Ivar nicht aufwecken. Björn sagte, es war, als ob der Körper seines Bruders noch lebte, aber sein Geist gegangen war.

Einen halben Tagesritt von Ragnars Anwesen ent-fernt lebte eine Hexe im Wald. Unter dem Volk der Umgebung wurde gemunkelt, sie sei eine Gestaltwand-lerin, und sie war allgemein gefürchtet. Aber als der vierte Tag nach dem Abklingen von Ivars Fieber däm-merte und er noch immer nicht erwacht war, schickte Ragnar nach ihr."

Eine Gestaltwandlerin! Ich staunte, dass Ragnar es gewagt hatte, sich mit ihr einzulassen, auch wenn es darum ging, seinen Sohn zu retten.

Torvald fuhr fort. „Laut Björn hatte Ivars Haut nur noch die Farbe von Eis, und sein Körper war so dünn, dass man die Umrisse der einzelnen Knochen sehen konnte, einschließlich derer, die gebrochen waren. Die Hexe stand über ihm, sang etwas in einer fremden

Sprache und ritzte mit einem Knochenmesser magische Runen auf Ivars Brust. Sie leckte das Blut, das aus den Wunden floss, und legte ihren Mund über Ivars, um seinen Atem in sich aufzunehmen. Dann erzählte sie Ragnar, was sie erfahren hatte.

Die Hexe sagte, die Bärin sei eine Schamanin unter ihren Artgenossen gewesen, und sie sei über den Tod ihres ungeborenen Jungen verärgert. Ihr Geist habe Ivars Seele gestohlen und fordere sein Leben als Ausgleich. Die einzige Hoffnung für Ivar sei, den Geist der Bärin zu überreden, ein anderes Leben im Austausch für Ragnars Sohn zu akzeptieren.

Ragnar nahm von den Tierpelzen auf seinem Bett das Fell eines Bären. Daraus machte er eine grobe Hose, einen Mantel mit Schlitzen für die Arme und eine Kapuze, um sein Gesicht zu bedecken. Er zog die zottigen Bekleidungsstücke an und ging in den Wald, begleitet nur von der Hexe und einem Sklaven, einem Jungen etwa im gleichen Alter wie Ivar.

Als Ragnar und die Hexe später in der Nacht zurückkehrten, trugen sie den blutigen Schädel der Bärin als Zeichen für das Abkommen, das Ragnar getroffen hatte. Die raue Pelzhose, die er trug, war mit Blut beschmiert. Der Sklavenjunge wurde nie wieder gesehen."

Ich konnte mir nicht vorstellen, was Ragnar getan hatte. Was für einen bösen Pakt hatte er geschlossen? Wurde auch er zum Gestaltwandler, halb Mensch und halb Tier?

„Ivar wachte gleich am nächsten Morgen auf", sagte Torvald. „Es dauerte allerdings viele Monate, bis seine zerschmetterten Knochen wieder zusammengewachsen waren. Er konnte lange nicht einmal ohne Hilfe essen. Erst im Sommer hatte er wieder genug Kraft, um sein Bett verlassen und selbstständig gehen zu können. Die beiden Dienstmädchen, die Ivar in dieser Zeit betreuten, nannten ihn den knochenlosen Jungen. Jetzt ist er ein erwachsener Mann, und von einem leichten Hinken abgesehen ist er von seinen Verletzungen vollständig genesen, aber er wird immer noch Ivar der Knochenlose genannt – auch wenn heute nur wenige den wahren Grund kennen."

„Wenn diese Geschichte wahr ist, wieso wird dann von Ragnar und dem Drachen erzählt?" fragte Odd.

„So ist das nun mal bei Skalden", antwortete Torvald. „Sie erlangen Ruhm und werden von Königen und anderen großen Männern reich beschenkt, wenn sie erhabene Erzählungen über kühne Taten erdichten. Das Töten eines Feuer und Gift spuckenden Drachen gehört zu der Sorte Geschichte, die Menschen gerne hören. Einen dunklen Pakt mit einer gestaltwandelnden Hexe zu schließen, ist keine solche heroische Geschichte."

Torvalds Erzählung verstörte mich. Was für ein Mensch war Ragnar? Und was war mit den armen Sklavenjungen, der verschwunden war? Was war mit seiner Familie? Solche Fragen würden Männer wie Torvald, Tore, oder Odd nie beschäftigen. Aber ich war ein Sklave gewesen. Und ich hatte gesehen, wie meine eigene Mutter gestorben war – wie sie geopfert wurde, nur weil sie eine Sklavin war. Vermutlich war Ragnar kein Anführer, dem ich gern folgen würde.

Meine Gedanken wurden durch die Ankunft von Hastein unterbrochen, der in das kreisförmige Licht des

Feuerscheins trat. Hinter ihm folgten Svein und Stig. Der Jarl drehte den Kopf hin und her und suchte die Gesichter der Männer ab, die im Schein des Feuers und in den Schatten weiter hinten saßen. Stig berührte seinen Arm und zeigte in unsere Richtung.

Hastein kam auf uns zu und sprach Torvald an. „Wir reisen morgen früh bei Tagesanbruch ab. Sorge dafür, dass die Besatzung und das Schiff bereit sind."

Torvald kaute wieder ein großes Stück Rindfleisch, daher konnte er nur nicken und seinen Becher bestätigend hochheben.

Hastein starrte ihn einen Augenblick an, dann schüttelte er den Kopf. „Ich freue mich zu sehen, dass Ihr in dieser Nacht nicht hungern musstet, während ich an der Ratsversammlung im Langhaus teilgenommen habe. Im Festsaal haben wir ebenfalls gut gespeist, auch wenn es in Anwesenheit des Königs als unschicklich gilt, das Essen im Gesicht und auf der Kleidung zu tragen."

Hastein wandte sich ab und ging zu der Stelle, wo der Bug der Möwe auf dem Sand des Ufers ruhte. Er ging die Laufplanke zum Vorschiff hoch, dann stieg er auf die Kante des obersten Plankengangs und stützte sich mit einer Hand am Hals des vergoldeten Drachenkopfes ab.

„Krieger!" rief er mit lauter Stimme. „Meine Waffenbrüder! Ich bin gerade vom Langhaus des Königs zurückgekehrt. Ich bin gekommen, um Euch zu sagen, was in der Ratsversammlung des Königs der Dänen entschieden wurde."

Die um die Feuer sitzenden Männer hörten auf zu reden und wandten sich Hastein zu.

„Südlich von unserem Königreich liegen die Länder unter der Herrschaft der Franken. Ihre Besitztümer sind groß und reich, doch diese Menschen sind gierig und streben ständig nach mehr.

Einst waren die Länder, die an den südlichen Teil Jütlands angrenzen, die Heimat der sächsischen Stämme; einem Volk, das die gleichen Götter verehrt wie wir. Aber in der Zeit der Väter unserer Väter richtete der fränkische König Karl, den die Franken ‚der Große' nennen, seine Gier auf die Länder der Sachsen. Viele Jahre führte er gegen sie Krieg. Der sächsische Widerstand war tapfer, aber die Macht der Franken war zu groß. Der Frankenkönig brannte die Dörfer der Sachsen nieder und schlachtete die Menschen zu Tausenden ab. Nach der letzten Schlacht, in der die Sachsen schließlich besiegt wurden, wurden Zehntausende von ihnen in die Sklaverei verkauft, und die Sklavenmärkte von Haithabu bis zu den arabischen Königreichen waren mit ihren Frauen und Kindern überschwemmt. Die wenigen, die nicht getötet oder verkauft wurden, wurden aus ihren Ländern vertrieben und verloren sich in den wilden Regionen weit im Osten. Es ist wichtig, dass diese Taten nicht vergessen werden, denn sie zeigen das Wesen unseres Feindes.

Dann verlagerte der fränkische König Karl sein Augenmerk auf unser Land. Aber wir Dänen sind freie Menschen, und das werden wir immer bleiben. Gudfred, der in jenen Tagen als König regierte, ließ sich von der Macht der Franken nicht einschüchtern. Als er zu unserer Verteidigung aufrief, reagierten die Menschen und bauten das Danewerk, das unsere südliche Grenze schützt. Und als König Karl mit einer großen Armee nach Norden gegen uns marschierte, segelte König Gudfred mit einer mächtigen Flotte nach Süden, überfiel Friesland und brachte Tod und Zerstörung hinter die Flanke des fränkischen Heeres."

Als Hastein sprach, erinnerte ich mich an die Erzählungen von König Gudfred und wie er das dänische Volk dazu gebracht hatte, sich der Invasion der Franken zu widersetzen und das Danewerk – den großen Erdwall am südlichen Ende der Halbinsel Jütland – zu bauen. Gudfred war ein wahrer Held gewesen. Über ihn mussten keine falschen Geschichten erfunden werden. Die Wahrheit seiner Taten war erhebend genug.

„König Karl der Franken und König Gudfred unterzeichneten einen Vertrag, um Frieden zwischen unseren Völkern zu bringen", fuhr Hastein fort. „Aber die Franken hielten die Vereinbarung nicht lange ein. Während der Herrschaft von Karls Sohn Ludwig griffen die Franken erneut über das Danewerk an. Aber wieder fanden sie die Tapferkeit und den Kampfgeist der Dänen zu groß, und sie wurden aus unserem Land vertrieben.

Danach herrschte viele Jahre Frieden zwischen den Dänen und den Franken. Aber wie Wölfe Blut auf große Entfernung riechen können, so können wir Dänen Schwäche bei einem Feind spüren. König Ludwig war nicht der Mann, der sein Vater war. Jetzt ist Ludwig tot und seine drei Söhne sind noch schwächer, und sie kämpfen untereinander. Das Frankenreich ist in drei Königreiche zerfallen, und jedes dieser Reiche kämpft mit den anderen beiden.

Solange die Franken zerstritten sind, sind sie

schwach. Wir Dänen haben in letzter Zeit bereits ihre Verteidigung getestet und haben unsere Geldbeutel auf ihre Kosten gefüllt. Wir haben ihre Städte Dorestad, Ruda, Quentovic und Nantes geplündert. Wir haben den Reichtum der Franken gekostet und haben erkannt, dass er reif zur Plünderung ist."

Hastein hielt kurz inne. „In diesem Frühjahr werden wir die Franken mit mehr als nur kleinen Überfällen angreifen", rief er. „Wir werden das Feuer und den Stahl des Krieges in ihr Hinterland tragen. Die Franken werden sich lange an dieses Jahr als das Jahr der Dänen erinnern!"

Von der Aufregung und von dem Bier, das ich getrunken hatte, war mir ganz wirr im Kopf. Ich konnte mein Glück kaum fassen. Wir zogen in den Krieg. Was für ein Abenteuer es sein würde!

„König Horik selbst wird einen Angriff gegen die Franken und ihre Festung Hamburg führen", fuhr Hastein fort. „Eine zweite Flotte wird das westliche Reich der Franken angreifen. Ragnar Logbrod wird diese zweite Armee führen, und wir werden mit ihm fahren. Wir werden Ruda in der Nähe der Seine-Mündung angreifen. Danach segeln wir stromaufwärts und plündern jede Stadt, jedes Dorf und jedes Kloster auf unserem Weg, bis wir den fränkischen König zwingen, mit seiner Armee gegen uns zu marschieren. Wenn er das tut, werden wir sie vernichten."

Hastein zog sein Schwert und schwang es über dem Kopf. „Reichtum, Ruhm und Ehre warten auf uns!", rief er.

Überall um mich herum brachen Männer in Jubel

aus. Einige zogen ihre Schwerter und schwenkten sie in der Luft. Ich hob meinen Becher und jubelte auch. Ich war jetzt ein Krieger. Ich war Mitglied der Mannschaft von Jarl Hastein. Ich würde ihm folgen, um unsere Feinde zu bekämpfen und unsere Heimat zu beschützen. Die Träume meiner Kindheit hatten sich erfüllt.

Ich war ein Wikinger.

6

Geister und andere Schattenwesen

Am nächsten Morgen verließen wir Seeland in Begleitung der anderen Schiffe, die am Ufer unterhalb des Langhaus des Königs auf dem Strand gelegen hatten. Sobald sie die Mündung der Bucht erreicht hatten, fuhren sie jedoch in unterschiedliche Richtungen. Sogar unsere Schwesterschiffe, der Seewolf und die Schlange, nahmen Kurse, auf denen sie sich langsam von uns entfernten.

Ein guter, kräftiger Wind wehte stetig aus dem Osten, und sobald wir das Segel gesetzt hatten, hatte ich Zeit für mich. Ich entschied mich, sie im Heck zu verbringen, wo ich mit Torvald reden konnte, während er steuerte. „Wo fahren sie alle hin?" fragte ich ihm.

Hastein, der in der Nähe stand, hörte meine Frage. „Armeen stellen sich nicht von alleine auf", sagte er. „Der König gab jedem Schiffskapitän, der an der Ratsversammlung teilgenommen hat, Kriegspfeile mit. Jeder von uns muss König Horiks Befehl an die eigenen Stammesfürsten überbringen. Der König treibt die Kriegsabgabe ein und fordert die Dänen dazu auf, Männer und Schiffe für den Krieg zu stellen."

Da Hastein über die Region rund um den Limfjord in Nordjütland herrschte, musste er den Kriegsaufruf an die Stammesfürsten überbringen, die dort lebten. Nachdem wir Seeland verlassen hatten, blieben wir während der ersten Etappe unserer Reise gut in der Zeit und erreichten die Mündung des Limfjords in etwas mehr als zwei Tagen. Allerdings verringerte sich unsere Geschwindigkeit dramatisch, sobald wir den Fjord entlang fuhren. Wir hielten bei jedem Dorf und jedem Langhaus eines Stammesfürsten an, damit Hastein das Symbol des Krieges an Land tragen konnte – einen einzelnen von den Federn bis zur Spitze rot bemalten Pfeil.

Offensichtlich konnte der Kriegsaufruf eines Königs nicht schnell übergeben werden. Es galt, Formalitäten zu beachten. Bevor wir ans Ufer ruderten, senkten wir an jedem Halt das Segel der Möwe und hängten einen Schild unter den Drachenkopf am Bug als Zeichen, dass wir in Frieden kamen. In Brünne und poliertem Helm marschierte Hastein in Begleitung von Torvald, Tore und einer Handvoll anderer Krieger in voller Rüstung aber ohne ihre Schilde die Laufplanke hinunter, wo sie an Land von dem jeweiligen lokalen Würdenträger in Empfang genommen wurden. Reden wurden gehalten. Ich und die meisten Mannschaftsmitglieder der Möwe, die an Bord geblieben waren, konnten sie nicht hören. Allerdings waren die Palaver in der Regel lang, und die Arbeit machte wohl durstig, denn zum Schluss rief der Stammesfürst oder Dorfvorsteher fast immer nach Bier. Einige Male bestanden sie sogar darauf, ein Fest zu halten. Solch eine angebotene Gastfreundschaft konnte schwerlich abgelehnt werden. Das verlangsamte unsere Reise ungemein.

Es war eine unangenehme Zeit für mich. Nur Wochen zuvor war ich mit meinem Bruder Harald und einer Handvoll seiner Männer durch diesen Fjord gereist. Jene Reise hatte zu Haralds Tod geführt. Jeden Tag sah ich an der Küste Details der Landschaft, die ich erkannte. Unweigerlich weckten sie schmerzhafte Erinnerungen. Eines Tages würde es mir vielleicht willkommen sein, wieder an Haralds Gesicht erinnert zu werden, und ich würde auf unsere gemeinsamen, glücklichen Tage mit Freude zurückblicken können. Aber noch nicht jetzt. Mein Verlust war zu neu, und der Schmerz noch zu frisch.

Eines Nachmittags flaute der Wind ab, und wir mussten das Schiff rudern. Ich war froh über die Ablenkung. Ich ließ meine Gedanken streifen und fühlte , wie mein Körper die einfache Aufgabe bewältigte, das große Ruder vor und zurück zu bewegen; anstatt zu denken, nahm ich wahr, wie die Muskeln meines Rückens und meiner Schultern sich anspannten und wieder lockerten, während sie gegen den Widerstand des Wassers arbeiteten.

Auf einmal fiel mir auf, dass Hastein, der Torvald am Steuerruder abgelöst hatte, mich anstarrte. Als unsere Blicke sich trafen, wandte er sich ab und schaute auf das Ufer. Ich drehte den Kopf und folgte seinem Blick.

Der Jarl hatte die Möwe in die Nähe des südlichen Fjordufers gelenkt. Wir passierten eine kleine Bucht. Eine massive Steinplatte ragte aus dem Wasser wie ein großer Torpfosten und stand auf einer Seite wie der Eingang zu der geschützten Bucht. Weiter hinten lag ein sandiger Strand, der von einem schmalen Bach zweigeteilt wurde, der sich ins Meer ergoss. Ich kannte diesen Ort. Ein kleines Langhaus hatte einst das Wasser hier überblickt. Eine lange, niedrige Erdaufschüttung, die noch nicht lange genug vorhanden war, damit Pflanzen Wurzeln hätten schlagen können, markierte nun die Stelle, an der es gestanden hatte.

„Pass auf, was du tust!"

Tores wütende Stimme riss mich aus meinen Erinnerungen. Ich hatte aufgehört zu rudern und hielt mein Ruderblatt gerade über das Wasser. Tränen liefen mir über die Wangen, aber ich konnte sie nicht wegwischen, denn meine Hände mussten das Ruder halten, das auch meine Aufmerksamkeit forderte. In der Hoffnung, dass niemand etwas gesehen hatte, senkte ich den Kopf und fuhr mit dem Rudern fort.

Meine Hoffnung war vergebens. Sobald ich den Rhythmus und meine Fassung wiedererlangt hatte, blickte ich auf. Hastein beobachtete mich genau. Torvald, der neben ihm stand, starrte mich ebenfalls an. Sogar Odd, der auf der anderen Seite neben mir ruderte, schaute mich mit einem überraschten Gesichtsausdruck an. Ich war nur froh, dass Tore mit dem Rücken zu mir saß und meine Tränen nicht gesehen haben konnte, aber ich hatte keinen Zweifel, dass Odd ihm erzählen würde, dass ich beim Rudern geweint hatte.

Als wir unseren nächsten Halt erreichten, hatte sich die Sonne nicht viel weiter über den Himmel bewegt. Während Hastein und seine Wache ihre Rüstungen anlegten, versammelte sich eine Schar von Dorfbewohnern am Ufer. Die Menge teilte sich, damit ein alter Mann vortreten konnte. Er hatte einen langen, dicken, grauen Bart und trug eine Mistgabel, als ob er gerade aus dem Kuhstall oder von den Feldern gekommen war. Er blieb stehen, als er das Schiff sah, und ein Lächeln durchzog sein Gesicht.

„Jarl Hastein", rief er. „Willkommen. Es ist schon zu lange her, seit Ihr unser Dorf mit Eurer Anwesenheit beehrt habt."

Ich hatte den alten Mann schon einmal gesehen, wenn auch nur aus der Ferne. Es war Hrodgar, der Dorfvorsteher, der Männer geschickt hatte, um Toke bei der Jagd nach mir zu unterstützen.

Hastein und Hrodgar schienen einander gut zu kennen. Als Hastein über die Laufplanke ans Ufer ging, umarmten sie sich, und Hastein verzichtete auf die formale Rede, die er bei früheren Landgängen gehalten hatte. Stattdessen gingen er und Hrodgar redend und lachend nebeneinander zurück zum Dorf, gefolgt von Hasteins kleiner Kriegergarde und den Dorfbewohnern.

„Der Jarl und der alte Hrodgar sind seit langem Freunde." Odd hatte sich zu mir gesellt, während ich auf meiner Seekiste saß und der sich entfernenden Menschenmenge nachblickte.

„Hrodgar gehörte zu den ersten, die Hastein nach dem Tod seines Vaters die Treue schworen", fuhr Odd fort. „Er und die Männer des Dorfes kämpften mit Hastein in den darauf folgenden Unruhen. Obwohl er ein alter Mann ist, kann er mehr, als nur eine Sitzbank vor dem Feuer schmücken und hat keine Angst davor, in den Krieg zu ziehen. Er ist ein tapferer Krieger und ein treuer Freund. Kennst du ihn?"

Ich schüttelte den Kopf.

„Kommst du aus dieser Gegend? Hast du hier

Verwandtschaft?"

Was er wirklich fragen wollte, war, weshalb ich vorhin geweint hatte, das war mir klar.

„Angehörige von mir lebten einst nicht weit weg von hier", antwortete ich. „Jetzt aber nicht mehr."

Meine Antwort entsprach der Wahrheit, ließ aber einiges ungesagt. Die Grabhügel meines Onkels, meines Großvaters und meines Urgroßvaters lagen ganz in der Nähe. Und unter dem neuen Erdwall, an dem wir vorbeigefahren waren, befand sich die Asche meines Bruders Harald und seiner Männer.

Ich zog einen Umhang aus meiner Seekiste, wickelte ihn um mich und legte mich auf das Deck.

„Wenn der Jarl bei einem alten Freund ist, werden wir wohl lange hier sein", sagte ich. „Ich denke, ich werde die Zeit nutzen, ein bisschen zu schlafen." Ich zog mir den Umhang über den Kopf und wünschte, Odd würde weggehen und mich in Frieden lassen. Er erwies mir die Gefälligkeit, es zu tun.

Ich wurde unsanft aus dem Schlaf gerissen. Ein Fuß stieß mir in den Rücken.

„Wach auf!"

Ich zog den Umhang von meinem Kopf. Helles Sonnenlicht blendete mich, und meine Augen tränten. Tore stand über mir. Hinter ihm konnte ich den undeutlichen Umriss eines zweiten Mannes sehen.

„Der Jarl schickt mich, dich zu holen", sagte Tore.

Der Mann hinter ihm kniete sich neben mich und nahm meine Schultern in beide Hände. „Bei allen Göttern!" rief er. „Ihr seid es wirklich!"

„Kennt Ihr diesen Jungen?" fragte Tore.

„Ich kenne diesen *Krieger*. Lasst Euch durch sein Alter nicht täuschen. Er ist ein wahrer Freund der Aasfresser. An seiner Seite würde ich immer gern kämpfen."

Ich richtete mich auf, immer noch vom Schlaf benebelt. „Einar?"

Er lächelte. „Ja, ich bin es. Es überrascht mich, Euch nach so kurzer Zeit wiederzusehen. Und in solch guter Gesellschaft! Gut gemacht – jetzt seid Ihr im Dienst des Jarls persönlich. Seid gegrüßt! Seid herzlichst gegrüßt!"

Es war eine Überraschung, Einar zu sehen, aber eine angenehme. Obwohl ich ihn kaum kannte, hatte Einar für mich gekämpft. Wie er damals zu mir gehalten hatte, war er fast wie ein echter Kamerad. Zumindest kannte ich sonst niemanden, dem ich mehr trauen würde, mir zur Seite zu stehen, egal was passierte. Ich streckte ihm den Arm entgegen, damit wir Handgelenke fassen konnten, aber er zog mich in seine Arme und umarmte mich.

„Seid gegrüßt!" sagte er noch einmal.

Ich verstaute meinen Umhang in meiner Seekiste, dann wandte ich mich an Tore. „Soll ich meine Rüstung tragen?" Hastein, Tore und der Rest seiner Männer hatten sich bewaffnet, bevor sie an Land gingen. Ich wusste, dass es eigentlich nur zur Schau war, aber ich wollte die Wirkung nicht verderben, die Hastein erzielen wollte.

Tore schüttelte den Kopf. „Nein. Komm einfach mit."

Einar begleitete uns. Wie immer war er sehr gesprächig. „Natürlich habe ich Hrodgar von Euch erzählt, als ich ins Dorf zurückkehrte", sagte er. „Ich wusste, dass es sehr unwahrscheinlich war, dass Euer Schicksal Euch wieder hierher führen würde, aber ich fand, dass Hrodgar die Wahrheit darüber erfahren sollte, was geschehen war. Über *alles*, was geschehen war", fügte er hinzu, dann zwinkerte er mir zu und stieß mich mit dem Ellbogen an.

Tore starrte uns neugierig an, sagte aber nichts.

Ich war dankbar, dass Einar Tokes Verrat und die Ermordung von Harald und den anderen nicht vor Tore erwähnte. Ich hätte allerdings mehr Dankbarkeit verspürt, wenn er es nicht so offensichtlich gemacht hätte, dass er etwas geheim hielt – und dass dieses Geheimnis mich betraf.

Das Dorf bestand aus neun Langhäusern. Wir gingen zum größten der Häuser. Drinnen saß Hrodgar an einem Tisch nahe dem Feuer, das in der zentralen Feuerstelle brannte. Hastein saß neben ihm auf dem Ehrenplatz zu Hrodgars Rechten. Torvald und die anderen Männer aus Hasteins Gefolge hatten es sich auf den Bänken entlang der Seitenwände bequem gemacht, tranken Bier und unterhielten sich mit den Männern aus dem Dorf.

Wir hielten vor dem Tisch. „Hier ist Halfdan, mein Jarl", gab Tore überflüssigerweise zum Besten.

„Das ist er also, der meine Hunde getötet hat", sagte Hrodgar. Es schien mir keine vielversprechende Begrüßung zu sein. Nach Tores Gesichtsausdruck zu urteilen, hatte es allerdings sein Interesse geweckt.

Hastein nickte Tore zu. „Vielen Dank. Ihr könnt

jetzt gehen." Tore war sichtlich enttäuscht, aber er drehte sich um und verließ den Tisch.

„Jarl Hastein hat mich zum Angriff auf Hroriks Farm befragt", sagte Hrodgar, nachdem Tore sich entfernt hatte. „Ich habe ihm berichtet, was ich gesehen habe, und auch Tokes Version der Geschehnisse. Er wollte auch Einar sehen und mit ihm sprechen. Der Jarl erzählte uns, wie Ihr Euch kennengelernt habt, und Eure Geschichte."

Eine Zeitlang starrte mich Hrodgar schweigend an. Sein faltiges Gesicht war ausdruckslos und seine Gedanken waren darin nicht abzulesen. Dann schüttelte er den Kopf und seufzte.

„Ich gestehe, dass ich in Eurem Aussehen keine besondere Ähnlichkeit mit Hrorik erkenne", sagte er. „Aber Euer Gesicht, vor allem Eure Augen, erinnert mich an Eure Mutter. Ich erinnere mich, als Hrorik sie von Irland hierher zurückbrachte. Sie war eine schöne Frau. Es hat mich nicht überrascht, dass er von ihr sehr angetan war. Genauso wenig hat es mich überrascht, als sie schwanger wurde."

Hrodgar seufzte wieder. „Zumindest ist Hroriks Linie nicht ausgestorben", sagte er. „Was in jener Nacht geschehen ist, war *Niddingsvaark*. Grausame und widerliche Taten. Und niemand hätte jemals davon erfahren, wenn es Euch nicht gelungen wäre, zu entkommen. Toke war klug. Als Angehöriger Hroriks hatte er einen guten Deckmantel zum Verbergen seiner Lügen und seines Verrats. Er hat eine schwere Blutschuld zu bezahlen."

Als Hrodgar die letzten Worte sprach, spürte ich eine Welle der Erleichterung. Erst damit war mir endgül-

110

tig klar, dass er Tokes Lügen keinen Glauben schenkte.

„Ich habe geschworen, dass er sie bezahlen wird", sagte ich.

„Eines Tages werdet Ihr vielleicht die Gelegenheit erhalten. Einar sagte mir, dass Ihr ein furchterregender Krieger seid, und Hastein sagte, dass Ihr der beste Bogenschütze seid, den er jemals gesehen hat. Das ist großes Lob. Ich möchte Euch eines Tages schießen sehen. Vermutlich werde ich auch die Gelegenheit dazu bekommen. Die Männer unseres Dorfes besitzen ein kleines Schiff. Wir nutzen es vor allem für den Handel, aber wir werden dem Aufruf des Königs folgen und damit in den Krieg ziehen. Ich habe beschlossen, dass ich unsere Krieger selbst führen werde."

Eine Frau mittleren Alters, die mit einem Bierkrug an den Tisch getreten war, um Hrodgars und Hasteins Becher zu füllen, blickte erschreckt auf. „Vater! Du bist zu alt, um in den Krieg zu ziehen!"

„Du hast in einer Hinsicht Recht, meine Tochter. Ich bin alt, und ich laufe Gefahr, zu alt zu werden. Nur Narren gehen dem Risiko aus dem Weg, in der Hoffnung, ihr Leben zu verlängern, denn es gibt Schlimmeres als den Tod durch einen Speer. Das Alter kennt keine Gnade. Ich habe zwei Frauen und einen Sohn überlebt, und meine Knochen schmerzen jetzt jeden Morgen beim Aufstehen, so wie einst nur nach einem Tag harter Arbeit auf den Feldern. Ich hege nicht den Wunsch, im Bett zu sterben, zu schwach, um für mich selbst zu sorgen. Ich bin ein Mann, und wenn ich wie einer sterbe, werde ich es nicht bereuen. Jetzt bringe diesem Krieger auch einen Becher, denn er hat zweifellos Durst", sagte er und zeigte auf mich. „Kommt, Halfdan", fügte er hinzu. „Setzt Euch zu mir. Ich würde mich gern mit dem Sohn meines alten Freundes Hrorik Starkaxt unterhalten."

Hrodgar erwies mir eine große Ehre, indem er mich bat, mich zu ihm und Hastein an den Tisch zu setzen.

Irgendwann ließ ich meinen Blick durch die Halle schweifen und sah, wie Tore hinter der Feuerstelle stand und mich anstarrte. Glücklicherweise ist es nicht möglich, dass ein Mann vor Neugier platzt. Wäre es möglich, wäre Tore sicherlich in Gefahr gewesen.

Nachdem wir Hasteins Anwesen am Limfjord erreicht hatten, liefen während der nächsten Woche weitere Schiffe ein. Bald war die Uferlinie des Fjords mit Langschiffen gesäumt, und auf den Wiesen dahinter wimmelte es von Kriegern. Ich hatte noch nie zuvor so viele Menschen an einem Ort gesehen, nicht einmal in Haithabu.

Die Kapitäne und ihre Männer warteten ungeduldig darauf, nach Franken aufbrechen zu können. Der König hatte Strandhögg auf dänischem Land verboten, sodass die Armee während der Wartezeit gezwungen war, ihren Proviant zu kaufen, anstatt Rinder und andere Vorräte aus den umliegenden Dörfern und Bauernhöfen zu stehlen. Am Anfang war Hastein froh darüber, Gewinn machen zu können, während die Armee sich auf seinem Anwesen versammelte, aber es dauerte nicht lange, bis er sich Sorgen machte, weil seine Herden schnell schrumpften.

„Eine Armee ist wie ein Drache", beklagte er sich. „Sie ist groß und gefährlich, und sie frisst andauernd."

Jeden Tag wurden Männer in die Wälder geschickt, um Wild zu jagen, damit es für die Krieger genug zu essen gab. Und jeden Tag gehörte ich zu den Jägern. Als ausgezeichneter Bogenschütze war auch Tore unter denen, die auf die Jagd geschickt wurden. Allerdings schlossen Tores Fähigkeiten diejenigen eines Fährtenlesers offenbar nicht ein. Es war mir geheimes Vergnügen zu sehen, wie oft er mit leeren Händen aus dem Wald zurückkehrte. Ich sorgte dafür, dass er bemerkte, wie ich immer Beute mitbrachte.

Einen Monat nach der Ratsversammlung des Königs waren mehr als achtzig Schiffe auf Hasteins Anwesen angekommen. Das schwarz angestrichene Langschiff von Ragnar Logbrod, der Rabe, war unter ihnen, und Torvald sagte mir, dass Ragnars Söhne Ivar der Knochenlose und Björn Eisenseite sich der Flotte angeschlossen hatten.

Auch das von Hrodgar geführte Schiff aus dem Dorf traf ein, und ich war erfreut zu erfahren, dass Einar Mitglied der Besatzung war. Er suchte mich kurz danach auf, und wir begrüßten uns wie Kameraden.

„Es gibt Neuigkeiten, von denen du wissen solltest", erzählte er mir dann. „Vier Tage nach dem Besuch von Jarl Hastein kamen drei Reiter aus dem Süden in unser Dorf. Sie waren von Toke geschickt worden und sollten aufklären, was mit den Männern geschehen war, denen er befohlen hatte, dich zu finden und zu töten. Hrodgar sagte ihnen, Tokes Krieger seien in einen Hinterhalt geraten und von dem Verbrecher, den sie gejagt hatten, getötet worden. Er ließ sich nicht anmerken, dass er von Tokes Verrat wusste, aber die drei schienen mit seiner Darstellung nicht zufrieden zu sein. Sie fanden es offensichtlich verdächtig, dass Kar und ich überlebt hatten und nur Tokes Männer gestorben waren."

„Toke weiß also, dass ich am Leben bin."

„Ja. Ich halte es für eine gute Sache, dass wir bald nach Franken aufbrechen. Toke hat zu viel zu verlieren, wenn sein Verrat bekannt wird. Er hat keine andere Wahl – er muss dich finden und töten."

Während Einar sprach, wurde mir klar, dass meine Begeisterung über mein neues Leben und den bevorstehenden Krieg mein Ziel, Haralds Tod zu rächen, in den letzten Wochen in den Hintergrund gedrängt hatte. Ich schämte mich. Ich hatte das Gefühl, Harald und den mit ihm gestorbenen Männern treubrüchig geworden zu sein. Schlimmer noch, ich hatte Angst. In meinem Herzen konnte ich nicht leugnen, dass ich Toke nicht gewachsen war. Und jetzt wusste er, dass ich noch lebte, und er würde wieder hinter mir her sein. Wie lange würde es dauern, bis er meine Spur wieder aufgenommen hatte? Vielleicht hatte einer der Dorfbewohner Tokes Männern von dem Jugendlichen erzählt, der mit Hasteins Mannschaft gesegelt und so herzlich von Hrodgar begrüßt worden war.

In der Nacht träumte ich von Toke. Wir waren in einem Wald und er verfolgte mich. Egal wie schnell ich lief, kam er mir immer näher. Plötzlich war er in Reichweite und hob sein Schwert – Haralds Schwert, Biss – um mich anzugreifen. Ich drehte mich um und versuchte, ihn zu erschießen, aber als ich die Sehne mit dem Pfeil zurückzog, schwang er das Schwert und schlug meinen Bogen entzwei. Durch den Hieb splitterte das Holz und brach mit einem lauten Knall auseinander.

Ich fuhr aus dem Schlaf hoch. Ich war nicht im Wald. Ich war in Hasteins großem Langhaus. Überall um mich herum auf den Seitenbänken und auf dem Boden schnarchten friedlich die in ihre Umhänge gehüllten Männer. Ein Thrall stand an der zentralen Feuerstelle, brach Zweige und warf sie auf das Feuer, das heruntergebrannt war.

Danach sah ich Tokes grinsendes Gesicht jedes Mal, wenn ich die Augen schloss. Ich wusste, dass ich noch nicht bereit war, ihm entgegenzutreten. Ich konnte Toke nie und nimmer besiegen.

Wie ein Narr ließ ich in dieser Nacht meine Angst die Oberhand behalten. Eine lange Nacht voller schlafloser Grübelei machte mich allerdings vor Toke nicht sicherer; sie machte mich nur müde.

Doch als das Tageslicht kam, erfuhr ich, dass ich mich vor Toke nicht zu fürchten brauchte – zumindest für eine Weile.

Während die Mitglieder von Hasteins Haushalt und die Besatzungen seiner drei Schiffe das nächtliche Fasten mit einer einfachen Mahlzeit in der großen Halle des Langhauses beendeten, stieg Hastein auf einen der Tische und sprach.

„Macht die Schiffe bereit, überprüft Eure Ausrüstung und verstaut sie an Bord! Ragnar und ich haben vereinbart, dass wir morgen gegen das Frankenreich aufbrechen. Björn Eisenseite bleibt vorerst hier, um

Nachzügler zu unserer Flotte zu führen. Der Rest von uns muss nicht länger warten. Es ist Zeit, Krieg zu den Franken zu tragen."

Die Halle brach in Jubel aus.

„Die Männer, die heute auf die Jagd gehen, sollen ihr Bestes geben", fügte Hastein hinzu, nachdem es wieder ruhiger wurde. „Heute Abend soll es ein Festmahl geben!"

Die Schatten erstreckten sich lang über den Boden, als ich nachmittags zu Hasteins Anwesen zurückkehrte. Ich führte mein schwer beladenes Pferd, das eine Wildsau und ihre beiden Ferkel auf dem Rücken trug, zur Fleischerhütte in der Nähe des Langhauses. Hastein stand daneben und inspizierte die Erträge des Jagdtags. Bei ihm waren drei Männer, ein älterer und zwei jüngere, die der Qualität ihrer Kleider nach zu urteilen alle Anführer waren.

Der alte Mann sah mir aufmerksam zu, als ich die Schwarzkittel von meinem Pferd zerrte und an die blutgetränkten Sklaven übergab, die das Wild für unser Abendessen zerlegten. Er war groß und sehr schlank, fast hager, und seine Wangen unter den hohen Wangenknochen sahen hohl aus. Seine Haut war verwittert und mit Falten übersät. Oben war sein Kopf kahl, aber über die Ohren und hinten trug er schulterlange, weiße Haare mit einzelnen schwarzen Strähnen, die in der Abendbrise wehten. Seine Haltung war leicht gebeugt, und er stützte sich mit einer Hand auf den Kopf eines langstieligen Beils, als ob er es als Wanderstab benutzen würde.

Seltsamerweise saß ein großer Rabe auf seiner Schulter.

„Wer ist dieser Junge?" fragte der alte Mann. „Wie es aussieht, ist er ein begabter Jäger."

„Er heißt Halfdan", antwortete Hastein. „Er ist das neueste Mitglied in der Mannschaft der Möwe."

„Er ist fast zu jung, um auf der Möwe zu dienen. Ist er mit Euch verwandt?"

„Nein. Aber wisst Ihr, Ragnar, trotz seines Alters ist er der beste Bogenschütze, den ich je gesehen habe. Deshalb dient er auf meinem Schiff ... und auch aus anderen Gründen."

Ich sah den Fremden neugierig an. Das war also Ragnar Logbrod. Ich hatte nicht erwartet, dass ein solch berühmter Kriegsführer so alt war.

Ragnar wandte sich zu mir und begegnete meinem Blick. Seine Augen unter den dichten Brauen waren so dunkel, dass sie schwarz aussahen wie die Federn seines Raben. „Ich habe Euch beobachtet, als Ihr aus dem Wald kamt", sagte er mir. „Einen Moment lang hatte ich den Eindruck, dass jemand Euch folgen würde. Irgendjemand, oder irgendetwas."

Ich drehte mich um und sah über meine Schulter in die Richtung, aus der ich gekommen war. Könnte es einer von Tokes Männern gewesen sein, der schon hinter mir her war?

„Ich habe auch zugeschaut", sagte Hastein. „Ich habe nichts gesehen."

Einer der anderen Männer lachte. „Seid nicht überrascht", sagte er. „Vater sieht oft Dinge, die andere Menschen nicht sehen." Das Gesicht des Mannes war mit vier parallelen Linien gezeichnet, den weißen Spuren alter Narben, die über seine Stirn und eine Wange bis zum Hals liefen.

„Du solltest das zweite Gesicht nicht verspotten, Ivar", sagte Ragnar. „Auch wenn du es nicht besitzt, hat es mir mehr als einmal wertvolle Dienste geleistet. Die Götter schenken uns verschiedene Gaben. Dir haben sie eine zweite Lebenschance geschenkt, wenn du eigentlich hättest sterben sollen. Mir gab Odin das zweite Gesicht und die Einblicke in die Welt der Geister, die es mir gewährt."

Ich fragte mich, ob Ragnars Verbindung zur geistigen Welt wirklich ein Geschenk von Odin war oder eher eine Folge seines widernatürlichen Bündnisses mit der Hexe und dem Geist der getöteten Bärin. Wie auch immer, seine Worte beunruhigten mich.

„Die Welt der Geister?" fragte ich. „Meint Ihr, ein Gespenst ist mir gefolgt?" Vielleicht war Harald zurückgekommen, um mich zu schelten, weil sein Tod noch nicht gerächt worden war.

Ragnar lächelte. „Ich habe kein Gespenst gesehen. Ich bin mir nicht sicher, ob ich überhaupt etwas gesehen habe. Wenn ja, dann war es eher eine Fylgja."

„Was ist eine Fylgja?"

„Sie ist ein Folgegeist. Ein Schutzgeist. Manchmal erscheinen die Fylgjur in Tiergestalt und können von allen gesehen werden, wie mein Freund der Rabe hier. Ich nenne ihn Munin nach einem der beiden Raben von Gottvater Odin. Vor fünfzehn Jahren kam Munin zu mir, und seither ist er an meiner Seite geblieben. Andere Folgegeister sind unsichtbar und können nur in Träumen erblickt werden – oder von jemandem mit einer ausgeprägten Gabe des zweiten Gesichts."

Ich schaute mich wieder um und schauderte un-
willkürlich bei dem Gedanken an einen unsichtbaren
Geist, der hinter mir herschlich. Ragnar lächelte wieder.
Er wollte mich wohl beruhigen, aber der Anblick erinnerte mich eher an das Zähnefletschen eines Wolfs.

„Seid nicht beunruhigt", sagte er. „Eine Fylgja wird
Euch nichts zuleide tun. Sie ist eine Beschützerin, die
Euch ins Ohr flüstert, um Euch vor einer versteckten
Gefahr zu warnen, oder die mit einem Atemhauch den
heranfliegenden Pfeilschaft eines Feindes abwendet.
Solche Dinge, die Menschen für Schicksal halten, haben
wir oft einer Fylgja zu verdanken. Sie können Euch auch
eine besondere Art von Begünstigung bringen. Von Ivar
wird gesagt, dass er Glück mit dem Wetter hat, während
Björn bei seinen Unternehmen oft mit Reichtum belohnt
wird. Die Menschen sagen, mir folge der Tod meiner
Feinde."

„Und Ihr, Hastein?" fragte Ivar. „Was folgt Euch?"

„Hoffentlich Frauen." Hastein grinste. „Und zwar
viele, alle wunderschön und willig."

Björn und Ivar warfen ihre Köpfe zurück und brüllten vor Lachen, aber nur ein dünnes, humorloses Lächeln huschte über Ragnars Gesicht. Er schien ein düste-
rer Mann zu sein, der nur selten Heiterkeit genoss.

„Kommt", sagte er zu Hastein. „Es ist bald Zeit, das
Opfer darzubringen. Wir müssen die Vorbereitungen
treffen."

Zu einem Ende der gerodeten Felder um Hasteins

Anwesen stieg das Gelände an und bildete eine niedrige Anhöhe, die das Wasser des Fjords überblickte. Eine einsame Eiche, deren mächtigen Äste von ihrem Alter zeugten, stand an ihrem höchsten Punkt.

In seiner Funktion als Anführer und Gode seiner Region hatte Hastein einen großen, fast reinweißen Stier als Opfergabe an die Götter ausgewählt, um ihren Schutz für unsere Reise zu erbitten. Der Stier sollte oben auf der Anhöhe mit Blick auf die Flotte geopfert werden.

Bevor ich mich zu der Menschenmenge gesellte, die sich für das Ritual versammelt hatte, wusch ich mir die Spuren der Jagd ab und zog frische Kleider an, die Hastein mir gegeben hatte. Sie bestanden aus einer grünen Wollhose und einer Tunika aus hellblauem Leinen, die von einer im Nähen erfahrenen Sklavin gemacht worden waren.

Ich hatte für die Kleider bezahlen wollen, aber Hastein hatte abgelehnt.

„Ich bin jetzt Euer Anführer", hatte er gesagt. „Es ist üblich, dass ich den Männern, die mir dienen, von Zeit zu Zeit Geschenke mache. Außerdem habe einem gewissen Ruf gerecht zu werden, und dazu gehört das Erscheinungsbild meiner Männer. Auch wenn Eure Kleidung eindeutig von guter Qualität war, sieht sie inzwischen sehr mitgenommen aus. Auf dem Schiff oder im Wald oder in der Schlacht ist sie gut genug, aber wenn wir bei einem Fest oder einer Ratsversammlung sind, möchte ich nicht, dass Ihr wie ein Feldarbeiter ausseht."

Als ich mich zu den Kriegern unterhalb der Anhöhe gesellte, war der Stier bereits bezwungen und unter den

Ästen der großen Eiche in Position gebracht worden. Jedes seiner Vorderbeine war mit kurzen Seilen an dicken Pflöcken festgemacht, die in den Boden gehämmert worden waren. Längere Seile waren um seine Hinterbeine gebunden und über einen massiven Ast der Eiche geworfen worden. Männer, die aussahen, als seien sie wegen ihrer Größe und Muskelkraft ausgewählt worden, hielten die Enden der hinteren Seile. Unter ihnen waren Torvald und Tore.

Hastein ging auf den Stier zu und legte seine Arme um seine Hörner. Das Tier rollte mit den Augen, brüllte kummervoll und versuchte, den Kopf zu schütteln, um Hastein abzuwerfen, aber er stemmte sich breitbeinig gegen das Tier und ließ nicht los. Torvald und die anderen zogen kraftvoll an den Seilen, Zug um Zug, bis der Stier mit dem Kopf nach unten in der Luft hing und seine Vorderhufe den Boden kaum noch berührten.

Ragnar, der wie Hastein Anführer und Gode über sein eigenes Land und seine eigenen Leute war, näherte sich dem Stier von der anderen Seite. Sowohl er als auch Hastein trugen dicke Goldringe an ihren Schwertarmen. Mein Vater hatte auch einen solchen Ring gehabt, den Eidring eines Priesters. Ich fragte mich, was damit geschehen war.

Aus einer Scheide an seinem Gürtel zog Ragnar ein Messer mit einer langen, schlanken, spitz zulaufenden Klinge. Er richtete seinen Blick gen Himmel und rief mit lauter Stimme: „Gottvater Odin, Herr des Krieges und des Todes! Mächtiger Thor, Meister der Stürme! Erhört uns! Wir, Euer Volk, bitten Euch um Eure Hilfe und Euren Segen in dieser Nacht. Wir brechen bald auf, um

Krieg gegen die Franken zu führen. Unser Feind ist Anhänger des Weißen Christus und deswegen auch Euer Feind. Schützt unsere Schiffe auf dem Meer von Stürmen und gebt uns günstige Winde, damit unsere Reise zügig vonstatten geht. Nehmt dieses Blutopfer an, und die Ehre, die wir Euch damit erweisen. Gebt uns eine sichere Reise und den Sieg!"

Als Ragnar die letzten Worte rief, zog Hastein mit aller Kraft an den Hörnern, riss den Kopf des Bullen nach oben und hielt ihn fest. Ragnar zog seinen Arm zurück und stach mit dem langen Messer tief in den Hals des Stiers. Das Tier brüllte laut vor Schmerz und Zorn, und Ragnar drehte das Messer in einer kreisförmigen Bewegung. Dann zog er es wieder heraus und trat zurück, um dem karminroten Blut aus dem Weg zu gehen, das aus dem Hals des Tieres strömte.

„Seht her!" rief er. „Die Erde trinkt das heilige Blut!"

Ivar und Björn traten vor und hielten breite, flache Schalen aus Kupfer in ihren Händen, die Ragnar mit dem Blut des sterbenden Stiers füllte. In der kalten Nachtluft stiegen Dampffahnen aus den gefüllten Schalen auf.

Sobald beide Schalen voll waren, ließ der Jarl den Kopf des Stiers los. Während er wegtrat, versuchte das sterbende Tier, den Kopf anzuheben und Hastein mit seinen Hörnern aufzuspießen.

„Er stirbt ehrenhaft und mutig", sagte Hastein. „Die Götter werden zufrieden sein. Lasst ihn nicht mehr leiden."

Ragnar trat wieder mit seinem langen Messer vor

und durchschnitt die Kehle des Stiers. Innerhalb kürzester Zeit hörten seine Kämpfe auf. Hastein gab ein Zeichen, und Sklaven aus seinem Haushalt eilten herbei, um den Stier zu zerteilen.

Der Jarl drehte sich um und sprach die Menge mit lauter Stimme an. „Heute Nacht wird in jedem Kessel Fleisch von diesem Stier sein. Jeder Krieger soll von dieser Opfergabe kosten. Morgen schließen wir uns in dem großen Unterfangen zusammen, Krieg in das Land der Franken zu tragen. Heute Abend essen wir gemeinsam und feiern unsere morgige Reise. Gehen wir jetzt zum Ufer, um unsere Flotte zu segnen."

Hastein und Ragnar trugen Fichtenzweige und führten den Zug von der Anhöhe hinunter an, gefolgt von Ivar und Björn. Als sie durch die Menge gingen, knieten viele und beugten ihre Köpfe. Ragnar und Hastein tauchten die Zweige, die sie trugen, in die Schalen und besprengten die gesenkten Köpfe der Krieger mit Blut.

„Es bringt Glück, wenn man vom Blut der Opfergabe gezeichnet wird", erklärte eine Stimme hinter mir.

Ich drehte mich um, um zu sehen, wer gesprochen hatte. Es war Tore. Er, Torvald und die anderen, die beim Ritual geholfen hatten, waren von der Anhöhe heruntergekommen und hatten sich der Menschenmenge angeschlossen, die nun Ragnar und Hastein folgte.

Alle schauten zu, als die beiden die Buge der Schiffe weihten. Während sie die Vordersteven mit Blut bespritzten, riefen Ragnar und Hastein gemeinsam: „Möge die Brandung dich verschonen und mögen die Wellen dir nicht schaden. Mögest du die Felsen umfahren, die unter der Oberfläche lauern und mögest du vor dem Wind fliegen wie ein Vogel."

„Wenn du glaubst, dass das Blut Glück bringt, wieso bist du nicht da, wo man im Gesicht rot bemalt wird?" fragte Torvald.

Tore bedachte ihn mit einem finsteren Blick. „Das habe ich auch vor. Verspottest du die Kraft der Götter, Torvald? Was wird uns beschützen, wenn sie es nicht tun?"

„Ich werde mich auf meinen starken rechten Arm verlassen", antwortete Torvald. „Ich habe darauf mehr Vertrauen als auf das Blut eines toten Stiers. Ich wette, dass viele Männer, die heute Nacht mit dem Blut gezeichnet wurden, die Rückreise aus dem Frankenreich nicht mehr antreten werden. Sie können dem Tod nicht entkommen, wenn es ihr Schicksal ist, im Land der Franken ihr Leben zu lassen. Auch du und ich können es nicht, und ich habe nicht vor, meine guten Festkleider bei dem Versuch mit Stierblut zu beflecken."

„Mit deinem Mangel an Glauben forderst du den Zorn der Götter heraus", sagte Tore. Er drehte sich um und eilte dem Zug der Menschen hinterher.

Torvald wandte sich zu mir und grinste mich an. „Nun, willst du nicht auch mit?"

Ich schaute auf meine neuen Festkleider. Es war das erste Mal, dass ich sie getragen hatte, und ich fand, dass sie sehr schön aussahen.

„Nein", sagte ich. Ich konnte nur hoffen, dass diese Entscheidung kein Fehler war.

7

Seewölfe

Es ist eine lange Reise vom Limfjord bis zum westlichen Königreich der Franken, und auf hoher See im Winter – auch wenn es ein relativ milder Spätwinter wie in jenem Jahr war – hatten wir eine kalte und unangenehme Fahrt. Aber unsere Route führte uns nach Süden, und nach einiger Zeit konnten wir jeden Tag die Sonnenstrahlen stärker spüren, und die Kälte des Windes, der über das Wasser blies, ließ immer mehr nach.

Alle Länder westlich von Jütland, an denen wir vorbeifuhren, wurden von den Franken regiert. Ich machte mir langsam Sorgen. Sicherlich könnte ein Volk, das stark genug war, ein so großes Reich zu erobern und zu halten, weit größere Armeen aufstellen, als die Truppen von Kriegern, mit denen ich segelte. Wir zählten etwas mehr als neunzig Schiffe, obwohl Björn wahrscheinlich mit einigen weiteren dazustoßen würde. Als Hastein uns anfangs von dem Plan erzählt hatte, schien es ein kühner Streich, mit einer Flotte von Langschiffen tief im Herzen des Frankenreichs zuzuschlagen. Ich hoffte nun, dass sich unsere Kühnheit nicht als gefährliche Torheit entpuppen würde.

Hastein und Ragnar waren sich einig, dass es klug sei, so lange wie möglich die Tatsache vor den Franken zu verbergen, dass eine feindliche Flotte ihre Küste hinuntersegelte. Sie hofften, unsere ersten Angriffe gegen das westliche Frankenreich führen zu können, bevor ihr König Zeit hatte, eine Armee aufzustellen.

Tagsüber segelte unsere Flotte außer Sichtweite des Landes. Unsere Schiffe waren so zahlreich, dass sie das Meer zu bedecken schienen. Erst bei Dämmerung ruderten wir an Land und rasteten über Nacht in geschützten Buchten oder entlang von Sandstränden, mit den Drachenschiffen dick vertäut im Wasser wie ein Schlangennest. Jeden Morgen standen wir früh auf, und bevor sich der Nebel, der die Küste verschleierte, unter dem Einfluss der Sonne gelichtet hatte, hatten unsere Mannschaften ihre Zelte abgebaut, waren vom Ufer weggerudert, hatten die Segel gesetzt und waren verschwunden.

Jeden Tag gaben Hastein und Ragnar einem halben Dutzend Kapitänen den Auftrag, mit ihren Schiffen an Land zu gehen, damit die Mannschaften Nahrungsmittel plündern konnten. Jeden Abend wurden das Vieh und die Feldfrüchte, die diese Truppen in den von ihnen besuchten Höfen und Dörfern erbeutet hatten, unter der gesamten Flotte aufgeteilt. Unsere Krieger benötigten Essen, und auf den Schiffen war nicht genügend Platz, um ausreichend Vorräte für eine solch lange Reise mitzuführen. Da kleinere Überfälle durch vorbeifahrende Piraten entlang der Küste nichts Ungewöhnliches waren, vermuteten Hastein und Ragnar, dass die Angriffe kaum Unruhe auslösen würden und Nachricht von ihnen wahrscheinlich das fränkische Hinterland nicht einmal erreichen würde.

Schließlich kam ein Tag, an dem die Möwe der Flotte nicht folgte, als sie über den Horizont verschwand, um außer Sichtweite zu gelangen. Unsere Schwesterschiffe, der Seewolf und die Schlange, blieben ebenfalls zurück. Auf Befehl von Hastein zogen wir unsere Rüstungen an, banden unsere Schilde an ihren Plätzen in den Regalen entlang den Seiten des Schiffs fest und behielten unsere Helme und Waffen in unserer Nähe.

Kettenhemden sind selten und teuer, aber unter den handverlesenen Kriegern in der Mannschaft der Möwe war ich der einzige, der keines trug. Tore, der ausnahmsweise in einer fröhlichen Stimmung zu sein schien, schlug mir auf die Schulter, nachdem ich mein dickes, ärmelloses Lederwams angezogen hatte.

„Bald hast du etwas besseres als das da", sagte er. „Die meisten Krieger in den Armeen der Franken tragen Kettenhemden. Viele Männer auf diesem Schiff haben ihre Brünnen mit Stahl und nicht mit Silber erworben."

„Sind wir an der Reihe, unsere Essensvorräte aufzustocken?" fragte ich.

Torvald stand in der Nähe und packte seine Brünne aus dem Beutel aus Seehundsfell aus, in dem er sie aufbewahrte. „Nein. Wir kundschaften die Gegend aus. Hastein schätzt, dass wir uns der Mündung der Seine nähern – dem Fluss, der aus dem Herzen des Westfrankenreichs fließt. Wir wollen nicht an unserem Ziel vorbeisegeln. Die Flotte wird sich ab jetzt langsamer fortbewegen. Sie wird außer Sichtweite auf ein Signal von uns warten, während wir die Mündung des Flusses suchen."

„Wenn wir nur nach dem Fluss Ausschau halten, warum bewaffnen wir uns?" fragte ich. Obwohl ich kein Kettenhemd besaß, hatte ich keinen Zweifel, dass es darunter beim Rudern eines Schiffs unangenehm werden könnte. Das zusätzliche Gewicht und die Wärme meines

Lederwamses waren schon schlimm genug.

Tore schnaubte. „Wir sind im Land der Feinde. Wir wissen nicht, worauf wir stoßen werden. Nur ein Narr beschreitet einen ihm unbekannten Pfad, ohne sich auf das vorzubereiten, was um die nächste Ecke auf ihn lauern könnte."

Die Möwe segelte in Sichtweite der Küste. Kurz vor Mittag kamen wir an eine Stelle, an der das Land in Richtung Osten schwenkte.

Hastein signalisierte dem Seewolf, längsseits beizudrehen. Als das Schiff in Rufweite war, rief er dem Kapitän Svein zu. „Segele zurück zur Flotte und sage Ragnar, dass wir die Mündung erreicht haben. Er wird uns bei den Inseln an der Nordseite finden. Ich werde einen Ort suchen, wo wir unsere Zelte aufschlagen und die nächsten Schritte beratschlagen können. Morgen geht es los."

Als wir weitersegelten, erschienen anstelle der langen Strände und felsigen Klippen, die wir in den letzten Tagen entlang der Küste gesehen hatten, nun flache, sumpfige Inseln und zahlreiche Sandbänke. Sogar das Meer selbst veränderte seine Farbe und nahm einen schlammigen Farbton an.

Hastein befahl uns, das Segel zu senken und zu sichern und gab der Schlange ein Zeichen, dasselbe zu tun. Wir legten unsere Ruder in die Dollen und bewegten uns jetzt langsamer vorwärts, während ein Mann im Bug die Tiefe des Wassers mit einem an einem Seil befestigten Gewicht überprüfte, damit wir nicht auf Grund liefen. Hastein stand neben ihm und signalisierte bisweilen Torvald, der den Posten am Steuerruder im

Heck eingenommen hatte, den Kurs zu wechseln.

Plötzlich hob Torvald seine Hand, um seine Augen vor der Sonne zu schützen, und starrte in die Ferne. Während ich ruderte, warf ich einen Blick über die Schulter in die Richtung, in der er schaute, konnte aber nichts sehen.

„Hastein!" rief Torvald. „Ein Segel! Voraus auf der Steuerbordseite!"

„Ruder hoch!" befahl Hastein. Als das Schiff langsamer wurde, lief er zurück zum Heck und stieg auf das erhöhte Deck neben Torvald. Einige Augenblicke lang stand er da und suchte das Meer ab, dann schüttelte er den Kopf.

„Ich sehe nichts. Du hast die Augen eines Adlers."

Torvald hob einen Arm und deutete. „Dort. Es ist nur ein weißer Fleck, der hin und wieder über dem Horizont erscheint."

Hastein schaute in die Richtung, in die Torvald gewiesen hatte. Lange sah er schweigend auf das Meer, während die Mannschaft ihn beobachtete.

Schließlich nickte er. „Jetzt habe ich es entdeckt. Es ist noch weit weg, kommt aber näher. Da unser Segel gesenkt ist, kann die Mannschaft des anderen Schiffs uns nicht sehen."

Die Schlange glitt neben unser Schiff. Ihr Kapitän, Stig, rief Hastein zu. „Was seht Ihr?"

„Es ist ein Segel", antwortete Hastein und deutete darauf hin. „Es ist von der Mündung des Flusses aufs Meer unterwegs."

Stig drehte sich um und schaute. „Ja, ich sehe es jetzt. Es sieht aus wie ein ziemlich großes Segel, aber das

Schiff bewegt sich langsam. Ich wette, es ist ein Handelsschiff mit breiten Decksbalken. So ein großes Schiff
kommt bestimmt aus Ruda flussabwärts."

„Nehmen wir es oder lassen wir es weiterreisen?"
fragte Torvald.

Hastein schwieg ein paar Momente, während er in
die Richtung des sich nähernden Handelsschiffs starrte.
„Wir nehmen es", antwortete er schließlich.

Die Männer beider Mannschaften jubelten – ge-
dämpft.

„Wir werden es jagen, wie Wölfe einen Hirsch jagen", sagte Hastein zu Stig. „Ich werde mit der Möwe
weiter in Richtung Flussmündung fahren und nahe am
Ufer bleiben. Wenn der fränkische Kapitän seinen
bisherigen Kurs beibehält, wird er uns nicht sehen, wenn
er an uns vorbeifährt. Ihr bleibt hier auf der Lauer.
Sobald sich das Schiff nähert, fahrt Ihr los, um es abzu-
fangen. Falls es aufs Meer hinaus flieht, ist es Eure
Aufgabe, es aufzubringen, aber ich glaube nicht, dass es
so kommt. Der Kapitän wird schnell begreifen, dass Euer
Schiff das schnellere ist. Wenn er nur halbwegs klar
denken kann, wird er sein Schiff wenden und versuchen,
zurück zum Fluss zu entkommen. Wenn er das tut, sitzt
er zwischen unseren Schiffen in der Falle."

Hastein erhob seine Stimme. „Und alle von Euch
auf beiden Schiffen, beachtet Folgendes: Wenn die
Besatzung des Handelsschiffs sich widersetzt, setzen sie
damit ihr eigenes Leben aufs Spiel. Aber auf keinen Fall
darf der Kapitän der Franken getötet werden. Sicher
kennt er den Fluss, und wir werden in den kommenden
Tagen einen Lotsen brauchen, der uns den Weg zeigen

kann."

Wir nahmen unsere Ruder wieder auf und machten uns auf den Weg. Torvald steuerte uns nah entlang der flachen Inseln, die das Ufer säumten, während er immer ein wachsames Auge auf den Mann hielt, der vom Bug aus die Tiefe des Wassers prüfte. Die Möwe lag so flach auf dem Wasser, als wir über die breite Dünung fuhren, dass mit gesenktem Segel nur die dünne Stange des Masts und der goldene Drachenkopf am Bug zu beiden Seiten über den Wellen sichtbar waren. Aus der Ferne muss sie wohl wirklich wie ein Drache ausgesehen haben, der auf der Suche nach Beute die Küste vom offenen Meer her entlanggeschwommen war.

„Wie weit sollen wir mit der Möwe in Richtung der Flussmündung fahren?" fragte Torvald.

„Noch ein ganzes Stück", antwortete Hastein. „Je näher wir der Mündung sind, bevor wir unsere Falle zuschnappen lassen, desto enger liegen die Ufer beisammen und desto weniger Raum hat das fränkische Schiff zum Manövrieren."

Wir ruderten eine Weile schweigend. Ich platzte fast vor Neugier. Anscheinend wollte auch Tore unbedingt wissen, was los war, denn schließlich fragte er: „Jarl Hastein, wo ist der Franke jetzt? Könnt Ihr die Schlange sehen?"

„Das Handelsschiff segelt weiter", sagte Hastein ihm. „Ich sehe die Schlange nicht. Nein, wartet. Da ist sie." Hastein sah eine Zeitlang still zu, bevor er wieder sprach. „Der Franke hat sie gesehen. Er trimmt seine Segel und wendet. Ruder hoch!" rief er dann. „Ihr könnt Euch ein bisschen ausruhen, meine Brüder, bevor das fränkische Schiff in unsere Richtung kommt. Wir sind jetzt weit genug. Die Falle ist gestellt."

Mit ihm und Torvald zählte Hasteins Mannschaft auf der Möwe neununddreißig Männer – neun Krieger mehr als nötig waren, um die fünfzehn Paar Ruder zu besetzen. Er befahl nun zwei der zusätzlichen Besatzungsmitglieder, mich und Tore abzulösen. Sie hatten bereits ihre Helme aufgesetzt und ihre Schwerter in der Hand, und sie sahen nicht sehr erfreut aus.

„Tore, Halfdan, bringt Eure Bögen und kommt mit mir zum Bug!" sagte Hastein.

Die verbliebenen zusätzlichen Krieger waren bereits dort und zogen dicke Seilrollen aus dem kleinen Lagerbereich unter dem erhöhten Vordeck. Am Ende der Seile befestigten sie Enterhaken. Zwei von ihnen zogen eines der Seile zurück und machten es am Fuß des Masts fest. Die anderen drei blieben mit Hastein im Bug.

Hastein erteilte ihnen Anweisungen. „Wenn wir das fränkische Schiff an den Enterhaken haben, werdet Ihr es mit mir entern. Tore und Halfdan, Ihr werdet uns mit Euren Bögen decken. Und denkt alle daran, ich will, dass der Kapitän am Leben bleibt."

Hastein stieg auf die Plattform am Bug, überprüfte die Position des Handelsschiffs und winkte Torvald zu. „Torvald, wir müssen das Schiff jetzt drehen und ins offene Wasser fahren. Es wird Zeit, dass wir uns dem Franken zeigen und er seinem Schicksal ins Auge sieht."

„Auf meinen Befehl!" rief Torvald. „Steuerbord Riemen hinten, Backbord überziehen – fertig! Zug, Zug, Zug ..."

Langsam drehte sich die Möwe auf der Stelle, bis

ihr Bug aufs Meer zeigte. „Fertig!" rief Torvald, und die Männer hoben ihre Ruder aus dem Wasser. „Los!" rief er nun. „Zug!"

Alle zusammen senkten die Ruderer ihre Riemen ins Meer, dann lehnten sie sich auf ihren Seekisten zurück und zogen die langen Holzblätter durch das Wasser. Anfangs bewegte sich die Möwe in ungleichmäßigen Vorwärtssprüngen. Bei jedem Durchzug wurde sie nach vorne getrieben, während sie dazwischen langsamer über das Wasser glitt, bis sie Fahrt aufnahm und in Richtung des nahenden Handelsschiffs durch die Wellen schoss.

Ich schaute vom Bug aus zu und konnte die Schlange hinter dem Handelsschiff sehen. Ihre Ruder blitzten in der Sonne, während sie aus dem Wasser gehoben wurden und wieder eintauchten. Das gedrungene fränkische Schiff schaukelte und rollte über die Wellen, und im Vergleich mit den beiden schlanken Jägern, die durch das Meer auf es zurasten, erschien es langsam und unbeholfen

Tore stand neben mir im Bug und zeigte auf das Handelsschiff. „Schau das Segel an. Sie stellen es anders ein. Was tun sie da?"

Einen Augenblick später kam die Antwort. Das Handelsschiff, dessen Kurs wir uns schräg von vorne angenähert hatten, fuhr eine Kurve und kam direkt auf uns zu.

„Thors Hammer!" rief Hastein. „Der Kapitän ist tapfer. Er hat vor, uns zu rammen, wenn wir nicht ausweichen."

Aber indem es auf uns zugedreht hatte, war das

Handelsschiff näher an den Wind geraten. Es wurde langsamer und verlor Boden auf die Schlange, die rasch aufholte. In hohem Bogen flogen Pfeile vom Bug der Schlange auf das Handelsschiff. Ich sah, wie einige wirkungslos ins Meer fielen, aber andere trafen den flüchtenden Franken. Der Abstand war für genaues Zielen noch zu weit – vor allem von einem schaukelnden Deck aus – aber die Pfeile hatten wohl die Besatzung in Deckung getrieben, denn eine Ecke des Segels fing an zu flattern, und niemand brachte es wieder unter Kontrolle.

Das Handelsschiff steuerte weiterhin auf uns zu und kam schnell näher, aber jetzt war klar, dass die Schlange es vorher erreichen würde. Der fränkische Kapitän war allein auf dem erhöhten Achterdeck und kauerte dicht an der Seitenbrüstung, um sich zu schützen. In der einen Hand hielt er die Pinne des Steuerruders und in der anderen umklammerte er einen Schild, den er eng an sich gezogen hatte.

Die Schlange näherte sich auf der Steuerbordseite des Handelsschiffs. Als sie das Heck erreichte, schwangen zwei Krieger im Bug Enterhaken über ihren Köpfen und ließen sie fliegen. Die Eisenhaken rasselten auf das Achterdeck des Franken vor dem Kapitän, und die Krieger, die sie geworfen hatten, stemmten sich gegen die Seite der Schlange und zerrten an den Seilen, sodass die Haken sich in der Brüstung des Handelsschiffs verhakten und der Bug der Schlange in Richtung des anderen Schiffs gezogen wurde.

Der fränkische Kapitän sprang vor und durchtrennte ein Seil mit einer kleinen Axt. Zwei Pfeile flogen von der Schlange und landeten in der Reling des Handelsschiffs in der Nähe des zweiten Hakens, woraufhin der Kapitän wieder Deckung im Heck suchen musste.

Ein Krieger kletterte auf den obersten Plankengang im Bug der Schlange und hielt sich mit einer Hand am Drachenkopf des Schiffs fest, um sein Gleichgewicht zu halten, bevor er springen konnte. Hinter ihm zogen andere an dem verbleibenden Seil, um die beiden Schiffe weiter aneinander anzunähern. Die Ruderer auf der Schlange hatten bereits die Riemen hochgeschert, damit sie nicht zwischen den Schiffen zermalmt würden. Da das Handelsschiff nun die Schlange mit sich ziehen musste, verlangsamte es sich noch weiter.

Wir waren jetzt ganz nah. „Hochscheren!" rief Hastein. „Ruder einziehen!"

Torvald riss an der Ruderpinne und änderte unseren Kurs, sodass wir an dem Handelsschiff auf der Backbordseite vorbeifuhren. Es überragte das viel tiefer liegende Deck der Möwe. Während wir neben dem fränkischen Schiff waren, stiegen drei Enterhaken hoch, zwei von unserem Bug aus und einer mittschiffs, und hakten sich ein.

Der Franke war jetzt zwischen unseren Schiffen gefangen. Auf der Möwe ließen die Männer ihre Ruder auf das Deck poltern und griffen nach den Seilen, um uns dicht an die Seite des Handelsschiffs zu ziehen. Hastein schwang seinen Schild mit dem langen Riemen über seinen Rücken und stieg auf den obersten Plankengang der Möwe. Von dort packte er die Reling des anderen Schiffs und zog sich an seiner Seite hoch. Die anderen Krieger, die mit ihm im unserem Bug gewartet hatten, taten dasselbe, während Tore und ich mit eingenockten

Pfeilen in unseren Bögen die Reling des fränkischen Schiffs beobachteten.

Auf einmal erschien ein fränkischer Seemann über der Reling. Er schwang einen Holzhammer und schlug ihn ins Gesicht des Kriegers, der zu Hasteins Linken kletterte, und dieser stürzte bewusstlos auf das Deck der Möwe zurück. Ich zog meinen Bogen voll aus, aber bevor ich schießen konnte, durchbohrte Tores Pfeil den Mund des Seemanns, und er fiel rückwärts aus unserem Sichtbereich.

Hastein erreichte die oberste Kante der Reling und setzte sich rittlings darauf. Er zog seinen Schild nach vorne, zog sein Schwert und sprang aus unserem Blickfeld auf das Hauptdeck des fränkischen Schiffs; gleich hinter ihm folgte der Krieger, der nicht getroffen worden war. Ich konnte sie nicht mehr sehen, aber ich hörte Schreie des Schreckens und des Schmerzes aus der Richtung, in der ich sie vermutete. Nach wenigen Augenblicken hörten die Schreie auf.

Mittlerweile waren drei Krieger von der Schlange auf das erhöhte Achterdeck des Handelsschiffs geklettert; einer von ihnen war ihr Kapitän, Stig. Sie hatten den Kapitän der Franken im Heck in die Enge getrieben, wo er nicht ausweichen konnte, und gingen ihre Schilde vor sich haltend Schritt für Schritt auf ihn zu. Der Franke kauerte hinter seinem Schild, und seine Augen schauten über dem oberen Rand hervor, während er seine kleine Axt in der leicht erhobenen rechten Hand zum Schlag bereithielt.

Unvermittelt sprangen Stig und seine Krieger vor und schmetterten ihre Schilde gegen den Franken. Als er zurücktaumelte, schwang er die Axt, aber da er das Gleichgewicht verloren hatte, fing Stig den Hieb mühelos mit seinem Schild ab. Der Krieger neben ihm drehte seine eigene Axt um und schlug kurz mit dem Axtrücken auf das Handgelenk des Franken. Der Franke heulte vor Schmerz auf und ließ seine Waffe fallen. Stig hob sein Schwert und schlug ihm mit dem Knauf auf den Kopf. Der fränkische Kapitän sackte auf dem Deck zusammen.

Von der Möwe kletterten weitere Krieger an der Seite des Handelsschiffs hinauf, aber auf dem fränkischen Schiff war jetzt alles ruhig. Der Kampf um die Eroberung war zu Ende.

Hastein erschien wieder in unserem Blickfeld und lehnte sich über die Reling des Handelsschiffs. „Halfdan", keuchte er. „Kommt hier hoch. Ich will den fränkischen Kapitän befragen. Ich brauche Euch als Übersetzer."

Tore streckte seine Hand aus. „Hier, gib mir deinen Bogen und deinen Köcher. Du brauchst die Waffen jetzt nicht."

„Danke", sagte ich und gab sie ihm.

Als ich mich wegdrehte, um die Seite des Handelsschiffs hochzuklettern, fügte er hinzu: „Hol mir meinen Pfeil, während du auf dem Schiff der Franken bist."

Als ich meine Beine über die Reling des Handelsschiffs schwang, schaute ich nach unten. Der Mann, den Tore getroffen hatte, lag unter mir auf dem Hauptdeck des Schiffs. Die Leichen von sieben weiteren Seemännern lagen verstreut etwas weiter weg. Ihre vielen klaffenden Wunden hatten das Deck mit Blut getränkt. Ich ließ mich behutsam auf das Deck herunter und trat vorsichtig zwischen die roten Rinnsale, die mit jeder Bewegung des Schiffs immer weiter über das Deck liefen.

Der Mann, den Tore getötet hatte, lag ausgestreckt auf dem Rücken, und der Schaft und die Federn des Pfeils ragten aus seinem Mund. Der Pfeil hatte ihn von schräg unten getroffen und seinen Schädel durchbohrt. Ich griff den Pfeil unterhalb der Federn und zog zaghaft daran. Er rührte sich nicht.

Mir wäre es lieber gewesen, wenn Tore seinen Pfeil selbst geholt hätte. Ich hätte ihm das sagen sollen. Jetzt war es aber zu spät. Er erwartete, dass ich ihn ihm bringen würde. Ich wollte nicht, dass er dachte, ich hätte Angst vor Blut und Tod.

Die Augen des Toten waren offen. Ich hatte das Gefühl, dass er jede meiner Bewegungen beobachtete. Einen Augenblick lang dachte ich daran, den Pfeil abzubrechen und Tore zu erzählen, er sei nichts mehr wert, aber ich wollte meine Ehre nicht mit einer Lüge besudeln. Ich stellte einen Fuß auf die Stirn des Toten, sah weg, und zog kräftig. Mit einem saugenden Geräusch kam der Pfeil frei.

Ich stieg auf das Achterdeck – das viel höher und größer war als das kleine, erhöhte Deck auf der Möwe – wo Hastein auf mich wartete. Jemand hatte den Kapitän des Handelsschiffs mit einem Eimer Wasser übergossen, um ihn wiederzubeleben. Er war nun gegen die Seite des Schiffs gelehnt. Seine Beine waren gespreizt vor ihm, und er hielt den Kopf in beiden Händen und stöhnte. Ein dünnes, wässriges Rinnsal Blut lief an einer Seite seines Gesichts herunter, und wo Stig ihn getroffen hatte, waren seine Haare klebrig von noch mehr Blut.

Hastein zeigte auf den Mann. „Sag ihm, wie ich heiße, und dass ich ein Jarl der Dänen bin."

In stockendem Latein, erklärte ich dem Franken: „Der Mann, der spricht, ist Hastein. Er ist ein Jarl, ein großer Anführer unter den Dänen. Ihr seid jetzt sein Gefangener."

Der Franke hob den Kopf, während ich sprach. Er starrte entsetzt auf den blutigen Pfeil in meiner Hand. Blut tropfte von ihm herunter und bildete eine kleine Pfütze auf dem Deck.

Er wandte sich direkt an Hastein. „Wo ist meine Mannschaft?" fragte er in unserer Sprache. „Habt Ihr sie alle umgebracht?"

„Sie zogen es vor, zu kämpfen, anstatt sich zu ergeben", antwortete Hastein. „Das war keine weise Entscheidung. Sie haben sie mit dem Leben bezahlt."

Ich dachte an das blutverschmierte Deck, auf dem ich eben gewesen war. Die Toten waren alle einfache Seemänner. Keiner hatte eine Rüstung, nicht einmal Schilde. Dort unten hatte ich keine richtigen Waffen gesehen; nur den Holzhammer, einen langen Fischhaken und einige Messer. Diese Männer hatten gegen erfahrene Krieger mit Schilden, Rüstungen und Schwertern keine Chance gehabt. Ich fragte mich, ob Hastein ihnen wirklich eine Gelegenheit gegeben hatte, sich zu ergeben. Wenn er sie überhaupt angesprochen hatte, bezweifelte ich, dass sie ihn verstanden hätten.

Hasteins nächste Frage schien meinen Verdacht zu bestätigen. „Wie kommt es, dass Ihr die Sprache des Nordens sprecht? Nur wenige Franken können unsere

Sprache, aber Ihr beherrscht sie gut."

„Ich bestreite meinen Lebensunterhalt durch Handel", antwortete der Franke. „In den vergangenen Jahren bin ich oft mit meinen Ladungen in Euer Land gesegelt. Ich bin kein Feind der Dänen. Ihr hattet keinen Grund, mein Schiff anzugreifen und meine Mannschaft zu töten. Auch wenn Ihr Euch Jarl nennt, seid Ihr nichts anderes als ein gemeiner Pirat."

Die Stimme des Franken zitterte, und Tränen liefen ihm die Wangen herunter. „Einige Männer in dieser Mannschaft sind schon seit zehn Jahren mit mir gesegelt", fügte er hinzu.

„Wie heißt Ihr?" fragte Hastein.

„Wulf."

Hastein hockte sich auf das Deck neben den Franken. „Ich bedaure, dass der Verlust Eurer Männer Euch grämt", sagte er. „Auch ich habe den Schmerz solcher Verluste gespürt. Eure Tränen deswegen sind keine Schande. Aber Ihr sagt, Ihr seid nicht mein Feind. Da liegt Ihr falsch. Ihr seid Franke und ich bin Däne. Eure Könige haben in der Vergangenheit gegen mein Volk Krieg geführt. Sie waren es, die uns zu Feinden gemacht haben. Es ist Euer Pech, dass das so ist. Ihr könnt die Dänen nicht dafür verantwortlich machen, dass wir vergangenes Unrecht nicht vergessen können."

„Es war nicht mein Wille, dass die Franken in der Vergangenheit Krieg gegen die Dänen geführt haben", entgegnete Wulf.

„Nein", stimmte Hastein ihm zu. „Es war nicht Euer Wille. Und nun bringen die Dänen Krieg zu den Franken, und das ist auch nicht Euer Wille. Es ist allerdings Euer Schicksal und das Schicksal aller Franken, die unseren Weg kreuzen. Ihr könnt ihm nicht entkommen."

Hastein stand wieder auf. „Seid Ihr aus Ruda gesegelt?"

Wulf nickte. „Ja. Dort bin ich zu Hause. Allerdings befürchte ich, dass ich es nie wieder sehen werde."

Hastein lächelte. Es war ein kaltes, unbarmherziges Lächeln. „Ich glaube, Ihr werdet Ruda wiedersehen. Sehr bald sogar."

Am Abend schlugen wir unser Lager auf einer langen, niedrigen Insel in der Nähe der Flussmündung auf. Die Ladung des Handelsschiffs enthielt Weinfässer, die Hastein unter der Flotte verteilte. Während die Krieger unserer Armee tranken, um das Ende unserer langen Reise nach Süden zu feiern, trafen sich die Führer der Armee – Ragnar, Hastein und Ivar – um ein Feuer, das Cullain vor Hasteins Zelt entzündet hatte. Mannschaftsmitglieder der Möwe liefen am Strand umher, tranken, lachten und genossen das Gefühl, wieder festen Boden unter den Füßen zu haben. Ich blieb in der Nähe von Hasteins Zelt, um zu hören, was im Rat gesprochen wurde. Dies war mein erster Kriegszug. Ich wollte wissen, was geplant war.

„Es war eine lange Reise bis hierher", sagte Ragnar. „Aber die Götter waren uns gnädig. Das Wetter war gut, und wir haben keine Schiffe verloren. Ich hoffe, dass Björn eine gute Reise hat, wenn er uns mit den restlichen Schiffen unserer Flotte folgt."

„Ja", pflichtete Ivar ihm bei. Er lag auf einen Ellbogen gestützt, seine langen Beine ausgestreckt, und trank Wein aus einem silbernen Becher. „Wenn wir sehr weit flussaufwärts vorrücken und die Sicherheit des Meeres verlassen, werden wir jeden Krieger brauchen, der versprochen war – und wir werden uns wünschen, wir hätten mehr."

Ivar leerte seinen Becher und reichte ihn Cullain. „Mehr Wein."

„Ivar hat Recht", sagte Hastein. „Die Franken werden zwar Zeit brauchen, um ihre Truppen zu sammeln. Aber wenn es so weit ist, müssen wir vorsichtig sein, denn ihre Armeen können sich schnell bewegen, und sie sind erbitterte Kämpfer. Ich habe schon gegen sie gekämpft. Und wir sind ganz sicher zahlenmäßig unterlegen."

„Auch wir müssen uns schnell bewegen", sagte Ivar. „Bevor die Franken Zeit haben, auf unsere Anwesenheit zu reagieren. Morgen müssen sich unsere Männer über das Land auf beiden Seiten des Flusses verteilen und es nach Pferden durchkämmen. Wenn wir erst einmal zu Pferde sind, können unsere Stoßtruppen schnell und tief in das Land der Franken eindringen und dort angreifen. Mit etwas Glück können wir hart zuschlagen und verschwunden sein, bevor ihre Armee Zeit zum Reagieren hat."

Ragnar schüttelte den Kopf. „Wir sind nicht so weit gekommen und haben kein so großes Heer aufgestellt, um nur einige Dörfer und Klöster zu plündern und dann in unser eigenes Land zurückzukehren. Die Männer erwarten Beute, und das werden wir ihnen auch zugestehen, da sie sonst schwer zu kontrollieren wären. Aber wir sind wegen Größerem hier – wir sind hier um den Krieg zu den Franken zu bringen. Ihre Macht schwindet, während unsere wächst. Wir müssen die Gelegenheit nutzen, während unsere Feinde nicht mehr geschlossen agieren, um sie hart zu treffen. Wir würden uns entehren, wenn wir aus Angst vor dem versagen würden, was die Franken uns antun könnten."

Ich fand, dass Ragnar Recht hatte. Wir waren nicht nur wegen der Beute hier, sondern auch, um unsere Heimat zu schützen. Hastein würde sicher zustimmen – er war es, der es uns in der Nacht nach der Ratsversammlung des Königs so dargelegt hatte.

„Wir sind tief im Land der Franken", argumentierte Ivar. „Erwartest du, dass wir uns gegen ein weit überlegenes Heer durchsetzen können, wenn es sich gegen uns in Bewegung setzt? Und wenn wir zu weit flussaufwärts segeln, könnten sie versuchen, den Fluss hinter uns zu blockieren, um unseren Rückzug unmöglich zu machen. Meiner Meinung nach ist es das Risiko nicht wert."

„Vielleicht können wir das Risiko verringern", schlug Hastein vor. „Wir brauchen einen sicheren Stützpunkt für unsere Armee. Einen Stützpunkt, der stark genug ist, um die Franken davon abzuhalten, ihn anzugreifen, wenn er von einer Armee unserer Größe verteidigt wird. Mit einem solchen Stützpunkt können wir unsere Schiffe schützen und darauf warten, dass die Franken einen Fehler machen. Aus einer solch sicheren Position heraus können wir die Franken zwingen, unser Spiel zu spielen, während wir ansonsten gezwungen wären, nur auf die Bewegungen ihrer Armee zu reagieren. Es ist wie das Spiel Hnefatafl. Wer nur auf die

Bewegungen des Gegners reagiert, wird in der Regel verlieren."

„Das hier ist nicht Hnefatafl", sagte Ivar. „Wir spielen nicht mit Figuren auf einem Brett. Wir bewegen Schiffe und Männer in einem fernen und uns fremden Land. Wir sind im Frankenland. Wo sollen wir einen solchen starken Stützpunkt finden?"

„Ruda", antwortete Hastein.

8

Ruda

„Ihr müsst verrückt sein!" schrie Wulf. „Ich würde niemals mein eigenes Volk verraten!"

„Ihr dürft es nicht als Verrat an Eurem Volk sehen", sagte Hastein. „Ihr könntet dadurch viele Leben retten."

„Leben retten? Indem ich Euch helfe, die Stadt einzunehmen? Haltet Ihr mich für einen Narren?"

Als Ragnar und Ivar sich verabschiedet hatten, um zu ihren Schiffen zurückzukehren, bemerkte Hastein, dass ich in der Nähe stand, und schickte mich zur Möwe, um Wulf zu holen, der dort gefesselt und unter Bewachung zurückgelassen worden war. Der Franke sah verhärmt aus. Seine Haare waren mit getrocknetem Blut verklebt und sein Gesicht über dem kurzen grauen Bart war blass.

„Wir werden Ruda mit oder ohne Eure Hilfe einnehmen", sagte Hastein. „Ohne Eure Hilfe wird es allerdings zu einem harten Kampf kommen, und wir werden wahrscheinlich viele Krieger verlieren."

„Mir ist es egal, ob Eure Krieger sterben", sagte Wulf. „Ich hoffe es sogar."

„Ich erwarte nicht, dass Ihr Euch um das Leben meiner Männer schert. Aber wenn sie viele ihrer Kameraden verlieren, wird das unsere Krieger rasend machen. Ihre Gier nach Blut und Rache wird immens sein, und sie werden ihre Wut an den Menschen in Eurer Stadt auslassen. Wart Ihr vor vier Jahren in Ruda, als der Ort

145

geplündert wurde?"

„Nein. Ich war auf Reisen."

„Ich war dort", sagte Hastein. „Ich habe die Männer angeführt, die die Stadt angegriffen haben. Als wir endlich eingedrungen waren, hatten wir viele Männer verloren, und noch mehr waren schwer verletzt. In unseren Herzen waren nur noch Wut und der Wunsch nach Rache. Viele in Ruda starben an diesem Tag, die nicht hätten sterben müssen. So ist der Krieg. Städte, die sich widersetzen, zahlen einen hohen Preis, wenn sie schließlich eingenommen werden."

„Einen hohen Preis?" sagte Wulf empört. „Für Euch sind das nur Worte. Was wisst Ihr schon von dem Preis, den Ruda bezahlt hat? Als Eure Männer Ruda damals einnahmen, wurde mein Bruder bei dem Versuch getötet, seine Frau zu beschützen. Zwei Eurer Krieger haben sie vergewaltigt. Sie hackten ihn in Stücke, als er versuchte, sie aufzuhalten."

Hastein zuckte mit den Schultern. „Das ist genau, was ich Euch gesagt habe. Wenn unsere Krieger bei der Eroberung einer Stadt schwere Verluste hinnehmen müssen, wird ihre Wut einen Blutrausch bei ihnen verursachen. Wenn das geschieht, kann weder ich noch sonst jemand sie kontrollieren. Die Frage ist nicht, *ob* wir Ruda einnehmen. Wir *werden* die Stadt nehmen, und wir *werden* sie plündern. Ihr wärt ein Narr, etwas anderes zu denken. Aber das Schicksal der Menschen in Ruda liegt in Euren Händen. Helft uns, die Stadt schnell und mit geringen Verlusten zu erobern. Die Einwohner von Ruda werden vielleicht etwas von ihrem Reichtum an unsere Armee verlieren, aber zumindest behalten sie ihr Leben."

Ich hatte Mitleid mit Wulf. Der Jarl gab ihm nur eine bittere Wahl. Er starrte in Hasteins Gesicht, als wollte er die verborgenen Gedanken hinter dessen hellblauen Augen lesen, aber er begegnete nur einem kalten, unerschütterlichen Blick. Hastein schwieg und ließ ihm mit seiner Entscheidung Zeit.

Wulf stieß einen tiefen Seufzer aus und wandte seine Augen ab. „Ihr müsst die Sicherheit meiner Familie garantieren", sagte er. „Sie müssen vor Schaden bewahrt werden. Und wenn die Menschen der Stadt von meiner Rolle erfahren, bedeutet es meinen Tod, wenn Ihr wieder abgezogen seid."

„Abgemacht." Hastein zeigte auf mich und dann auf Tore, der sich zu uns gesellt hatte. „Wenn wir in der Stadt sind, werden diese beiden Krieger Euch nach Hause begleiten und Euer Heim vor Angreifern schützen. Und sie werden bei Euch untergebracht bleiben, solange wir uns in Ruda aufhalten. Ihr werdet Euch um ihre Versorgung kümmern und im Gegenzug werden sie dafür sorgen, dass Eure Familie nicht behelligt wird."

Tore sah empört aus, wie auch Wulf. Er zeigte auf mich. „Diesen lasse ich nicht bei mir zu Hause wohnen", beschwerte er sich. „Er hat meinen Stellvertreter auf dem Schiff getötet. Alain war wie ein Sohn für mich."

Ich schüttelte den Kopf. „Ich habe niemanden auf Eurem Schiff getötet."

„Ihr lügt", sagte Wulf. „Ich sah den blutigen Pfeil in Eurer Hand, und ich sah wie Alain von demselben Pfeil getroffen wurde und fiel."

„Ich habe den Pfeil nicht abgeschossen, sondern ihn nur geholt", sagte ich ihm. „Pfeile sind zu wertvoll, um sie zu verschwenden."

„Das stimmt", fügte Tore hinzu. „Während des Kampfes war ich neben ihm auf unserem Schiff. Er hat Euren Mann nicht getötet."

Tore und ich schauten uns kurz an, dann wandten wir uns wieder Wulf zu. Es war wohl besser, nicht zu erwähnen, dass Tore Alain getötet hatte.

„Ich biete Euch diese beiden Männer an, um Eure Familie zu schützen", sagte Hastein. „Keine anderen. Ihr habt nichts zu sagen, wenn es darum geht, wie ich meine Männer einsetze. Wenn Ihr ihre Hilfe nicht wollt, schützt Eure Familie selbst."

„Ihr seid alle heidnische Teufel", murrte Wulf. „Möge Gott Euch für Eure Sünden gegen gute Christenmenschen totschlagen."

„Ruft ruhig nach Eurem Gott", sagte Hastein. „Wir haben vor ihm keine Angst. Ich glaube nicht, dass er Euch oder Eure Familie rettet. Das können nur wir, da Ihr jetzt in unserer Gewalt seid. Gebt mir Eure Antwort. Werdet Ihr uns helfen oder nicht?"

„Was muss ich tun?" fragte Wulf.

Um flussaufwärts zu fahren, mussten wir viel rudern. Unsere Reise wurde durch die Trägheit des erbeuteten Handelsschiffs weiter verlangsamt, aber Hastein bestand darauf, dass dieses Schiff für seinen Plan entscheidend war. Das Schiff hatte den unpassenden Namen „Schwalbe", denn es war breit gebaut und nur mit vier Ruderpaaren ausgestattet, also eindeutig nicht für schnelles Rudern geeignet. Torvald sagte Wulf, dass er sein Schiff eher „Schildkröte" hätte taufen müssen. „Diese dicke, langsame Badewanne, die ein Schiff sein soll, ist eine Verleumdung der Schwalben", sagte er. „Es sind anmutige Vögel und schnell im Flug."

Unser langsamer Fortschritt stromaufwärts war eine gute Gelegenheit für berittene Stoßtrupps, das Umland zu verwüsten. Die Zahl unserer berittenen Krieger wuchs täglich, weil mit jedem Raubzug mehr Pferde erbeutet wurden.

Allerdings nahm die Besatzung der Möwe zu ihrer Unzufriedenheit an den Überfällen nicht teil. Auf der Fahrt flussaufwärts machte Ragnar Hastein für das erbeutete Handelsschiff verantwortlich, da er darauf bestanden hatte, es mitzuschleppen. Zehn Mitglieder der Mannschaft der Möwe einschließlich Torvalds, Tores und mir wurden von Hastein abkommandiert, das fränkische Schiff, auf dem Wulf weiterhin festgehalten wurde, zu bemannen. Der Rest der Mannschaft der Möwe war für ihre eigenen Ruder erforderlich.

Vor allem Torvald beklagte die Anweisung. Er hatte sich danach gesehnt, den Angriff auf ein großes fränkisches Kloster auf halbem Weg flussaufwärts zwischen dem Meer und Ruda zu führen. „Wir haben dieses Kloster bei unserem Überfall vor vier Jahren eingenommen", sagte er mir. „Es war sehr lukrativ. Die Hohepriester des Weißen Christus bezahlten uns sechsundzwanzig Pfund Silber, um die Priester freizulassen, die wir dort gefangen genommen hatten, und weitere sechs Pfund, damit wir das Kloster nicht in Brand steckten. Ich hatte mich darauf gefreut, es erneut einzunehmen."

Torvalds Wünsche ließen Hastein kalt. „Ich will, dass sich das fränkische Schiff einen halben Tag vor unserer Flotte flussaufwärts bewegt", sagte er ihm. „Falls irgendwelche Franken in Ruda Bericht erstatten, dass sie die Schwalbe gesehen haben, soll es so aussehen, als würde das Schiff vor unseren Truppen fliehen. Habt Geduld. Ihr werdet in Ruda Eure Belohnung bekommen. Unsere Mannschaft wird als erste in der Stadt sein, und Ihr werdet deshalb die Ersten sein, die sie plündern können."

Schließlich ließ Wulf Torvald wissen, dass wir weniger als eine halbe Tagesreise von Ruda entfernt waren. Wir vertäuten das Schiff am Flussufer, und Torvald schickte einen Mann in einem kleinen Boot flussabwärts, um die Flotte zu benachrichtigen.

Einige Stunden später näherte sich ein großer Reitertrupp, der von Hastein und Ivar angeführt wurde. Ivar sandte Kundschafter in die Umgebung aus, um sicherzustellen, dass keine Franken in der Nähe lauerten, die eine Warnung nach Ruda tragen konnten. Der Rest der Gruppe ritt zu der Stelle, an der die Schwalbe am Flussufer vertäut war.

Hastein und zehn andere Krieger stiegen ab und kletterten an Bord. Hastein drehte sich um und rief Ivar, der rittlings auf einem Grauschimmel saß, seine Anweisungen zu. Das Pferd graste am üppig bewachsenen, grünen Ufer, während Ivar uns zusah, wie wir das Ablegen vorbereiteten.

„Bringe deine Männer erst in die Nähe der Stadt, wenn die Dunkelheit sie verbirgt", sagte Hastein. „Ich will nicht, dass die Franken merken, wie nahe unsere

Armee ist. Wenn es uns gelingt, das Tor einzunehmen, schießen wir einen brennenden Pfeil in die Luft. Wenn du dieses Signal siehst, müsst ihr reiten wie der Wind. Wir haben nicht genügend Männer, um das Tor lange zu halten."

„Wir werden kommen", sagte Ivar. Er hielt ein Horn hoch, das an einem dünnen Riemen über seiner Schulter hing. Es war auf Hochglanz poliert und um das schmale Ende und am Mundstück mit Silber verziert. „Wenn du dieses Horn hörst, weißt du, dass wir fast da sind."

Unsere Männer wechselten sich regelmäßig beim Rudern der Schwalbe ab. „Ich will nicht, dass sich jemand beim Rudern verausgabt", sagte uns Hastein. „Wir werden unsere ganze Kraft im bevorstehenden Kampf brauchen."

Finsternis umhüllte schon lange den Fluss und verlangsamte unsere Fahrt noch mehr, als wir in der Ferne endlich die ersten Lichter sahen, die auf die Stadt hindeuteten. Sie schienen hoch über dem Wasser zu schweben, als ob die Stadt auf einer Klippe gebaut worden war. Das sagte ich auch, was ein freudloses Lachen von Wulf auslöste.

„Ja, es gibt Klippen in Ruda", sagte er. „Aber sie wurden von Menschen gebaut. Ruda ist von gewaltigen Steinmauern umgeben, die höher als zwei Männer sind, von denen einer auf den Schultern des anderen steht. Die Lichter, die Ihr hoch über dem Fluss seht, sind Fackeln, die von den Wachen auf den Mauern von Ruda getragen werden."

Hastein hatte uns erzählt, dass Ruda von imposanten Mauern geschützt wurde, aber so etwas hatte ich nicht erwartet. Haithabu, die größte Stadt im ganzen Reich der Dänen, war nur von einem Graben und einen mit einer hölzernen Palisade gekrönten Erdwall umgeben. Der Bau einer solchen massiven Steinmauer um eine ganze Stadt herum erschien mir als Aufgabe, die jenseits der Fähigkeiten normaler Sterblicher lag.

„Wie konnten die Bewohner von Ruda solche Mauern bauen?" fragte ich Wulf.

„Das haben sie nicht", antwortete er. „Die Mauern wurden vor sehr langer Zeit von den Römern gebaut, die einmal hier herrschten."

Ich war froh, dass wir nur gegen die Franken kämpften und nicht gegen die Römer. Ich fragte mich, was aus ihnen geworden war. Ich konnte nur hoffen, dass es nicht die Franken waren, die sie aus diesem Gebiet vertrieben hatten.

Als wir uns der Stadt näherten, machten acht von uns sich bereit, darunter Tore, Odd und ich. Wir zogen raue, einfache, von fränkischen Bauernhöfen erbeuteten Tuniken über unsere Rüstungen, um sie zu verbergen, und verstauten unsere Helme in einem Sack. Oben auf dem Vorderdeck bauten wir eine provisorische Trage aus vier überlappend auf zwei Speerstangen gelegten Schilden, die wir fest in Umhänge wickelten, damit sie zusammenhielten. Auf der Trage stapelten wir unsere Waffen und bedeckten diese zur Tarnung mit einem weiteren Umhang. Ich legte mich oben auf diese Schichten; ich hatte die Rolle eines verletzten Seemanns be-

kommen, weil ich das leichteste Mitglied unserer Mannschaft war. Nur Hastein führte wirklich mehr als ein
Messer mit sich – er steckte sein Schwert mit der Scheide
in ein Hosenbein und verbarg seinen Griff unter seiner
Tunika.

Die übrigen Krieger an Bord der Schwalbe kauerten
tief in den Schatten auf dem Mitteldeck des Schiffs und
legten ihre Umhänge um sich, um jeden Schimmer ihrer
Waffen und Rüstungen zu verbergen. Einige krochen
unter die Decks an Bug und Heck und versteckten sich
in den Räumen, in denen Wulf seinen Wein verstaut
hatte, bevor wir ihn getrunken hatten.

„Vergesst nicht", sagte Hastein zu Torvald, dem er
das Kommando über die verbliebenen Männer an Bord
übertragen hatte. „Wenn Ihr meinen Ruf hört, müsst Ihr
unsere Helme und den Rest unserer Schilde bringen. Wir
werden sie brauchen."

Als das Schiff die gerodete Fläche um die Stadt erreichte, hörte ich Rufe von den Mauern und sah, wie
Fackeln sich zu dem Turm an der flussabwärts gelegenen Ecke der Verteidigungsanlage bewegten. Im Licht
der Fackeln konnte ich undeutlich einen Kai am Ufer
unterhalb der Mauern ausmachen. Das Ufer war mit
Balken abgestützt worden, und schmale Landungsstege
ragten in den Fluss. An einigen waren Schiffe und
kleinere Boote vertäut.

Wulf steuerte das Schiff an einen freien Anlegeplatz
vor dem niedrigen hölzernen Tor in der Mitte der Mauer. Die Fackeln folgten unserem Weg und bewegten sich
oben auf der Mauer weg von dem Eckturm, bis sie eine
dichte Gruppe oberhalb des Tors bildeten. Als wir uns

dem Anlegeplatz näherten, konnte ich im flackernden Fackelschein den Schimmer von Speerspitzen und Helmen erkennen, und von der Mauer rief eine Stimme, die sich wie Latein mit einem starken Akzent anhörte.

„Welches Schiff ist das? Wer kommt da?" glaubte ich zu verstehen.

„Es ist die Schwalbe", antwortete Wulf. „Ich bin es, Wulf."

Nun rief eine andere Stimme von den Wächtern auf der Mauer. „Wulf? Ich bin es, Otto."

„Es ist ein Freund von mir", murmelte Wulf zu Hastein in unserer Sprache.

„Otto?" rief er dann hoch. „Ja, ich bin es."

Diesmal sprach Otto länger. Ich konnte dem Gesagten entnehmen, dass er überrascht war, Wulf mitten in der Nacht zurück zu sehen.

Einen Augenblick lang antwortete Wulf nicht, während er sich darauf konzentrierte, die Schwalbe Richtung Ufer zu drehen. Der träge Strom trieb sie an den Pier, und wir Ruderer zogen unsere Riemen ein. Wulf kletterte über die Reling und band ein Seil vom Heck an einen Pfosten, während Tore das gleiche am Bug tat.

Sobald das Schiff gesichert war, stand Wulf still auf dem schmalen Pier, hatte seine Arme in die Hüften gestemmt und starrte auf das Tor und die Wachen auf der Mauer über ihm. Plötzlich begann er, in Richtung Flussufer zu gehen. Ich fragte mich, ob er plante, zum Tor zu laufen und die Franken vor uns zu warnen. Hastein muss Ähnliches gedacht haben, denn er trat an die Reling und murmelte, als Wulf vorbeiging: „Nicht weiter. Ihr könnt nicht schneller laufen, als ich einen

Speer werfen kann."

Wulf ging doch ein paar Schritte weiter, und ich dachte, er wolle Hasteins Drohung testen, aber dann blieb er neben dem Bug stehen.

„Wir haben Dorestad gar nicht erreicht", rief er den Wachen, die oben von den Mauern herunterblickten, in dem seltsamen Latein der Franken zu. „Das Meer war voll mit Schiffen der Nordmänner. Nur durch die Gnade Gottes haben wir sie gesehen, bevor sie uns bemerkten, sodass wir entkommen und wieder die Sicherheit des Flusses erreichen konnten."

„Die Nordmänner sind jetzt auf dem Fluss", sagte Otto. „Ihre Schiffe wurden nicht weit von hier gesichtet. Wie kommt es, dass sie euch nicht eingeholt haben?"

„Die Gnade Gottes", sagte Wulf erneut. „Sicher war Er es, der uns geschützt und vor ihnen verborgen hat. Trotzdem war es knapp. Erst heute in der Dämmerung erspähte uns doch eines ihrer Schiffe und nahm die Verfolgung auf. Drei meiner Männer wurden von ihren Pfeilen getroffen. Wir sind vermutlich nur deshalb entkommen, weil die Piraten sich davor gefürchtet haben, bei schwindendem Licht auf dem Fluss zu navigieren."

Um Wulfs Behauptung zu unterstützen, stöhnte ich lange und ächzend.

Der Franke, der uns als Erster von der Mauer aus befragt hatte, sprach nun wieder. „Bis morgen müsst Ihr auf dem Schiff bleiben. Befehl des Grafen. Keines der Stadttore darf zwischen Sonnenuntergang und Sonnenaufgang geöffnet werden, solange die Nordmänner so nahe sind. Wir wissen nicht, wie schnell sie die Stadt erreichen werden."

„Was ist, wenn sie schon heute Nacht kommen?" fragte Wulf. „Sie sind sicher nicht weit hinter uns. Wenn sie uns hier finden, werden sie uns alle töten. Ihr müsst uns hereinlassen!"

Ich konnte sehen wie Wulfs Freund Otto sich mit dem Mann stritt, der gesprochen hatte, aber ich war zu weit weg, um etwas zu verstehen.

Wulf rief ihnen zu. „Otto, bitte, hab' Erbarmen mit uns! Lass uns nicht hier in Sichtweite der sicheren Mauern sterben. Hilf uns! Lass uns herein!"

Ich stöhnte wieder, diesmal ein hohes Kreischen, und ließ es mit einem herzzerreißenden Schluchzen enden – oder zumindest hoffte ich, dass es so klang. Tore, der wieder an Bord der Schwalbe war, nachdem er den Bug gesichert hatte, murmelte: „Du klingst wie eine Frau in den Wehen. Ich hoffe, du verhältst dich anders, wenn du jemals wirklich verletzt bist."

Oben auf der Mauer gab der Wachmann nach. „Gut, dann kommt. Aber macht schnell!"

Hastein kletterte auf den Pier neben Wulf. Er ging mit einem steifbeinigen Hinken, das von dem Schwert in seinem Hosenbein verursacht wurde. Er legte einen Arm um Wulfs Schultern, als ob er verletzt sei und Wulfs Hilfe benötige, um den Weg zum Tor zurückzulegen. Tore und Odd hoben vorsichtig die Trage über die Reling und stellten sich hinter Hastein und Wulf auf dem Pier auf. Während wir fünf uns Richtung Tor bewegten, kletterten die übrigen drei falschen Franken auf den Pier und setzten sich hinter uns in Bewegung. So marschierte unsere kleine Armee von acht Kriegern, um

Ruda einzunehmen.

Als wir uns der Mauer näherten, sah ich die behelmten Köpfe von drei Franken, die von der Brustwehr aus auf uns herabschauten. Zwei hielten Fackeln über den Rand der Mauer hinaus, um unseren Weg zu beleuchten – oder vielleicht, um besser zu sehen, wer sich da näherte. Einer der Franken zeigte auf uns und sagte etwas zu dem Mann neben ihm. Er winkte den dritten Wachmann herüber und deutete dann wieder auf uns. Ich war sicher, dass sie unsere List durchschaut hatten. Unsere anderen Männer konnten nicht sehen, was die Wächter taten, weil sie ihre Gesichter abgewendet hatten, damit die Franken sie nicht erkennen konnten. Ich wollte Hastein warnen, aber wir waren jetzt der Mauer zu nahe, um sprechen zu können, ohne gehört zu werden.

Das Tor bestand aus einem einzelnen Flügel aus massiven Bohlen und war gerade breit genug, um einen kleinen Karren durchzulassen. Mit einem Knirschen der Scharniere schwang es auf. Ein fränkischer Krieger mit einer Fackel trat heraus. Ein weiterer stand weiter hinten im Torbogen und hielt einen Speer locker in der Hand.

Der Franke, der herausgekommen war, sprach, und ich erkannte ihn an seiner Stimme als Otto. Da er fast neben mir stand, konnte ich jetzt einiges besser verstehen. „Wulf, wo ist Alain?" fragte er. „Ich sehe ihn nicht. Und wer ist das?" Er zeigte auf Hastein. „Ich habe ihn noch nie gesehen."

Wulf packte Otto am Ärmel, und drängte ihn zurück zum offenen Tor. „Lass uns schnell hineingehen", sagte er. „Ich werde dir alles erklären, wenn wir sicher sind. Alain ist tot."

Dicht gefolgt von Hastein gingen Wulf und Otto durch das offene Tor und betraten den kurzen Tunnel am Fuß der massiven Mauer. Nur noch ein paar Schritte, und auch ich würde im Inneren sein, und damit geschützt vor den Speeren der Wächter über uns.

Tore trug das Vorderende der Trage in den Durchgang. Der Franke, der im Torbogen stand, drückte sich gegen die Wand, damit wir vorbeigehen konnten. Dann stolperte Odd, der das hintere Ende der Trage trug, über die Steinschwelle der Türöffnung. Er taumelte zur Seite, die Trage kippte, und ich griff wild nach der Kante eines der Schilde, damit ich nicht zu Boden geworfen würde. Ich konnte spüren, wie die Waffen unter mir herausglitten. Ein Schwert und ein kleines Beil klapperten auf den Steinboden des Tunnels direkt vor der fränkischen Wache.

Er starrte sie verständnislos an. „Was ist das?" fragte er.

Tore ließ das vordere Ende der Trage los und fiel den Franken an. Er packte den überraschten Wachmann bei den Schultern und schmetterte ihn gegen die Tunnelwand, dann schwang er seinen Ellbogen und rammte ihn dem Franken ins Gesicht. Seine Knie knickten ein, und Tore warf ihn mit dem Gesicht nach unten auf den Steinboden. Der Franke versuchte, wieder auf die Knie zu kommen, aber Tore setzte sich rittlings auf seinem Rücken, packte seinen Kopf mit beiden Händen und riss ihn herum. Es gab einen abscheulichen Knacks, und der Franke sackte schlaff zurück zu Boden.

Als Tore das Vorderende der Trage fallen ließ,

prallten die Enden der Speerschäfte auf den Steinboden und rüttelten die Schilde aus ihrem Versteck. Die provisorische Trage brach in einem Durcheinander von Umhängen, Waffen und Schilden auseinander. Ich rollte zur Seite und kletterte über das Gewirr zurück, um meinen Bogen und Köcher zu suchen.

Otto hatte mit Wulf und Hastein mittlerweile fast das andere Ende des Tunnels erreicht, aber jetzt drehte er sich um und lief zu uns zurück. Hastein zog sein Schwert aus seinem Hosenbein, warf die Scheide beiseite und bohrt die Klinge mit solcher Kraft in Ottos Rücken, dass die Spitze durch seine Brust ragte. Mit einem erstickten Schrei sank der sterbende Franke auf die Knie.

„Er ist mein Freund!" rief Wulf.

„Ihr habt selbst gesagt, dass niemand von Eurer Rolle hier etwas erfahren darf", schnauzte Hastein ihn an. Er drückte seinen Fuß gegen Ottos Rücken und schob die Leiche von der Schwertklinge herunter.

Die Franken oben auf der Mauer riefen jetzt Fragen herunter und wollten wissen, was los war. Unsere übrigen Männer liefen in den Tunnel und zogen ihre Waffen aus den Trümmern der Trage. Hastein lief an ihnen vorbei und stoppte kurz vor dem offenen Tor.

„Torvald!" rief er. „Zu mir! Schnell!"

Oben auf der Mauer über uns ertönte ein Horn, eine gellende Warnung an die schlafende Stadt. „An die Waffen, an die Waffen!" rief eine Stimme. „Die Nordmänner greifen an. Sie sind am Flusstor!"

Ich fand meinen Bogen neben dem von Tore. Ich warf ihm seinen Bogen zu, dann zog ich den Riemen meines Köchers über meine Schulter. Tore griff an mir vorbei in den Stapel und zog seinen eigenen Köcher heraus. Der Brennpfeil war noch darin. „Ich muss Ivar das Signal geben", sagte er, und hob Ottos Fackel auf, die am Boden neben dessen Leiche schwach flackerte.

Als Tore zurück zum offenen Tor lief, erschien ein Franke am anderen Ende des Tunnels. Er zog seinen Arm zurück, um einen Speer auf Hastein zu werfen, der neben dem Waffenhaufen kniete, um seinen Schild herauszuziehen.

„Vorsicht!" rief ich.

Hastein blickte auf und warf sich nach vorn. Der Speer streifte fast seinen Rücken und schlug in den Bauch des Kriegers hinter ihm ein. Der Mann schrie auf und stürzte vorwärts über Hasteins Rücken.

Der Franke am Ende des Tunnels zog sein Schwert und duckte sich hinter seinen Schild. Ein weiterer Wachmann erschien neben ihm, einen Speer wurfbereit in der Hand.

„Odd, Halfdan, vertreibt sie!" rief Hastein, als er den Körper des verwundeten Mannes beiseite stieß und wieder auf die Füße schwankte. „Wenn wir hier im Tunnel in die Falle geraten, sind wir verloren."

Odd und ich bewegten uns nebeneinander durch den Tunnel, während wir Pfeile aus unseren Köchern zogen und an unsere Bogensehnen anlegten. Hastein und unsere übrigen Männer folgten dicht hinter uns. Nur Tore blieb kniend direkt hinter dem Tor zurück. Die brennende Fackel lag auf dem Boden zu seinen Füßen und der Brennpfeil, dessen Spitze nun loderte, war angelegt und schussbereit auf seinem Bogen.

Wir zogen unsere Bögen voll aus. Die beiden Franken waren jetzt nur noch eine Speerlänge entfernt und gingen mit ihren Schilden vor den Gesichtern in Hockstellung. Dem Mann mit dem Speer schoss ich in den Fuß. Er schrie auf, umklammerte den Pfeilschaft und taumelte zurück, als Odd einen zweiten Pfeil durch seine Kehle jagte. Der zweite Franke krabbelte von seinem sterbenden Kameraden weg. Mit einem Heulen wie ein Wolf rannte Hastein an mir vorbei, gefolgt von zwei weiteren Kriegern, und der Franke drehte sich um und floh.

Ich warf einen Blick zurück in den Tunnel auf Tore. Er schaute nach oben und trat vorsichtig aus dem Tor, dann sprang er zurück in die Sicherheit des Tunnels. Ein Speer schlug vibrierend an der Stelle in den Boden ein, wo Tore einen Augenblick zuvor gestanden hatte. Hinter ihm konnte ich Torvald und den Rest unserer Krieger von der Schwalbe sehen, die sich uns im Laufschritt näherten.

„Odd, Halfdan!" brüllte Tore. „Macht die Mauer frei!"

Mit unseren schussbereiten Bögen liefen Odd und ich aus dem Tunnel und in die Stadt. Auf der rechten Seite führte eine Steintreppe an der Innenseite der Mauer entlang bis zur Brustwehr auf der Mauerkrone. Hastein befand sich auf halber Höhe und stand über der Leiche des Franken, der aus dem Tunnel geflohen war. Oben auf der Brustwehr war noch ein einziger fränkischer Wachmann übrig geblieben. Er schaute nach unten auf Hastein und setzte gerade mit seinem Speer zum Wurf auf ihn an. Odd und ich schossen gleichzeitig, und der Wachmann taumelte zurück und brach mit zwei Pfeilen in der Brust zusammen.

Odd lief zur Öffnung des Tunnels zurück und winkte Tore zu. Kurz darauf flog der brennende Pfeil in den Nachthimmel.

Für den Augenblick gab es keine Franken mehr, mit denen wir kämpfen mussten, obwohl sicher bald mehr kommen würden. Wir streiften die fränkischen Tuniken ab, die unsere Rüstungen verborgen hatten, und legten unsere Waffen zurecht. Mein Dolch und mein Beil waren in meinen Köcher gestopft gewesen, und ich nutzte die Zeit, um sie an meinen Gürtel zu hängen.

Torvald trabte mit einem Bündel Speere auf der Schulter aus dem Tunnel. Ihm folgten die übrigen Krieger der Möwe, die sich auf der Schwalbe versteckt gehalten hatten.

„Wir haben nur einen Mann verloren?" fragte er Hastein.

„Ja. Olaf. Ist er tot?"

„Fast", sagte Torvald. „Der Speer ist tief eingedrungen. Er wird wohl den Sonnenaufgang nicht mehr erleben."

„Womöglich wird er nicht der Einzige sein", antwortete Hastein. „Bisher hatten wir Glück, aber die richtigen Kämpfe kommen noch. Ich hoffe, Ivar lässt nicht lange auf sich warten. Habt Ihr unsere Helme gebracht?"

Einer der vom Schiff gekommenen Männer brachte den Sack mit den Helmen und gab Hastein seinen. Die restlichen leerte er auf den Boden. Während ich meinen Helm anschnallte, rief Tore: „Schaut! Oben auf der Mauer!"

Drei mit Speeren bewaffneten Franken liefen von der linken Seite der Brustwehr heran. Tore spannte einen Pfeil, löste ihn und traf den führenden Franken in den Oberschenkel. Als er zur Seite taumelte und fiel, schleuderte der Mann hinter ihm seinen Speer ungezielt auf uns, dann bückte er sich und griff seinem verwundeten Gefährten unter die Arme. Odd schoss auf ihn, verfehlte aber sein Ziel. Mein Pfeil traf ihn in den Brustkorb unterhalb des Schlüsselbeins. Er fiel zurück gegen die Wand, dann stürzte er vom Festungswall und zog seinen verwundeten Kameraden mit sich. Der dritte Franke drehte sich um und versuchte, zu entkommen. Tore traf ihn mit einem Fernschuss in den Rücken.

„Es ist wie Eichhörnchen vom Ast zu schießen", prahlte er und lief hinüber, wo die beiden Franken am Fuße der Mauer lagen. Der Mann, den ich getroffen hatte, bewegte sich nicht mehr, aber der andere stöhnte und wandte sich auf dem Boden. Tore zog seinen Sax und schnitt dem Verwundeten die Kehle durch, dann zog er unsere Pfeile aus den Leichen.

„Ich wette, wir brauchen diese noch, bevor diese Nacht zu Ende ist", sagte er, als er zurücktrabte und mir meinen Pfeil reichte.

Das Klappern von Pferdehufen hallte durch die Straße, die zum Tor führte, und wir wussten, dass dies einen Gegenangriff bedeutete. Eine Gruppe von Franken zu Pferd tauchte auf. Als sie uns sahen, hob der Anführer die Hand und rief einen Befehl, den ich nicht verstand. Die Reiter hielten an und begannen, geordnete Reihen aus jeweils fünf Mann zu bilden, die hintereinander gestaffelt waren und die gesamte Breite der

Straße abdeckten.

Ich hatte noch nie Krieger wie diese gesehen. Jeder trug einen Helm, einen Schild und eine Brünne aus Ring- oder Schuppenpanzer. Viele hatten auch Eisenplatten vor ihre Unterschenkel geschnallt, um sie zu schützen. Alle waren mit Schwertern und langen Speeren bewaffnet.

„Bildet einen Schildwall, schnell!" rief Hastein, und unsere kleine Gruppe von Kriegern blockierte den Tunneleingang in einer engen Formation.

„Richtet eure Speerspitzen auf die Köpfe der Pferde", rief Torvald den Männern zu, als sie eine Linie bildeten. „Wendet sie ab. Lasst nicht zu, dass sie uns überrennen." In einer ruhigeren Stimme sprach er zu Hastein, der neben ihm stand und die Franken musterte, während diese gegenüber ihre eigene Formation bildeten. „Es sind zu viele. Sie werden uns in Wellen angreifen, und wir haben nur genug Männer für eine einzige Linie. Sie wird leicht zu durchbrechen sein. Sollen wir im Tunnel Zuflucht suchen?"

„Zu gefährlich", antwortete Hastein und schüttelte den Kopf. „Wenn wir uns in den Tunnel zurückziehen, können sie den Eingang mit nur wenigen Kriegern blockieren und verteidigen, während sie weitere Männer auf die Brustwehr über dem Tor schicken, um uns im Tunnel festzuhalten und weitere Verstärkung zu vertreiben. Wir müssen hier die Stellung halten, bis Ivar und seine Männer kommen. Irgendwie müssen wir sie daran hindern, das Tor zu stürmen."

Hastein drehte sich um und sprach zu Tore. „Nehmt Odd und Halfdan. Ihr drei seid die einzigen mit

Bögen. Bringt ihre erste Reihe zu Fall und zerstört ihre Ordnung."

Wir traten vor den Schildwall und nahmen dort unsere Stellung ein. Die Franken hatten mittlerweile ihre Reihen gebildet, und die vordersten Krieger positionierten ihre Schilde und Speere für den Angriff. Ich zog einen Pfeil aus meinem Köcher und suchte nach einem Ziel, während ich ihn an die Sehne anlegte. Ein Franke mitten in der ersten Reihe hatte eine Fahne an seinem Speer, und er rief den anderen Reitern Befehle zu. Ich zielte auf sein Gesicht, aber er war zu schnell und fing meinen Pfeil mit seinem Schild ab. Auch Tore wählte ihn als Ziel, aber sein Pfeil traf tief in die Brust seines Pferdes. Odds Pfeil fand den Hals des Pferdes eines anderen Reiters.

„Die Pferde sind einfachere Ziele", rief Tore mir zu. „Und die Reittiere zu treffen, hält den Angriff genauso gut ab, wie wenn man den Reiter trifft."

Die beiden verwundeten Pferde bäumten sich auf und schrien vor Schmerz, während ihre Reiter an den Zügeln rissen, um sie wieder unter Kontrolle zu bringen. Die anderen Krieger in der ersten Reihe und in den Reihen dahinter wichen mit ihren Reittieren zurück, um den wilden Bewegungen der beiden verwundeten Rösser aus dem Weg zu gehen.

„Auf mein Zeichen schießen wir zusammen auf die anderen Pferde in der ersten Reihe", sagte Tore. „Ich nehme das auf der rechten Seite, Halfdan das daneben und Odd zielt auf das Pferd ganz links."

Wir legten unsere Pfeile an und zogen aus – drei Männer gegen eine ganze Reitertruppe.

„Lösen!" befahl Tore, und unsere Pfeile rasten ihren Zielen entgegen. Auf diese kurze Entfernung war es ein Blutbad.

Mein Pfeil sank bis zur Hälfte in die Brust meines Ziels. Das Tier stand einen Augenblick lang regungslos da, dann brachen seine Vorderbeine zusammen und es kippte nach vorne auf die Knie. Sein Reiter schwang sein rechtes Bein über den gesenkten Kopf des Tieres und sprang ab, bevor es auf die Seite kippte.

Das von Tore getroffene Pferd taumelte zur Seite und fiel schwer gegen die Wand eines an die Straße angrenzenden Hauses. Sein Reiter schrie, als sein Bein durch das Gewicht des sterbenden Reittiers zerschmettert wurde. Auf der gegenüberliegenden Seite der Straße stand das Pferd, das Odd getroffen hatte, stockstill, während Blut aus dem Maul seines hängenden Kopfes strömte. Vor ihm schlug noch das Pferd, das Odd mit seinem ersten Pfeil verwundet hatte, wild aus.

Das Pferd des Anführers war zwar von Tores erstem Schuss schwer verletzt, aber auch es trat und schlug wild um sich aus. Sein Reiter klammerte sich verzweifelt mit der linken Hand an die Zügel, während er einen langen Dolch aus dem Gürtel zog und mit ihm in den Hals seines Pferdes stach. Blut spritzte, und das Pferd bäumte sich auf die Hinterläufe auf und trat mit den Vorderhufen durch die Luft, während es vor Schmerz wieherte. Der Franke war aber ein großartiger Reiter, und irgendwie blieb er im Sattel und stach erneut zu. Diesmal traf er die große Arterie im Nacken des Tieres. Die Vorderhufe des Pferdes fielen schwer wieder auf den Boden, und es blieb zitternd stehen, während ihm große Mengen Blut aus dem Hals spritzten. Schnell rutschte der fränkische Anführer von seinem Rücken und lief zurück in den Schutz der Reihen der hinteren Truppen.

Der Reiter auf dem Pferd, auf das Odd zuerst geschossen hatte, hatte bisher an den Zügeln gezerrt und die Flanken seines verletzten Reittiers mit dem Griff seines Speers traktiert. Aber nun brachte er auf einmal sein Tier wieder unter Kontrolle. Das Pferd sprang vorwärts und griff uns im Galopp an, während sein Reiter einen Schlachtruf ausstieß und seinen Speer schwenkte.

„Lauft!" schrie Tore.

„Schnell herein!" rief Hastein hinter uns.

Tore, Odd und ich drehten uns um und liefen zurück zum Schildwall. Unsere Krieger machten eine Öffnung, um uns durchzulassen, dann schlossen sie ihre Reihen schnell wieder. Ihre Speere bildeten eine Hecke aus glänzenden Stahlspitzen. Nur wenige Augenblicke, nachdem wir in Sicherheit waren, traf der Reiter auf sie.

Sogar wahnsinnig vor Schmerz weigerte sich das Pferd, sich gegen das Dickicht aus Speeren zu werfen. Im letzten Moment hielt es an, und der Franke auf seinem Rücken stach mit seiner Lanze auf die Männer in unserer Linie. Ein Krieger ließ seinen Speer fallen, taumelte zurück und presste seine Hand auf sein Gesicht. Neben ihm kauerte ein weiterer mit seinem Schild über dem Kopf, um die Stöße des Franken abzuwehren; er sprang vor und stieß die Klinge seines Speers tief in den Bauch des Pferdes. Das sterbende Tier wieherte gellend und taumelte rückwärts auf sein Hinterteil. Torvald und ein

167

anderer Krieger sprinteten nach vorn, zogen den Reiter vom Pferd und warfen ihn zu Boden. Weitere Männer drängten um ihn herum und stachen mit ihren Speeren auf ihn ein. Andere umringten das Pferd und durchbohrten es wiederholt, um ihm und seinen wilden Bewegungen ein Ende zu bereiten.

„Zurück!" rief Hastein. „Die Reihe wieder schließen!"

Vor uns stieg die fränkische Reiterei ab, wohl weil ihnen klar wurde, wie verwundbar ihre Pferde auf so engem Raum waren. Einige hasteten nach vorne, um die sterbenden Pferde mit ihren Speeren von ihren Qualen zu befreien, und zogen den verletzten Reiter in Sicherheit. Ihr Anführer holte schnell seinen Speer von der Stelle, an der er ihn fallen gelassen hatte, dann schwenkte er die Fahne über dem Kopf und rief einen Befehl. Um ihn herum bildeten die übrigen Franken eine dichte keilförmige Formation vor den Kadavern der Pferde.

„Tore, geht mit Odd und Halfdan auf die Mauer!" befahl Hastein. „Versucht, das Kräfteverhältnis etwas auszugleichen und Zeit zu gewinnen!"

Ich drehte mich um und lief gefolgt von Tore und Odd die Treppe zur Mauer hinauf. Als ich die Brustwehr erreichte, schaute ich in die Dunkelheit hinaus. Es waren noch keine Reiter zu sehen, aber von irgendwo draußen hinter den dunklen Schatten um die Stadt herum hörte ich das Blasen eines Horns.

Unter uns hob der fränkische Anführer seinen Speer. „Für Gott und König Karl!" rief er. Tore, Odd und ich zogen unsere Bögen aus und schossen; gleichzeitig wiederholten die Franken den Schlachtruf ihres Anführers und griffen an.

Während sie auf uns zukamen, hielten die Franken ihre Schilde hoch, und nach unserer ersten Salve war keiner gefallen. Bevor wir erneut schießen konnten, stürzten die vordersten Reihen der Feinde auf unsere Krieger, und durch ihre reine Masse schoben sie die Mitte unserer Verteidigung nach hinten. Die Flügel unserer Linie schwangen nach vorne um die Seiten des Keils der Franken, und die fränkische Formation verschmolz mit unserer zu einem Strudel aus stechenden, hackenden Kriegern; somit war es unmöglich, auf die vordersten Reihen der Franken zu zielen, ohne unsere eigenen Männer zu gefährden. Stattdessen richteten Tore, Odd, und ich unsere Pfeile auf die fränkischen Krieger, die sich in den hinteren Reihen ihres Keils befanden. Ich hörte auf zu denken. Alles was zählte, war ein Ziel zu finden, den Bogen auszuziehen, den Pfeil loszulassen und sofort ein anderes Ziel auszuwählen, Pfeil um Pfeil, sobald ich das Weiß eines Gesichts unter einem Helm oder eine entblößte Kehle oder eine nicht durch einen Schild geschützte Brust oder Schulter finden konnte. Wir schossen auf kurze Distanz, und unsere Pfeile waren tödlich.

„Sie kommen über die Brustwehr!"

Odd hatte die Warnung gerufen und ich drehte mich um. Eine Truppe fränkischer Krieger kroch von rechts auf uns zu. Der Anführer ging geduckt und hielt seinen Schild angewinkelt vor sich, sodass seine Augen kaum darüber hinweg blickten. Der Krieger hinter ihm trug einen Bogen mit einem schussbereit an die Sehne angelegten Pfeil.

Ich war den sich nähernden Franken am nächsten. „Tore!" rief ich, als ich niederkniete, um Tores Schussbahn freizumachen. „Ich schieße auf die Beine des Anführers. Such dir ein Ziel oben aus!"

Hinter mir antwortete Tore. „Ich bin bereit. Odd, schieß weiterhin auf die Franken unten!"

„Jetzt!" rief ich. Ich schoss flach und niedrig auf die Füße des führenden Franken. Er bewegte seinen Schild nach unten und wehrte meinen Schuss ab, aber zur gleichen Zeit feuerte Tore, und sein Pfeil traf den Angreifer in das nun ungeschützte Gesicht. Er zuckte nach oben, fiel zurück in die Arme des Mannes hinter ihm und schlug ihm dabei den Bogen aus den Händen.

Schnell nahm ich noch einen Pfeil und legte ihn an meinen Bogen an. Der zweite Franke wuchtete die Leiche seines Kameraden von der Brustwehr, und während er dabei war, fand mein Pfeil seine Brust. Der dritte Franke reagierte schneller. Kaum hatte mein Schuss den Krieger vor ihm getroffen, als er den Sterbenden seitlich von der Mauer schob, nach vorne schnellte und seinen Speer hob, um ihn zu werfen. Hinter mir schoss Tore und traf ihn in den Oberschenkel. Der Franke stolperte, ließ seinen Speer fallen und klammerte sich verzweifelt an die Steinkante der Brustwehr, bevor er schreiend von der Mauer fiel. Die anderen Franken hinter ihm wandten sich ab und flohen.

Ich richtete mich auf, und dabei bemerkte ich eine Bewegung außerhalb der Stadtmauern. Ich drehte mich um, um genauer hinzusehen. Reiter strömten jetzt von der Baumgrenze Richtung Tor.

Unten hielten Hastein und seine Männer nur noch

mit Mühe den Eingang des Tunnels. Nur die Hälfte unserer Männer stand noch, und sie waren zurückgedrängt worden, bis sie Schulter an Schulter direkt vor dem Eingang des Tunnels standen. Hastein und Torvald bildeten den Festpunkt in der Mitte unserer verbliebenen Reihe.

Die Franken hatten ihre Keilformation aufgegeben und zogen sich nun einige Schritte zurück, um sich für ihren letzten Angriff neu zu formieren. Mit ihrem Anführer in ihrer Mitte umringten sie Hastein und seine Männer jetzt in einem Halbkreis. Während ich zusah, rückten sie wieder vor, ihre Linie gespickt mit Speeren und Schwertern.

„Hastein!" schrie ich. „Ivar kommt!" Während ich sprach, hörte ich das Klappern von Hufen auf der anderen Seite der Mauer – die Vorhut unserer Verstärkung war endlich angekommen.

Ich zog meinen letzten Pfeil aus dem Köcher und zielte auf den Anführer der Franken. Mein Schuss traf den Franken oben an der Schulter seines Schildarms, aber leider nur schräg. Der Pfeil glitt von seinem Kettenhemd ab und prallte harmlos auf den Schild des Kriegers hinter ihm. Aber der Aufprall des Schlags hatte ihn überrascht, und er drehte sich um und sah auf die Mauer hoch, wo ich stand.

Als der fränkische Anführer hochschaute, warf Hastein seinen Speer. Er traf den Franken direkt unter dem Kinn und riss ihm die Kehle auf. Er sackte rückwärts weg, und die Männer um ihn herum streckten ihre Arme nach ihm aus, um ihn aufzufangen.

Hastein riss sein Schwert aus der Scheide und

schwenkte es über dem Kopf. „Zu mir!" rief er. „Jetzt nehmen wir sie!" Er und Torvald warfen sich gegen die Mitte der fränkischen Reihen. Sie hieben und stachen auf die unglücklichen Krieger ein, die ihren gefallenen Anführer hielten. Unsere übrigen Männer folgten und brüllten ihre Wut und ihren Trotz angesichts des erst vor Kurzem sicher erschienenen Todes heraus. Hinter ihnen tauchten die ersten Krieger von Ivars Truppen aus dem Tunnel auf und schlossen sich dem Angriff an.

Die Ankunft unserer Verstärkung und der Tod ihres Anführers brachen den Kampfeswillen der Franken. Sie drehten sich um und flohen die Straße hinauf. Hackend und stechend blieben unsere Krieger ihnen dicht auf den Fersen. Der Kampf wurde zu einem Gemetzel, das sich schnell entfernte und eine Spur aus fränkischen Leichen zurückließ. Als die Geräusche des Kampfes leiser wurden, hörte ich, wie neue Geräusche – Schreie der Angst – durch die Nachtluft hallten.

Tore und Odd eilten die Treppe hinunter, die von der Brustwehr führte, und schlossen sich den vielen Kriegern an, die aus der Öffnung des Tunnels in die Stadt strömten. Als er unten angekommen war, rief Tore mir über die Schulter zurück: „Komm, Halfdan! Die reichste Beute kann man am Anfang machen!"

Ich folgte ihnen die Treppe hinunter, aber als ich unten ankam, merkte ich, dass ich weder die Kraft noch den Willen hatte, mich an der Plünderung von Ruda zu beteiligen. Eine Welle der Müdigkeit überkam mich, und ich sackte auf der untersten Treppenstufe zusammen und starrte auf die Toten und Verwundeten, die auf dem Boden vor mir verstreut lagen. Ich hatte überlebt.

Mit einem besorgten Ausdruck im Gesicht tauchte Wulf aus den Schatten auf und zerrte an meinem Ärmel.

„Wir müssen gehen", sagte er. Ich sah ihn verständnislos an. „Meine Familie", erklärte er. „Euer Jarl sagte, Ihr und der andere Krieger, der mit der Brust wie ein Fass, würden mit mir kommen und meine Familie beschützen. Der andere Mann ist bereits dem Kampf gefolgt, aber Ihr müsst mitkommen. Die Plünderungen haben bereits begonnen."

Ich seufzte. „Ich komme. Aber zuerst muss ich einige Pfeile einsammeln. Ohne Pfeile bin ich Euch nicht von Nutzen."

Auf der Suche nach meinen Pfeilen streifte ich durch die Toten und Verwundeten. Mein Bogen war stark und hatte einen schweren Zug, sodass die meisten meiner Geschosse tief in ihre Ziele eingedrungen waren. Es war grausige Arbeit. Selbst wenn die Pfeile unbeschädigt waren, musste ich mit aller Gewalt ziehen und manchmal etwas schneiden, um die Schäfte von den Körpern der Opfer zu befreien.

Dreimal fand ich Pfeile in Franken, die noch lebten. Als es das erste Mal geschah, zog ich meinen Dolch und näherte mich vorsichtig dem Verwundeten. Er wimmerte und umklammerte den Pfeil, der in seiner Brust steckte. Er hustete Blut aus dem Mund und sah mich mit flehenden Augen an. Wäre er ein verwundetes Reh gewesen, hätte ich ihm die Kehle durchgeschnitten und mir wenig dabei gedacht. Aber er war ein Mensch, und ich konnte ihn nicht töten, als er hilflos da lag. Ich ließ meinen Pfeil in ihm stecken und ging weiter.

Wulf lief mir auf dem Schlachtfeld hinterher, wrang

seine Hände und drängte mich zur Eile. Während wir noch suchten, schritt Ivar umgeben von einer schwer bewaffneten Gruppe seiner Huscarls aus dem Eingang des Tunnels. Als er mich sah, rief er mir zu. „Ihr seid doch einer von Hasteins Männern, nicht wahr? Der junge Jäger? Wie läuft der Kampf?"

„Die Franken sind geflohen", sagte ich. „Hasteins Plan ist aufgegangen, obwohl wir erheblich zu kämpfen hatten, um das Tor einzunehmen und zu halten, bevor die ersten Verstärkungen eintrafen. Die Mannschaft der Möwe wird nach dieser Nacht einige Männer weniger zählen."

„Warum seid Ihr noch hier, wenn Hastein und seine restlichen Männer noch kämpfen?" fragte Ivar. „Soweit ich sehen kann, seid Ihr nicht verwundet."

Die Bedeutung von Ivars Frage war mir klar: er vermutete, ich sei ein Feigling, der sich aus der Schlacht davongemacht hatte. Ich war allerdings zu müde, um beleidigt zu sein.

„Hastein hat mir befohlen, bei diesem Franken zu bleiben. Er hat sein Wort gegeben, dass er als Gegenleistung für die Hilfe des Franken dessen Familie beschützen würde. Aber ich muss zuerst einige meiner Pfeile einsammeln."

Ivar legte den Kopf schief und lauschte. Kampfgeräusche – der Zusammenprall von Stahl auf Stahl – waren nicht mehr zu hören. Allerdings schwollen die Schreie und das Weinen an, bis sie die Nacht zu füllen schienen.

„Wenn die Franken bereits hier am Tor vor dem Kampf weggelaufen sind, dann sind sie gebrochen und

Ruda gehört uns", sagte Ivar. „Angst breitet sich in einer Armee noch schneller aus als die Pest."

Wulf wohnte in einer schmalen Seitengasse nicht weit von der Hauptstraße, die zum Flusstor führte. Er schrie vor Entsetzen, als wir uns seinem Haus näherten. Die Tür stand offen, und als wir näher kamen, konnte ich sehen, dass sie eingetreten worden war und nur noch an einem Scharnier hing.

„Wir sind zu spät!" rief Wulf und versuchte, sich an mir vorbeizudrängen.

Ich streckte einen Arm aus und hielt ihn zurück. „Lasst mich zuerst hineingehen. Wartet hier und haltet meinen Bogen." Er würde mir in den beengten Innenräumen wohl kaum etwas nützen.

Vor der offenen Tür zog ich meine kleine Axt aus dem Gürtel und hielt den Griff des Schildes fester, den ich mir auf dem Schlachtfeld angeeignet hatte. Der Raum hinter der Tür wurde durch eine Fackel, die jemand achtlos auf einen Tisch gelegt hatte, und durch die Glut eines heruntergebrannten Feuers in einem kleinen Kamin an der gegenüberliegenden Wand spärlich beleuchtet. Zwei Krieger waren im Zimmer – Männer, die ich nicht kannte, die aber eindeutig Dänen waren – und durchwühlten Wulfs Habseligkeiten. Sie hatten die Ecken eines Umhangs zusammengerafft, um einen provisorischen Sack für ihre Beute herzustellen. Sonst war niemand zu sehen, obwohl hinter ihnen auf der rechten Seite des Kamins eine andere Tür zu erkennen war, und aus der Dunkelheit jenseits der Tür kam leises

Weinen.

Beide Männer drehten sich um, als ich den Raum betrat, und einer zog sein Schwert aus der Scheide. Der Krieger mit dem Schwert starrte mich mit kalten Augen an. Er war groß und trug seine langen blonden Haare in zwei Zöpfen, die ihm bis über die Schultern hingen, und er hatte einen Schnurrbart, der ihm fast bis zur Brust reichte.

„Dieses Haus gehört uns", sagte er. „Geh woanders hin."

„Jarl Hastein schickt mich hierher", antwortete ich. „Ich bin einer seiner Männer. Dieses Haus gehört dem Franken, der uns geholfen hat, in die Stadt zu gelangen. Es ist mit allen seinen Bewohnern unter den Schutz des Jarls gestellt."

Der blonde Krieger warf einen Blick auf seinen Begleiter und gab ihm dann mit den Augen ein Signal. Der zweite Mann, der braune Haare hatte und ein Wams aus schwarzem Fell trug, trat zurück und ergriff einen Speer und einen Schild, die an der Wand des Raumes lehnten.

„Ich bin es nicht gewohnt, Befehle von einem bartlosen Jungen entgegenzunehmen", sagte der Gelbhaarige. „Ich bin auch jetzt nicht geneigt, damit anzufangen."

Der Mann mit dem Speer bewegte sich langsam seitwärts, sodass er und sein Kamerad mich aus verschiedenen Richtungen angreifen konnten. Ich steckte meine Axt wieder in den Gürtel und trat durch die Tür einen Schritt zurück, wobei ich die Hand nach Wulf und meinem Bogen ausstreckte.

Als Folge des Kampfes am Tor war ich vor Müdigkeit benommen gewesen, aber jetzt spürte ich eine Welle der Wut.

„Ihr habt in dieser Nacht zwei Fehler gemacht", sagte ich den Männern, die mir gegenüber standen. „Jeder dieser Fehler könnte euch das Leben kosten. Der erste Fehler war, euch zu weigern, ein Haus zu verlassen, das unter Jarl Hasteins Schutz steht. Der Jarl gab diesem Franken sein Wort. Wenn sein Eid durch eure Handlungen gebrochen wird, werdet ihr sterben müssen, um die Befleckung seiner Ehre zu tilgen.

Der zweite Fehler war, mich zu beleidigen. Während ihr sicher auf euren Rössern außerhalb der Mauern gesessen habt, war ich am Kampf um das Tor beteiligt. Ich habe heute Nacht bereits mehr Männer getötet, als ihr Finger an den Händen habt. Ich hatte eigentlich vor, nur Franken zu töten, aber nun bin ich versucht, es mir anders zu überlegen. Dennoch gebe ich euch eine letzte Chance. Wenn ihr jetzt geht und nichts mitnehmt, lasse ich euch am Leben."

Während ich mich weiter Richtung Straße zurückbewegte, reichte ich Wulf meinen Schild, zog einen Pfeil aus dem Köcher und legte ihn an meinen Bogen an.

„Warte!" sagte der braunhaarige Mann und trat zum Türrahmen. „Wir wussten nicht, dass dieses Haus den Schutz des Jarls genießt. Ich gehe."

Er trollte sich die Straße hinunter. Einige Augenblicke lang gab es nur Stille, dann hörten wir den Schrei einer Frau aus dem Haus.

Wulf keuchte und stolperte auf die offen klaffende Tür zu. „Bertrada!"

„Bleibt zurück!" schnappte ich und zog meinen Bogen voll aus. „Versperrt mir nicht die Sicht. Ich kann sie retten. Ihr nicht."

Der blonde Krieger kam wieder in mein Blickfeld; seine Gestalt war durch das flackernde Licht der brennenden Fackel auf dem Tisch beleuchtet. Er hielt eine Frau, die nur mit einem dünnen, weißen Unterkleid bekleidet war. Mit einem Arm um ihre Taille presste er sie fest an seinen Körper und mit der anderen Hand hielt er die Klinge seines Schwertes an ihrer Kehle.

Der blonde Mann lachte.

„Also ist es das hier, was der Franke schützen wollte, als er mit dem Jarl verhandelte? Diese Frau und ihre Gören in dem anderen Zimmer? Hör mir jetzt zu, Junge, wenn du willst, dass sie lebt. Du hast mich beleidigt. Du hast keine Ahnung, wie man mit Respektspersonen spricht. Leg deinen Bogen vor dich hin, oder ich werde ihr vor deinen Augen die Kehle durchschneiden. Du und ich werden Mann gegen Mann kämpfen, und ich werde dir Manieren beibringen, bevor du stirbst."

Mit seinen kalten blauen Augen beobachtete er mich und wartete auf eine Reaktion. Ich starrte zurück, ohne zu blinzeln. Direkt in sein rechtes Auge. Und ließ den Pfeil los.

9

Der Zorn des Kriegskönigs

„Wacht auf! Es sind wieder Männer draußen!"

Wulf schüttelte mich an den Schultern. Ich schlug seine Hände beiseite, stand schwankend auf, und versuchte, mich zu erinnern, wo ich war und was geschehen war.

Ich war im Haus des Franken. Da ich gewusst hatte, dass andere Plünderer kommen würden, hatte ich die Leiche nach draußen geschleppt und sie als Warnung neben die Tür gesetzt. Mit seinen vor sich auf dem Boden gespreizten Beinen und dem gegen die Wand von Wulfs Haus gelehnten Rücken sah der Tote fast wie jemand aus, der sich hingesetzt hatte, um sich auszuruhen, und der eingeschlafen war. Fast. Die klaffende Höhle seines zerstörten Auges und der Strom von Blut, der über sein Gesicht und auf seine Brust heruntergelaufen war, machten allen, die ihn genauer betrachteten, klar, dass dieser Mann sich in dem Schlaf befand, aus dem es kein Erwachen gab.

Immer, wenn Plünderer sich genähert hatten, hatte ich mit einem an die Sehne angelegten Pfeil in der Tür gestanden und sie gewarnt. „Dieses Haus steht unter dem Schutz von Jarl Hastein", erklärte ich ihnen. „Lasst es unbehelligt." Einige sahen die Leiche an und murmelten wütend, aber niemand hatte mich herausgefordert.

Als die Dämmerung nahte und die Straße nach und nach mit grauem Licht erhellte, gingen immer seltener

179

Männer an dem Haus vorbei. Schließlich beleuchteten die ersten Strahlen der Sonne die Dächer, und ich sah weder Franke noch Däne sich durch die Stadt bewegen. Die Geräusche von Rufen, Schreien und Gelächter waren auch abgeklungen. Auch Plünderer werden irgendwann einmal müde – und gönnen ihren Opfern damit eine Atempause.

Ich konnte nicht mehr wach bleiben. „Weckt mich, wenn jemand kommt", sagte ich Wulf, dann verkroch ich mich in eine Ecke des vorderen Zimmers und legte mich schlafen.

Wulf hatte mich beim Wort genommen. Dreimal zuvor hatte er mich wach gerüttelt, und ich hatte meine Position in der Tür wieder eingenommen. Jedes Mal war es mir schwerer gefallen, mich aus meinem erschöpften Schlaf zu zwingen. Glücklicherweise waren die vorbeilaufenden Männer Nachzügler, die ziellos durch die eroberte Stadt streiften, und sie hatten wenig Interesse an dem Haus oder dem Toten gezeigt.

Dieses Mal war es anders. Als ich mir die Augen rieb und versuchte, die schlaftrunkene Verschwommenheit wegzuwischen, hörte ich draußen wütende Stimmen. Ich griff meinen Bogen vom Boden und legte einen Pfeil an, während ich mich langsam auf die offene Tür zu bewegte und hinausspähte.

„Da ist er! Der Mann, der Sigvid ermordet hat!"

Es war der braunhaarige Plünderer, der Kamerad des Mannes, den ich getötet hatte. Er zeigte auf mich und sprach mit einer Gruppe von Männern, die auf der Straße vor Wulfs Haus standen. Alle trugen Helme und Schilde und sahen wütend und bereit für einen Kampf aus.

„Zurückbleiben!" rief ich. „Dieses Haus genießt den Schutz von Jarl Hastein. Er hat geschworen, dass alle, die hier leben, in Sicherheit sind. Ich werde jeden Mann töten, der den Eid des Jarls zu brechen versucht."

Ein stämmiger Krieger mit Spuren von Grau in seinen Bart trat vor – einer der wenigen in der Menge, der ein Kettenhemd trug.

„Wer bist du, und wieso behauptest du, für Jarl Hastein zu sprechen?" fragte er forsch.

„Ich heiße Halfdan", antwortete ich. „Ich bin ein Huscarl des Jarls."

Der Krieger sah mich ein paar Augenblicke schweigend an. „Du siehst viel zu jung aus, um im Dienst des Jarls zu stehen", sagte er schließlich. „Seine Huscarls sind alle erfahrene Krieger und ausgewählte Männer."

Ich zuckte mit den Schultern. Ich konnte weder mein Alter noch mein Aussehen ändern. Diese Männer konnten mir glauben oder auch nicht. „Ich diene dem Jarl", sagte ich ihnen. „Ich bin auf seinen Befehl hier."

Der graubärtige Krieger deutete auf die Leiche. „Der Name dieses Mannes war Sigvid. Er war ein Mitglied meiner Mannschaft und stammte aus meinem Dorf. Behauptest du etwa, dass der Jarl dir befohlen hat, einen dänischen Landsmann zu töten?"

„Ich sagte Eurem Krieger, dass dieses Haus unter dem Schutz von Jarl Hastein steht, aber er weigerte sich, es zu verlassen. Stattdessen drohte er, die Frau des hier lebenden Franken umzubringen. Wenn ich ihn nicht getötet hätte, wäre der Eid des Jarls gebrochen worden."

Der braunhaarige Plünderer spuckte auf den Bo-

181

den. „Wir sind nicht hergekommen, um zu reden",
fauchte er. „Sigvid war unser Kamerad. Wir sind gekommen, um seinen Tod zu rächen." Die Männer, die
um ihn herum standen, nickten und murmelten ihre
Zustimmung.

„Ich habe den Befehl, dieses Haus zu schützen",
wiederholte ich. „Ich werde nicht zulassen, dass ihr es
betretet. Ihr seid zahlreich genug, um mich zu töten, aber
ich werde nicht alleine sterben."

Ich trat einen Schritt tiefer in das Zimmer und hob
meinen Bogen.

„Halt!" rief der graubärtige Krieger und wandte
sich an seine Männer. „Ich bin noch immer Kapitän hier.
Ich entscheide, ob wir kämpfen oder nicht. Oder gibt es
unter euch jemand, der das bestreiten möchte?"

Niemand antwortete. Der braunhaarige Mann sah
zu Boden.

Der Kapitän zeigte über seine Schulter auf mich.
„Dieser Krieger behauptet, er sei ein Huscarl im Dienst
von Jarl Hastein und befolge nur die Befehle des Jarls.
Was ist, wenn er die Wahrheit sagt? Wenn ihr ihn um-
bringt, wird der Jarl nicht wütend sein? Wird er die
Tötung eines seiner Männer nicht rächen wollen?"

„Wie soll er davon erfahren?" fragte der braunhaarige Krieger. „Woher soll der Jarl wissen, dass wir für
den Tod seines Mannes verantwortlich sind? Ich würde
es ihm nicht sagen."

„Ich werde eine Tötung nicht verheimlichen", antwortete der Kapitän. „Nur ein Nithing handelt so. Wir
sind keine Mörder, die sich in der Dunkelheit anschlei-
chen und töten, wenn niemand es sehen kann. Ich muss

die Wahrheit erfahren, bevor wir handeln."

Er wandte sich wieder an mich. „Diese Angelegenheit ist noch nicht beendet. Wir machen den Jarl ausfindig und bringen in Erfahrung, ob du wirklich zu seinen Männern gehörst. Aber unabhängig davon, ob du Jarl Hastein dienst oder nicht, bin ich überzeugt, dass du Sigvid nicht hättest umbringen dürfen. Ich heiße Gunulf. Merke dir diesen Namen gut. Du wirst wieder von mir hören."

Es zeigte auf den Körper des Toten und sprach wieder zu seinen Männern. „Nehmt Sigvid mit. Er war unser Kamerad. Es ist unsere Pflicht, ihn zu beerdigen."

Nachmittags fanden mich Torvald und Tore.

„Wir haben die Stadt nach Wulfs Haus durchsucht", sagte Torvald. „Du hast jede Menge Ärger verursacht. Wir sollen dich zu Ragnar ins Schloss des Grafen von Ruda bringen."

„Wird Hastein dort sein?" fragte ich.

Torvald nickte. „Ja. Und Ivar und ein Großteil der Kapitäne. Die Flotte ist flussaufwärts nach Ruda gebracht worden."

„Du wurdest des Mordes bezichtigt", sagte Tore. „Ist das wahr?"

Tores Frage machte mich wütend. Es war seine Schuld, dass ich mich jetzt in dieser Klemme befand. Wäre ich tatsächlich ein Mörder, wäre in diesem Moment sein Leben in Gefahr gewesen.

Ich ignorierte ihn und wandte mich an Torvald. „Wenn ich hier weg soll, muss jemand anders Wulf und seine Familie bewachen. Hastein hat versprochen, dass sie beschützt werden. Er hat ihre Sicherheit mir anvertraut. Mir und *Tore*", fügte ich hinzu und starrte Tore zornig an.

Torvald sah Tore an und lächelte. Tore wurde rot im Gesicht. „Erwartet nicht, dass ich hier bleibe und Kindermädchen für einen Franken und seine Familie spiele", schimpfte er.

Ich stellte mich ihm entgegen. „Es ist deine Pflicht", schnaubte ich. „Jarl Hastein hat dir befohlen, sie zu beschützen, genau wie mir. Wenn du dich letzte Nacht daran erinnert hättest, hätte ich möglicherweise den Mann nicht töten müssen."

Torvald schüttelte den Kopf. „Dann ist es wahr? Du hast einen unserer Krieger getötet?"

„Es war kein Mord", sagte ich. „Ich hatte keine Wahl."

„Davon wirst du noch Ragnar überzeugen müssen", antwortete er.

Der Graf von Ruda war aus der Stadt geflohen, sobald er erfahren hatte, dass Nordmänner das Tor der Stadt eingenommen hatten. Torvald brachte mich zu seinem Schloss – dem größten Gebäude, das ich jemals gesehen hatte. Wir betraten es durch massive Doppeltüren aus Eichenholz, durchquerten eine riesige Eingangshalle, die unsere Armee bereits in einen Stall für die erbeuteten Pferde umgewandelt hatte, und gingen eine breite Wendeltreppe aus Stein hinauf. Oben befand sich eine zweite Ebene, die so groß wie die erste und ebenfalls ganz aus Stein gebaut war. Ich konnte nicht fassen, dass sie trotz ihres Gewichts nicht auf die Ebene darunter zusammenbrach.

Wir betraten einen langen, offenen Raum, der von der Nachmittagssonne durch die großen Fenster beleuchtet wurde. Ein langer, schmaler Tisch stand an einem Ende. Hastein, Ivar und einige andere Krieger – vermutlich alles Stammesfürsten, da Hasteins Kapitäne Stig und Svein unter ihnen waren – saßen an dem Tisch oder befanden sich im Gespräch in kleinen Gruppen, die im Raum verstreut waren.

Ragnar ging mit großen Schritten vor dem Tisch auf und ab. Sein Rabe hockte auf seiner linken Schulter.

„Weiß jemand, wie viele Krieger wir bei dem Angriff verloren haben?" fragte Ragnar als wir uns näherten. „Weiß es irgendeiner von euch?"

Niemand antwortete. Ivar sah gelangweilt aus und bohrte mit dem Nagel seines kleinen Fingers zwischen den Zähnen. Hastein schien seine ganze Aufmerksamkeit auf zwei Stoffballen zu richten, die auf dem Tisch vor ihm ausgebreitet waren.

Er schaute hoch als wir näher kamen. „Ah, Torvald, Ihr seid zurück, und Ihr habt Halfdan gefunden. Sehr gut. Schaut, was Stig letzte Nacht in der Lagerhalle eines Händlers gefunden hat. Es ist Seide. Ich habe sie ihm abgekauft."

Einer der Stoffballen leuchtete in strahlendem Karmesinrot und der andere in tiefem Blau. „Die Farben sind ausgesprochen prächtig, findet Ihr nicht auch?" fuhr er fort. „Ich werde mir daraus zwei neue Tuniken machen lassen."

Ragnar ignorierte Hastein. „Ich weiß, wie viele gestorben sind", sagte er. „Ich weiß es, weil ich der Kriegskönig dieser Armee bin und weil ich für die Männer verantwortlich bin. Siebenundzwanzig unserer Krieger sind gestorben und fünfzehn weitere sind schwer verletzt."

„Es war ein überwältigender Sieg", warf Ivar ein. „Hasteins Plan war klug und hat ausgezeichnet funktioniert."

„Aber die Mannschaft der Möwe zahlte dafür einen hohen Preis", sagte Hastein. „Acht der Toten und vier der Verwundeten sind meine Männer."

Ivar zuckte mit den Achseln. „Männer wetteifern um die Gelegenheit, mit Euch zu segeln, weil Ihr kühn seid. Sie wissen, dass es oft große Gefahren gibt, aber es gibt auch eine größere Aussicht auf Ruhm."

Für mich klangen Ivars Worte gefühllos. Wie viele der Toten hatten Frauen, die jetzt Witwen waren, oder Kinder, die nun ohne Vater aufwachsen würden? Es waren Männer, die Hastein treu und mutig gedient hatten. Ich konnte nicht glauben, dass er ihren Tod so auf die leichte Schulter nahm.

Hastein wandte sich an mich. „Halfdan, Ihr sprecht Latein. Bevor Ihr heute Nachmittag das Schloss verlasst, möchte ich, dass Ihr die Sklaven und Bediensteten des Grafen befragt. Findet heraus, wer von ihnen die Kleider für den Grafen von Ruda geschneidert hat. Die gleiche Person soll auch meine neuen Tuniken machen."

„Ein überwältigender Sieg?" knurrte Ragnar Ivar an. Seine Stimme klang gefährlich. „Ich werde dir sagen, was überwältigend war. Von unseren siebenundzwanzig

Toten starben nur fünfzehn während des Kampfes mit den Franken. Sieben weitere wurden von hinten niedergestreckt, während sie mit dem Plündern oder Vergewaltigen zu beschäftigt waren, um die Feinde zu bemerken, von denen sie getötet wurden. Und fünf wurden von unseren eigenen Männern, *ihren Kameraden*, in Auseinandersetzungen über Beute oder Frauen ermordet."

Beim letzten Satz drehte sich Ragnar zu mir und starrte mich zornig an. Ich schluckte nervös und sah Hastein an, aber er war damit beschäftigt, die Stoffballen zu prüfen. Wusste er nicht, was mir vorgeworfen wurde?

Ragnar breitete seine Arme aus und zeigte auf die Wände des riesigen Raumes, in dem wir standen. „Schaut dieses Schloss an. Oder die Mauern um diese Stadt. Erstaunliche Anlagen, ganz aus Stein gebaut. Die Römer bauten sie vor vielen Hundert Jahren, aber sie stehen immer noch, und sie sind weitaus größer als jedes Langhaus und jeder Palast unserer größten Anführer. Dieselben Römer eroberten unzählige Königreiche und Völker. Eine Zeit lang herrschten sie über die Welt."

Ragnar blieb stehen und wandte sich an Hastein und Ivar. „Was hatten die Römer, was wir nicht haben?" fragte er. „Weiß das jemand? Interessiert es Euch überhaupt?"

Ivar schaute die Wände und die hohen Decken des riesigen Raumes an. „Viele Sklaven?" schlug er vor. „Es erfordert die Arbeitskraft von Hunderten von Männern, um Gebäude wie dieses zu bauen."

„Disziplin!" rief Ragnar. Der Rabe auf seiner Schulter krächzte und schlug mit den Flügeln. „Die Römer besaßen Disziplin. Unsere Armee nicht. Noch bevor diese Stadt vollständig eingenommen und die fränkischen Truppen restlos besiegt waren, verstreuten sich unsere Krieger, um zu plündern. Es war ein Glück, dass die Franken sich nicht neu formiert und einen Gegenangriff gestartet haben. Die Gier unserer Männer war so groß, dass einige ihre eigenen Kameraden wegen der Beute getötet haben. Aber ich nehme an, das dürfte keine Überraschung sein", fügte er hinzu, „wenn auch einer meiner größten Anführer mehr daran interessiert ist, sich wie ein Pfau herauszuputzen, als Disziplin unter unseren Kriegern durchzusetzen."

„Auch ich weiß etwas von den Römern", sagte Hastein. „Ihre Soldaten waren kaum mehr als Leibeigene, die gezwungen waren, jahrelang in ihren Armeen zu dienen – oder bis sie starben. Wir sind keine Römer. Wir sind Dänen. Unsere Krieger sind alle freie Männer. Jeder hat sich aus freien Stücken dafür entschieden, alles zu riskieren und mit dieser Armee tief im Land der Franken zu kämpfen. Ihr wisst genauso gut wie ich, dass sie nicht hierher gekommen sind, um ein altes, von den Franken gegen unser Volk begangenes Unrecht zu rächen. Sie sind gekommen, weil sie hoffen, sich und ihre Familien besserzustellen, und weil sie hoffen, Reichtum zu erlangen, den sie nie haben könnten, wenn sie zu Hause auf ihren Höfen blieben."

„Das hört sich so an, als seien Plünderungen eine edle Sache", sagte Ivar.

Hasteins Worte trafen mich wie ein Schlag. In der Nacht am Ufer unterhalb des königlichen Langhauses hatte er uns gesagt, dass wir in den Krieg gegen die Franken zogen, um unsere Heimat sicherer zu machen. Glaubte er das in Wirklichkeit nicht? Griffen wir die Franken tatsächlich nur zur persönlichen Bereicherung an?

„Du stellst uns dar, als ob wir nichts Besseres sind als die Vieh raubenden irischen Häuptlinge, die sich selbst Könige nennen und heroische Geschichten über das Schafestehlen erdichten", sagte Ragnar. „Die Iren bewirken nichts und trösten sich damit, herrliche Erzählungen darüber zu erfinden. Die Römer haben sich die Welt untertan gemacht, und ihre Heldentaten leben in Legenden und in diesen Denkmälern aus Stein weiter. Auch wir könnten ein Reich erobern. Mann für Mann kann sich kein Krieger mit unseren messen. Aber unser Volk wird nie Großes erreichen, wenn wir nicht Disziplin lernen."

„Und *wenn* wir ein Reich erobern würden, wer sollte dann darüber herrschen?" fragte Ivar. „Womöglich der Kriegskönig, der die siegreiche Armee in den Kampf geführt hat?"

„Du gehst mit deinen Anmaßungen zu weit", herrschte ihn Ragnar an. „Wärst du nicht mein Sohn ..."

„Ja." Ivar nickte und lehnte sich in seinem Stuhl vor. „Und wärst du nicht mein Vater ..."

„Genug!" rief Hastein. „Wir sind die Anführer dieser Armee. Wir dürfen nicht untereinander streiten." Er grinste. „Schließlich, Ragnar, wäre es undiszipliniert und ein schlechtes Vorbild für unsere Männer."

Ivar gab ein bellendes Lachen von sich und ließ sich wieder in seinen Stuhl zurückfallen. Hastein ignorierte ihn und fuhr fort. „Versuche nicht, aus uns etwas zu machen, was wir nicht sind, Ragnar. Heute sind wir die Sieger. Warum bist du damit unzufrieden? Was willst du noch?"

„Wir haben eine große Armee tief ins Heimatland der Franken gebracht", antwortete Ragnar. „Wir haben die Gelegenheit, sie ins Herz zu treffen. Ich will nicht nur einige ihrer Kirchen und Städte plündern, ein paar ihrer Frauen stehlen und dann verschwinden. Ich will, dass sich die Franken lange an dieses Jahr als eine Zeit der Axt, des Schwertes und des Wolfs erinnern. Ich möchte, dass sie sich so vor der Macht der Dänen fürchten, dass sie es nie wieder wagen, unser Land anzugreifen. Aber das können wir nicht erreichen, wenn wir unsere Kräfte vergeuden. Wir können nicht dulden, dass unsere Krieger sich gegenseitig töten. Wir müssen jetzt dafür sorgen, dass in der Armee Disziplin herrscht."

Zumindest hatte Ragnar nicht vergessen, weshalb wir hier waren. Aber seine letzten Worte beunruhigten mich.

„Was schlägst du vor?" fragte Hastein.

„Wir müssen ein Exempel statuieren. Wir müssen unseren Kriegern zeigen, dass wir es nicht dulden, wenn sie sich gegenseitig umbringen. Wir müssen jemanden hängen – das wird der Unordnung ein Ende machen."

Diese Wendung der Debatte gefiel mir überhaupt nicht.

„Wissen wir, wer die Mörder sind?" fragte Ivar.

„Nicht alle", antwortete Ragnar. „Laut ihren Kameraden wurden vier unserer Toten von anderen Dänen umgebracht, aber ihre Mörder sind geflohen und wurden nicht erkannt. Die Identität eines der Mörder kennen wir aber, und ich glaube, einer genügt. Wenn wir einen Mann als Abschreckung hängen, werden das alle in der Armee zur Kenntnis nehmen und beherzigen."

„Das Gerede vom Erhängen ist verfrüht. Du gehst davon aus, dass die Tötung Mord war", sagte Hastein. „Das wissen wir aber noch nicht."

„Es war ein Däne, der einen Dänen getötet hat", antwortete Ragnar. „Wir können es uns nicht leisten, Krieger auf diese Weise zu verlieren."

„Wir können nicht einfach jemanden hängen", protestierte Hastein. „Ein Fall muss vorgelegt und nachgewiesen werden."

„Wir haben nicht die Zeit, um sie auf Verfahrensfragen zu verschwenden!" rief Ragnar.

„Vielleicht hat Vater Recht", sagte Ivar. „Schließlich ist es nur ein einziger Mann, und wir sind im Krieg in einem fremden Land. Ein Exempel zu statuieren, wäre womöglich eine gute Sache. Wer ist der Mörder überhaupt?"

„Er ist einer meiner Männer", antwortete Hastein. „Es ist Halfdan, der hier vor euch steht."

Ivar wandte sich an mich und schaute mich an. „Ah", sagte er zu Hastein. „Jetzt verstehe ich deine plötzliche Wertschätzung des Rechts."

Hastein schob seinen Stuhl vom Tisch weg und stand auf. „Wenn du einen meiner Männer wegen Mordes hinrichten willst, muss der Fall verhandelt und rechtmäßig abgeurteilt werden. Wir haben uns für dich als Kriegskönig unserer Armee entschieden. Das ist alles. Ich habe nicht eingewilligt, dir die Macht über Leben und Tod meiner Männer zu geben. Wenn ich das getan hätte, würden sie mir nicht mehr folgen. Du musst nach dem Gesetz handeln."

Mittlerweile war Ragnars Gesicht dunkelrot geworden. Der Rabe auf seiner Schulter krächzte nervös und pickte an seinem Ohr. Ragnar fluchte und schlug nach ihm, und der Rabe protestierte kreischend.

„Die Franken brauchen uns gar nicht anzugreifen", sagte er. „Sie müssen nur warten, bis wir unsere Armee selbst von innen zerstören. Wir sind nicht viel mehr als ein bewaffneter Pöbelhaufen. Wir verdienen es nicht, Großes zu erreichen."

„Wir sind freie Männer", antwortete Hastein. „Wir geben unseren Königen keine absolute Macht. Auch du musst unsere Gesetze befolgen. Das ist unsere Größe, und wir werden sie nicht aufgeben."

Hastein und Ragnar starrten einander an. Wenn sie sich weiter stritten, fürchtete ich, dass es auch in Handgreiflichkeiten ausarten könnte. Ich fürchtete, dass unser gesamter Feldzug gegen die Franken hier zusammenbrechen könnte — und es wäre meine Schuld.

„Ich habe niemanden ermordet", platzte es aus mir heraus. „Es gibt keinen Grund zu streiten. Wenn Ragnar die Wahrheit erfährt, wird sogar er zustimmen müssen, dass es kein Mord war."

Sobald ich diese Worte gesprochen hatte, wünschte ich, dass ich sie zurücknehmen könnte. Es schien mir offensichtlich, dass Ragnar – wütend wie er war – jeden noch so dürftigen Vorwand nutzen würde, um jemanden zu töten, und mich zu hängen würde sein Bedürfnis sehr elegant befriedigen.

Ragnar, Ivar und Hastein drehten sich alle zu mir um und sahen mich an.

Es war Ivar, der sprach. „Na dann, lasst uns die Wahrheit hören."

Ragnar wandte sich an eine kleine Gruppe von Männern, die in einer Ecke der Halle standen. „Gunulf", rief er. „Tretet mit dem Zeugen vor."

Gunulf war der graubärtige Anführer, mit dem ich heute Morgen die Auseinandersetzung vor Wulfs Haus gehabt hatte. Zusammen mit dem braunhaarigen Krieger kam er nach vorne, bis er neben mir vor dem langen Tisch stand.

„Erzählt Jarl Hastein und den übrigen Kapitänen, weshalb Ihr gekommen seid", sagte Ragnar.

Gunulf zeigte mit dem Daumen auf mich. „Wegen dieses Jungen bin ich gekommen, weil er Sigvid, einen meiner Männer, ermordet hat. Er behauptet, er sei einer Euer Gefolgsleute", sagte er Hastein.

Hastein schaute mich kurz an, dann wandte er sich an Gunulf. „Ja, er gehört zu meinen Gefolgsleuten." Seine Stimme war zuerst leise, aber sie wurde lauter, als er fortfuhr. „Und trotz seines jugendlichen Aussehens ist er kein Junge. Er ist ein Krieger. Er war bei mir, als meine Männer und ich das Tor von Ruda für unsere Armee eingenommen haben, und er hat tapfer gekämpft. Wieso wird er des Mordes bezichtigt? Ich hoffe, Ihr verschwendet nicht unsere Zeit mit haltlosen Vorwürfen."

Ich freute mich über Hasteins Worte, aber ich wunderte mich auch über dem Ton, mit dem er sie geäußert hatte. Stammesfürsten neigen dazu, stolze Männer zu

193

sein, die schnell in ihrer Würde gekränkt sind. Die Farbe, die in Gunulfs Gesicht aufstieg, zeigte an, dass er ganz offensichtlich Anstoß genommen hatte.

In seiner Wut brachte er seine Argumente gegen mich umso hitziger vor. „Es war Mord! Feiger Mord! Er hat meinen Gefolgsmann mit seinem Pfeil erschossen."

„Wir warten immer noch auf die Fakten", sagte Ivar.

Gunulf starrte ihn zornig an, atmete tief ein, und fuhr fort. „Ich und die Hälfte meiner Mannschaft, unter anderem Sigvid, waren Teil des berittenen Heers, das Ihr heute Nacht gegen Ruda angeführt habt. Bis wir ankamen und durch das Tor ritten ..."

„Ein Tor, das ich und meine Krieger, zum Beispiel Halfdan, eingenommen haben, während Ihr flussabwärts in Sicherheit gewartet habt", warf Hastein ein.

„Lass ihn zu Ende reden", fauchte Ragnar.

Gunulf fuhr fort. „Als wir die Stadt erreichten, war die Schlacht am Tor vorbei, und die Geräusche ließen darauf schließen, dass es nur noch vereinzelte Kämpfe gab. Meine Mannschaft verteilte sich in verschiedenen Richtungen, um Beute zu finden."

„Für mich klingt das wie mangelnde Disziplin", sagte Ivar sardonisch. Ragnar starrte ihn grimmig an.

„Habt Ihr gesehen, wie Halfdan Sigvid getötet hat?" fragte Hastein.

Gunulf schüttelte den Kopf. „Ich war letzte Nacht, nachdem die Plünderungen begonnen hatten, nicht bei Sigvid."

Ivar rollte die Augen. „Ihr wart gar nicht da? Wo sind dann Eure Fakten, um die Mordanschuldigung zu unterstützen?"

„Dieser Krieger hat es gesehen." Gunulf zeigte auf den braunhaarigen Mann, der neben ihm stand. „Stenkil suchte mich heute Morgen auf und erzählte mir, dass Sigvid tot sei – getötet von einem anderen Dänen. Stenkil führte mich zu einem Haus in der Stadt und wir fanden dort Sigvids Leiche in der Straße." Gunulf zeigte auf mich. „Er war da. Ich fragte ihn, ob er Sigvid umgebracht hätte, und er prahlte mit seiner Tat. Als Sigvids Stammesfürst fordere ich, dass dieser Krieger bestraft und Wergeld bezahlt wird, das ich Sigvids Familie bei unserer Rückkehr geben kann."

Ragnar wandte sich an Hastein. „Siehst du? Dein Gefolgsmann hat es zugegeben. Wir müssen mit dieser Sache keine Zeit mehr verschwenden. Schick jemand, um einen Strick zu holen."

„Tötung ist nicht immer gleich Mord", sagte Hastein. „Ich habe schon viele Männer getötet aber niemanden ermordet. Gunulf hat uns nichts erzählt, was beweist, dass Halfdan Sigvid ermordet hat."

Hastein blickte Stenkil kalt an. „Euer Stammesfürst sagt, dass Ihr den Vorfall gesehen habt. Erzählt uns, was passiert ist, damit wir ein Urteil fällen können."

Stenkil erzählte Ragnar von den Geschehnissen der vergangen Nacht. Zu meiner Verwunderung entsprach seine Darstellung im Großen und Ganzen der Wahrheit: Er gab zu, dass ich ihnen klargemacht hatte, dass das Haus unter Hasteins Schutz stünde, und dass ich ihnen befohlen hatte, es zu verlassen.

„Ich bin dann gegangen", sagte er. „Aber Sigvid blieb zurück."

„Die Worte dieses unerfahrenen Mannes haben Euch überzeugt?" fragte Ragnar erstaunt. Ivar, der offensichtlich schnell Feigheit in anderen Männern zu erkennen glaubte, schaute Stenkil missbilligend an.

„Er drohte, uns mit seinem Bogen zu erschießen."

„Wenn Ihr weitergegangen seid, habt Ihr die Tötung gar nicht gesehen, nicht wahr?" fragte Hastein. „Ihr kennt also die näheren Umstände nicht."

„Nein", gab Stenkil zu. „Ich habe die Tat nicht gesehen. Aber ich bin später in der Nacht noch einmal an dem Haus vorbeigegangen und habe Sigvids Leiche davor gesehen. Und dieser Junge hat heute morgen Gunulf gegenüber zugegeben, Sigvid getötet zu haben."

Hastein schaute Ragnar an. „Wir haben noch keinen Beweis für einen Mord gehört. Glaubst du immer noch, dass Halfdan hängen soll?"

Verärgert drehte sich Ragnar zu mir, ohne Hastein zu antworten. „Habt Ihr noch etwas zu sagen?"

„Ich gebe zu, dass ich Sigvid getötet habe, aber es war kein Mord", sagte ich. „Jarl Hastein hatte Wulf, dem fränkischen Schiffskapitän, sein Ehrenwort gegeben, dass er und seine Familie beschützt werden sollten, wenn er uns helfen würde, uns Zugang zur Stadt zu verschaffen. Ich habe nur die Befehle meines Kapitäns befolgt."

„Wie ist es zu der Tat gekommen?" fragte Ragnar.

„Sigvid drohte damit, Wulfs Frau umzubringen, wenn ich nicht meinen Bogen niederlegen und Mann gegen Mann mit ihm kämpfen würde. Als er die Drohung aussprach, hielt er sein Schwert an ihre Kehle."

„Wieso habt Ihr nicht gegen ihn gekämpft?" fragte

196

Ivar. „Hattet Ihr vor ihm Angst?"

„Nein, ich hatte keine Angst, aber ich war mir auch nicht sicher, ob ich ihn bezwingen könnte", antwortete ich. „Ich wusste, dass ich den Eid, den Jarl Hastein Wulf geschworen hatte, wahren musste. Ich tat, was nötig war, um Jarl Hasteins Ehre nicht zu beschmutzen. Hätte ich mit Sigvid gekämpft, dann hätte ich meinen eigenen Stolz über meine Pflicht dem Jarl gegenüber gestellt."

Mit einem belustigten Ausdruck im Gesicht lehnte sich Ivar wieder auf seinem Stuhl zurück. „Jetzt verstehe ich", sagte er und nickte mit dem Kopf. „Ihr habt Sigvid getötet, weil es der sicherste Weg war, einen direkten Befehl Eures Anführers zu befolgen." Er wandte sich an Ragnar. „Für mich klingt das wie die Handlung eines disziplinierten Kriegers. Stimmst du nicht zu, Vater? Du willst doch sicher solche Disziplin und solchen Gehorsam nicht bestrafen. Was für eine Botschaft wäre das für unsere Armee?"

Einen Augenblick lang sah es so aus, als ob Ragnar eine zornige Erwiderung auf der Zunge hatte. Dann atmete er mit einem langen Seufzer aus und nickte mit dem Kopf.

„Du hast Recht", räumte er an Hastein gewandt ein. „Das war kein Mord." Er entließ mich mit einer Handbewegung. „Geht jetzt. Ihr seid sehr schießfreudig – und tötet vielleicht zu schnell – aber in diesem Fall habt Ihr kein Unrecht begangen."

Gunulf sah empört aus. „Und was ist mit Sigvids Familie?"

„Halfdan hat kein Unrecht getan, aber er hat Euren Gefolgsmann getötet", sagte Hastein. „Ich werde das

Wergeld bezahlen, und Ihr könnt es seiner Familie bringen."

„So soll es geschehen", sagte Ragnar.

„Das wird meinen Männern nicht gefallen", sagte Gunulf. „Sigvid war ihr Kampfgefährte."

„Es ist mir egal, ob es Euren Männern gefällt oder nicht", antwortete Hastein. „Diese Sache ist erledigt. Wie Ihr gehört habt, hat der Kriegskönig zugestimmt. Wenn jemand von Euren Männern darüber den Frieden bricht, zieht er damit sowohl seinen Zorn als auch meinen auf sich."

Ich war im Begriff zu gehen, aber Hastein rief mir nach. „Halfdan, vergesst nicht, die Dienstboten zu befragen."

Ich sah ihn verwirrt an.

„Die Bediensteten des Grafen von Ruda", erklärte er, und zeigte auf den Stoffballen aus Seide auf dem Tisch vor ihm. „Fragt sie, wer seine Kleidung genäht hat. Für meine Tuniken."

Torvald ging mit mir zurück zu Wulfs Haus. Ich sagte eine Weile nichts, während ich dem Geschehenen nachgrübelte. Ausnahmsweise schien auch Torvald damit zufrieden zu sein, wortlos nebeneinander her zu gehen.

Endlich sprach ich. „Woher stammt Ragnars Hass auf die Franken?"

Meine Frage schien ihn zu überraschen. „Er hasst sie nicht. Sie sind unsere Feinde. Er ist unser Kriegskö-nig. Er will, dass unsere Armee gewinnt und ihre verliert."

„Ich hatte den Eindruck, dass er heute voller Wut war", sagte ich. „Wut auf Hastein. Wut auf Ivar. Und Wut auf die Franken. Für mich klang es, als ob er sie nicht nur bezwingen, sondern vernichten will."

„Ragnar ist immer voller Wut", sagte Torvald. „So ist er nun mal. Er ist von königlichem Blut, und alle wissen, dass er der größte Kriegsführer der Dänen ist. Es nagt an ihm, dass Horik König ist und nicht er, denn er glaubt nicht, dass Horik der bessere Mann ist. Aber Ragnar ist vor allem ein Mann der Ehre, und als Horik nach dem Tod seines Vaters zum König ausgerufen wurde, schwor Ragnar einen Eid, ihn anzuerkennen und zu ehren. Er wird sein Wort nicht brechen, egal wie groß sein Ehrgeiz ist. Ragnar wäre lieber ein König ohne Thron als ein Mann ohne Ehre."

Auch ich hatte einst einen Traum, der an mir genagt und mein Herz vergiftet hatte. Ich war ein Sklave gewesen und sehnte mich danach, frei zu sein – und ein Krieger. Mein Traum war in Erfüllung gegangen und ich hatte meine Bestimmung gefunden. Oder vielleicht hatte meine Bestimmung mich gefunden. Ich fragte mich, ob Ragnar jemals sein Königreich finden würde.

10

Blut oder Bier

Drei Tage, nachdem wir Ruda eingenommen hatten, kam Torvald wieder zu Wulfs Haus und wollte mich
sprechen.

„Björn Eisenseite kommt mit dem Rest unserer Flotte vom Limfjord", sagte er. „Einer unserer Trupps auf
Beutezug hat sie bemerkt und einen Reiter zurück zu
Ragnar geschickt, um Bericht zu erstatten. Er und
Hastein sind jetzt unterwegs zum Flusstor, um sie bei
ihrer Ankunft zu begrüßen. Ich bin auch auf dem Weg
dorthin. Möchtest du mitkommen?"

Natürlich wollte ich, aber Hastein hatte mir befohlen, Wulf und seine Familie zu beschützen, und er hatte
mich von dieser Pflicht noch nicht entbunden. Wie lange
würde ich sie noch bewachen müssen? Ich war nie zuvor
für die Sicherheit Anderer verantwortlich gewesen, und
die Aufgabe lastete schwer auf mir. Ich hatte genug von
Wulf, genug von seiner Familie, genug davon, in diesem
kleinen, stickigen Haus eingesperrt zu sein. Seit ich vor
zwei Tagen aus dem Palast zurückgekehrt war, hatte ich
es keinen Augenblick verlassen. Wieso übernahm Tore
nicht seinen Teil der Verpflichtung?

Ich sah mit Bedauern, wie Torvald mit langen
Schritten die Straße hinunterging und bald außer Sichtweite war. Dann wandte ich mich von der Tür und
wieder in das Halbdunkel von Wulfs Haus.

Wulf Frau Bertrada beugte sich über einen Eisentopf, der über einem schwachen Feuer im Kamin hing, und bereitete das Abendessen vor. Ihr Gesicht leuchtete im Feuerschein, und während ich zusah, glitt eine Strähne ihres glänzenden, dunklen Haars aus ihrer Haube und fiel ihr in die Augen. Verärgert schob sie sie wieder unter ihre Kappe. Während der drei Tage, die ich in ihrem Haus verbracht hatte, hatte ich sie nie lächeln gesehen. Ihr ältestes Kind, ein Mädchen von neun Jahren namens Adela, kniete auf dem Boden in der Nähe der Feuerstelle. Sie wagte sich selten von der Seite ihrer Mutter, und gelegentlich bemerkte ich, wie sie mich mit einem verängstigten Ausdruck in den Augen anstarrte.

Wulf saß an dem kleinen Tisch und hatte sein jüngstes Kind, einen Säugling, auf dem Schoß. Wie die übrige Familie auch hatte er das Haus nicht verlassen, seit Ruda gefallen war.

„Ich hätte gern etwas Bier", sagte ich zu Bertrada. „Ich habe Durst."

Bertrada stand auf und schaute mich ängstlich an, dann blickte sie nervös in Wulfs Richtung. Ich fluchte, als ich mich daran erinnerte, dass sie im Gegensatz zu Wulf die Sprache der Nordmänner nicht verstand.

Ich spürte einen plötzlichen Anflug von Wut. Ich hatte ihr das Leben gerettet, und wahrscheinlich auch das ihrer Kinder, aber sie hatten trotzdem alle Angst vor mir. Was für eine Dankbarkeit war das? „Bier!" blaffte ich sie auf Latein an. „Ich will Bier!"

Als er den Ton meiner Stimme hörte, schaute Wulf hoch.

„Bertrada", sagte er ihr über seine Schulter. „Schenke Halfdan bitte einen Becher Bier ein."

201

„Ihr hättet gern, dass ich verschwinde, nicht wahr?" sagte ich ihm. „Verschwinde oder sterbe."

„Ihr seid ein Däne", antwortete er zornig. „Würdet Ihr erwarten, dass Schafe die Wölfe in ihrer Herde willkommen heißen?"

Bertrada setzte einen mit Bier gefüllten Krug aus Steingut am Rand des Tisches ab, dann wich sie wieder vor mir zurück. Ich nahm einen Schluck. Es war ein schwaches Gebräu, das schmeckte, als sei es mit Wasser verdünnt. War es das Beste, was Wulfs Haushalt zu bieten hatte, oder war es ein für den ungebetenen Gast speziell zubereiteter Trank?

Meine Wut wuchs. Ich versuchte, sie zu unterdrücken, aber sie war ebenso schwer herunterzuwürgen wie Wulfs minderwertiges Bier.

Ich atmete tief ein. Womöglich könnte er in mir mehr als nur einen Feind sehen, wenn wir uns etwas besser kennenlernten.

„Eure Frau ist viel jünger als Ihr", sagte ich in dem Versuch, eine Unterhaltung in Gang zu bringen. „Und auch Eure Kinder sind jung für einen Mann, dessen Bart wie der Eure schon grau wird."

„Sie ist meine zweite Frau", antwortete Wulf. „Nur das Baby ist mein eigenes Kind. Der erste Ehemann von Bertrada wurde getötet, als die Dänen Ruda das letzte Mal eingenommen haben. Er war einer der Soldaten des Grafen von Ruda. Ich habe damals auch meine erste Frau verloren, sowie unsere zwei Töchter. Sie waren beide älter als Adela."

„Eure Frau und Töchter wurden getötet?"

„Das habe ich nicht gesagt. Ich sagte, ich hätte sie

202

verloren. Die Dänen haben sie mitgenommen. Wäre ich in der Stadt gewesen, hätte ich sie vielleicht freikaufen können. Aber ich war in Dorestad. Bis ich zurückgekehrt war, hatten die Dänen die Stadt schon wieder verlassen."

Zweifellos waren Wulfs Familienangehörige als Sklaven verkauft worden. Es war kein Wunder, dass sein Herz mit Wut gegen die Dänen erfüllt war. Aber es war nicht meine Schuld.

„Ich gehörte nicht zu der Flotte, die Ruda das letzte Mal überfallen hat."

„Aber Ihr seid ein Däne." Seine Stimme klang verächtlich.

Und er war ein Franke. Sollte ich ihn dafür hassen, was seine Vorfahren meinen angetan hatten, als sie unser Land angegriffen hatten?

Es reichte mir. Ich hatte das Bedürfnis, unter Menschen zu sein, die mich nicht verachteten. Ich ging zu der Ecke, in der ich mir eine einfache Schlafstätte eingerichtet hatte, und nahm mein kleines Beil aus dem Haufen meiner Waffen und Ausrüstung.

„Was macht Ihr?" fragte Wulf. Ich konnte die Angst in seiner Stimme hören. Dachte er, ich würde sie jetzt alle ermorden?

Ich steckte die Axt in meinen Gürtel neben meinem Dolch und wandte mich wieder an ihn. „Ich gehe aus. Rührt meine Sachen nicht an. Ich bin später wieder da."

„Ihr geht weg? Wer wird uns beschützen?"

„Es ist seltsam, dass ein Schaf einem Wolf diese Frage stellt", antwortete ich. „Verriegelt die Tür, nachdem ich weg bin, und schützt euch dann selbst."

Ich holte Torvald ein, während er den letzten Abschnitt der Straße zum Flusstor hinunterging. Dies war die Stelle, an der die fränkische Reiterei sich formiert hatte und Tore, Odd und ich ihre Pferde niedergeschossen hatten. Jetzt waren die einzigen Anzeichen dafür, dass hier ein Kampf stattgefunden hatte, einige dunkle Flecken auf den Pflastersteinen.

„Ich dachte, du kommst nicht", sagte Torvald.

„Ich habe meine Meinung geändert."

Er drehte sich zu mir und schaute mich an. „Du bist aufgebracht."

Es ärgerte mich, dass er es bemerkt hatte. „Bin ich nicht", entgegnete ich. „Wieso sagst du das?"

„Dein Gesichtsausdruck verrät dich. Und der Ton deiner Stimme."

Wir liefen einige Augenblicke nebeneinander her, ohne etwas zu sagen, bevor Torvald wieder sprach. „Blut oder Bier."

„Was?"

„Blut oder Bier", wiederholte er. „So gehe ich mit meiner Wut um. Es tut mir nicht gut, sie in mich hineinzufressen. Wenn ich das tue, ist es wie ein Holzsplitter, der so tief in die Haut eingedrungen ist, dass ich ihn nicht mehr herausziehen kann, sodass er schwärt, bis die Wunde vergiftet wird. Es trübt meine Gedanken und führt zu Verstopfung."

Ich war mir nicht ganz sicher, ob die Wut oder der Holzsplitter die genannte Wirkung auf Torvald hatten, aber ich war froh, dass weder das eine noch das andere so auf mich wirkte.

„Was haben Blut und Bier damit zu tun?" fragte ich.

„Ich bin meistens ein sehr gelassener Mensch", erklärte Torvald. „Normalerweise ist es schwierig, mich zu verärgern. Aber wenn jemand mich doch wütend macht, werde ich die Wut los, indem ich sein Blut vergieße."

„Und das Bier?"

„Manchmal ist es nicht möglich, Zorn durch Blut abzubauen. Zum Beispiel bringt Hastein mich gelegentlich auf, aber ich kann sein Blut nicht vergießen, da er mein Freund und mein Jarl ist. Stattdessen trinke ich. Bier wirkt auf meine Wut wie Wasser, das auf eine Flamme gegossen wird. Wenn ich genug getrunken habe, fühle ich mich fast immer besser. Wer hat dich geärgert?"

Ich schüttelte den Kopf. „Ich bin einfach wütend. Auf Wulf, auf seine Familie, auf Tore – sogar auf Hastein."

„In diesem Fall kannst du ganz klar deinen Zorn nicht durch Blut abbauen", sagte Torvald. „Ich empfehle Bier."

Als wir uns der Passage durch die Mauer zum Portal am Fluss näherten, sah ich, dass das Tor an der gegenüberliegenden Seite offen stand. Drei Krieger – Dänen natürlich – standen oben Wache auf dem Festungswall.

Seit der Nacht, in der wir die Stadt angegriffen hatten, war ich nicht mehr am Fluss gewesen. Innerhalb von drei Tagen hatte sich der Bereich außerhalb der Mauer völlig verwandelt. Stromaufwärts lag eine lange, gekrümmte Insel, die fast die Form eines Bogens besaß und die den Fluss in zwei Kanäle leitete. Die Mehrzahl der Schiffe unserer Flotte war entlang ihres Ufers festgemacht, und Zelte drängten sich nebeneinander auf dem Eiland. Einige kleinere Begleitschiffe waren am stromabwärts gelegenen Ende der Insel angebunden. Während ich zusah, stieß eines von der Insel ab und fuhr zum Kai vor dem Flusstor.

Einige Schiffe, darunter die Möwe und Ragnars Schwarzer Rabe, waren am Flussufer unterhalb der Stadtmauer vertäut. Für die Besatzungen dieser Schiffe waren keine Lagerplätze eingerichtet worden, obwohl ihre Segel über die Decks gespannt worden waren. Um die Verwandlung von Ruda in eine militärische Festung durch unsere Armee zu vollenden, waren tiefe Verteidigungsgräben gegraben worden, die sich von der Stadtmauer bis fast zum Wasser erstreckten, um das Gebiet um den Kai und unsere dort vor Anker liegenden Schiffe vor einem Angriff zu schützen. Die Steine und die Erde, die für die Gräben ausgehoben worden waren, lieferten das Rohmaterial für Erdwälle an der Innenseite der Gräben, die von Franken aus der Stadt errichtet wurden, während aufmerksame und bewaffnete dänische Krieger sie bewachten.

„Die Insel sieht nach einem bequemeren Lagerplatz aus", bemerkte ich. „Warum ist unser Schiff auf dieser Seite des Flusses festgemacht, und warum haben wir kein Lager?"

„Nur wenige Schiffe der Anführer sind hier vertäut", erklärte Torvald. „Ragnars, Hasteins, Ivars und ein paar andere. Die meisten Männer von diesen Schiffen wohnen im Palast des Grafen. Wir sind die neue Garnison von Ruda. Es gibt nur noch eine kleine Wache an Bord der Schiffe." Torvald grinste. „Tore ist dafür verantwortlich, die Möwe zu bewachen. Es ist seine Strafe dafür, dass er dir in der Nacht, in der die Stadt fiel, nicht geholfen hat, Wulf und seine Familie zu beschützen."

Es freute mich, dass Hastein erkannt hatte, wie Tore seinen Befehl ignoriert hatte. Ich vermutete aber, dass die Bestrafung das Verhältnis zwischen Tore und mir noch weiter belasten würde.

„Schau", sagte Torvald. „Sie kommen."

Ein Langschiff erschien an der Biegung des Flusses unterhalb von Ruda, und seine Ruder hoben und senkten sich in gleichmäßigem Rhythmus. Zwei lange, rote Hörner überragten den geschnitzten und vergoldeten Kopf, der den Vordersteven zierte. Einen Augenblick später kamen hinter dem ersten Schiff weitere Schiffe um die Biegung des Flusses und fuhren zu zweit nebeneinander stromaufwärts.

„Das ist der Goldene Stier", sagte Torvald. „Björns Schiff."

Während Björn und die Neuankömmlinge auf das Ufer unterhalb der Stadtmauer zusteuerten, gingen Torvald und ich an Bord der Möwe. „Hier wird es Bier geben", versicherte mir Torvald. „Hastein hat für Tore und die anderen Wachen ein Fass aus der Stadt geschickt."

Er hatte Recht. Ein Fass stand abgestützt auf dem erhöhten Achterdeck. Tore, der offensichtlich vom Inhalt gekostet hatte, lehnte sich daran.

„Hat Hastein dich geschickt?" lallte Tore. „Werde ich abgelöst?"

Torvald nickte energisch. „Ja, Hastein hat mich und auch Halfdan geschickt. Er wollte, dass wir von dem Bier kosten, um sicherzugehen, dass die Qualität stimmt, denn du wirst noch sehr lange hier sein."

Torvald und ich füllten einen Becher und reichten ihn zwischen uns hin und her. Wir mussten ihn mehrmals nachfüllen, um die Qualität des starken, braunen Gebräus hinlänglich zu begutachten. Es war weit kräftiger als das, was Wulf mir angeboten hatte. Wenigstens gab es auch Franken, die gutes Bier brauen konnten.

„Du hattest Recht", sagte ich Torvald und rülpste. „Ich fühle mich jetzt deutlich besser."

„Ich habe gehört, dass Ragnar dich erhängen wollte", sagte Tore. Auch er prüfte weiterhin die Qualität des Bieres. Es schien sein etwas reizbares Gemüt milder gestimmt zu haben. Ich war froh darüber. Ich hatte erwartet, dass er zornig darüber war, wie ich bei unserem letzten Zusammentreffen mit ihm gesprochen hatte. Stattdessen schien er es vergessen zu haben – oder es war von dem Bier aus seinem Kopf weggespült worden.

„Nur vorübergehend", versicherte ich ihm. „Sobald er davon überzeugt werden konnte, dass ich ein disziplinierter Krieger bin, rückte er davon ab."

Tore nickte und sah ein wenig verwirrt aus, als er uns beiden wieder einschenkte.

Eine Schar Krieger hatte die angekommenen Langschiffe verlassen und lief nun auf dem schmalen Landstreifen zwischen Fluss und Stadtmauer umher.

Torvald zeigte auf das Tor. „Schau doch. Da kommen Hastein und Ragnar. Ivar ist auch dabei." Er ging das Deck hinunter bis zum Bug. Tore und ich folgten etwas langsamer, da wir vorsichtig gehen mussten, um unsere vollen Becher nicht zu verschütten.

„Sei gegrüßt, Bruder! Wie war eure Reise vom Limfjord?" sagte Ivar als wir das Vorschiff erreichten. Er, Ragnar und Hastein waren nicht weit von der Stelle entfernt, an der der Bug der Möwe am Flussufer ruhte.

Björn stand vor ihnen und hatte die Arme in die Hüften gestemmt, während er auf die Mauer von Ruda starrte. Die wachsende Schar von Kriegern aus den neu angekommenen Schiffen versammelte sich hinter ihm.

Ich hätte nicht erraten können, dass Björn und Ivar Brüder waren. Während Ivar wie ihr Vater groß und schlank war und auch ein langes, schmales Gesicht hatte, war Björn nur durchschnittlich groß und hatte eine breite Brust sowie einen Bauch, der weit nach vorne ragte, als versuche er, ein kleines Fass Bier unter seiner Tunika zu verbergen.

„Ich hatte schon schlimmere Reisen, aber auch bessere", antwortete Björn. „Widrige Winde haben uns zugesetzt, und wir wurden von einem starken Sturm vor der Küste von Friesland getroffen. Wir verloren ein Schiff, aber wir haben mehr als die Hälfte der Mannschaft retten können."

„Wie viele Schiffe hast du mir gebracht?" fragte Ragnar.

„Neunundzwanzig", antwortete Björn. „Einschließlich meinem. Bei allen Göttern, sind diese Mauern hoch! Wie habt ihr die Stadt eingenommen?"

„Eine List", sagte Ivar. „Die Idee stammte von Hastein."

Björn grinste und schlug Hastein auf die Schulter. „Du warst schon immer sehr trickreich."

Etwa zwanzig Männer, die hinter Björn standen,

zogen los und gingen auf das Tor zu. Hastein und Ragnar tauschten schnelle Blicke miteinander aus.

„Halt", rief Ragnar. „Ihr sollt die Stadt nicht betreten."

„Wieso nicht?" fragte Björn. „Diese Männer waren lange Zeit auf See und wollen endlich wieder Land unter den Füßen und ein Dach über dem Kopf haben. Und wir haben auch lange darauf gewartet, dass die Franken ihr Vermögen mit uns teilen. Wir haben unterwegs nicht angehalten, um auf Beutezug zu gehen."

„Das ist wahrscheinlich auch gut so", sagte Ivar. „Ich bezweifle, dass wir bei unseren Raubzügen flussabwärts viel übrig gelassen haben, das ihr hättet finden können."

„Unsere Armee hat ihr Lager auf der Insel aufgeschlagen", erklärte Ragnar Björn. „Bringe deine Schiffe und deine Männer dorthin. Die Stadt wurde in der Nacht, in der wir sie eingenommen haben, geplündert, aber jetzt ist alles wieder ruhig. Ich will, dass es so bleibt, denn wir werden die Stadt eine Zeitlang als Basislager nutzen. Sie wird leichter zu halten sein, wenn ihre Bevölkerung in Ruhe gelassen wird."

Ragnars Entschluss war bei den neu angekommenen Kriegern eindeutig unbeliebt. Ein leises Grummeln, zuerst undeutlich wie ferner Donner, schwoll an, als sie untereinander murrten.

Eine Stimme irgendwo in der Menge rief: „Ich dachte, wir wären hierher gekommen, um den Franken zuzusetzen, nicht um sie zu beschützen!"

„Wer hat das gesagt?" fauchte Ragnar. Niemand antwortete, aber aus einem Dutzend Kehlen brummte es

Zustimmung.

„Björn, schaffe Ordnung unter deinen Männern", murmelte Hastein.

„Das sind nicht meine Männer", antwortete er. „Ich habe sie nur hierher geführt. Und um ehrlich zu sein, glaube ich, dass ihre Sichtweise eine gewisse Berechtigung hat."

Ragnar erhob seine Stimme und sprach die Krieger direkt an. „Wir sind hier in einem großen und reichen Königreich. In den letzten Jahrhunderten hat es keine Armee gewagt, das Landesinnere anzugreifen. Es wird mehr als genug Beute für alle geben."

„Wann?" unterbrach jemand. Der Stimme nach handelte es sich um den gleichen Mann, der vorher gerufen hatte.

„Ich sehe ihn", sagte Torvald und zeigte in seine Richtung. „Er versteckt sich dort. Ein Mann sollte sein Gesicht nicht verstecken, wenn er mit seinen Anführern spricht." Er legte eine Hand auf den oberen Plankengang des Rumpfes, sprang über die Seite und landete zwischen zwei Kriegern, die unten am Ufer standen. Erschrocken von dem Riesen, der plötzlich in ihrer Mitte erschien, taumelten sie zurück.

Torvald blickte zurück auf Tore und mich. „Kommt ihr nicht?" fragte er, dann drehte er sich um und bahnte sich einen Weg durch die Menge.

„Ihr müsst Geduld haben!" brüllte Ragnar. „Geduld und Disziplin."

Ich stellte vorsichtig meinen Bierkrug auf dem Deck ab und kletterte auf den obersten Plankengang. Während ich mit einer Hand auf dem Hals des geschnitzten

Drachenkopfes der Möwe das Gleichgewicht hielt, suchte ich nach einem freien Platz, wo ich landen konnte. Als Tore nach vorne taumelte, um mir zu folgen, traf er meinen Becher mit seinem Fuß und warf ihn um. Bier spritzte auf uns beide, und der Becher prallte an die Bordwand und klapperte über das Deck. Tore fluchte und stürzte sich in dem vergeblichen Versuch darauf, ihn aufzufangen. Dabei verlor er das Gleichgewicht, stolperte und traf mich mit der Schulter in den Kniekehlen.

Einen kurzen Moment des Schreckens stand ich da und ruderte wild mit beiden Armen während ich verzweifelt versuchte, mein Gleichgewicht wiederzuerlangen, aber dann stürzte ich vorwärts vom Bug. Ein großer, schwarzhaariger Krieger stand direkt unter mir und blickte nach oben. Er muss sich umgedreht haben, um zu sehen, wo Torvald hergekommen war. Ich traf ihn direkt mit den Knien in der Brust und mit meinem Bauch in seinem Gesicht. Wir fielen zusammen zu Boden und blieben dort einen Augenblick lang liegen, er auf dem Rücken und ich mit dem Gesicht nach unten über ihm. Er war von dem Zusammenprall mehr benommen als ich, denn während ich schnell wieder zu mir kam und mich auf meine Hände und Knie erheben konnte, blieb er liegen und machte lautlos den Mund auf und zu im Bemühen, wieder normal zu atmen.

Er war ein ausgesprochen hässlicher Mann mit einer großen Hakennase und einem ungepflegten, wilden Bart, der so aussah, als könnten kleine Tiere darin hausen. Eine lange Narbe lief ihm quer über das Gesicht, eine tiefe Furche durch seine linke Augenbraue und über seine Wange, die eine gezackte Lücke in seinem Schnurrbart hinterließ, wo sie seine Lippe unter die Nase überquerte. Seine oberen Vorderzähne fehlten, und das linke Auge, das von der Narbe durchschnitten wurde, war milchig weiß.

Erschrocken merkte ich, dass ich ihn kannte. Ich zuckte zurück und rappelte mich auf, während er sich hustend in eine sitzende Position aufrichtete.

„Mörder!" schrie ich und trat ihm ins Gesicht. Er fiel zurück, und ich warf mich auf ihn. Rittlings auf seiner Brust sitzend umklammerte ich seinen Hals mit beiden Händen, würgte ihn und schlug seinen Hinterkopf auf den Boden.

Hände packten mich, zogen mich weg und warfen mich seitwärts auf den Boden. Männer drängten sich um mich und traten und schlugen nach mir. Ich griff den Gürtel von jemanden und zog mich wieder auf die Knie, aber eine Faust traf mich hart an der Schläfe; ich verlor den Griff am Gürtel und meine Sehkraft verschwamm. Die Faust traf mich wieder, und ich fiel nach vorne auf den Bauch. Jemand trat mir auf den Hinterkopf und drückte mein Gesicht in die Erde, dann packten zwei Männer meine Arme, zogen mich auf die Füße und drehten mich um. Der Mann, den ich angegriffen hatte, stand vor mir und hielt einen langen Sax mit breiter Klinge in der Hand.

„Ich habe dich gesucht, Junge", sagte er. „Seit langem. Ich hatte gehört, dass Jarl Hastein einen neuen jugendlichen Gefolgsmann hat, und habe gehofft, dass du es vielleicht bist. Ich habe mir allerdings nie träumen lassen, dass du mich finden und es mir so einfach machen würdest. Toke hat eine hohe Belohnung für den Beweis deines Todes ausgesetzt."

Ich hörte ein Brüllen wie von einem wütenden Bären. Tore stürzte sich vom Bug der Möwe und krachte auf den Rücken eines der Männer, die mich hielten, sodass er meinen Arm losließ. Als er und Tore zu Boden fielen, drehte ich mich um und rammte mein Knie in den Unterleib des anderen Mannes.

„Halfdan!" rief Torvald. „Hinter dir!"

Ich packte die Schulter des Mannes, den ich eben mit dem Knie getroffen hatte, hielt ihn vor mich und wirbelte mit ihm herum. Der Einäugige sprang mit seinem Sax nach vorne, als ich mich drehte, und traf mit seiner Klinge die Seite des Mannes, den ich hielt.

Mit gezogenen Schwertern durchbrachen Hastein und Ivar den Ring der Männer um mich herum. Der Einäugige wich zurück, und ich schob den Mann, der mir als Schild gedient hatte, hinter ihm her. Er ging ein paar Schritte, dann setzte er sich hart auf den Boden, während er mit einer Hand nach seinem Unterleib und mit der anderen nach seiner verwundeten Seite griff.

Hastein sah wütend aus. „Ihr habt viel zu erklären", schnappte er und starrte mich an.

Ragnar erschien und schob mit beiden Händen Männer aus dem Weg. Sein Gesicht leuchtete in einem noch tieferen Rot als bei unserem letzten Treffen. Als er mich sah, blieb er abrupt stehen, und ihm fiel die Kinnlade herunter.

„Ihr schon wieder?" Seine Augen gingen hin und her, als ob er in der Menschenmenge nach einem Strick suchte, mit dem er mich auf der Stelle erhängen konnte.

Ich schaute Hastein erschrocken an und zeigte auf den Einäugigen. „Hastein", flehte ich. „Er ist Tokes Steuermann. Er heißt Snorre."

„Was für ein Geplapper ist das jetzt?" fragt Ragnar.

„Dieser Mann hat geholfen, meinen Bruder zu töten."

Meine Rippen waren an mehreren Stellen geprellt, ein Auge hatte begonnen, dunkel anzulaufen und anzuschwellen, und ich hatte noch Reste von Schmutz im Mund und in der Nase. Auch meine Kleidung sah schäbig aus und war mit Schlamm vom Ufer verdreckt. Aber im Augenblick waren diese Probleme nebensächlich. Was mich beunruhigte war, dass ich schon wieder in den Palast des Grafen einbestellt worden war, um vor Ragnar Logbrod zu erscheinen und für mein Verhalten Rechenschaft abzulegen.

Zum Glück hatte ich dieses Mal niemanden getötet, sodass er mich nicht hängen konnte. Zumindest hoffte ich, dass es so wäre. Andererseits war dieses Mal auch Hastein wütend. Ragnar und der Jarl saßen nebeneinander an dem langen Tisch. Björn und Ivar waren als weitere führende Kriegsherren der Armee ebenfalls anwesend und saßen zu Ragnars Linken. Björn wirkte verärgert darüber, dass er dabei sein musste. Ivar dagegen schien überraschend amüsiert zu sein.

Er beugte sich vor und flüsterte in Björns Ohr, aber seine Stimme war laut genug, dass sogar ich an meinem Standort vor dem Tisch seine Worte hören konnte. „Ich wette drei Silberpfennige mit dir, dass Vater mindestens einmal Disziplin erwähnt, bevor wir heute hier fertig sind."

Ragnar tat so, als ob er es nicht gehört hätte, aber er wurde wieder tiefrot vor Zorn. Ich hatte den Eindruck, dass diese Farbe in seinem Gesicht sehr heimisch war.

„Wie viel habt Ihr getrunken?" fragte mich Hastein. „Ich kann es von hier aus riechen."

„Halfdan hat nicht viel getrunken", warf Tore ein. Er, Torvald und Snorre standen mit mir vor dem Tisch. „Er riecht so, weil ich über seinen Becher gestolpert bin und das Bier auf ihn verschüttet habe."

Ich wusste es zu schätzten, dass Tore mich verteidigte, und ich war noch dankbarer für seine Rettungstat vorhin. Ich vermutete aber, dass er als Zeuge glaubwürdiger wäre, wenn seine Worte nicht mit so schwerer Zunge vorgetragen worden wären.

„Wollt Ihr damit sagen, dass Halfdan weniger getrunken hat als Ihr?" fragte Hastein mit gefährlich ruhiger Stimme.

„O ja." Tore nickte heftig. „Viel weniger. Ich hatte schon lange vor der Ankunft von Halfdan und Torvald mit dem Trinken angefangen."

„Ich habe Euch damit beauftragt, mein Schiff zu bewachen", knurrte Hastein mit zusammengebissenen Zähnen.

Tore wich einen Schritt zurück. „Die Möwe ist sicher."

„Und wie es scheint, ist sie in guten Händen gewesen", fügte Ivar hinzu.

„Wir sind nicht hier, um die Trinkgewohnheiten deiner Männer zu diskutieren", sagte Ragnar zu Hastein.

„Wir sind hier, weil die Disziplin in unserer Armee schon wieder mangelhaft war."

Ivar schubste Björn mit dem Ellbogen.

„Und schon wieder war ein Mitglied deiner Mannschaft daran beteiligt", fuhr Ragnar fort und zeigte auf mich.

„Ich kann Euer Disziplinproblem lösen, Herr Ragnar", sagte Snorre. „Dieser Junge hat mich ohne Grund angegriffen. Ich beanspruche das Recht, ihn zum Zweikampf herauszufordern. Ich werde ihn töten, und er wird in Eurer Armee keine Unruhe mehr verursachen."

„Das scheint eine saubere Lösung zu sein", sagte Ivar. „Und darüber hinaus wäre es unterhaltsam."

„Es wird keine Zweikämpfe geben", fauchte Ragnar. „Nicht solange wir tief im Herzen des Frankenreichs und umgeben von Feinden sind. Eine Tötung führt unweigerlich zu weiteren. Ich will nicht, dass kleinliche Streitereien unsere Armee auseinanderreißen."

„Ich wurde geschlagen und beleidigt", begehrte Snorre auf. „Ich habe das Recht, meine Ehre zu verteidigen."

Ich wandte mich wütend an ihn. „Du hast keine Ehre, die verteidigt werden könnte. Du hast meinen Bruder ermordet. Du hast unschuldige Frauen und Kinder ermordet. Du und Toke."

„Ich kannte einen Toke", sagte Ivar. „Ein Stammesfürsten aus Dublin. Handelt es sich um den gleichen Mann?"

Snorre drehte sich zu mir und legte seine Hand auf seinen Schwertgriff, aber Torvald trat dazwischen und packte sein Handgelenk, sodass er nicht ziehen konnte.

„Ich werde dich umbringen, Junge!" schrie Snorre mich an.

„Ruhe!" brüllte Ragnar.

Torvald ließ Snorres Arm los und schob ihn zurück.

Snorre schaute Ragnar an. „Habt Ihr das gesehen, Herr Ragnar? Habt Ihr das gehört? Ich habe das Recht, ihn zum Zweikampf herauszufordern."

„Nicht hier", antwortete Ragnar. „Nicht jetzt. Es ist mir egal, ob Ihr Euch gegenseitig umbringt, nachdem wir das Frankenreich verlassen haben. Aber während wir hier sind, werden unsere Krieger weder gegeneinander kämpfen noch einander töten. Wenn Ihr das nicht befolgen könnt, müsst Ihr Euer Schiff nehmen und abreisen."

Snorre blickte von einem Stammesfürsten zum nächsten, als würde er sich Hoffnungen machen, dass jemand Ragnar widersprechen würde. Niemand tat es. Ivar grinste ihn an.

„Ich werde den Frieden nicht brechen", sagte Snorre schließlich. „Ich werde bleiben." Als er sich zum Gehen wandte, murmelte er zu mir, „Deine Zeit wird kommen."

„Snorre, wie heißt Euer Schiff?" fragte Hastein. „Und wie viele Männer führt Ihr?"

„Warum fragt Ihr?"

„Ich bin neugierig. Ich möchte wissen, welchen Beitrag Ihr für unsere Armee geleistet habt."

„Mein Schiff heißt das Seeross", antwortete Snorre. „Mit mir zählt meine Mannschaft sechsundzwanzig Männer."

Ivar klatschte laut mit der Hand auf den Tisch.

„Das Seeross! Es ist tatsächlich der gleiche Toke, den ich aus Irland kenne. So hieß auch sein Schiff. Ist er jetzt auch hier?"

Snorre schüttelte den Kopf. „Toke hat jetzt ein größeres Schiff, den Roten Adler." Er schaute mich mit einem bösen Lächeln an. Der Rote Adler war das Schiff meines Vaters gewesen und dann Haralds Schiff, nachdem unser Vater gestorben war. Der Gedanke war bitter, dass es sich jetzt in Tokes Händen befand.

„Ich bin Kapitän des Seerosses für Toke", sagte Snorre. „Er ist mein Stammesfürst. Aber er konnte bei dieser Reise nicht dabei sein, da er andere Dinge zu erledigen hat." Er nickte Ivar zu. „Wenn ich Toke wiedersehe, werde ich ihm ausrichten, dass Ihr von ihm gesprochen habt." Dann drehte er sich um und schritt aus der Halle.

„Ja, ich erinnere mich an Toke", sagte Ivar. „Ein großer Mann. Sehr stark, neigt zu Wutausbrüchen, aber ein guter Mann als Mitstreiter in einem Kampf. Was ist dieses Gerede von Mord?"

„Es ist weder die Zeit noch der Ort, darüber zu diskutieren", erklärte Hastein. Er wandte sich an Ragnar. „Sind wir jetzt hier fertig? Dürfen meine Männer gehen?"

Ragnar zeigte auf mich „Wirst du die Sache mit dem da erledigen?"

„Das werde ich", antwortete Hastein.

„Dann sind wir fertig."

Im Gang vor der großen Halle wandte sich Hastein an Tore. „Geht zurück zur Möwe. Ihr werdet dort auf Wache bleiben, bis Ihr neue Anweisungen von mir

219

erhaltet. Torvald, geht mit ihm und holt das Fass Bier. Von nun an werden meine Männer nur Wasser trinken, während sie auf Wache sind."

Als sie gegangen waren, drehte sich Hastein mit Zorn im Gesicht zu mir. Ich öffnete den Mund, um ihm zu erklären, wer Snorre war und was er getan hatte, aber bevor ich sprechen konnte, knurrte er mich an.

„Hätte ich gewusst, dass Ihr dazu neigt, so unbedacht zu agieren, wie Ihr es heute getan habt, hätte ich Euch nie eine Stelle in meiner Mannschaft angeboten."

Hasteins Worte trafen mich wie eine Faust in die Magengrube. Auf einmal konnte ich mein Verhalten durch seine Augen sehen: das neueste Mitglied seiner Mannschaft beteiligte sich vor dem Kriegskönig an einer Schlägerei unter Betrunkenen.

„Es tut mir leid", sagte ich. „Ich schäme mich für meine Taten heute, und dass ich euch in Verlegenheit gebracht habe. Ich bedauere das letztere am meisten."

Hastein starrte mich lange schweigend an. Ich wollte wegsehen, aber ich hielt meinen Kopf aufrecht und begegnete seinem Blick.

„Es ehrt Euch, dass Ihr keine Entschuldigungen für Euer Verhalten vortragt", sagte er schließlich. „Ich kann einen Mann nicht ertragen, der es nicht zugeben kann, wenn er falsch gehandelt hat."

Ich sagte nichts. Mir fielen keine Worte ein, die zu diesem Zeitpunkt nicht wie eine Ausrede klingen würden.

„Erzählt mir mehr von diesem Snorre", befahl Hastein.

„Er war Tokes Steuermann und stellvertretender

Anführer auf dem Seeross."

„Könnt Ihr schwören, dass er unter den Männern war, die Harald und die anderen angegriffen und getötet haben?"

„Er muss dabei gewesen sein", antwortete ich. „Damals hatte Toke nur ein Schiff. Und Snorre war nur Tage vor dem Angriff bei ihm."

„Hmmm. Nun, zurzeit kann dies nicht unser Anliegen sein. Eure Rache muss warten. Wir sind im Krieg. Aber denkt daran: Euer Ziel ist es, eine große Blutschuld zu begleichen, die nur durch den Tod vieler Menschen gesühnt werden kann, darunter dem eines berühmten und gefährlichen Anführers. Das werdet Ihr nie erreichen, wenn Ihr den Kopf wieder verliert, wie Ihr es heute getan habt."

„Das werde ich nicht", versprach ich.

„Hoffentlich nicht", erwiderte Hastein. „Aber auch wenn Ihr dazu imstande seid, Euch zu beherrschen, kann ich nicht davon ausgehen, dass Snorre das gleiche tut. Ich will, dass Ihr ihm aus dem Weg geht. Es darf nicht wieder zu einem Aufeinandertreffen kommen. Geht zurück zu Wulfs Haus und bleibt dort, bis ich Euch herbeizitiere. Das wird einen Nachteil für Euch bedeuten, denn solange Ihr Euch von der übrigen Mannschaft entfernt haltet, müsst Ihr auch darauf verzichten, mit uns auf den gefangenen Pferden in der Umgebung auf Beutezug zu gehen. Aber es ist nur rechtens, dass Ihr dafür bezahlt, mich in eine peinliche Lage gebracht zu haben."

Mir wurde schwer ums Herz. In Wahrheit hatte ich nichts dagegen, nicht auf Beutezug zu gehen. Obwohl ich gehofft hatte, bei diesem Feldzug zu Reichtum zu kommen, hatte ich keine Lust, ihn durch Diebstahl an armen Bauern und Menschen wie Wulf zu gewinnen.

Aber mich bedrückte der Gedanke, schon wieder im Haus des Händlers eingesperrt zu sein.

Vermutlich war mir die Enttäuschung im Gesicht abzulesen oder vielleicht lag es nur daran, dass mein Körper und meine Kleidung reichlich mitgenommen aussahen. Wie auch immer, als ich Wulfs Haus erreichte, schaute er mich kurz an und fragte: „Was ist passiert? Ihr seht schrecklich aus. Kann ich Euch etwas Bier anbieten?"

Die Versuchung war groß, aber ich lehnte ab.

11

Ins Frankenland

Meine Verbannung in Wulfs Haus endete nach nur fünf Tagen. Eines frühen Morgens erschien Torvald, um mich mitzunehmen.

„Hastein hat Arbeit für dich", sagte er. Trotz meiner Fragen gab er mir keine weiteren Auskünfte. „Hastein wird dir alles erklären", sagte er nur.

Torvald brachte mich zu einem großen Zimmer im Palast des Grafen an einem Ende der zweiten Etage. Es war mit einem Bett, zwei Tischen, einigen kunstvoll geschnitzten Holzstühlen und mehreren Truhen möbliert, von denen jede groß genug war, dass sich ein erwachsener Mann darin verstecken könnte. Am Fuß des Bettes stand überdies eine der beiden Seekisten von Hastein; er hatte zwei, und weil er der Kapitän war, hatte natürlich niemand etwas dagegen einzuwenden, dass er mehr Platz an Bord des Schiffs belegte. Zwei Schilde, die beide in dem von Hastein bevorzugten dreifarbigen Muster bemalt waren, lehnten an der Wand daneben. „Willkommen in meinem Quartier", sagte Hastein, als wir eintraten. Er saß an einem der Tische, vor ihm ein Holzbrett. Darauf lagen ein Laib Brot, ein dickes Stück elfenbeinfarbener Käse und ein Brathähnchen. Ein Schlegel war schon abgerissen worden und befand sich nun in Hasteins Hand.

„Habt Ihr gegessen?" fragte er mich und gestikulierte mit dem Hühnerbein in Richtung des Bretts.

„Wenn nicht, bedient Euch."

Ich hatte nur Haferbrei gegessen. Bei Wulf wurde das nächtliche Fasten nicht mit solch feinen Speisen gebrochen.

„Gerne, vielen Dank." Ich benutzte meinen Dolch, um den anderen Schlegel abzuschneiden.

„Cullain", rief Hastein. „Bring noch zwei Becher Bier. Ich habe Gäste."

Torvald nahm seinen Sax, um eine dicke Scheibe Käse abzuschneiden, und schnitt danach auch ein Stück Brot vom Ende des Laibs ab.

„Ich dachte, Ihr habt gegessen, bevor Ihr Halfdan hergeholt habt", wunderte sich Hastein.

Torvald zuckte mit den Achseln. „Ich habe noch Hunger."

Hastein schüttelte den Kopf. „Ihr habt immer Hunger." Er wandte sich wieder an mich. „Ihr solltet Euch jetzt satt essen, und dann noch einen Schlag obendrauf geben. Wo Ihr hingeht, gibt es weder Bier noch solches Essen."

Angesichts unserer letzten Begegnung war ich angenehm überrascht gewesen, dass Hastein mich so freundlich begrüßt hatte. Seine letzten Worte klangen allerdings ziemlich unheilvoll. Ich warf einen Blick auf den Hähnchenschlegel, den ich gerade noch zufrieden verspeist hatte, und auf einmal fühlte ich mich wie ein Schwein, das für die Schlachtung gemästet werden soll.

„Wo gehe ich hin?" fragte ich.

„Ins Frankenreich", erwiderte er.

Ich verstand nicht. Ich dachte, wir wären bereits im Frankenreich.

„Ragnar glaubt, dass der fränkische König endlich seine Armee aufgestellt hat und auf dem Marsch gegen uns sein könnte", fuhr er fort. „Einige unserer Männer, die in der Gegend auf Beutezug waren, haben einzelne Reiter gesehen, die sie verfolgten – vermutlich fränkische Kundschafter. Und ein Trupp ist bisher nicht nach Ruda zurückgekehrt. Zwanzig Männer und ihre Pferde fehlen.

Die berittenen Truppen der Franken sind ein ernstzunehmender Gegner. Sie sind schwer bewaffnet und besitzen gute Rüstungen, und sie können reiten, als ob sie zu Pferde geboren wurden. Wenn große Einheiten der fränkische Reiterei gegen uns unterwegs sind, ist es Zeit, unsere Taktik zu ändern. Unsere Stoßtrupps haben keine Chance gegen sie."

Es war erfreulich, dass Hastein mir das alles erklärte, aber ich verstand meine Rolle dabei immer noch nicht. „Aber wo gehe ich hin?" fragte ich noch einmal.

„Wir schicken acht Kundschafter los, um die Position der fränkischen Armee zu ermitteln. Ihr werdet einer von ihnen sein", antwortete Hastein. „Jeder von Euch wird alleine und zu Fuß unterwegs sein. Ragnar und ich glauben, dass Ihr auf diese Weise die besten Aussichten habt, einer Entdeckung durch fränkische Patrouillen zu entgehen."

„Warum habt Ihr mich ausgesucht?" Ich sprach es zwar nicht aus, aber ich fragte mich, ob meine Auswahl eine weitere Strafe dafür war, dass ich Hastein mit meinem Benehmen in Verlegenheit gebracht hatte. Es klang für mich fast so, als könne diese Mission Hastein die Möglichkeit bieten, sich eines unerwünschten Mitglied seiner Mannschaft zu entledigen. Der Gedanke daran, alleine durch ein fremdes Land zu streifen, in dem jeder, den ich traf, mein Feind war und mich wahrscheinlich töten wollte, füllte mich nicht gerade mit Behagen.

„Ihr habt mir gesagt, dass Ihr nach Tokes Angriff auf den Hof am Limfjord und nach der Ermordung Eures Bruders Harald und seiner Männer den Verfolgern entkommen seid, die hinter Euch her waren, und dass Ihr sogar den Spieß umgedreht und sie getötet habt. Wenn Ihr dazu imstande wart, habt Ihr eine weitaus größere Chance als die meisten Menschen, die fränkische Armee ausfindig zu machen und mit dieser Kenntnis lebend zu uns zurückzukehren. Unsere Armee ist blind, und Ragnar und ich müssen wissen, wo unsere Feinde sind."

Wenn ich dazu imstande war? Zweifelte Hastein jetzt an dem, was ich ihm erzählt hatte? Sollte das jetzt ein Test sein, um zu sehen, ob ich wirklich Ähnliches leisten konnte wie das, was ich behauptet hatte?

„Was ist mit Wulf und seiner Familie?" fragte ich.

„Sie werden sicher sein – sicher genug. Die Stadt ist jetzt ruhig, und die meisten unserer Männer haben ihre Lager auf der Insel aufgeschlagen."

Wir brachen noch am selben Morgen in zwei Schiffen flussaufwärts auf. In Ivars Schiff, dem Bären, befanden sich vier Kundschafter, die am linken Ufer des Flusses abgesetzt werden sollten. Ich war auf der Möwe mit den anderen drei Männern, die das rechte Ufer zu erkunden hatten. Einer von ihnen war Einar.

„Ich freue mich, dich wiederzusehen", sagte er mir, als er an Bord kam. „Hrodgar lässt ebenfalls viele Grüße ausrichten. Seit die Flotte in Ruda angekommen ist, haben wir nach dir gesucht, aber es war, als ob du aus der Armee verschwunden warst. Als ich hörte, dass sie Krieger suchten, um die fränkische Armee auszukundschaften, habe ich gehofft, dass du dich melden würdest."

„Ich freue mich auch, dich zu sehen." Ich hätte mir nur gewünscht, dass wir der fränkischen Armee zusammen nachspüren könnten. „Du hast dich *freiwillig* als Kundschafter gemeldet?"

„Natürlich", antwortete Einar. „Das haben wir alle. Viel Ehre gebührt dem, der die fränkische Armee findet."

Es sei denn, die fränkische Armee findet den Kundschafter zuerst, dachte ich.

„Ich habe eine wichtige Nachricht für dich", fuhr Einar fort. „Vor zwei Tagen habe ich einen von Tokes Männern auf der Insel gesehen, wo unsere Armee ihr Lager aufgeschlagen hat. Es ist ein großer Mann mit einer Narbe im Gesicht. Er heißt ..."

„Snorre", sagte ich. „Wir sind uns bereits begegnet."

Einars Augen wurden groß. „Es überrascht mich, dass zwischen euch kein Blut geflossen ist."

„Ist es", sagte ich. „Oder beinahe. Er prahlte damit, dass Toke ihn reich belohnen würde, wenn er den Beweis zurückbrächte, dass ich tot sei. Er wollte mich zum Zweikampf herausfordern, aber Ragnar hat Zweikämpfe verboten, während wir im Reich der Franken sind."

„Ein Mann kann auch auf andere Art und Weise als in einem Duell sterben", meinte Einar. „Es können Unfälle geschehen. Manchmal sterben Männer sogar im Schlaf."

Ich war mir nicht sicher, ob Einar mich vor möglichen Gefahren warnen oder vielleicht anregen wollte, dass wir Snorre heimlich ermorden könnten. Nach alledem, was ich von Einar gesehen hatte, könnte er sowohl das eine als auch das andere im Sinn haben – oder beides.

Die Besatzung der Möwe ruderte über einen halben Tag lang die Seine flussaufwärts, bevor der erste Kundschafter abgesetzt wurde.

Hastein bestand darauf, dass keiner der Kundschafter rudern musste. „Sobald Ihr an Land seid, werdet Ihr alle Eure Kräfte brauchen, um Euch schnell fortzubewegen und so viel Gelände wie möglich zu erkunden", sagte er uns. „Ruht Euch aus, solange Ihr könnt."

Während die anderen Mannschaftsmitglieder ruderten, zog ich meine Seekiste in die Mitte des Decks und wählte die Ausrüstung aus, die ich mitnehmen wollte. Ich steckte den Dolch und das kleine Beil in meinen Gürtel, dann hockte ich mich vor die Kiste und starrte auf den Inhalt. Was würde ich am meisten brauchen? Um eine Chance zu haben, diese Mission zu überleben und heil zurückzukehren, musste ich schnell und unbemerkt unterwegs sein. Eine Rüstung würde mich nur daran hindern. Falls fränkische Truppen mich allein und tief in ihrem Hoheitsgebiet entdeckten, würden Lederwams, Helm und Schild mich kaum am Leben halten. Ich entschied mich, nur einen Köcher mitzunehmen – nach dem Kampf um das Tor von Ruda hatte ich ohnehin nur noch genug gute Pfeile übrig, um einen einzelnen Köcher zu füllen. Ich rollte meinen dicksten Mantel der Länge nach auf, band die Enden zusammen und legte ihn über die Schulter. Ein mit Wasser gefüllter Weinschlauch und eine abgenutzte Ledertasche, die mit gepökeltem Schweinefleisch aus den Schiffsvorräten sowie einem Brot und etwas Käse aus Wulfs Speisekammer gefüllt war, ergänzten meine Ausrüstung.

Und natürlich trug ich auch meinen Bogen.

Tore schaute mir dabei zu, wie ich meine Seekiste durchwühlte, während er ruderte.

„Du hast bisher noch keine Beute ergattert, nicht wahr?" fragte er.

Ich schüttelte den Kopf. Wenn der bisherige Trend anhielt, würde ich auf dieser Reise ganz sicher kein Vermögen machen.

„An wen sollen deine Sachen gehen, wenn du stirbst?" fügte er hinzu.

Ich hatte mir diese Frage bisher nicht gestellt. Jetzt, da ich darüber nachdachte, erkannte ich mit einem Anfall von Bedauern, dass ich niemanden hatte – keine Familie, keine engen Kameraden – dem ich meine wenigen Habseligkeiten hinterlassen könnte.

„Das ist mir gleichgültig", antwortete ich. „Wenn ich tot bin, ist es mir egal."

„Du hast niemanden? Überhaupt niemanden?"

Bei seinen Fragen dachte ich an Harald und meine

Mutter, und wie sehr ich sie vermisste. Ich schüttelte den Kopf und drehte mich weg, damit Tore mein Gesicht nicht sehen konnte. Dabei sah ich Einar, der mit dem Rücken gegen den Mast lehnte und eine seiner Pfeilspitzen mit einem Wetzstein schärfte.

„Gebt das alles ihm", sagte ich und zeigte auf Einar. „Wenn er zurückkommt und ich nicht, dann gehören meine Sachen ihm. Er ist mein Freund." Zumindest kam er für mich einem wahren Freund am nächsten.

Einer nach dem anderen wurden die Kundschafter abgesetzt, bis nur noch ich übrig blieb. Hastein brachte mich weit tiefer ins Land der Franken als die anderen.

Die Abenddämmerung nahte. Als die Möwe stromaufwärts glitt, fuhr sie immer häufiger durch lange Strecken tiefer Schatten, die von Baumbeständen am Flussufer geworfen wurden.

„Hier ist es günstig", sagte Hastein schließlich. Torvald steuerte das Schiff in die Mitte des Flusses, dann befahl er den Ruderern auf der Steuerbordseite, den Schub umzukehren, während die Ruderer der Backbordseite vorwärts zogen. Die Möwe drehte sich langsam auf der Stelle, und als das Schiff flussabwärts zeigte, steuerte Torvald es ans Ufer. Zwei Männer sprangen mit Seilen an Land und vertäuten die Möwe.

Hastein kam auf mich zu. „Wir sind hier tief im Herzen des Frankenreichs", sagte er. „Ich habe Euch mit Bedacht ausgewählt, um diese Gegend nach der fränkischen Armee zu durchsuchen. Hier ist die Gefahr am größten und Hilfe am weitesten entfernt. Aber ich glaube, dass Ihr von allen Kundschaftern die beste Aussicht habt, zu überleben und zurückzukehren."

Falls Hasteins Worte mich aufheitern sollten, weil er mir eine Ehre erwies, verfehlten sie ihre Wirkung. Ich hätte gerne etwas von der Ehre gegen eine größere Überlebenschance eingetauscht.

„In zwei Tagen werden Ivar und ich wieder auf dem Fluss sein, um nach den Kundschaftern zu suchen", fuhr er fort. „Wir werden fünf Tage lang auf dem Fluss bleiben, es sei denn, fränkische Truppen greifen uns an und zwingen uns, nach Ruda zurückzukehren. Wenn alles gut geht, habt ihr also sieben Tage, um die fränkische Armee zu finden und hierher zurückzukehren. Aber wenn Ihr den Fluss nicht erreicht, bevor wir am siebten Tag nach Ruda zurückfahren, oder wenn wir gezwungen sind, früher abzureisen, seid Ihr auf Euch allein gestellt."

Bevor die Dunkelheit das Land vollständig verhüllte, ging ich an Land und kletterte auf den höchsten Baum in der Nähe, um mir einen Überblick über das Gelände zu verschaffen, das ich überqueren würde. Auf den Zweigen entwickelten sich aus Knospen die ersten Blätter – der Frühling erweckte hier im Frankenreich bereits das Land. Auf dieser Seite des Flusses bestand die Landschaft größtenteils aus einer offenen, grasigen Ebene, die durch vereinzelte Baumgruppen und Gebüsch unterbrochen wurde. Weit in der Ferne, fast am Horizont, konnte ich einen langen, dunklen Streifen erkennen; ich vermutete, dass es sich um eine Reihe von Bäumen handelte, die vielleicht den Rand eines Waldes markierten.

Nachdem ich mich durch die Zweige des Baumes zurück auf den Boden geschlängelt hatte, gingen Hastein und ich zusammen bis zum Ende der entlang des Flusses wachsenden Bäume, wo die weite Ebene anfing. Bald würde es Nacht sein. Eine Brise war aufgekommen, und das hohe Gras vor mir schwankte und rauschte im Wind. Wenn jemand diese Gegend aus der Ferne beobachtete, würde die Dunkelheit mich hoffentlich verbergen, wenn ich den Schutz der Bäume verließ, und ich würde nur wie ein weiterer, vom Wind hervorgebrachter Schatten im Gras der Ebene erscheinen..

"Viel Glück. Mögen die Götter bei Euch sein", sagte Hastein. "Und mögen Ragnars Worte wahr sein."

Ich runzelte die Stirn. "Welche Worte?"

"Dass eine Fylgja Euch führt und Euren Weg beschützt."

Ich verließ den Schutz der Bäume und trabte über die Ebene. An den höchsten Stellen ging mir das Gras bis zu den Oberschenkeln, und es war braun und brüchig vom Winter. Aber frische, grüne Triebe sprießten schon aus der Erde und bildeten ein weiches Polster unter meinen Füßen.

Ein aufgehender Halbmond überzog die Ebene mit blassem Licht, was dem Land ein seltsam lebloses und farbloses Aussehen verlieh. Hohe Wolken bewegten sich schnell über den Himmel, und unter ihrem Schatten veränderte sich die sanft gewellte Ebene um mich herum; mit dem zuweilen verborgenen und dann wieder sichtbaren Mond wechselte sie zwischen Dunkelheit und spärlichem Licht.

Ich wusste, dass ich bei diesem Tempo schnell vorankommen würde. Nach einiger Zeit machte ich eine Pause, um mich auszuruhen, und blickte zurück. Ich konnte die Bäume nicht mehr sehen, die den Fluss säumten und die Möwe verborgen hatten. Ich war jetzt ganz allein tief im Hinterland des Frankenreichs, und ich spürte die Einsamkeit. Ich trank einen Schluck Wasser und machte mich in einer schnelleren Gangart wieder auf den Weg. Bei Tagesanbruch wollte ich nicht mehr auf dieser offenen Ebene sein.

Es war mitten in der Nacht, als ich Feuer roch. Eine Brise, die von meiner Linken her wehte, trug einen schwachen, aber deutlichen Geruch von Holzrauch sowie den bitteren Gestank von verbranntem Fleisch heran.

Es war der dieser Geruch, der mich veranlasste, meinen Kurs zu ändern. Wo es Tod gab, gab es möglicherweise auch Anzeichen der fränkischen Armee. Ich änderte die Richtung und trabte gegen den Wind, dem Geruch nach.

Der Geruch wurde immer penetranter, je weiter ich lief. Schließlich konnte ich vor mir die dunkle Wand einer Baumlinie sehen, die sich als Schatten vor dem Himmel abzeichnete. Ich bemerkte eine Lücke in der Baumreihe. Darin konnte ich undeutliche, auf dem Boden verstreute Konturen erkennen. Das war die Quelle des beißenden Gestanks.

Ich blieb stehen, spannte meinen Bogen und legte einen Pfeil an die Sehne an, bevor ich mich wieder vorsichtig vorwärts bewegte. Der Boden unter meinen Füßen veränderte sich, und ich fand mich auf der unebenen Oberfläche eines gepflügten Feldes. Als ich näher kam, erkannte ich, dass die dunklen Formen vor mir die Überreste von Gebäuden eines kleinen Dorfes sein mussten, vielleicht zehn oder zwölf Häuser. Sie waren viel kleiner als das große Langhaus, in dem ich aufgewachsen war, und sogar kleiner als die kompakten Wohnhäuser in Haithabu. Einige dürften kaum mehr als armselige Hütten gewesen sein.

Das Dorf lag am Ufer eines kleinen Flusses. Sämtliche Gebäude waren verbrannt. Jetzt gab es nur noch Berge von Asche zwischen verkohlten Stümpfen, die die Stellen markierten, an denen die Eck- und Türpfosten gestanden hatten. Ich berührte die Asche und stellte fest, dass sie nicht mehr warm war. Die Überreste einer einzigen Hütte schwelten noch; die Glut des langen, mittleren Firstbalkens des Daches war von der Asche des zusammengebrochen Gebäudes geschützt worden. Der Balken lag auf einer Leiche. Ich konnte nicht erkennen, ob es ein Mann oder eine Frau war. Die Kleidung, die diese Person einst getragen hatte, war durch das Feuer verbrannt worden, und die Haut der Leiche war schwarz und verkohlt.

Ich war mir so gut wie sicher, dass dieses Dorf von einem unserer Stoßtrupps angegriffen worden war. Der Boden im Dorf und in seiner Umgebung war mit Abdrücken von Pferdehufen übersät. Ich war überrascht, dass unsere Truppen in eine so große Entfernung von Ruda vorgedrungen waren.

Als ich in den Überresten des Dorfes umherwanderte, sah ich eine weitere Leiche, diesmal eindeutig die eines Mannes. Zwei Hunde, die von seinem Kadaver fraßen, fletschten ihre Zähne und knurrten mich an, aber ich ließ sie in Ruhe, und sie senkten die Köpfe wieder und setzten ihre Mahlzeit fort. Andere Leichen lagen verstreut herum, die alle auch Anzeichen aufwiesen, dass Hunde oder Aasvögel sich an ihnen zu schaffen gemacht hatten. Ich sah die Leiche einer alten Frau, die auf dem Rücken lag. Ihr Schädel war wohl von einem Schwert oder einer Axt gespalten worden, und der Boden um ihren Kopf war wie ein dunkler Glorienschein gefärbt. Ihre Augen waren nur noch leere, von den Raben ausgehackte Höhlen, die blind in den Himmel starrten.

Warum war sie so abgeschlachtet worden? Ich könnte mir diese alte Frau nicht als einen Feind vorstellen, der das Land der Dänen bedrohte. Keiner dieser einfachen Bauern, die erschlagen unter den Trümmern ihrer Häuser lagen, konnte eine Bedrohung für unser Volk gewesen sein. War das der Feind, zu dessen Bekämpfung wir so weit gereist waren?

Ein Geräusch zu meiner Rechten schreckte mich aus meinen Gedanken. Etwas oder jemand bewegte sich durch die Ruinen. War es ein Mensch, ein Tier, oder der Geist eines Toten? Mein Magen verkrampfte sich und auf meiner Stirn brach Schweiß aus, als ich mich schnell umdrehte und meinen Bogen hob.

Ein Huhn stolzierte um die Ecke eines der verbrannten Häuser. Wie es den Plünderern entkommen war, konnte ich mir nicht vorstellen. Vielleicht war es im Durcheinander des Angriffs in die Felder geflogen. Ich fragte mich, ob es aus einem Bedürfnis nach menschlichem Kontakt jetzt auf mich zukam oder ob es mich nur als weniger bedrohlich als die wilden Hunde betrachtete, die jetzt das Dorf durchstreiften.

Leider hatte es mich unterschätzt. Auch ich war ein

Raubtier. Ich brauchte mehr als das getrocknete Pökelfleisch in meinem Beutel, um Kraft für meine Reise zu
haben. Ich schoss den armen Vogel, nahm ihn aus und
band seinen Körper mit den Füßen an meinen Gürtel.
Die Eingeweide des Huhns legte ich in einem kleinen
Haufen oben auf einen verkohlten Pfosten an der Ecke
einer Hütte und sprach ein Dankgebet zu dem Gott oder
Geist, der mir den Vogel über den Weg geschickt hatte.
Vielleicht war es ja die Fylgja.

Nachdem ich das zerstörte Dorf verlassen hatte,
folgte ich kurz den Spuren des Stoßtrupps. Gleich hinter
dem Dorf hatten die Reiter den kleinen Fluss an einer
felsigen Furt überquert, wo das Wasser nicht mehr als
knöcheltief war, dann waren sie querfeldein nach Nord-
westen in Richtung der Seine und von Ruda geritten. In
der weichen, feuchten Erde auf der anderen Seite der
Furt konnte ich sogar im fahlen Mondlicht sehen, dass
sich zwischen den Hufabdrücken der Pferde des Stoßtrupps auch Spuren von Rindern, Schafen und Schweinen sowie einige menschliche Fußabdrücke befanden.
Letztere waren meist klein, wahrscheinlich von Frauen
und Kindern. Es dämmerte mir, dass es sich bei diesen
Spuren um die Beute des Angriffs auf das Dorf handelte,
die als eine Art gemischte Herde in Richtung des Lagers
unserer Armee bei Ruda getrieben worden waren.

Wie die Seine war der kleine Fluss, den ich eben
überquert hatte, von Bäumen gesäumt. Aber jenseits der
Bäume bestand das Land wieder größtenteils aus offener
Ebene. Ich stand an der Baumgrenze und fragte mich,
wo ich jetzt hingehen sollte.

Als ich nach unten schaute, stellte ich fest, dass ich

über den Spuren eines einzelnen beschlagenen Pferdes stand. Sie kamen aus der Ebene und verloren sich hinter mir in dem großen Durcheinander der Spuren der Plünderer. Wer war dieser einsame Reiter gewesen? Ich bückte mich, um die schwache Spur zurückzuverfolgen, die die Hufe seines Pferdes hinterlassen hatten.

Nur etwa einen Speerwurf weiter fand ich die Antwort auf das Rätsel. Die Spur des einzelnen Reiters führte zurück zu einem breiten, zertrampelten Pfad, den eine zweite Gruppe von Pferden hinterlassen hatte. Diese Reiter waren auf der dem Dorf gegenüberliegenden Seite des Ufers geblieben und hatten auch einen gewissen Abstand von dem Pfad, den die zurückziehenden Dänen gemacht hatten, gehalten. Ihre Spur führte parallel zu dem Weg, den der Stoßtrupp eingeschlagen hatte, über die Ebene.

Mein Puls beschleunigte sich. Diese zweite Gruppe von Reitern mussten Franken gewesen sein. Ich war mir sicher. Der einzelne Reiter, der sich von der Gruppe entfernt hatte, folgte der Spur der vorbeiziehenden Plünderer. Die übrige fränkische Reitertruppe war seitlich versetzt in der Nähe unterwegs gewesen, um die Spur, der der Reiter folgte, nicht zu beschädigen.

Ich zögerte. Wenn fränkische Kavallerie in der Ebene unterwegs war, musste ich vor Tagesanbruch Deckung in diesem offenen Gelände gefunden haben. Aber hier hatte ich das erste Zeichen, dass fränkische Soldaten in der Gegend waren. Wenn ich der Spur dieser Reitertruppe nachging, könnte sie mich letztendlich bis zur Hauptarmee führen. Widerwillig machte ich mich auf den Weg und folgte ihr in schnellem Trab über die

Ebene.

Weil der Stoßtrupp Gefangene und Vieh mit sich führte, muss sein Tempo sehr langsam gewesen sein. Die Franken waren ohne diese Beeinträchtigung und konnten sich viel schneller bewegen. Dennoch mussten die Dänen einen deutlichen Vorsprung gehabt haben, denn die Verfolger hatten ihre Opfer nicht schnell eingeholt. Ich fragte mich, ob die fränkischen Reiter die Spur des Stoßtrupps überhaupt gefunden hätten, wenn die Dänen das Dorf nicht niedergebrannt und ihre Anwesenheit durch den Rauch signalisiert hätten, der zweifellos meilenweit sichtbar gewesen war.

Im Osten begann der Himmel bereits, heller zu werden, als ich erste Anzeichen dafür entdeckte, dass die Dänen bemerkt haben mussten, dass sie verfolgt wurden. Die Spuren auf dem Boden legten stummes Zeugnis davon ab, was geschehen war. Sobald sie die Franken hinter sich erblickten, hatten die Plünderer weise entschieden, auf ihre Beute zu verzichten und zu versuchen, ihr eigenes Leben zu retten. Ihre Pferde hatten sich im Galopp von den zusammengedrängten Gefangenen und dem Vieh entfernt. An dem aufgewühlten und zertrampelten Gras konnte ich erkennen, wo die Haupttruppe der Franken an der Gruppe von Vieh und befreiten Gefangenen vorbeigeritten war, den Dänen dicht auf den Fersen.

Am Horizont wurde es jetzt zunehmend heller. Ich lief nun schneller und eilte den flüchtenden Dänen und ihren fränkischen Verfolgern hinterher.

Ein Großteil der Pferde, die unsere Armee erbeutet hatte, waren Nutztiere, die für das Ziehen von Pflügen und nicht für Ausdauer und Geschwindigkeit gezüchtet worden waren. Die Pferde der Franken müssen ihnen deutlich überlegen gewesen sein. Ich musste ihnen nicht viel weiter auf ihrem Fluchtweg folgen, bevor ich auf die ersten Leichen von Dänen traf. Die meisten waren von Speerstößen durchbohrt worden, in der Regel in den Rücken – ein schrecklicher Beweis für das tödliche Können der Franken zu Pferde.

Wie bei den meisten Verfolgungen war es eine einseitige Schlacht gewesen. Nur einmal stieß ich auf ein fränkisches Todesopfer, und dabei handelte es sich nur um ein Pferd. Das Geschirr kennzeichnete es eindeutig als das Reittier eines Franken, und es war durch einen Schwerthieb auf den Kopf getötet worden war. Es war langbeinig und gut gebaut und viel größer als die Pferde, die im Land der Dänen gezüchtet wurden.

Die Sonne kroch bereits über den Horizont als ich den Ort des letzten Gefechts der Plünderer erreichte. Auf der Ebene vor mir konnte ich eine dunkle Erhebung erkennen. Als ich näher kam, sah ich, dass die Dänen sich entschlossen haben mussten, zu kämpfen, wahrscheinlich als ihnen klar wurde, dass sie ihren Verfolgern nicht entkommen konnten. Sie waren abgesessen und hatten ihre Pferde getötet, indem sie ihnen die Kehlen durchschnitten oder sie erstachen, sodass ihre gefallenen Körper einen Kreis bildeten.

Innerhalb dieser niedrigen Barrikade aus toten Pferden hatten sie ihren letzten Schildwall gebildet, vermutlich in der Hoffnung, dass die Leichen der Pferde als Hindernis ausreichen würden, und dass der Feind darüber nicht würde angreifen können. In der Mitte des

Kreises lagen die zerhackten, blutigen Leichen von sechzehn Dänen. Die Franken hatten sich nicht die Mühe gemacht, ihre toten Feinde zu begraben.

Die letzten Mitglieder des Stoßtrupps hatten bei dem tödlichen Gefecht offensichtlich einige Franken mit ins Jenseits genommen. Es waren keine Leichen von fränkischen Kriegern zurückgelassen worden, aber an einigen Stellen außerhalb des Kreises aus toten Pferden und Männern war das Gras mit Blut durchtränkt. Vier der edlen fränkischen Pferde lagen tot auf dem Boden. Um die Peripherie des Kreises fand ich einen gespaltenen, mit Blut getränkten fränkischen Helm und einen dänischen Speer mit gebrochenen Schaft und blutiger Spitze. Zwei zurückgelassene fränkische Schilde waren von mächtigen Schlägen zerschmettert worden.

Die Augen der toten dänischen Krieger waren von Aasvögeln gefressen worden und das Fleisch ihrer Gesichter war zerhackt und zerfetzt. Sie waren weit entfernt von ihrer Heimat und ihren Familien gestorben, und ihre Leichen würden nie begraben oder verbrannt werden. Ich fragte mich, ob ihre Geister dazu verdammt waren, dieses fremde Land auf ewig zu durchstreifen.

Jenseits des Schauplatzes der Schlacht, in einer Entfernung von etwa drei Bogenschüssen, stand ein kleines Wäldchen. Womöglich hatte der Stoßtrupp versucht, seinen Schutz zu erreichen. Die Spuren der Franken führten in diese Richtung. Hatten sie nach dem Kampf ihr Lager dort aufgeschlagen, um ihre Verwundeten zu versorgen? Wenn ja, dann waren sie vielleicht immer noch dort.

Einen Augenblick lang erwog ich, mich auf den

Boden zu werfen und mich unter den Toten zu verstecken. Aber sobald mir der Gedanke gekommen war, verwarf ich ihn als einen törichten Plan. Wenn die Franken sich noch zwischen den Bäumen befanden, hätten sie sicher Wachen aufgestellt. Ein Beobachter hätte mich aber gewiss hier neben dem Stapel der Toten gesehen, denn die grasige Ebene war inzwischen von den Strahlen der aufgehenden Sonne gut ausgeleuchtet.

Das Wäldchen bot den einzigen Schutz in der Nähe. Ich musste dorthin gehen. Ich brauchte ein Versteck während des Tages. Wenn Franken verborgen im Unterholz lauerten und dies das Schicksal war, das die Nornen für mich gewoben hatten, würde es kein Entkommen geben. Ich legte einen Pfeil auf meinen Bogen, spannte ihn in die Sehne ein und machte mich langsam und vorsichtig zu den Bäumen auf.

12

Gefährliche Würste

Die Franken waren dort gewesen, doch jetzt waren sie abgezogen. Der Boden in der kleinen Gruppe von Bäumen und dem umgebenden Gebüsch war von Pferden und Menschen zertrampelt worden. Drei Kreise aus verkohlten Steinen markierten die Orte, an denen Feuerstellen errichtet worden waren.

Ich war erschöpft, aber ich hatte auch einen gewaltigen Hunger. Der Hunger setzte sich gegen die Müdigkeit durch. Ich rupfte das mitgebrachte Huhn, schnitt es in Stücke und röstete sie einzeln über einem kleinen Feuer. Ich fügte den Flammen vorsichtig immer nur wenige Zweige auf einmal hinzu, damit keine verräterische Rauchfahne entstehen konnte. Ich hatte nicht vor, den Fehler zu wiederholen, der die Krieger des Stoßtrupps ihr Leben gekostet hatte.

Ich aß eine dicke Scheibe von Wulfs Brot mit der Hälfte des Huhns, während es frisch und warm war. Die andere Hälfte hob ich für meine Abendmahlzeit auf. Ich spülte das Essen mit einigen Schlucken Wasser hinunter und dachte sehnsüchtig an das hervorragende Bier, das Hastein mir in seiner Unterkunft angeboten hatte – und sogar das schwache Gebräu, das Wulf serviert hatte.

Mein Wasserschlauch war inzwischen viel zu leicht. Ich hätte ihn füllen sollen, als ich den Fluss neben dem zerstörten Dorf überquert hatte. Wenn ich mich bei Einbruch der Nacht wieder auf den Weg machte, würde ich unbedingt Wasser finden müssen.

Nachdem ich gegessen hatte, kletterte ich auf einen Baum und verschaffte mir einen Überblick über die Ebene um mich herum. Die einzige Bewegung, die ich sah, war an der Stelle, wo die dänischen Plünderer den Tod gefunden hatten. Bei Tagesanbruch waren die Aasvögel zu ihrem grausigen Festmahl am Ort der Schlacht zurückgekehrt.

Nachdem ich heruntergeklettert war, wickelte ich mich in meinen Mantel, kroch unter einen Busch mit niedrigen, überhängenden Ästen, die mich zumindest teilweise verbargen, und versuchte, mich auszuruhen. Aber obwohl ich von meinem langen Marsch müde war, blieb ich bis zum späten Morgen wach. Jedes Mal, wenn ich zu dösen begann, gab es irgendeine kleine Störung – das Zwitschern eines Vogels, das Summen einer Biene, das Kitzeln einer Fliege auf meinem Gesicht – die mich wieder abrupt weckte.

Schließlich überwältigte mich die Erschöpfung, aber selbst dann fand ich keinen ruhigen Schlaf. In meinen Träumen wurde ich von dem Geist der alten Frau heimgesucht, deren Leiche ich im Dorf gesehen hatte. Vor meinem geistigen Auge sah ich sie am Rande des Wäldchens stehen, in dem ich schlief. Obwohl ich bewegungslos unter dem Busch liegen blieb, in der Hoffnung, dass sie vorbeigehen würde, trat sie in den Kreis der Bäume und kam näher, bis sie über mir stand. Ihre Haare waren mit Blut und Gehirnmasse verkrustet, die aus ihrem gespaltenen Schädel herausgelaufen waren. Ich wollte weglaufen, aber ich konnte mich nicht bewegen.

„Ich weiß, dass du da bist, obwohl ich dich nicht sehen kann", sagte sie, und ihre leeren Augenhöhlen starrten mich an, als sie ihren Kopf in meine Richtung drehte. „Ich bin nicht sicher: bist du ein guter oder ein böser Mensch? Warum bist du hier? Warum bist du in unser Land gekommen?"

Ich versuchte zu sprechen, ihr zu sagen, dass mir leidtat, was ihrem Dorf angetan worden war, aber die Worte kamen nicht. Stattdessen stieß ich ein leises Stöhnen aus.

Das Geräusch weckte mich. Ich war in Schweiß gebadet und ich schnappte nach Luft. Die Nacht würde erst in einigen Stunden hereinbrechen, aber ich versuchte gar nicht mehr, zu schlafen. Ich fürchtete, dass der Geist der alten Frau wiederkäme, falls ich einnicken sollte, denn selbst in der hellen Nachmittagssonne konnte ich das Bild ihres Gesichts nicht aus meinen Gedanken vertreiben.

Während ich auf die Nacht wartete, aß ich den Rest meines Huhns und des Brots. Zum Essen hatte ich in meinem Beutel jetzt nur noch ein Stück Hartkäse und einige Scheiben getrocknetes Pökelfleisch. Bald könnten sowohl Hunger als auch Durst zum Problem für mich werden.

Beim Essen schmiedete ich Pläne. Hastein und Ivar würden morgen wieder auf dem Fluss sein, um Ausschau nach den Kundschaftern zu halten. Ich fragte mich, ob Späher von uns schon von den Franken gefangen genommen oder sogar getötet worden waren. Wo war wohl Einar? Wie war es ihm ergangen?

Ich stand auf und ging in der Baumgruppe auf und

ab, während ich mir überlegte, was ich tun sollte. Als ich an der Stelle vorbeiging, an der ich morgens das Huhn gerupft und gekocht hatte, stieg ein Schwarm dicker, schwarzer Fliegen, die ich gestört hatte, von dem kleinen Haufen aus Federn, Knochen und Haut auf. Ich hätte die Reste begraben sollen, aber ich war an diesem Morgen zu müde gewesen, um den Abfall meiner Mahlzeit zu entsorgen.

Plötzlich drehte ich mich und betrachtete genau jeden Zoll des Bodens im Wäldchen um mich herum. Nirgendwo war die Erde umgegraben oder außer durch Hufe aufgewühlt. Das gleiche galt für die grasige Ebene in unmittelbarer Nähe des Hains. Wegen des gespaltenen und blutgetränkten fränkischen Helms war ich mir immer noch sicher, dass mindestens ein Franke, und möglicherweise noch weitere, im Kampf gestorben waren. Aber es gab keine Gräber. Was hatten die Franken mit ihren Toten gemacht? Und was war mit den fränkischen Verwundeten geschehen? Davon gab es sicher auch einige.

Nachdem ich wieder einen Baum hochgeklettert war, um die Ebene abzusuchen und Gefahren auszuschließen, wagte ich mich ins Freie und untersuchte die Spur, die die Reitertruppe hinterlassen hatte, als sie sich auf den Weg über die Ebene gemacht hatte. Dabei fand ich die Antwort auf meine Fragen.

Unter den zahlreichen Hufabdrücken der Reiter, aus denen die Spur bestand, fand ich vier Paare flacher Furchen, die in langen, ununterbrochenen Linien verliefen. Ich hatte in dem Wäldchen auch Stümpfe bemerkt, wo die Franken kleine Bäume abgehackt hatten, und fälschlicherweise angenommen, dass sie Holz für ihre Feuerstellen geschlagen hatten. Ich hatte mich geirrt. Die Franken hatten vier von Pferden gezogene Tragen gebaut, um ihre Toten und Verwundeten zu transportieren.

Wenn die Franken ihre Toten und Schwerverletzten mit sich trugen, würden sie in ihr Lager zurückkehren – hoffentlich das der Hauptarmee. Ihre Spur würde mich dorthin führen.

In der Dämmerung machte ich mich auf den Weg. Der breiten Spur, die sie hinterlassen hatten, konnte ich auch in der Dunkelheit einfach folgen. Ich lief die ganze Nacht wie ein stiller Schatten in ihrem Gefolge.

Mitten in der Nacht führten mich die Spuren zu einem kleinen Fluss. Die Franken hatten dort die Richtung geändert und folgten dann dem Flusslauf. Ich hoffte, sie würden diesen Kurs halten. Am Fluss würde ich Wasser haben und Unterschlupf finden, wo ich mich tagsüber verstecken könnte. Ich würde vielleicht sogar Wild aufspüren können, um meine schwindenden Vorräte aufzustocken.

Die Spur der Franken folgte noch dem Flusslauf, als die Morgendämmerung mich dazu zwang, Schutz in dem Gebüsch und den Bäumen zu suchen, die das Ufer säumten. Ich blieb wach, so lange ich konnte, und hielt mein Bogen in der Hoffnung bespannt, dass ein Tier oder Vogel dem Fluss einen frühmorgendlichen Besuch abstatten könnte. Das passierte aber nicht. Meine Fylgja – wenn ich denn tatsächlich eine hatte – hatte mich nicht mit dem frischen Fleisch versorgt, nach dem ich mich sehnte und das ich brauchte. Vielleicht war sie genauso erschöpft wie ich, zu erschöpft, um mir Glück zu schicken. Zumindest hatte ich an diesem Tag keine Schwierigkeiten, zu schlafen. Die vielen Meilen, die ich in den letzten beiden Nächten zurückgelegt hatte, hatten mich zu müde für Träume gemacht.

Am Abend wachte ich auf und aß sparsam von meinem Vorrat an Trockenfleisch und Käse. Als ich beim abnehmenden Tageslicht über die Ebene blickte, bemerkte ich, dass das Land immer hügeliger wurde, und dass die Weite der Ebene mehr und mehr durch Bäume und Unterholz unterbrochen wurde. Wie würde sich diese Veränderung in der kommenden Nacht auf meine Mission auswirken?

Es war noch weit vor Mitternacht, als die Spuren, denen ich folgte, mich über einen niedrigen Kamm führten. Vor mir endete die grasige Ebene an einer dichten Reihe von Bäumen. Von meinem Aussichtspunkt oben auf dem Kamm konnte ich die dunkle Linie einer Straße sehen, die die Ebene durchquerte. Die Spur der Franken traf auf die Straße. Ich folgte ihr, und der unebene, unbefestigte Weg führte mich in den Wald. Unter den Kronen der Bäume war es zu dunkel, um Spuren auf dem Boden lesen zu können, aber es spielte keine Rolle mehr. Die Straße selbst war nun die Spur, der ich folgte.

Nach zwei Nächten in der offenen Ebene war es verwirrend, sich durch den dunklen Wald fortzubewegen. Das Licht der Sterne und des Mondes war verhüllt, und die Bäume um mich herum bedrängten mich. In der völligen Dunkelheit konnte ich nicht mehr abschätzen, wie weit ich gereist oder wie viel Zeit vergangen war. Ich war mir nicht sicher, ob es noch früh in der Nacht war, oder ob Mitternacht schon unbemerkt verstrichen war.

Plötzlich sah ich vor mir in der Ferne das flackernde Licht eines Feuers – und dann noch eines. Ich duckte mich von der Straße zur Seite und tauchte in den Bäumen unter, wo ich meinen Bogen bespannte. Danach bewegte ich mich langsam und vorsichtig von Stamm zu Stamm weiter auf die Lichter zu.

Bald erkannte ich, dass die Flammen Fackeln waren, die von Männern hin und her getragen wurden. Als ich näher heranschlich und Details besser erkennen konnte, sah ich, dass es fränkische Krieger waren, da das Licht der Fackeln von den Helmen und Rüstungen, die sie trugen, reflektiert wurde. Nur der obere Teil ihrer Körper, Rumpf und Kopf, war für mich sichtbar. Der Rest wurde von einer Barrikade verdeckt, die aus gefällten Bäumen errichtet worden war. Der einfache Wall aus Baumstämmen erstreckte sich über die Straße und hatte nur einen schmalen Durchgang in der Mitte, der gerade noch breit genug war, einen einzelnen Mann oder ein Pferd hindurchzulassen. Die Enden des Holzwalls verliefen auf beiden Seiten der Straße in einem Bogen und verschwanden in der Dunkelheit.

Warum hatten die Franken hier auf dieser unebenen Straße durch den Wald eine solche Befestigung gebaut? Lag die fränkische Armee dahinter? Ich schlich durch die Bäume ein Stück weiter weg von der Straße und ließ mich dann auf Hände und Knie fallen, um näher zu kriechen.

Die einfache Festung schützte das Ende einer niedrigen Steinbrücke. Der Fluss, dem ich in der Nacht zuvor gefolgt war, hatte eine Biegung Richtung Westen gemacht, und die Straße überquerte ihn hier.

Auf der anderen Seite des Flusses, direkt hinter dem anderen Ende der Brücke, leuchteten weitere Lichter durch die Dunkelheit. Ich kroch zur Böschung am Fluss, um besser sehen zu können.

Ein Dorf lag am anderen Ufer des Flusses. Zwischen den Gebäuden hindurch konnte ich ein loderndes Lagerfeuer auf einem offenen Platz in der Mitte sehen.

Dieses Dorf war viel größer als das andere, das der Stoßtrupp niedergebrannt hatte. Eine größere Anzahl an Zelten war auf dem Platz errichtet worden, und Pferde waren auf einer Seite an einen Lattenzaun angebunden. Viele Männer – zum Teil in Rüstungen – wanderten umher. Weitere Männer saßen um das Feuer.

Endete die Spur, der ich gefolgt war, hier bei nichts Weiterem als einer kleinen Garnison? Dies war eindeutig nicht die Hauptarmee. Ich war nicht ausgesandt worden, um diese Truppe hier zu finden.

Die Brücke war für mich versperrt, aber es gab viele Wege, einen Fluss zu überqueren. Nachdem ich mich weit genug stromaufwärts bewegt hatte, dass die Lichter des Dorfes und der Befestigung nicht mehr sichtbar waren, zog ich meine Kleider aus, wickelte sie um meine Waffen und stieg mit dem Bündel über dem Kopf in das kalte Wasser. An der tiefsten Stelle stieg das Wasser nicht höher als meine Brust.

Die Straße, die über die Brücke in das Dorf führte,

ging am anderen Ende der Siedlung weiter. Als ich sie nach meinem Umgehungsmanöver wieder erreichte, sah ich, dass die Oberfläche mit Spuren übersät war. Wohin auch immer diese Straße führte, schien sie stark befahren zu sein. Deshalb entschied ich mich, meine Reise parallel dazu im Wald fortzusetzen.

Ich war aber unglaublich müde und diese Müdigkeit wurde durch den Hunger, der an meinem Magen nagte, noch verstärkt. Ich konnte nicht bis zum Morgengrauen durchhalten. Meine Füße schmerzten und meine Beine fühlten sich steif und schwer an. Meine Gedanken kreisten um Erinnerungen an Mahlzeiten, die ich gegessen hatte. Mehr als einmal trat ich ungeschickt auf einen gefallenen Zweig, und das laute Knacken des trockenen Holzes hätte meine Gegenwart deutlich kundgetan, wäre jemand nahe genug gewesen, es zu hören. Es war zu gefährlich, in diesem Zustand weiterzugehen.

Ein Hügel, der einen Blick auf die Straße bot und der steiler war als die meisten anderen auf meiner bisherigen Reise, erhob sich zu meiner Rechten. Ich bestieg ihn schwankend vor Müdigkeit. Oben am Gipfel zwängte ich mich in ein Dickicht aus Unterholz, legte mich dankbar hin und wickelte mich in meinen Umhang. Nachdem ich ein paar Bissen Käse gegessen hatte, um den schlimmsten Hunger abzuwehren, fiel ich in einen tiefen, erschöpften Schlaf.

Ein lauter Knall, der den Boden unter mir zu erschüttern schien, riss mich plötzlich aus dem Schlaf. Als ich erschrocken hochfuhr, stieß mein Kopf mitten in einen Busch. Ich schlug die Äste beiseite, die mein Gesicht zerkratzten, und versuchte, mich noch schlaftrunken daran zu erinnern, wo ich war. Es war inzwischen Tag, doch der Himmel war verdunkelt. Ein zweiter, noch lauterer Knall rüttelte an den Bäumen, und ein Blitz erhellte den Himmel. Es fing zu regnen an; zuerst waren es nur ein paar dicke, einzelne Tropfen, aber bald steigerte es sich zu einem heftigen, unablässigen Wolkenbruch.

Obwohl ich meinen Umhang wie ein Zelt über mich gespannt hatte, konnte er mich nicht lange schützen. Der Regen war einfach zu stark. Selbst die Pfeile in meinem Köcher sahen traurig aus; die Federn ihrer Befiederung hingen schlaff und durchnässt herunter. Elend und zitternd saß ich da und fragte mich, wie lange ich geschlafen hatte. Die dunklen Wolken, die den Himmel bedeckten, verhüllten die Sonne, sodass ich die Tageszeit nicht erkennen konnte.

Schließlich ließ der Regen nach, bis er zuletzt ganz aufhörte. Ich wickelte meinen Umhang fest um mich, denn die dicke Wolle bot etwas Wärme, obwohl sie nass war. Dennoch konnte ich nicht aufhören zu zittern. Unbesonnen aß ich meinen restlichen Käse sowie das getrocknete Schweinefleisch. Ich brauchte jetzt die Energie, die das Essen mir geben würde.

Ein klapperndes Geräusch auf der Straße rüttelte mich aus meinem Elend. Ich kroch bis zum Rand des Dickichts und spähte hinaus. Eine kleine Einheit zu Pferde, höchstens zehn Mann, war unten in schnellem Trab in Richtung des Dorfes an der Brücke unterwegs, das ich in der letzten Nacht gesehen hatte. Ihr Anführer trug einen prächtigen, scharlachroten Umhang, der kurz geschnitten war, sodass er kaum über seine Hüfte hing. Er flatterte wie eine an seinen Schultern befestigte Fahne hinter ihm, während er ritt.

Plötzlich durchbrach das Gesehene die erfrorene Erstarrung meines umnebelten Hirns. Der Umhang des Franken *flatterte*. Er war trocken und nicht vom Regen durchnässt wie meiner. Diese Männer – oder zumindest ihr Anführer – waren während des Gewitters unter einem Dach gewesen. Und ihre Zuflucht konnte nicht weit weg sein, denn seit dem Gewitter war nicht viel Zeit vergangen.

Vielleicht gab es ein weiteres Dorf oder Militärlager in der Nähe. Wenn dem so war, könnte ich vielleicht bei Nacht nahe genug heranschleichen, um dort Essen zu stehlen. Im Augenblick fand ich den Gedanken, ein fettes Huhn in den Händen zu halten, weit erstrebenswerter, als das Lager der gesamten fränkischen Armee zu finden. Auf jeden Fall würde mich etwas Bewegung wenigstens aufwärmen. Wenn ich hier zitternd im Schlamm sitzen blieb, um auf den Schutz der Nacht zu warten, befürchtete ich, dass ich keine Kraft mehr haben würde, um meinen Weg fortzusetzen.

Ich kroch aus dem Dickicht, bürstete so viel Schlamm und nasse Blätter von meinen Kleidern ab, wie ich konnte und ging den Hang hinunter. Unten nahm ich Kurs durch den Wald parallel zur Straße in der Richtung, aus der die Reiter gekommen waren.

Ich konnte das Lager hören – laute Männerstimmen, wiehernde Pferde, das Muhen der Rinder und die dumpfen Schläge von Äxten auf Holz – lange bevor ich

252

nahe genug war, es zu sehen. Das allein verriet mir, dass es wahrscheinlich sehr groß war.

Die schmale Straße, der ich gefolgt war, endete an einer Kreuzung mit einer viel breiteren und stärker frequentierten Straße. Aus meinem Versteck konnte ich einen Ochsenkarren erkennen, der langsam von Westen her kam, und dahinter einen Viehtreiber, der fünf Stück Vieh mit sich führte. Aus dem Osten marschierte eine doppelte Kolonne fränkischer Fußsoldaten, die sich so weit erstreckte, wie mein Auge reichte.

Der gesamte Verkehr auf der Straße schien dasselbe Ziel zu haben: ein großes, befestigtes Feldlager, das jenseits der Kreuzung auf einer großen gerodeten Fläche errichtet wurde, die die Franken aus dem Wald geschlagen hatten. Ein tiefer Graben war darum herum ausgehoben worden, und die gefällten Bäume wurden zurechtgesägt, um eine Palisade oben auf dem Erdwall auf der Innenseite des Grabens zu bilden. Der Bau war noch lange nicht abgeschlossen – im Graben und in der Mauer klafften noch mehrere Lücken – aber der Klang von unzähligen Spitzhacken und Äxten zeugte von den vielen Arbeitskräften, die eingesetzt wurden, um das Lager fertigzustellen. Beim Anblick der Größe des Lagers wusste ich, dass ich gefunden hatte, wonach ich suchte. Verborgen in diesem Wald versammelte sich die Armee der Franken.

Das Lager war riesig. Die Armee, die hier untergebracht werden sollte, musste es auch sein. Hatten Ragnar und Hastein unsere Fähigkeit falsch eingeschätzt, die Macht der Franken herauszufordern?

Ich hatte jetzt genug gesehen. Nun war es an der

Zeit, mit den gewonnenen Informationen zu entkommen. Ich hatte noch fünf Tage Zeit, um wieder zum Fluss zu gelangen; fünf Tage, um eine Entfernung zurückzulegen, für die ich auf dem Hinweg nur drei Nächte gebraucht hatte. Ich konnte es mir leisten, mir die Zeit zu nehmen, um nach Nahrung zu suchen. Ich fürchtete aber, dass ich im Wald trotz meines Geschicks bei der Jagd wenig Erfolg haben würde. In diesem Gebiet waren zu viele Menschen unterwegs, die zuviel Lärm und Unruhe verursachten. Die Tiere hatten vermutlich das Weite gesucht oder sich versteckt.

Ich erinnerte mich an den Ochsenkarren, den ich auf der Straße von Westen gesehen hatte. Es war mit irgendwelchen Waren schwer beladen – vermutlich mit Lieferungen für die riesige Armee, die zusammengezogen wurde. Wenn ich meine Vorräte nicht durch die Jagd auffüllen konnte, könnte ich es vielleicht mit Diebstahl schaffen.

Ich brach Richtung Westen auf und folgte der Hauptstraße, blieb aber immer in den Bäumen versteckt. Nach einer Weile wurde ich etwas entmutigt, weil ich so lange unterwegs war, ohne überhaupt jemand begegnet zu sein. Aber dann bemerkte ich den Geruch.

Jemand briet Würste. Das war ein gefährliches Unterfangen, wenn jemand anders in der Nähe war, der so extrem hungrig war wie ich.

Ich hielt kurz an, spannte meinen Bogen und legte einen Pfeil an, dann schlich ich durch die Bäume. Hier wuchsen sie so dicht, dass ich dahinter nichts außer weiteren Stämmen erkennen konnte. Nach einer gewissen Zeit hörte ich ein undeutliches Gemurmel. Um

beurteilen zu können, wie weit entfernt die Sprecher –
und noch wichtiger, die Würste – waren, trat ich an den
Waldrand und spähte vorsichtig hinaus.

Höchstens fünfundzwanzig Schritte entfernt stand
ein zweirädriger Karren mit einem Verdeck aus Segeltuch am Straßenrand. Die beiden Pferde, die daran
angespannt waren, weideten im Gras und in den niedrigen Sträuchern, die entlang der Grenze des Waldes
wuchsen. Zwei weitere Pferde, die Sättel zum Reiten
trugen, waren mit ihren Zügeln an einem Rad des
Karrens festgebunden. Niemand war zu sehen.

Ich tauchte wieder in den Schutz der Bäume ein
und bewegte mich möglichst unbemerkt von Stamm zu
Stamm weiter in Richtung des Karrens. Als die Stimmen
deutlich genug waren, dass ich etwas davon verstehen
konnte, ging ich auf Hände und Knie und kroch auf
allen Vieren auf die Quelle der Geräusche zu.

Ein Mann sprach in dem merkwürdigen lateini-
schen Dialekt der Franken. Während meiner Verbannung in Wulfs Haus hatte ich mich immer besser daran
gewöhnt, und so konnte ich jetzt das meiste verstehen.

„Ich hoffe, dass du nicht vorhast, die gesamte Strecke so langsam zu reisen, Genevieve", sagte er. „Bei
diesem Tempo brauchen wir mindestens eine Woche, bis
wir Paris erreichen."

„Wir sind da, wenn wir da sind", antwortete eine
Frauenstimme. „Was kümmert es dich, wie viele Tage
wir dafür brauchen?"

Das letzte Stück war ich flach auf dem Bauch am
Boden gekrochen wie eine Schlange, und ich war mittlerweile nahe genug gekommen, um die Sprecher zu

sehen. Mein Körper war hinter dem Stamm einer dicken Esche verborgen. Mein Bogen, der einzelne lose Pfeil und mein Köcher lagen auf dem Boden neben mir. Ich schob mich gerade weit genug vorwärts, dass ich mit einem Auge an dem Baumstamm vorbeispähen konnte.

Zwei Frauen saßen auf einem Mantel, der auf dem Boden im Schatten einer großen Eiche ausgebreitet worden war. Ein junger Mann, der mit Kettenhemd, Helm und Beinschienen aus Eisen die volle Rüstung eines fränkischen Kavalleristen trug, lief vor ihnen auf und ab.

Ein paar Fuß weiter weg von der Straße hockte ein zweiter Mann neben einem kleinen Feuer. Er hatte auf jeder Seite des Feuers eine gegabelte Eisenstange in den Boden gerammt und darauf einen Eisenspieß gelegt. Eine Kette aus dicken Würsten war um den Spieß geschlungen. Fett tropfte aus ihnen und zischte, als es die Flammen traf. Bei dem Geräusch verkrampfte sich mein Magen, und es fühlte sich an, als würde er sich selbst verzehren, wenn er nicht bald Nahrung bekäme.

„Was es mich kümmert?" wiederholte der junge Mann, sichtlich verärgert. „Das weißt du ganz genau. Vater hat mir befohlen, dich zurück nach Paris zu bringen. Ich darf mich der Armee nicht anschließen, bis ich den Auftrag erfüllt habe."

„Ein paar Tage spielen keine Rolle, Leonidas. Ich bin mir sicher, dass die Nordmänner in der Zwischenzeit nicht fliehen werden. Auch dein Vater und seine Männer sind noch nicht zur Armee gestoßen."

Die Frau, die sprach, trug ein einfaches Kleid aus grauer, ungefärbter Wolle, das wie eine lange Tunika bis zu den Knöcheln geschnitten war. Die Kapuze eines Umhangs aus einem leichteren, helleren Stoff – möglicherweise Leinen – bedeckte ihren Kopf. Ich konnte ihr Gesicht nicht sehen, da sie mit dem Rücken zu mir saß.

„Vater und seine Männer reiten morgen, um sich der Armee anzuschließen", sagte der junge Mann, den sie Leonidas genannt hatte. „Da wir aus diesem Teil des Landes stammen, glaubt Vater, dass seine Scara ausgesandt wird, um die plündernden Nordmänner zu jagen. Ich kann nicht mit ihnen aufbrechen, denn ich habe dich am Hals."

Ich kannte den Begriff „Scara" nicht, aber aus dem Kontext ergab sich, dass es nur eine militärische Einheit sein konnte.

„Du hast mich am Hals?" sagte die Frau. „Das ist aber reizend. Seit wir Kinder waren, hattest du die Manieren eines Schweins. Mit dem Alter ist es nicht besser geworden."

„Es tut mir so leid, Cousine, wenn ich dich gekränkt habe." Der junge Mann beugte den Oberkörper in einer spöttischen Verneigung, dann drehte er sich um und stampfte zum Feuer. „Sind die Würste inzwischen fertig?" blaffte er den Mann an, der auf sie aufpasste.

Die zweite Frau, die etwas zurückgelehnt mit dem Rücken gegen den Stamm der Eiche gesessen und bisher nichts gesagt hatte, beugte sich vor, nachdem Leonidas weggegangen war. „Es ist meine Schuld, dass er verärgert ist, Frau Genevieve", sagte sie mit gedämpfter Stimme. „Wir hätten nicht anhalten sollen."

„Unsinn, Clothilde", antwortete die Frau namens Genevieve. „Du hast dich nicht wohl gefühlt. Du hast

257

schwach ausgesehen und warst etwas grün im Gesicht. Vermutlich liegt es an deinem Zustand. Wenn es einem flau im Magen ist, sollte man am besten etwas essen. Nimm doch etwas Brot und Käse, solange die Würste noch braten." Sie nahm einen Laib Brot aus einem Korb, brach ein Stück ab und reichte es ihrer Begleiterin.

Es fiel mir schwer, mir Clothilde schwach oder grün im Gesicht vorzustellen. Sie war recht robust gebaut, mit dicken, runden Wangen, denen die Sonne eine rötliche Färbung gegeben hatte. Ihrer ehrerbietigen Haltung gegenüber der kleineren Frau nach zu urteilen, war sie deren Dienerin. Wenn das der Fall war, überraschte mich die Einfachheit von Genevieves Kleidung.

Clothilde nahm ihre Herrin beim Wort und nahm das Brot entgegen. Dann griff sie in den Korb und zog ein kleines Messer und ein in ein Tuch eingewickeltes Bündel heraus. Sie packte das Bündel aus und enthüllte einen flachen, runden Käselaib. Nachdem sie eine dicke Scheibe davon abgeschnitten hatte, bestrich sie das Brot damit. Der Käse war weich und cremig und hatte fast die Beschaffenheit von Butter. Mir lief das Wasser im Mund zusammen.

„Wo ist Hugh hin?" beklagte sich Leonidas. „Wie lange braucht der Mann eigentlich, um Wasser zu lassen?"

Während ich zusah, wie Clothilde ein großes Stück des mit Käse geschmierten Brotes abbiss, fragte ich mich, wer Hugh war. Meine Gedanken wurden von der scharfen Spitze eines Schwertes unterbrochen, die sich in meinen Nacken bohrte.

„Steh langsam auf", sagte eine Stimme hinter mir.

„Sehr langsam, oder ich werde dich aufspießen, wie den verschlagenen Hund, der du bist. Und rühre deinen Bogen nicht an."

13

Reiche Beute

Mein Bruder Harald hatte mir beigebracht, dass es bei einem Schwert, wie bei den meisten Waffen, entscheidend ist, die richtige Entfernung aufrechtzuerhalten. Seine Lektion war jetzt meine Rettung. Ich richtete mich langsam auf Hände und Knie auf und schaute dabei vorsichtig nach hinten. Der Mann war ein fränkischer Krieger, der eine Brünne aus Schuppenpanzer, aber keinen Helm trug. Er stand dicht hinter mir und hielt seinen Arm gerade ausgestreckt. Die Schwertspitze ruhte nun leicht zwischen meinen Schulterblättern.

Es wäre klüger von ihm gewesen, etwas zurückzutreten und das Schwert in Position zu bringen, sodass er sofort zuschlagen konnte.

Ich ballte meine rechte Hand zur Faust und füllte sie dabei mit loser Erde. Ich stützte mein Gewicht darauf, dann schwang ich den linken Arm nach hinten und oben. Der dicke Armschutz aus Leder, den ich trug, um mich vor dem Schlag der Bogensehne zu schützen, traf die Klinge und stieß sie beiseite. Ich wirbelte herum, warf die Handvoll Erde in das Gesicht des Franken und rappelte mich auf.

Er taumelte zurück und wischte sich die Augen mit der linken Hand, während er mit seinem rechten Arm verspätet sein Schwert hob. Ich bewegte mich mit ihm und packte krampfhaft seinen Schwertarm, um ihn über unseren Köpfen zu halten. Mit seiner freien Hand griff er nach meiner Schulter und versuchte, mich wegzudrehen, damit er Platz für einen Schwertschlag hatte. Ich warf mich nach vorn, krachte gegen ihn und schlug meine Stirn auf seine Nase. Mit einem lauten Knacken brach sie.

Der Franke schrie vor Schmerz auf und stolperte rückwärts, während ich weiter verzweifelt seinen Schwertarm mit der linken Hand festklammerte. Blut strömte aus seiner Nase, und in seinen Augen war jetzt Angst zu sehen. Mit meiner freien Hand griff ich hinter mich, zog hastig die kleine Axt aus meinem Gürtel und schlug ihm damit ins Gesicht.

„Hilfe!" schrie er, während Blut aus einer tiefen Wunde in seiner Stirn strömte. Ich schwang meine Axt wieder und holte diesmal voll aus. Die Schneide versank tief in seinem Schädel.

Hinter mir schrien die beiden Frauen. „Hugh!" rief eine männliche Stimme. Als der sterbende Franke umfiel, drehte ich mich um und hastete zurück zu der Stelle, wo mein Bogen und mein Köcher auf dem Boden lagen.

Der Franke, der das Feuer gehütet hatte, lief mit einem langen Messer in der Hand auf mich zu. Er trug keine Rüstung. Der andere Franke, der junge Krieger namens Leonidas, verschwand gerade aus meinem Blickfeld hinter der Rückseite des Wagens.

Ich griff mir meinen Bogen und den einzelnen Pfeil, den ich bereitgemacht hatte, als ich mich vorhin an das Lager angeschlichen hatte. Den Bogen horizontal haltend, legte ich den Pfeil an, führte die Sehne in die Nocke, zog aus und ließ den Pfeil in Richtung des angreifenden Franken los, alles in einer schnellen Bewegung, ohne zu zielen. Es war ein schlampiger Schuss, aber die Strecke war kurz. Der Pfeil traf ihn in die Schulter. Er ließ sein Messer fallen, griff überrascht nach dem Schaft, taumelte zurück und landete mit dem Rumpf auf dem Boden.

„Gunthard! Gunthard!" schrie die Dienerin, Clothilde, dann sank sie ohnmächtig zusammen.

Leonidas erschien wieder und duckte sich jetzt hinter einem Schild. Er hatte sein Schwert gezogen und kam langsam und vorsichtig auf mich zu. Er hätte schnell laufen sollen, hätte rasch angreifen müssen. Stattdessen gab er mir die Zeit, den Gurt meines Köchers über die Schulter zu werfen und einen weiteren Pfeil an meinen Bogen anzulegen.

„Legt Euer Schwert nieder, und ich werde Euch nicht töten!" rief ich. Er schien überrascht zu sein, als ich Latein sprach, aber sein Gesichtsausdruck wechselte schnell zu einem höhnischen Grinsen.

Ich zog meinen Bogen voll aus, und der Franke kauerte sich tiefer und schützte einen größeren Teil seines Körpers mit seinem Schild. Seine Augen sahen kaum über den oberen Rand. Der Schild war aus Metall. Ich glaubte nicht, dass ich ihn mit meinem Pfeil durchstoßen könnte, auch nicht auf solch kurze Entfernung.

Der Franke kam immer noch langsam auf mich zu. Meine Arme wurden zunehmend müde davon, den Bogen bei vollem Auszug zu halten, während ich nach einem erreichbaren Ziel spähte. Seine Schienbeine unter dem Schild waren mit metallenen Beinschienen geschützt, aber an den Füßen trug er nur schwarze Lederstiefel. Ich zielte auf seinen linken Fuß, der vorne stand.

Er sah die Richtung meines Bogens und ging weiter in die Hocke, gerade als ich meinen Pfeil löste. Der untere Rand seines Schildes berührte den Boden einen Moment, bevor mein Pfeil seinen Fuß durchbohrt hätte. Stattdessen klirrte er gegen den Schild und prallte zurück.

„Vorsichtig, Leonidas!" schrie Genevieve. Aus Mangel an Erfahrung oder aus Angst bewegte der junge Franke sich weiterhin langsam auf mich zu, wo er schnell hätte angreifen sollen.

Ich zog einen weiteren Pfeil aus dem Köcher und legte ihn an. Einer von uns würde es darauf ankommen lassen müssen, würde den Tod riskieren müssen, um den anderen zu töten. Ich zog meinen Pfeil zum vollen Auszug zurück und bewegte mich schrittweise auf den Franken zu, meinen Pfeil auf die obere Kante seines Schilds und seine Augen dahinter gerichtet.

Offenbar überrascht, blieb der Franke stehen. Ich bewegte mich weiter in seine Richtung – einen Schritt und eine Pause, und noch einen Schritt und noch eine Pause – während ich in seine Augen starrte und meinen Bogen darauf gerichtet hielt. Mit jedem Schritt würde er weniger Zeit haben, zu reagieren, wenn ich schoss. Aber wenn er meinen Pfeil wieder blockierte...

Urplötzlich machte ich mit dem vorne stehenden Bein einen Ausfallschritt und riss den Oberkörper übertrieben hoch, während ich dabei schrie. Er zuckte zusammen, duckte sich und hob seinen Schild, um sein Gesicht zu schützen. Als kein Pfeil auf den Schild aufschlug, begriff er, dass ich ihn mit einer Finte hereingelegt hatte, aber da er jetzt hinter seinem Schild zusammengekauert war, konnte er mich nicht mehr sehen. Der junge Franke zog seinen Schwertarm zurück, um zuschlagen zu können, und stürzte sich auf mich, während er seinen Schild leichte senkte und einen aus Wut und Furcht geborenen wortlosen Schlachtruf brüllte.

Mein Pfeil traf ihn in den Mund. Er war tot, bevor er auf dem Boden aufschlug.

„Leonidas!" schrie Genevieve. Sie war aufgesprungen und ging einige zögernde Schritte auf die Stelle zu, an der er ausgestreckt auf dem Rücken lag. Aber auch für sie musste es wohl offensichtlich sein, dass er tot war.

Sie wandte sich mit einem erschreckten Gesichtsausdruck mir zu. „Nein, bitte, bringt mich nicht um!"

Ich würde doch keine Frau töten. Für was hielt sie mich?

Ich musste meine Gedanken beruhigen. Ich hatte mit diesem Kampf nicht gerechnet, aber die Nornen hatten diesen Faden in mein Schicksal hineingewebt. Ich hatte überlebt. Aber was würde passieren, wenn jemand die Leichen der Männer fand, die ich getötet hatte? Was würde passieren, wenn diese Frauen ihnen erzählten, dass ein einzelner Krieger mit ihren Begleitern gekämpft hatte und dann in den Wald geflohen sei? Nur eine kurze Wegstrecke diese Straße entlang befand sich die gesamte fränkische Armee. Sie würden hinter mir her sein. Die Wälder würden voll von fränkischen Kriegern sein, die nach meiner Spur suchten.

„Wer seid Ihr?" fragte sie mich. „Seid Ihr ein Straßenräuber? Ein Bandit?"

Ihre Fragen überraschten mich. Sie dachte, ich wäre ein Verbrecher? Ich schaute an mir herunter. Vielleicht war die Annahme doch nicht so überraschend. Meine

Kleider waren dreckig von der Reise und den Nächten auf dem Boden – und vermutlich sahen mein Gesicht und meine Haare nicht anders aus. Meine Hände waren mit dem Blut des Mannes bespritzt, den ich mit dem Beil getötet hatte. Ich nahm an, dass das auch für mein Gesicht galt. Ich musste wie ein verzweifelter Flüchtling ausgesehen haben; jemand, der in der Wildnis lebte.

„Ich bin ein Däne", sagte ich.

„Gütiger Himmel!" Sie bekreuzigte sich. „Mutter Gottes, steh mir jetzt bei, denn mein Ende ist nun wohl gekommen."

Langsam wurde mir klar, was ich getan hatte. Ich musste Pläne schmieden, aber ich konnte mein Gehirn nicht dazu zwingen, zu denken. Stattdessen wiederholten sich in meinen Gedanken die Szenen, die gerade stattgefunden hatten. Ich sah die Angst in den Augen des ersten Franken, hörte, wie er um Hilfe schrie, spürte, wie meine Axt seinen Kopf zerschmetterte. Es war nicht das gleiche, wie Pfeile aus der Entfernung zu schießen.

Meine Knie fühlten sich plötzlich schwach an, und meine Beine begannen zu zittern. Ich taumelte nach vorne und setzte mich auf den Umhang der Frauen.

Genevieve wich mit ängstlichem Gesichtsausdruck zurück. „Was macht Ihr?"

Ich wollte keine Schwäche zugeben. „Ich habe Hunger." Ich nahm den Laib Brot, riss ein Stück ab und schob es in den Mund. Das Brot war frisch gebacken und schmeckte herrlich. Ich griff mir den Käse und biss auch davon etwas ab.

„Er hat uns überfallen, er hat Hugh und Leonidas umgebracht und alles nur für etwas Essen", murmelte sie. Ich sah zu ihr auf. Ihr Blick wanderte. Wahrscheinlich hatte sie nicht einmal bemerkt, dass sie laut gesprochen hatte.

Diese Frau redete zu viel. Ich wollte, dass sie ruhig war. Ich musste meinen Kopf frei bekommen, damit ich nachdenken konnte.

„Ich habe niemanden überfallen", sagte ich. „Ich habe Euch nur von den Bäumen aus beobachtet. Euer Gefolgsmann und der andere Mann haben mich angegriffen. Ich nehme die Schuld für ihren Tod nicht auf mich."

„Ihr seid ein Nordmann", sagte sie, als ob das eine Antwort auf meine Aussage wäre. „Ihr seid ein Pirat und ein Mörder."

Diese Diskussion war zwecklos. Zum Glück fühlte ich mich besser, nachdem ich gegessen hatte. Zumindest hatten meine Beine ihre Standfestigkeit wiedererlangt. Ich stand auf, ging zum Feuer und schnitt eine Wurst vom Spieß ab. Während ich sie aß, betrachtete ich den Schauplatz dieses fatalen Zusammentreffens.

Zwei Männer waren tot und ein dritter verwundet. Er saß noch auf dem Boden und beobachtete mich argwöhnisch. Die Frau namens Clothilde war noch immer bewusstlos.

Ich wandte mich an Genevieve, dann deutete ich mit meiner halb gegessen Wurst auf die bewusstlose Frau.

„Weckt sie auf", sagte ich.

Genevieve ging ein paar Schritte zurück, um den Abstand zwischen uns zu vergrößern. Sie schaute auf Clothilde hinunter und dann hinter sich auf die Straße.

Hoffentlich würde sie nicht töricht sein und zu fliehen versuchen.

„Was wollt Ihr von uns? Nehmt einfach unsere Essensvorräte und geht."

Ihre Stimme zitterte vor Angst. Ihr Vorschlag war verlockend. Ich wünschte, ich könnte einfach verschwinden, aber ich konnte es mir nicht leisten. Es konnte nicht lange dauern, bis jemand her vorbeikommen würde. Ich war ohnehin überrascht, dass es nicht bereits geschehen war. Ich durfte niemanden zurücklassen, der den fränkischen Kriegern erzählen konnte, wen sie suchen sollten. Ich konnte nicht einmal die Toten zurücklassen. Der Karren würde gefunden werden – das war nicht zu vermeiden, denn er war zu groß, um ihn zu verstecken. Aber ich musste erreichen, dass das, was mit den Menschen geschehen war, den Franken ein Rätsel aufgab. Es zu lösen, würde mir wertvolle Zeit verschaffen.

Ich hob meinen Pfeil vom Boden auf – denjenigen, der von Leonidas' Schild abgeprallt war – dann ging ich zu der Stelle, an der seine Leiche lag. Genevieve starrte mich entsetzt an.

„Schaut nicht hin", sagte ich ihr. Ich fürchtete, auch sie würde in Ohnmacht fallen. Noch eine bewusstlose Frau, mit der ich fertig werden musste, konnte ich nicht gebrauchen.

Ich zeigte auf Clothilde, die noch ausgestreckt auf dem Boden lag. „Ich habe Euch gesagt, dass Ihr sie aufwecken sollt. Tut, was ich sage, und Ihr werdet nicht zu Schaden kommen. Aber wenn Ihr mir nicht gehorcht..." Ich ließ die Drohung unvollendet im Raum stehen und baute darauf, dass ihre Vorstellungskraft und Angst die Lücke füllte.

Genevieve drehte sich um und eilte zu Clothilde. Sie kniete sich neben sie und schüttelte ihre Schultern.

„Clothilde", sagte sie. „Du musst aufwachen." Die liegende Frau ächzte, aber sie öffnete die Augen nicht.

Die geschärfte Spitze meines Pfeils hatte den Hals des jungen Franken vollständig durchbohrt und seine Wirbelsäule durchtrennt. Seine Augen waren noch geöffnet. Er sah irgendwie erschrocken aus. Ich fragte mich, ob er nach dem Einschlag des Pfeils lange genug gelebt hatte, um sich seines eigenen Todes bewusst zu sein. Ich zog den Pfeil heraus, wischte ihn an der Unterseite seiner Tunika ab und steckte ihn in meinen Köcher zurück.

„Habt Ihr vor, mich zu töten?" fragte eine männliche Stimme. Es war der verwundete Mann.

„Nur wenn ich keine Wahl habe. Wie heißt Ihr?"

„Gunthard."

„Befolgt meine Anweisungen, Gunthard, und Ihr werdet leben. Versucht nicht, zu fliehen und greift mich nicht wieder an."

„Was ist Euer Plan für uns?" fragte er. „Was habt Ihr mit Frau Genevieve und Clothilde vor?"

„Wir gehen in den Wald. Wir alle. Die Lebenden, die Toten und die Pferde. Falls wir entdeckt werden, werden mehr Menschen sterben. Vielleicht seid Ihr das. Vielleicht die Frauen."

Das letztere war ein Bluff. Ich würde keine hilflosen Frauen töten. Aber das musste er nicht wissen.

„Was soll ich tun?" fragte er.

Zuerst musste ich meinen Pfeil aus seiner Schulter ziehen. Er war ein tapferer Mann und schrie dabei nicht vor Schmerz auf. Da ich so schnell hatte schießen müssen, hatte ich glücklicherweise den Bogen nicht voll ausgezogen. Die Pfeilspitze hatte einen Knochen in seiner Schulter getroffen und anstatt ihn zu brechen, war sie stecken geblieben. Allerdings verlor er Blut.

Er half mir, die beiden Pferde vom Karren auszuspannen. Auf jedes der Pferde luden wir eine Leiche. Ich zurrte sie mit einem Seil fest, das ich im Karren gefunden hatte, dann machte ich Führstricke und band sie an die Zügel der Pferde.

Mittlerweile sah Gunthard blass aus, und der Ärmel seiner Tunika war mit Blut getränkt. Ich seufzte, verärgert über die Verzögerung. Das Verbinden seiner Wunde konnte nicht länger warten. Ich zog meinen Dolch, schnitt den Ärmel seiner Tunika ab und schlitzte sie an der Schulter auf, um die Wunde freizulegen.

„Geht zu den Frauen", sagte ich ihm. „Sie sollen Euch verbinden, während ich die restlichen Vorbereitungen treffe."

Genevieve versuchte immer noch, Clothilde zu wecken. Inzwischen stöhnte die große Frau regelmäßig, aber die Augen hatte sie noch nicht geöffnet. Aber die Zeit lief uns davon. Ich ging auf sie zu, zog den Stöpsel aus meinem Wasserschlauch und schüttete ihr Wasser ins Gesicht. Sie richtete sich plötzlich auf, öffnete die Augen und begann zu schreien, sobald sie mich sah.

„Helft mir! Genevieve! Gunthard!"

„Beruhigt sie!" fauchte ich Genevieve an. „Oder bringt sie zumindest zum Schweigen. Wenn Ihr es nicht fertigbringt, dann tue ich es selbst."

„Schhh, Clothilde", sagte sie ängstlich. „Ärgere ihn nicht. Er ist ein Nordmann. Er wird dich umbringen. Er wird uns alle umbringen."

Das Geschrei hörte auf. Einen Ruf als blutrünstiger Mörder zu haben, hatte seine Vorteile.

„Mein Baby", wimmerte Clothilde.

Ich schaute bestürzt zum Wagen. „Ist da ein Kind drin?"

Genevieve schüttelte den Kopf. „Sie ist schwanger."

Ich starte die beiden wenig begeistert an. Das hatte mir gerade noch gefehlt. „Helft ihr auf die Beine und macht Euch für die Reise bereit." Ich zeigte auf Gunthard. „Und legt ihm einen Verband an. Bindet ihn straff, damit die Blutung aufhört. Schnell! Wir müssen hier weg."

Ich stopfte die Reste des halb gegessenen Käses und Brots in meinen Lebensmittelbeutel. Eine schnelle Durchsuchung des Karrens ergab zwei volle Wasserschläuche und einen Tonkrug mit einem Korken im Hals. Ich öffnete ihn und schnupperte. Es war Wein. Ich legte alle drei Sachen in den großen Essenskorb der Frauen und fügte die Würste hinzu. Der Korb enthielt noch weitere in Stoff gewickelte Pakete, hoffentlich zusätzliche Nahrungsmittel, aber ich hatte nicht die Zeit, sie zu untersuchen. Ich zurrte den Korb am Sattel eines der Reitpferde fest und führte dann beide zu den geduldig wartenden Zugpferden, die jetzt als Lasttiere für die Leichen dienten.

Es war nicht mehr viel zu tun. Ich trat das Feuer aus, zerstreute die Kohlen, hob den Schild und die

Schwerter der Toten auf und band sie auf den Lastpferden fest. Wo die beiden Männer gestorben waren, war der Boden mit Blut befleckt. Ich verstreute lose Erde und Blätter über den Stellen. Wenn die Franken einen erfahrenen Fährtenleser hatten, würde es ihn nicht lange täuschen. Andererseits würde es auch einige Zeit dauern, einen solchen Experten hierher zu bringen.

Ich ging zu meinen drei Gefangenen. Genevieve und Clothilde hatten einen Streifen aus weißem Stoff von Clothildes Unterkleid abgerissen und um Gunthards Schulter gewickelt. Hellrotes Blut sickerte bereits durch.

„Steht auf", sagte ich. „Wir gehen jetzt."

Ich brachte eines der Pferde herüber und übergab die Zügel an Gunthard. Ich deutete auf Clothilde. „Ihr beide werdet auf diesem Pferd reiten." Zu Clothilde sagte ich: „Ihr reitet hinter ihm. Seine Wunde hat ihn geschwächt. Lasst nicht zu, dass er vom Pferd fällt."

Die fränkischen Sättel hatten keine Steigbügel. Gunthard versuchte, auf den Pferderücken aufzusitzen, war aber zu schwach. Ich trat zu ihm und kniete mich mit einem Bein neben ihn.

„Stellt Euren Fuß auf mein Knie", sagte ich. Als er es tat, stand ich auf und zog ihn an seinem Gürtel hoch, während er sich mit seinem gesunden Arm am Sattel festhielt und sich hochzog. Zusammen schafften wir es, ihn auf den Rücken des Pferdes zu hieven. Für einen Augenblick schwankte er, dann nickte er mir zu.

Ich wandte mich an Clothilde, und legte meine Hände mit verschränkten Fingern ineinander. Erschrocken trat sie einen Schritt zurück.

„Stellt Euren Fuß in meine Hände", schnaubte ich.

„Jetzt!" Als sie die Anweisung endlich befolgte, hob ich sie auf das Pferd hinter Gunthard. Sie war eine wohlgenährte Frau. Wenn ich sie mehrmals am Tag auf ein Pferd wuchten musste, wäre es anstrengende Arbeit.

Ich nahm die Zügel des verbliebenen Pferdes und drehte mich zu Genevieve. „Ihr werdet mit mir auf diesem Pferd reiten."

„Ich will nicht mit Euch reiten", erwiderte sie.

Ich zuckte mit den Schultern. Hatte diese Frau noch nicht begriffen, dass sie eine Gefangene war?

„Das ist mir egal", sagte ich ihr. Ich verschränkte die Hände, damit sie aufsitzen konnte, aber sie wich zurück.

Ich richtete mich auf und starrte sie entnervt an. Mir war bisher nicht aufgefallen, wie zierlich sie war. Jetzt machte ich mir ihre geringe Körpergröße zunutze. Ich streckte auf einmal die Arme aus, packte sie um ihre Taille und schwang sie hoch in den Sattel, sodass sie rittlings auf dem Rücken des Pferdes saß. Ihr langes Kleid rutschte hoch und enthüllte ihre schlanken Beine. Sie stieß einen Schrei aus und zerrte an dem Stoff, um den Saum wieder herunterzuziehen und sich zu bedecken.

„Fass mich nicht an!" kreischte sie. „Fass mich nie wieder an!"

Ich bückte mich, hob meinen Bogen vom Boden auf, wo ich ihn abgelegt hatte, dann zog ich mich am Sattel hoch und saß hinter ihr auf das Pferd auf. Sie schnappte nach Luft, als ich mich nach vorn gegen ihren Rücken lehnte und mit meinen Armen um sie fasste, um die Zügel zu greifen.

Ich wendete das Pferd, bis ich Gunthard und Clothilde ansehen konnte.

„Hört mich an, Ihr drei, und passt gut auf", sagte ich laut und deutlich. „Wenn ich Euch befehle, anzuhalten, werdet Ihr anhalten. Wenn ich Euch befehle, zu reiten, werdet Ihr reiten. Wenn ich Euch befehle, still zu sein, werdet Ihr keinen Laut von Euch geben. Missachtet meine Befehle nicht und ärgert mich nicht. Denkt daran, ich bin ein Nordmann. Wenn es sein muss, werde ich Euch töten. Ich werde Euch alle töten, und zwar zuerst Eure Herrin hier."

Genevieve schnappte nach Luft, und Clothilde schloss die Augen und murmelte ein Gebet. Gunthard starrte mich nur an und sah mir in die Augen. Womöglich fragte er sich, ob ich meine Drohung wirklich wahr machen würde.

Es wäre nicht schwer gewesen unsere Fährte zu verfolgen. Glücklicherweise ging das Tageslicht zur Neige. Auch wenn die Franken den Karren vor Einbruch der Dunkelheit entdecken sollten, würden sie nicht genug Zeit haben, um einen Fährtenleser zu holen, bevor die schützende Dunkelheit der Nacht unseren Weg verbarg.

Wir ritten in nordwestlicher Richtung. Ich wollte den Fluss stromaufwärts von der befestigten Brücke überqueren, bevor wir anhielten, um uns auszuruhen.

Allerdings wurde es nach Einbruch der Dunkelheit auch immer schwieriger, unsere Position zu bestimmen und unsere Route zu wählen. Obwohl die Baumkronen

273

über uns noch nicht vollständig mit Blättern gefüllt waren, waren sie dicht genug, um die Sterne zu verbergen. Je später es wurde und je tiefer wir in den Wald ritten, umso dichter schien die Dunkelheit zu werden, bis ich manchmal hätte schwören können, dass sie etwas Reales war, das mir leicht über das Gesicht und die Hände streifte, während wir ritten. Wenn ich nicht alle unsere Pferde mit den selbstgemachten Führstricken zusammengebunden hätte, hätten wir uns in der Dunkelheit sicherlich verloren.

Da ich nichts sehen konnte, ließ ich schließlich die Zügel hängen und ließ meinem Pferd freien Lauf durch die Bäume. Ich hoffte, es würde uns nicht in einem Kreis wieder zurück auf die Straße führen.

In der Nähe schrie eine Eule. Genevieve schreckte in meinen Armen hoch und setzte sich wieder aufrecht hin – mit der Zeit war sie immer mehr gegen meine Brust zusammengesackt, während ihr Kopf nach vorne hing.

„Wo sind wir?" flüsterte sie. Ihre Stimme klang ängstlich.

„Wir sind im Wald." Mehr wusste ich im Augenblick selbst nicht.

Als sie unsere Stimmen hörte, sprach Clothilde. „Frau Genevieve, ich mache mir Sorgen um Gunthard. Er ist schon längere Zeit bewusstlos. Und mein Rücken und meine Beine tun mir so weh."

„Können wir nicht anhalten?" bat Genevieve. „Nur kurz, um uns die Beine zu vertreten und uns auszuruhen?"

Der Wald schien hier lichter und nicht mehr so finster zu sein. Das Gelände war schon eine Weile angestiegen, und rechts von uns konnte ich schemenhaft den Kamm eines Hügels ausmachen. Darüber war durch eine Lücke der Nachthimmel zu sehen. Der Hügel wäre ein Aussichtspunkt, von dem aus ich mögliche Verfolger erkennen könnte. Und in Wahrheit war auch ich müde und wund.

Ich deutete auf den Hügel und sprach laut genug, dass sowohl Genevieve als auch Clothilde mich hören konnten. „Wir reiten dort hinauf. Oben auf dem Hügel können wir Halt machen und uns ausruhen.“

Als wir den Hang erklommen, zeichnete sich eine undeutliche Kontur in der Dunkelheit vor uns ab, als ob sie sich plötzlich aus dem Boden erhoben hatte, als wir uns näherten. Sie war höher als ein Mensch und erstreckte sich so weit entlang der Seite des Hügels, wie ich in beide Richtungen sehen konnte, und versperrte uns den Weg. Zuerst dachte ich, es sei ein massiver Felsvorsprung, der eine Abbruchkante um die Bergkuppe bildete, aber als wir näher kamen, sah ich, dass es eine von Menschenhand gebaute Steinmauer war.

„Was ist das hier?“ murmelte Genevieve.

Wir waren in ihrem Land, nicht in meinem. Wieso fragte sie mich?

„Ich weiß es nicht.“ Was auch immer es war, es sah sehr alt aus, und es gab keine Anzeichen, dass es jetzt bewohnt war.

Wir änderten die Richtung und ritten nach links, um den Hügel direkt unterhalb der Mauer zu umrunden. Hinter mir stöhnte Gunthard. Wie als Antwort darauf raschelte etwas in den vertrockneten Blättern auf der anderen Seite der Mauer. Die Ohren meines Pferdes richteten sich auf, und ich konnte spüren, wie seine Muskeln nervös unter meinen Beinen zuckten.

„Habt Ihr das gehört?" flüsterte Genevieve. „Was war das?"

„Vermutlich nur ein Tier, vielleicht ein Fuchs", erwiderte ich, um nicht nur sie, sondern auch mich selbst zu beruhigen, denn ich hatte eine Gänsehaut im Nacken. Ich fragte mich, ob Geister diesen uralten Ort bewohnten. Vielleicht hatten sie Gunthards Blut gerochen.

Wir erreichten eine Lücke in der Wand. Ich zögerte; ich war mir nicht sicher, ob wir hineinreiten sollten. Diese Mauern boten Obdach und einen Platz, an dem wir uns verstecken konnten. Von innen konnte ich Ausschau nach Verfolgern halten, ohne selbst gesehen zu werden. Aber was, wenn es Geister gab?

Ich schüttelte den Kopf, verärgert über meine eigene Angst. Ich hatte noch nie einen Geist gesehen, außer in der Schlafwelt meiner Träume. Und diejenigen, die ich dort gesehen hatte, hatten mir nie etwas getan. Ich war aber schon von Menschen verfolgt worden, und ich wusste, dass die Franken bald hinter mir her sein würden. Das war eine echte Gefahr, eine, die mich umbringen könnte. Ich trat mit den Fersen in die Flanken meines Pferdes und trieb es vorwärts durch den Spalt in der Wand.

Als ich erwachte, hörte ich die Vögel zwitschern. Die Sonne stand hoch am Himmel und schien in mein Gesicht. Es war fast Mittag. Ich hatte viel länger geschlafen, als ich beabsichtigt hatte.

Ich stand auf und rieb mir die Augen. Ein paar Fuß entfernt saß Genevieve. Ihr Rücken war an den Stamm eines kleinen Baumes gelehnt, an den ich sie gefesselt hatte, und sie starrte mich übernächtigt und wütend an. Hinter ihr auf der anderen Seite des Baumes, war Clothilde laut schnarchend seitlich zusammengesackt. Gunthard lag in ihren Armen.

Bevor ich eingeschlafen war, hatte ich die beiden Frauen an gegenüberliegenden Seiten des Baumes sitzend an Händen und Füßen gefesselt und ein Seil um ihre Taillen und den Baumstamm geschlungen. Ich hatte mir nicht die Mühe gemacht, Gunthard zu fesseln. Er hatte das Bewusstsein nicht wiedererlangt, auch nicht, nachdem ich ihn vom Pferd heruntergezogen und ausgestreckt auf den Boden gelegt hatte. Clothilde hatte darauf bestanden, dass ich ihn neben sie legte, damit sein Kopf auf ihren Schoß gebettet werden konnte. Er hatte viel Blut verloren. Was auch immer für Fähigkeiten Genevieve besaß, das Bandagieren von Wunden gehörte offenbar nicht dazu.

Als sie merkte, dass ich wach war, sprach Genevieve mich an. „Diese Seile sind zu straff. Ich kann meine Füße nicht mehr spüren. Und ich muss unbedingt aufstehen."

Ich konnte sie mir leicht als Sklavenhalterin vorstellen. Sie war es gewohnt, Befehle zu erteilen, denen unverzüglich Folge geleistet werden musste. Ich ging zu den Pferden hinüber, die ich im Schutz der Steinmauer angebunden hatte. Der Korb mit Lebensmitteln war immer noch an einem der Sättel festgezurrt.

„Bitte", flehte sie, jetzt mit Verzweiflung in der Stimme. „Ich muss aufstehen. Ich kann nicht viel länger warten."

Ich drehte mich wieder zu ihr; jetzt verstand ich. „Müsst Ihr Eure Notdurft verrichten?"

Sie errötete, senkte den Kopf, und nickte.

Ich band sie los. „Geht nicht zu weit weg", sagte ich, als sie unsicher auf tauben Füßen aufstand. „Bleibt in der Nähe, wo ich Euch sehen kann."

„Werdet Ihr zuschauen?" Ihr Gesichtsausdruck war erschrocken.

Das Ganze war mir jetzt peinlich. „Nein", sagte ich kurz angebunden und wendete mich von ihr ab.

Ich beschäftigte mich damit, den Inhalt des Essenskorbs zu durchzusuchen. Außer den beiden Wasserschläuchen, der Flasche Wein und den Würsten, die ich hinzugefügt hatte, enthielt er noch zwei Brotlaibe, ein halbes Dutzend Äpfel und drei Sorten Käse: einen weichen, wie der, den ich bereits probiert hatte, und zwei andere, die hart waren. Am glücklichsten war ich aber über ein fettes, bereits geröstetes Huhn, das in Tuch eingewickelt und mit einer Schnur zusammengebunden war. Es würde jedoch schnell verderben. Wir mussten es jetzt essen.

Genevieve näherte sich. Ihr Gesicht sah müde aus. Ich vermutete, dass sie nur wenig geschlafen hatte, wenn sie überhaupt Ruhe gefunden hatte. Für eine feine fränkische Dame war es wohl eine neue Erfahrung, im Freien auf dem Boden zu nächtigen. Als ich sie ansah, merkte ich, dass sie viel jünger war, als mein ursprünglicher Eindruck mich hatte glauben lassen. Wahrscheinlich war sie nicht älter als ich.

„Was starrt Ihr mich so an?" fragte sie nervös.

„Ich starre nicht. Weckt die anderen. Wir werden jetzt essen."

Gunthard sah aus, als hätte er inzwischen Fieber, aber zumindest konnten Genevieve und Clothilde ihn wecken. Er hatte wenig Appetit, aber er trank begierig von dem Wein, den ich ihm anbot. Zusammen aßen wir vier das Huhn auf, sowie den Rest des Brots und des Käselaibs, die am Abend zuvor bereits teilweise gegessen worden waren. Clothilde wollte mehr. Ich gab ihr einen Apfel, verpackte aber die übrigen Lebensmittel wieder in dem Korb. Ich wusste nicht, wie lange sie uns reichen mussten.

Während ich das Essen zusammenpackte, blickte ich auf und sah, wie Gunthard mich anstarrte.

„Ihr seid allein, nicht wahr, Nordmann?" sagte er.

Ich ignorierte ihn und fuhr mit meiner Arbeit fort.

„Ich hatte gedacht, dass Ihr zu einer Gruppe von Räubern gehört und dass Ihr uns zu ihnen bringen wollt", fuhr er fort. „Ich habe mich geirrt. Es gibt keine anderen. Ihr seid allein unterwegs."

Genevieve drehte sich um und sah mich überrascht an.

„Ihr seid verloren", fügte Gunthard dazu. „Ohne Hilfe kommt Ihr nie davon."

Er keuchte von der Anstrengung des Sprechens und sackte gegen Clothildes Schulter.

Gunthard konnte nicht weiterreisen. Er war zu schwach, so viel war klar. Im Übrigen gab es wirklich keinen Grund, irgendjemand von ihnen weiter mit mir zu nehmen. Ich hatte mir den nötigen Vorteil verschafft, indem ich sie vom Schauplatz des Kampfes entfernt hatte und den Franken, die den verlassenen Karren inzwischen sicher gefunden hatten, das Rätsel hinterlassen hatte, was aus ihnen geworden war. Aber bei Tageslicht würden die Verfolger unsere Spur finden und bald hinter uns her sein. Jetzt musste ich mich schneller bewegen als die Männer, die mich verfolgen würden. Von nun an würden diese Gefangenen mich nur behindern.

Ich stieg den kurzen Weg zum Gipfel des Hügels hinauf. Er war oben flach, als ob er irgendwann in ferner Vergangenheit eingeebnet worden war. Vielleicht hatte hier vor langer Zeit die Halle eines Stammesfürsten gestanden. Bei Tageslicht war es offensichtlich, dass die Steinmauer einst eine Festung gewesen war. Seit ihrer letzten Nutzung mussten allerdings hunderte von Jahren vergangen sein, denn alte Bäume wuchsen hier und dort innerhalb der Mauer, während der Wald langsam aber sicher das Land zurückeroberte, das vor langer Zeit in seiner Mitte gerodet worden war.

Als ich in den Wald hinunterblickte, sah ich, dass wir in der Nacht weiter gereist waren, als ich zu hoffen gewagt hatte. Durch die Bäume an der steilsten Seite des Hügels konnte ich sehen, wie Sonnenlicht auf Wasser schimmerte. Das musste der Fluss sein.

Ich ging hinunter zu der Stelle, wo die Pferde angebunden waren. Als wir in der Nacht Halt gemacht hatten, war ich zu müde gewesen, ihnen ihre Last abzunehmen. Jetzt band ich die beiden Leichen los, zog sie auf den Boden und durchsuchte sie nach Brauchbarem.

Der Franke, den ich mit der Axt getötet hatte, war offensichtlich ein einfacher Soldat gewesen. Seine Brünne bestand aus Metallschuppen, die auf ein Lederwams genäht worden waren – das war effektiv, aber schwerer als ein Kettenhemd – und sein Schwert war unauffällig.

Die Ausrüstung von Leonidas, dem jungen Adligen, war jedoch eine andere Sache. Sein Kettenhemd war von erlesener Güte. Es war länger als die meisten, die von Kriegern der nördlichen Länder getragen wurden. Die Ärmel reichten bis knapp unterhalb des Ellbogens, und die Unterkante ging bis zur Mitte des Oberschenkels. Es war zudem sehr geschmeidig, da die einzelnen Glieder kleiner waren als alle, die ich zuvor gesehen hatte. Auch sein Schwert war ein Meisterwerk. Die Klinge zeigte Damaststrukturen, wie Haralds Schwert Biss. Der Griff war mit Einlegearbeiten aus Silberdraht geschmückt und die Balance stimmte.

Der Tote hatte ungefähr meine Größe. Ich fing an, ihm das Kettenhemd und das gepolsterte Wams darunter auszuziehen. Es war nicht einfach, denn in der Nacht hatte die Leichenstarre eingesetzt. Aber es war wohl der Mühe wert. Ich hoffte, die Sicherheit der Möwe zu erreichen, bevor meine Verfolger mich einholen konnten. Aber es war nur eine Hoffnung, und wahrscheinlich eine vergebliche. Vor dieser Mission hatte ich mich entschieden, keine Rüstung mitzunehmen, weil ich nicht vorhatte, zu kämpfen. Aber jetzt wurde ich verfolgt, und die Wahrscheinlichkeit, dass es doch zu einem Kampf kommen würde, war sehr viel größer geworden. In diesem Fall könnten die Rüstung und das Schwert des Toten mich am Leben halten.

Nachdem ich Wams und Kettenhemd angezogen und das Schwertkoppel um meine Taille festgeschnallt hatte, zurrte ich Leonidas Helm und Schild hinter meinem Sattel fest. Dann führte ich die beiden Lastpferde zu der Lücke in der Mauer, wo das Tor zu dieser alten Festung einst gestanden hatte, und jagte sie mit Schlägen auf ihre Hinterteile hindurch. Was auch immer sie für Spuren hinterließen, würde die Verfolger möglicherweise kurz verwirren.

Ich ging zurück zu meinen drei Gefangenen, die mich nervös beobachteten.

„Gebt mir den Essenskorb", sagte ich zu Clothilde. Er stand auf dem Boden zwischen ihr und Genevieve.

„Tja, Tote benötigen wohl keine Nahrung. Und keine Pferde", sagte Gunthard, während er mich argwöhnisch betrachtete.

„Was willst du damit sagen?" wollte Clothilde wissen.

Er beobachtete mein Gesicht genau. „Ihr habt nicht vor, uns weiter mitzunehmen, nicht wahr?"

„Das ist richtig", sagte ich.

Genevieve schnappte nach Luft. „Bitte, bringt uns nicht um. Wenn Ihr mich am Leben lasst, wird mein Vater für meine sichere Rückkehr einen hohen Preis zahlen. Er ist ein reicher und mächtiger Mann."

„Euer Vater wird also viel Lösegeld für Euch bezahlen?" fragte ich angewidert. „Und was ist mit Gunthard und Clothilde? Sind ihre Leben nichts wert? Soll ich sie umbringen?"

Clothilde stieß ein Wehgeschrei aus. Sie umklammerte Gunthards Arm, zog ihn zu sich, und vergrub ihr

282

Gesicht schluchzend in seiner Schulter. Er zuckte vor Schmerz, aber er legte seinen unverletzten Arm um sie, um ihr etwas Trost zu bieten.

Er war ein anständiger Mann. Ich schämte mich wegen meines gemeinen Scherzes.

„Glaubt Ihr, ich hätte Essensvorräte an Euch verschwendet, wenn ich vorgehabt hätte, Euch zu töten?" Ich schüttelte den Kopf und wandte mich an Genevieve. „Wer ist dieser reiche und mächtige Mann, den Ihr Vater nennt?"

„Er ist einer der mächtigsten Grafen von König Karl. Er herrscht für den König über viele Städte und deren Umland."

Sie war eine reiche Beute. Eine wirklich sehr reiche Beute. Seit unsere Armee im Frankenreich angekommen war, hatte ich festgestellt, dass ich es nicht über mich brachte, armen Menschen ihre wenigen Habseligkeiten zu stehlen. Nun aber schien es, als hätten die Nornen mir einen anderen Weg angeboten, von dieser Reise zu profitieren – wenn ich überleben konnte, um meinen Anteil einzufordern.

„Was habt Ihr mit uns vor, wenn Ihr uns nicht töten wollt?" fragte Gunthard.

„Ich werde Euch hier zurücklassen", erwiderte ich. „Die Tochter eines solch wichtigen Grafen wird sicherlich vermisst werden. Krieger Eurer Armee werden sie suchen und den verlassenen Karren finden. Sie sind uns wohl jetzt schon auf der Spur. Irgendwann werden sie Euch hier finden. Wenn Ihr aber nicht auf sie warten wollt, ist dort unten ein Fluss." Ich zeigte den Hügel hinunter. „Wenn Ihr ihm stromabwärts folgt, führt er

Euch zu einem Dorf. Dort sind einige fränkische Soldaten."

„Danke, dass Ihr unsere Leben schont und uns hier
zurücklasst", sagte Genevieve.

„Ich lasse nur die beiden zurück", sagte ich ihr. „Ihr
kommt mit mir."

14

In der Falle

„Ich möchte, dass Ihr eine Nachricht für mich überbringt."

Ich saß auf meinem Pferd und hielt die Zügel von Genevieves Reittier.

Sie schluchzte leise vor sich hin; das war deutlich besser als das Flehen, die Debatten und das laute Klagen von vorhin. Um sie zum Schweigen zu bringen und sie dazu zu bewegen, sich kooperativ zu verhalten, hatte ich ihr schließlich drohen müssen, sie zu knebeln und sie quer über den Rücken eines Pferdes festgebunden mitzunehmen, wie eine der Leichen, die wir in der Nacht transportiert hatten.

Gunthard stand neben meinem Pferd und stützte sich auf Clothilde. Auch sie schluchzte.

„Sagt ihrem Vater, dass sie von den Dänen gefangengenommen wurde", fuhr ich fort. „Ich werde sie nach der Lösegeldzahlung aushändigen. Versichert ihm, dass sie unverletzt war, als Ihr sie zuletzt gesehen habt, und dass ich mein Bestes tun werde, sie weiterhin am Leben zu halten – solange sie nicht versucht, zu entkommen."

„Wie hoch ist der Preis für ihre Freilassung?" fragte Gunthard.

Ich hatte keine Ahnung, was sie wert war. Ich hatte noch nie Lösegeld erpresst.

„Er wird von mir hören." Ich wendete mein Pferd und ritt durch die Lücke in der Mauer. Genevieves Pferd folgte am Führstrick.

„Sie werden Euch verfolgen, Nordmann", rief Gunthard hinter mir her. „Ihr werdet nicht entkommen. Habt Vertrauen, Frau Genevieve! Sie werden Euch finden."

Wir mussten schnell vorankommen, oder Gunthards Vorhersage würde sich wahrscheinlich erfüllen. Selbst wenn die fränkische Armee unsere Spur erst am Morgen aufnehmen konnte, hatte sie jetzt einige Stunden Tageslicht gehabt, während ich schlief. Falls die Franken über einen erfahrenen Spurenleser verfügten und schnell vorankamen, müssten sie unseren Vorsprung mittlerweile erheblich verkleinert haben. Wenn wir nur vor unseren Verfolgern davonliefen, war zu befürchten, dass sie uns mit ziemlicher Sicherheit einholen würden. Eine Spur von zwei Pferden wäre für einen guten Fährtenleser nicht schwer zu verfolgen. Ich musste einen Weg finden, um sie in die Irre zu führen.

Bei einer leichten Flussbiegung wateten wir mit unseren Pferden in den Fluss. Ich hielt in der Mitte an und betrachtete das Flussbett. Als ich das letzte Mal von Männern verfolgt worden war, hatte ich so oft wie möglich den Weg durch das Wasser genommen, damit meine Verfolger jedes Mal, wenn sie meine Spur an Land wieder suchen mussten, Zeit verlieren würden. Damals war ich aber zu Fuß und allein gewesen. Ich glaubte nicht, dass diese Taktik jetzt funktionieren würde. In diesem Flussbett zu reiten, könnte bei aller Trittsicherheit tückisch für die Pferde sein. Wir wären dadurch viel langsamer, und immer, wenn wir schließlich den Fluss verließen, wäre die Spur der heraussteigenden Pferde im feuchten Boden des Ufers leicht zu erkennen. Ich drückte meine Fersen in die Flanken des Pferdes, um es wieder vorwärts zu bewegen, und wir ritten Wasser spritzend zum anderen Ufer des Flusses und in den Wald hinein.

Ich wählte einen nordwestlichen Kurs in der Hoffnung, im Schutz des Waldes zu bleiben und das offene Gelände so lange wie möglich zu vermeiden. Irgendwann mussten wir die Ebene überqueren, um die Seine zu erreichen, aber ich wollte die Gefahr so lange wie möglich hinauszögern.

Genevieve hatte kurz nachdem wir die Bergfestung verlassen hatten, aufgehört zu weinen. Sie war offensichtlich keine erfahrene Reiterin, und es erforderte ihre volle Konzentration, auf dem Pferd sitzen zu bleiben. Aber am späten Nachmittag fing sie an, zu jammern.

„Was ist los?" fragte ich sie.

„Ich bin erschöpft", antwortete sie. „Mein Rücken schmerzt und meine Beine fühlen sich an, als ob die Haut zu Fetzen gescheuert worden sei. Ich kann nicht weiter reiten."

Ich konnte mir gut vorstellen, dass sie sich schlecht fühlte. Mir ging es ähnlich. Reiten zu können anstatt laufen zu müssen war ein zweischneidiges Schwert.

„Wir machen eine Pause", sagte ich. „Aber nur kurz."

Ich hatte vor, den Rest des Tages und die ganze Nacht hindurch zu reiten, oder zumindest so viel davon wie möglich. Genevieve erzählte ich das aber nicht. Ich wollte nicht, dass sie verzweifelte.

Nachdem ich ihr vom Pferd geholfen hatte, humpelte Genevieve mühevoll zu einer großen Eiche, ließ sich vorsichtig auf den Boden herunter und lehnte sich gegen den breiten Stamm zurück. Sie saß da, und atmete mit geschlossenen Augen langsam ein und aus. Sie sah blass und abgehärmt aus. Ich war wieder überrascht, wie jung sie unter dem Schmutz und der Erschöpfung aussah.

Ich band den Korb mit den Vorräten von meinem Sattel los und trug ihn hinüber zu der Stelle, wo sie saß. Ich entkorkte den Weinkrug und gab ihn ihr.

„Hier, trinkt", sagte ich. „Und esst etwas. Es wird Euch stärken."

Sie schaute die dicke Flasche skeptisch an – als feine Dame hatte sie vielleicht noch nie zuvor direkt aus einer Flasche getrunken – dann kippte sie sie vorsichtig an ihre Lippen. Nach einer kurzen Kostprobe trank sie zwei längere Schlucke. Ich schnitt Brot, Käse und Wurst ab und teilte sie mit ihr; sie war offensichtlich hungrig und aß sie schnell.

„Warum könnt Ihr mich nicht gehen lassen?" fragte sie, nachdem ihr schlimmster Hunger gestillt war. „Ihr kämt ohne mich viel schneller voran. Ich kann dieses Tempo nicht durchhalten."

„Ihr kommt mit mir", sagte ich mit fester Stimme. „Ohne Euch wäre ich am Ende meiner Reise ein ärmerer Mann als zu Beginn. Ihr wart es, die vorschlug, dass Euer Vater ein großzügiges Lösegeld für Eure Rückkehr bezahlen würde."

„Ich hatte Angst, dass Ihr mich töten würdet. Deshalb habe ich das gesagt." Sie sah mich an, aber als unsere Augen sich trafen, konnte sie meinen Blick nicht halten und schaute schnell weg. Ich hoffte sehr, dass sie über das Lösegeld nicht gelogen hatte.

„Euer Vater ist doch ein Graf?" drängte ich.

Sie nickte. „Das ist er."

„Und er wird bereit sein, für Eure Rückkehr ein Lösegeld zu zahlen?"

Sie schaute kurz hoch, dann wendete sie ihren Blick wieder ab.

Ihre Antwort ließ lange auf sich warten – so lange, dass ich fast fürchtete, ich hätte in der Tat wertvolle Zeit vergeudet, indem ich sie mitgenommen hatte. Riskierte ich mein Leben in der Hoffnung auf Lösegeld, das nicht bezahlt werden würde?

„Er wird es nicht wollen", sagte sie schließlich, „aber er wird zahlen, da bin ich sicher. Es würde ein schlechtes Licht auf ihn werfen, wenn er es nicht täte, und mein Vater legt sehr viel Wert auf seine Ehre."

Ihre Antwort kam mir befremdlich vor. „Warum sollte Euer Vater kein Lösegeld für Eure Rückkehr bezahlen wollen?" fragte ich sie.

„Ich will nicht darüber reden", antwortete sie. „Es ist eine private Angelegenheit. Ihr braucht nur zu wissen, dass er zahlen wird. Aber wenn ich zu Schaden komme – egal auf welche Weise – wird er nicht so viel zahlen. Und Ihr solltet auch wissen, dass ich eine heilige Frau bin. Ich habe mein Leben meinem Gott, dem Herrn Jesus Christus geweiht. Wenn Ihr mir etwas zuleide tut, werdet Ihr verflucht werden. Wagt es nicht –" Sie hielt einen Augenblick inne, als suche sie nach den richtigen Worten, dann fuhr sie mit zitternder Stimme und abgewendeten Augen fort. „Versucht nicht, mich mit Gewalt zu nehmen, oder ich werde meinen Gott anflehen, mich zu rächen, und er wird Euch niederstrecken."

Ich starrte sie einen Augenblick verblüfft an, dann brach ich in Gelächter aus. Sie sah mich an, und Tränen füllten ihre Augen. Dass ich lachte, hatte offenbar ihre schlimmsten Befürchtungen bestätigt.

„Es tut mir leid", sagte ich ihr. „Ich hatte nicht vor, Euch zu verspotten. Ihr solltet wissen, dass meine Mutter keine Dänin war. Sie wurde von meinem Vater bei einem Überfall im Land ihres Volkes geraubt. Sie erzählte mir von ihrer Angst damals, und wie sie sich fürchtete, dass sie vergewaltigt werden würde. Das werdet Ihr von mir nicht befürchten müssen."

Genevieve blickte mich misstrauisch an. „Ich habe Geschichten über Frauen gehört, die von den Nordmännern gefangen genommen wurden."

Daran hatte ich keine Zweifel. Obwohl mein Vater meine Mutter nicht vergewaltigt hatte, gab es andere Frauen, die Opfer desselben Überfalls geworden waren, die nicht so viel Glück gehabt hatten.

„Die Frauen, über die Ihr Geschichten gehört habt, wurden nicht von mir gefangen genommen. Alles, was ich von Euch will, ist der Reichtum, den Euer Freikauf mir bringen wird."

Sie blickte immer noch misstrauisch. „Warum habt Ihr dann gelacht?"

„Meine Mutter hat ihr ganzes Leben lang an den Weißen Christus geglaubt", erklärte ich ihr. „Ihre Gebete haben ihr nichts genutzt. Ihr habt versucht, mich mit leeren Drohungen einzuschüchtern. Nichts von dem, was ich bisher gesehen habe, deutet darauf hin, dass Euer Gott diejenigen, die an ihn glauben, beschützen kann, geschweige denn, dass er Menschen niederstrecken kann."

Ihr Gesicht lief tiefrot an, und sie sah wieder auf den Boden. Es überraschte mich, dass sie offensichtlich verlegen war, weil sie einen Feind angelogen hatte. Meinem Empfinden nach war nichts Unehrenhaftes an dem, was sie getan hatte.

„Wie lange seid Ihr schon Priesterin?" fragte ich.

„Ich bin keine Priesterin, ich bin Nonne."

„Was ist das?"

„Wir – Nonnen widmen ihr Leben dem Gebet und dem Dienst an Gott. Wir sind Bräute von Jesus Christus und nicht von Männern."

Wenn sie mit einem Gott vermählt war, dann war sie meiner Ansicht nach eine Priesterin, egal ob sie es so nannte oder nicht. Ich fragte mich, wie man sich mit einem Gott vermählen konnte, wenn man ihn weder sehen noch berühren konnte.

„Wie war die Zeremonie, bei der Ihr Euren Gott ge-ehelicht habt?" fragte ich.

Sie zögerte. „Es gab noch keine Zeremonie. Ich bereite mich noch darauf vor, Nonne zu werden."

Zumindest erklärte das ihre ungewöhnlich einfache Bekleidung. Sie trug vermutlich das Gewand einer Priesterin. Ich hatte mich schon gefragt, wieso die Tochter eines Grafen nicht prunkvoller gekleidet war.

„Ihr habt gesagt, dass Ihr Eurem Gott dient. Wie dient Ihr ihm und wo? Wohnt Ihr in einem Tempel? Dient Ihr irgendeinem Hohepriester?"

Sie schüttelte nachdrücklich den Kopf. „Ihr versteht nicht", sagte sie. „Christen haben keine Tempel, wir haben Kirchen. Und Nonnen wohnen nicht in unseren

Kirchen. Niemand – weder Mann noch Frau – wohnt dort. Eine Kirche ist das Haus Gottes."

„Aber wo wohnt Ihr? Wo wohnen die Nonnen?" fragte ich.

„Wir wohnen abgeschieden von der Welt in unseren eigenen Gemeinschaften", antwortete sie. „Dort dienen wir unserem Gott, indem wir ein Leben der Andacht und der Gebete führen."

Sie hatte Recht; ich verstand nicht. Wofür waren Priester oder Priesterinnen gut, wenn sie nicht unter den Menschen lebten? Wie konnten sie sonst zwischen ihrem Volk und den Göttern vermitteln?

Dann fiel mir etwas ein – wenn Nonnen in ihren eigenen abgeschiedenen Gemeinschaften lebten, wieso war sie in Begleitung von Soldaten auf der Straße unterwegs?

„Wo ist diese Gemeinschaft, in der Ihr wohnt?" fragte ich.

„Im Kloster der heiligen Genevieve in Paris."

„Wieso wart Ihr auf der Straße unterwegs?"

„Die Frau meines Onkels, meine Tante Therese, war krank. Ich habe sie sehr lieb – sie ist fast wie eine zweite Mutter für mich. Eine Zeit lang glaubte mein Onkel, sie würde sterben. Er bat mich, zu kommen, um sie zu trösten und bei ihrer Pflege zu helfen. Die Äbtissin gab mir die Erlaubnis, zu ihr zu gehen."

„Wart Ihr unterwegs zu ihr, als ich Euch begegnet bin?"

Sie schüttelte den Kopf und schien von der Frage überrascht zu sein. „Nein. Wir waren auf dem Heimweg zurück nach Paris. Dorthin führt die Straße – von Dreux, wo mein Onkel wohnt, nach Paris. Meine Tante wurde wieder gesund, und ich war auf dem Weg zurück zum Kloster."

Ich fragte mich, ob diese Informationen – wohin die Straße führte und wo sich die Städte entlang des Wegs befanden – von Interesse für Hastein und Ragnar waren. Hoffentlich nicht. Sie würden sicherlich nicht erwägen, unsere Armee so weit von der Sicherheit der Seine und unserer Schiffe weg zu führen.

Straßen und Flüsse – möglicherweise, weil meine Gedanken sich gerade mit beidem beschäftigten, begann ein Plan, in meinem Kopf Gestalt anzunehmen.

Mit meinem Finger zog ich eine Linie in der Erde auf dem Boden zwischen uns. „Das ist die Straße. Ihr sagt, dass Ihr vom Wohnort Eures Onkels unterwegs nach Paris wart?"

Sie nickte.

Ich legte an beiden Enden der Linie, die ich gezogen hatte, kleine Steine auf die Erde.

„Dies ist Paris", sagte ich ihr. „Und dies ist die Stadt, in der Euer Onkel lebt."

Sie blickte auf die Steine, dann wieder auf mich. „Wenn Ihr das sagt."

„Gibt es eine Straße, die in diese Richtung führt?" Ich zeigte auf den Bereich oberhalb der Linie, die ich gezeichnet hatte. „Eine Straße, die nach Norden führt?"

Sie zuckte mit den Achseln. „Ich weiß nicht, in welcher Richtung Norden ist."

Ich starrte sie ungläubig an. Konnte sie nicht sehen, wie die Sonne morgens im Osten aufging und abends im Westen unterging? Wie konnte sie auf Reisen gehen, wenn sie die eingeschlagene Richtung nicht kannte?

Sie starrte verständnislos zurück. „Was? Wieso schaut Ihr mich so an?"

„Gibt es im Wohnort Eures Onkels Straßen, die aus der Stadt führen und die in eine andere Richtung als nach Paris gehen?" fragte ich entnervt.

„Ich weiß es nicht." Auch ihre Stimme klang entnervt. „Warum sollte ich das wissen? Ich habe fast mein ganzes Leben in Paris verbracht. Ich bin einige Male nach Dreux gereist, um meinen Onkel und seine Familie zu besuchen, aber nie weiter."

Es musste einen Weg geben, um herauszufinden, was ich wissen musste.

„Kennt Ihr die Stadt Ruda?" fragte ich sie. Sie runzelte die Stirn und schüttelte den Kopf. Ich murmelte einen Fluch vor mich hin. Ruda war der Name, mit dem wir Völker des Nordens die Stadt der Franken an der Seine bezeichneten; es war nicht der fränkische Name. Ich konnte mich aber nicht an den Namen entsinnen, den Wulf es genannt hatte.

„Die Stadt an der Seine, wo die Nordmänner ihr Lager aufgeschlagen haben – bestimmt habt Ihr davon gehört, als Euer Vater davon gesprochen hat?"

„Ah." Sie nickte energisch mit dem Kopf. „Ihr meint Rouen."

Das war der Name. „Ja, Rouen", stimmte ich zu. „Gibt es eine Straße, die zwischen Dreux und Rouen verläuft?"

Sie zuckte wieder mit den Achseln. Ich hatte langsam genug von dieser Geste. „Ich war noch nie in Rouen", sagte sie. Ich hatte gewusst, dass sie das sagen würde.

„Aber nachdem sich die Gesundheit meiner Tante verbessert hatte und ich davon sprach, nach Paris zurückzukehren, sagte sie meinem Onkel, dass er mir nicht erlauben dürfe, abzureisen, denn es sei zu gefährlich, da Nordmänner im Lande seien", fuhr sie fort. „Ich erinnere mich, dass er ihr sagte, es gebe keine Gefahr, weil keine Nordmänner südlich der Stadt Evreux gesehen worden seien." Sie hielt einen Moment inne, dann verengten sich ihre Augen und sie fügte hinzu: „Warum fragt Ihr mich diese Sachen?"

Ich ignorierte ihre Frage. „Wisst Ihr, wo Evreux liegt?"

„Nicht genau. Ich war noch nie dort. Ich glaube allerdings, dass es zwischen Dreux und Rouen liegt. Ja, ich bin mir sicher. Der Graf von Rouen hat auf dem Weg nach Dreux in Evreux Halt gemacht, nachdem er aus Rouen geflohen war. Davon erzählte er uns, als er Gast bei meinem Onkel war. Er blieb dort mehr als eine Woche, bevor der Aufruf des Königs kam und er aufbrach, um sich der Armee anzuschließen."

Wenn sie das nur gleich gesagt hätte. Dennoch hatte ich die Informationen, die ich brauchte. Die drei Städte Dreux, Evreux und Rouen würden sicher durch eine Straße miteinander verbunden sein, eine die nach Norden in Richtung Fluss verlief. Dies wäre meine beste Chance, unsere Verfolger abzuschütteln und die Seine und die Möwe sicher zu erreichen. Eine Straße würde unsere Fährte verdecken. Wir konnten nachts auf ihr reiten. Der Verkehr tagsüber würde die Spuren unserer Pferde verwischen.

„Ihr solltet Euch jetzt ausruhen", sagte ich Genevieve. „Schlaft, wenn Ihr könnt. Wenn es dunkel wird, reiten wir weiter."

Als die Sonne unterging und eine hellrosa Farbe annahm, kurz bevor sie hinter dem Horizont verschwand, merkte ich mir ihre Position und schloss die Augen, um sie mir so gut wie möglich einzuprägen.

In der Abenddämmerung ritten wir Richtung Westen los. Ich wollte die Straße so schnell wie möglich erreichen. Doch als die Nacht immer dunkler wurde, wurde meine Schätzung unserer eingeschlagenen Richtung immer mehr zu einer Mutmaßung. Von Zeit zu Zeit schloss ich die Augen und versuchte, meine Erinnerung an die Position der Sonne zu finden, die noch in meinem Gedächtnis fortbestand. Mein Bruder Harald hatte mir erzählt, dass die Dänen deshalb solche begabten Seefahrer waren, weil sie einen natürlichen Orientierungssinn besaßen, der ausgeprägter war als bei anderen Menschen. Ich hoffte, dass ich meinen Orientierungssinn von meinem dänischen Vater geerbt hatte, und nicht von meiner irischen Mutter.

Der Untergrund war dicht mit gefallenem Laub bedeckt, und als wir durch den Wald ritten, waren wir fast lautlos, außer wenn gelegentlich ein Huf einen Stein auf dem Waldboden traf und es leise klirrte. Hinter uns heulte ein Wolf in der Ferne. Wenige Augenblicke später antworteten zwei weitere Wölfe. Ich konnte nur hoffen, dass die Franken, die uns verfolgten, Gunthard und Clothilde vor den Wölfen finden würden.

Es war noch lange vor Mitternacht, als eine Straße vor uns auftauchte. Dies war mehr als ein einfacher Feldweg durch den Wald: sie war breit genug, dass zwei Karren einander passieren konnten, und die Strecke, die ich im trüben Licht überblicken konnte, verlief schnurgerade, wie der Flug eines Pfeils. Ich fragte mich, ob sie von den Römern gebaut worden war. Das Land der Franken schien voll von großen, alten Bauwerken jenes einst mächtigen Volkes zu sein.

Ich hielt kurz zwischen den Bäumen am Rand der Straße an, um zu lauschen und Ausschau zu halten. Der Wald war still, bis auf das ferne Schreien einer Eule. Ich konnte nichts sehen, außer den schattenhaften Umrissen der nebeneinanderstehenden Bäume, die auf beiden Seiten des hellen Streifens der leeren Fahrbahn in der Dunkelheit verschwanden. Ich zog an den Zügeln von Genevieves Pferd, und wir bewegten uns hinaus auf die staubige Straße in Richtung Norden.

Als die Nacht voranschritt, fiel es mir immer schwerer, wach zu bleiben. Genevieve hatte während unseres Halts am Nachmittag mehrere Stunden ruhelos gedöst, aber ich hatte nicht geschlafen. Ich war wach und auf der Hut geblieben, aus Angst vor den Franken, die uns verfolgten. Aber jetzt höhlten die monotone Schaukelbewegung meines Pferdes und die aufgestaute Müdigkeit von zu vielen Tagen und Nächten mit zu wenig Schlaf meine Fähigkeit aus, wachsam zu bleiben.

Ich weiß nicht, wie lange ich gedöst hatte. Ein gedämpftes Keuchen von Genevieve, deren Pferd neben meinem lief, seit wir die Straße erreicht hatten, schreckte mich hoch.

Nicht allzu weit vor uns flackerte direkt neben der Straße das Licht eines Feuers zwischen den Bäumen. Die Gestalt eines Mannes – vermutlich eine Wache – lief lachend rückwärts auf die Fahrbahn. Er war dem Feuer zugewandt und sprach mit jemandem, den ich nicht sehen konnte.

„Schnell!" flüsterte ich. „Weg von der Straße!" Ich spornte mein Pferd an, um an ihr vorbeizukommen, wendete mein Reittier mit einem Zug an den Zügeln nach rechts, schnitt ihr damit den Weg ab und packte ihre Zügel, als ich an ihr vorbeiritt. Als wir in den Wald eintauchten, blickte Genevieve sehnsüchtig zurück auf das Licht des Feuers, dann schaute sie mit einem ängstlichen Gesichtsausdruck auf mich. Ich fürchtete, dass sie aufschreien würde.

In dem Augenblick hörte ich eine Stimme in der Ferne. „Hallo! Ist da jemand?"

„Keinen Ton!" zischte ich. „Es würde Euch nicht helfen. Bis sie ihre Pferde satteln und uns verfolgen könnten, wären wir schon längst im Wald verschwunden Sie könnten uns in der Dunkelheit nicht finden. Aber wenn Ihr versucht, sie zu rufen, werde ich Euch etwas antun. Das schwöre ich."

Sie schwieg, und wir hörten keine weiteren Geräusche aus der Richtung des Lagers der Franken. Vielleicht war der Wachmann unsicher, ob er etwas gesehen hatte. Es war dumm von ihm, so nah am Feuer zu stehen und es anzuschauen, wenn er Wache stehen sollte. Das Licht des Feuers würde die Dunkelheit für ihn noch tiefer erscheinen lassen.

Während wir einen Weg zwischen den Bäumen suchten und uns immer tiefer in den Wald und von der Straße weg bewegten, fragte ich mich, ob die Franken, die wir gesehen hatten, uns verfolgt hatten oder ob es nur eine Patrouille war, auf die wir zufällig gestoßen waren. Wagte ich es, zur Straße zurückzukehren, oder sollte ich ab jetzt im Wald bleiben? Ich entschied mich für das letztere als die sicherere Alternative.

Meine Gedanken wurden durch ein leises Schluchzen hinter mir unterbrochen.

Ich drehte mich im Sattel um und rief mit gedämpfter Stimme zu Genevieve zurück. „Was ist los? Warum weint Ihr?"

Sie antwortete nicht. Ich sah wie sie eine Hand zum Mund führte, als würde sie das Geräusch dämpfen wollen. Ich zog an den Zügeln und verlangsamte mein Pferd, damit sie mit mir gleichziehen konnte.

„Seid Ihr verletzt? Habt Ihr Schmerzen?" fragte ich.

„Ich schäme mich. Ich bin über mich selbst empört. Ich bin ein Feigling."

„Schreien wäre töricht gewesen", sagte ich ihr. „Es ist nicht Feigheit, die vernünftigere Handlungsoption zu wählen."

Sie sagte nichts mehr, aber ich konnte sie noch lange weinen hören.

Ich musste wieder eingenickt sein, während wir weiter durch die Nacht ritten, obwohl meine Augen offen geblieben waren, denn plötzlich fiel mir auf, dass der Wald um uns herum viel heller geworden war. Der Morgen nahte. In allen Richtungen waren einzelne Bäume sichtbar, wo zuvor nur tiefere Schatten gewesen waren, die plötzlich aus dem Dunkel auftauchten, während wir vorbeiritten, nur um hinter uns wieder zu verschwinden.

Ich warf einen Blick hinter mich. Genevieve war hellwach und starrte mich trotzig an.

Rechts vor uns schien das Licht am hellsten zu sein. Vielleicht gab es dort eine Lichtung, wo ich den Himmel sehen und mich orientieren konnte.

Es war keine Lichtung. Das Licht war das Ende des Waldes. Die Ebene dahinter war in die grauen Farben getaucht, die über dem Land liegen, kurz bevor die Sonne ihre ersten Strahlen über die Erde wirft.

Ein Teil von mir wünschte, jetzt einfach über die Ebene zu reiten und den Fluss und die Sicherheit der Möwe zu finden. Ich war es müde, immer wachsam zu bleiben, und Angst zu haben, dass hinter jedem Baum ein Franke lauern könnte, der mein Leben beenden wollte. Aber ich wusste, dass wir es nicht wagen konnten. Wir bräuchten mindestens einen halben Tag, wenn nicht länger, um die Ebene zu Pferd zu überqueren. Darüber hinaus würden wir eine deutliche Spur in dem hohen, trockenen Wintergras der Ebene hinterlassen, die von weitem sichtbar und leicht zu verfolgen wäre. Das Risiko war zu groß, im offenen Gelände und bei Tageslicht in einer Gegend unterwegs zu sein, die wahrscheinlich stark von der fränkischen Reiterei patrouilliert wurde. Wir mussten in den Wald zurückkehren und uns bis zum Einbruch der Dunkelheit verstecken.

Bis ich ein Versteck gefunden hatte, schien die Sonne hell über unseren Köpfen, und der Wald wimmelte von Vögeln, die flatternd und singend den neuen Tag begrüßten. Eine Schlucht, die wie eine klaffende Wunde den Waldboden durchschnitt, tat sich plötzlich vor uns auf. Ihre Hänge waren durch ein Dickicht aus niedrigem Unterholz abgeschirmt, sodass wir sie erst bemerkten, als wir fast den Steilhang erreicht hatten. Ein Bach, nicht breiter als ein Rinnsal, schlängelte sich unten durch die Schlucht. Zu dieser späten Stunde konnte ich nicht verhindern, dass uns jemand finden würde, der auf unserer Spur war, aber die Schlucht war tief genug, um uns und unsere Pferde vor den Blicken zufälliger Passanten zu verstecken.

Ich staute den Bach mit Steinen und Lehm auf, um ein kleines Becken für die Pferde zu machen, aus dem sie trinken konnten. Dann band ich sie mit langen Führstricken an ein Bäumchen in der Nähe des Wassers, sodass sie genügend Freiraum hatten, um sich unten in der Schlucht zu bewegen und Futter zu suchen. Ich wünschte, ich hätte zusätzlich zum Wasser auch Nahrung für sie, denn wenn es wieder Nacht war, hatte ich vor, sie hart zu fordern.

Ich wusste, dass ich an diesem Tag nicht würde wach bleiben können. Wenn die Franken unsere Spur an der Stelle fanden, wo wir von der Straße in den Wald abgebogen waren, würde ich mich auf meine Fylgja verlassen müssen und hoffen, dass sie mich weckte, um mich vor der nahenden Gefahr zu warnen.

Mit dem Fuß schob ich Blätter zu einem niedrigen Haufen zusammen, breitete meinen Umhang über sie aus und rief Genevieve, die in der Nähe der Pferde saß und Brot und Käse aß. „Kommt her."

Sie sah zuerst den Umhang und dann mich an, während ihr Gesichtsausdruck zunehmend beunruhigt wurde.

„Warum?" fragte sie. „Was wollt Ihr von mir?"

„Ich muss schlafen. Ich bin zu müde, um länger wach zu bleiben."

„Ihr wollt, dass ich mich zu Euch lege?" stieß sie aus.

„Nur zum Schlafen", versicherte ich ihr. „Ich habe Euch bereits mein Wort gegeben, dass ich Euch nicht belästigen werde. Hiermit schwöre ich es ein zweites Mal. In meinem Volk besitzt der Mann, der seinen Eid bricht, keine Ehre. Ihr könnt mir vertrauen, dass Ihr sicher sein werdet."

„Ich will nicht neben Euch liegen", sagte sie. „Ich werde dort drüben schlafen."

„Wenn Ihr hier neben mir schlaft, werde ich Euch nicht so fest binden müssen. Ich werde nur Eure Hände fesseln und sie mit einem Seil mit meinem Handgelenk verbinden. Wenn Ihr aufstehen solltet und wegzulaufen versucht, würde das ausreichen, um mich zu wecken. Wenn Ihr Euch aber dafür entscheidet, nicht hier zu schlafen, werde ich Eure Hände und Füße binden, Euch an einen Baum fesseln und Euch knebeln müssen. Es wäre für Euch ein langer und unbequemer Tag."

Sie saß weiterhin auf der anderen Seite der Schlucht und starrte mich misstrauisch an.

„Ich biete es Euch als freundliche Geste an", sagte ich ihr. „Mir ist es egal. Es ist Eure Entscheidung."

Widerwillig stand sie auf und kam auf mich zu.

Ich schlief neben einer Quelle für Lösegeld, einer Hoffnung auf Reichtum ein. Ich erwachte neben einer Frau.

Es war Spätnachmittag. Irgendwann, während wir geschlafen hatten, hatten wir uns einander angenähert. Nun war ihr Rücken gegen meine Brust gedrückt, meine Beine lagen angewinkelt hinter ihren und mein Arm lag über ihrem Körper.

Ich wurde langsam wach. Mein Schlummer wich dem angenehmen Gefühl von Genevieves warmem Körper gegen meinen und dem sanften Rhythmus ihres Atems, als sie in meinen Armen lag. Sie hatte ihre Haube und ihren Mantel vor dem Einschlafen abgelegt, und ihre Haare strichen jetzt sanft über meiner Wange wie eine leichte Liebkosung. Mein Körper reagierte auf das Gefühl ihres Körpers wie zu erwarten war.

Wir fuhren gleichzeitig aus dem Schlaf hoch und drehten uns voneinander weg. Ich stand auf, wobei ich krampfhaft von ihr abgewandt blieb, und nestelte ungeschickt an dem Seil um mein Handgelenk, bis ich den Knoten gelöst hatte.

„Ich muss Wasser lassen", murmelte ich und stolperte fort von ihr die Schlucht entlang.

Zum Frühstück aßen wir die restlichen Würste, Scheiben von Hartkäse, die Reste des alten Brots und je einen Apfel. Keiner von uns sprach, und wir blickten einander nicht an. Nachdem wir gegessen hatten und als die Nacht anbrach, zog ich das gepolsterte Wams und das Kettenhemd über meine Tunika, schnallte mein neues Schwert um die Taille und sattelte die Pferde. Eine kleine schwarze Kröte kroch aus einer Höhle unter einer nahen Baumwurzel und beobachtete meine Vorbereitungen. Ich lächelte sie an, dann beugte ich mich herunter, schöpfte Wasser aus dem Becken, das ich für die Pferde gemacht hatte, und tröpfelte etwas Wasser auf ihren Rücken. Ihre Zunge schnellte hervor und nahm ein funkelndes Tröpfchen neben ihr auf dem grünen Waldboden auf.

Ich liebte den Wald und all seine Geschöpfe. Ich fühlte mich hier wie zu Hause und vertraute meinen Fähigkeiten. Die wilden Tiere lebten ein einfaches, reines Leben. Wenn sie töteten, war es nur um sich selbst oder ihre Jungen zu schützen, oder um Nahrung zu beschaffen, die sie zum Überleben brauchten. Die Tiere des Waldes kannten keinen Krieg. Ich wünschte, ich könnte ein so einfaches Leben führen.

Ich fürchtete mich davor, ins offene Gelände zurückzukehren. Ich fragte mich, ob die Franken uns dort finden würden und ob ich würde kämpfen müssen.

„Heute Nacht werden wir die Ebene bis zur Seine überqueren", sagte ich Genevieve. „Wir werden die Pferde stark fordern, um den Weg so schnell wie möglich hinter uns zu bringen."

„Ich bin keine erfahrene Reiterin", wandte sie ein. Das stimmte. Aber ich war selbst kein geübter Reiter.

„Ich werde keine Geschwindigkeit vorgeben, die für Euch zu schwer sein wird", versicherte ich ihr.

„Was wird am Fluss passieren?"

Das hatte ich mich bereits selbst gefragt. Morgen

wäre der fünfte Tag, den Hastein und Ivar am Fluss verbringen wollten – der letzte Tag, an dem sie Ausschau nach den zurückkehrenden Kundschaftern zu halten gedachten.

Waren die Möwe und der Bär noch da? Oder waren die Franken bereits so zahlreich am Flussufer, dass sie Hastein und Ivar vorzeitig nach Ruda zurückgedrängt hatten?

„Dort wartet ein Schiff auf uns", sagte ich ihr. Ich konnte nur hoffen, dass es die Wahrheit war.

Ich schätzte, dass wir uns ein ganzes Stück stromaufwärts von der Stelle befanden, an der die Möwe mich an Land gebracht hatte, auch wenn ich nicht sicher war, wie weit. Ich fragte mich, ob Hastein oder Ivar sich auf der Suche nach mir so weit flussaufwärts wagen würde. Es wäre wohl am klügsten, die Ebene Richtung Norden zu überqueren und nicht direkt zum Fluss zu reiten. So konnten wir die Seine weiter stromabwärts erreichen, auch wenn die Querung so länger dauern würde.

Der Ritt über die Ebene verlief ohne Zwischenfälle, obwohl wir fast die ganze Nacht dafür benötigten. Die gelegentlich auftauchenden Baumgruppen und Ansammlungen von Buschwerk umging ich in großem Abstand. In einer Baumgruppe glaubte ich, flackerndes Licht zu erhaschen, als würden dort Lagerfeuer brennen, die teilweise durch das angrenzende Dickicht abgeschirmt waren. Möglicherweise hatte eine fränkische Patrouille dort ein Lager aufgeschlagen, aber wir waren weit genug entfernt, und im Dämmerlicht des abnehmenden Mondes waren wir in den vom Wind bewirkten Mustern aus Licht und Schatten, die sich wellenartig über das hohe Gras der Ebene bewegten, unsichtbar.

Als wir endlich die Seine erreichten, war das Schwarz der Nacht in das Grau übergegangen, das die Morgendämmerung ankündigt. Mit jedem kleinen Anstieg hatte ich gehofft, den Fluss zu sehen, aber als er schließlich vor uns erschien, spürte ich keine Erleichterung. Diesen Abschnitt hatte ich vorher noch nie gesehen, dessen war ich mir sicher. Wir waren immer noch stromaufwärts von der Stelle, an der die Möwe mich abgesetzt hatte, aber ich wusste nicht wie weit.

„Wo ist Euer Schiff?" fragte Genevieve.

„In diese Richtung", log ich hoffnungsvoll und zeigte flussabwärts.

Wir ritten in einem flotten Trab, bis die Sonne über dem Horizont aufging und das Land erhellte. Ich hatte noch nie den Anbruch eines Tages weniger begrüßt. Es nutzte nichts. Wir konnten nicht mehr hier bleiben, wo wir aus der Ebene von Weitem sichtbar waren. Seit der Morgendämmerung hatte ich schon vier verschiedene Spuren gesehen, die von Reitereinheiten hinterlassen worden waren. Wir mussten uns verstecken.

Wir kamen an einigen Stellen vorbei, an denen breite Wäldchen das Ufer des Flusses säumten, aber ich ritt an ihnen vorbei. Wäre ich einer der Verfolger, würde ich ohne Frage Gebiete wie diese durchsuchen. Stattdessen entschied ich mich für einen langen Abschnitt des Flusses, an dem das Ufer meist ohne Bewuchs war, bis auf einige niedrige, struppige Sträucher und ein einzelnes, kleines Dickicht aus Bäumen und Unterholz. Eine riesige alte Weide stand in der Mitte, und fünf kleinere Triebe hatten sich entlang des Ufers in beiden Richtungen dazugesellt.

Zusammen mit dem Unterholz war die Baumgruppe nicht länger als drei aneinandergelegte Speere und nur halb so breit. Das würde reichen müssen. Wir konnten nicht länger im offenen Gelände bleiben. Hoffentlich würden vorbeikommende fränkische Kavallerietrupps den Schutz für so unzureichend halten, dass sie dort nicht suchen würden, weil sie glaubten, dass niemand sich dort verstecken konnte.

Ich hielt die Pferde mindestens einen Steinwurf von den Bäumen entfernt an. Die Gefahr für uns war ohnehin schon groß genug, ohne zuzulassen, dass die Spur ihrer Hufe direkt zu unserem Versteck führte.

„Steigt vom Pferd ab und geht zu den Bäumen dort drüben", wies ich Genevieve an. Sie schaute mich einen Augenblick stirnrunzelnd an, sagte aber nichts. Nachdem sie abgestiegen war, gab ich ihr den Essenskorb zu tragen.

Ich löste die Riemen um Helm und Schild hinter meinem Sattel, drückte den Helm auf meinen Kopf und stieg ab. Mein Pferd drehte den Kopf, um mich anzuschauen, und schnaubte kurz. Dann senkte es den Hals, riss ein Maulvoll Gras aus und begann zu kauen.

„Ich weiß, dass du müde bist", sagte ich ihm. „Du hast mich weit und treu getragen, obwohl ich dir kaum Rast gegönnt und kein Futter gegeben habe. Es tut mir leid, aber ich muss noch mehr von dir verlangen."

Eine fränkische Patrouille würde diese Pferde finden. Das war unvermeidlich. Aber möglicherweise konnte ich dafür sorgen, dass sie falsch interpretieren würden, was sie gefunden hatten.

Ich warf den Schild auf meinen Rücken, bespannte meinen Bogen und nahm zwei Pfeile aus dem Köcher. Ich legte den ersten Pfeil an die Sehne an, zielte auf die vordere Schulter meines Pferdes knapp vor dem Sattel und zog – aber nur auf die halbe Länge des Pfeils. Ich wollte das arme Tier nicht töten und es auch nicht schwerer verletzen als nötig. Dann löste ich.

Das Pferd stieß einen Schrei der Überraschung und des Schmerzes aus. Es hob den Kopf und schaute wild um sich, als suche es den unerwarteten Angreifer.

„Ha!" rief ich und fuchtelte mit den Armen und dem Bogen. „Ha!" Das Pferd lief einige Schritte, bevor es anhielt. Dann bäumte es sich auf, trat und wieherte wütend.

Ich legte den zweiten Pfeil an und zog wieder nur halb aus, dann schoss ich in die Hüfte von Genevieves Pferd. Schon durch das Verhalten seines Genossen und mein Geschrei erschreckt, drehte es sich um und raste im Galopp über die Ebene. Mein Pferd tat das Gleiche und hetzte ihm hinterher.

Einen langsamen Schritt nach dem anderen ging ich dann rückwärts zu dem Wäldchen um die Weiden. Dabei bückte ich mich immer wieder und strich das Gras mit der Hand hoch, wo es verbogen oder plattgedrückt war, und versuchte so gut ich konnte, unsere spärlichen Spuren auszuradieren.

Genevieve stand am Waldrand und starrte mich mit Abscheu und Entsetzen im Gesicht an. Ich ging an ihr vorbei, legte den Schild und den Helm auf den Boden und entspannte meinen Bogen.

„Ihr seid ein Ungeheuer!" rief sie. „Wie könnt Ihr nur so grausam sein?"

Ich wusste, dass sie von den Pferden sprach. Auch ohne ihre Worte fühlte ich mich für die Schmerzen, die ich ihnen zugefügt hatte, schuldig.

„Ich wollte ihnen nicht wehtun", erläuterte ich ihr. „Und ihre Wunden sind nicht tödlich. Ich tat, was ich tun musste."

„Was Ihr tun musstet?" Verächtlicher Unglaube klang in ihrer Stimme.

Ich wusste nicht, wieso ich das Gefühl hatte, mich ihr gegenüber rechtfertigen zu müssen. Sie war eine Quelle für Lösegeld, mehr nicht.

„Eure Truppen patrouillieren regelmäßig diese Gegend", erklärte ich. „Ich habe ihre Spuren gesehen. Sie werden die Pferde finden. Wegen meiner Pfeile werden sie dann hoffentlich glauben, dass es sich um Reittiere von Soldaten handelt, die von Dänen überfallen wurden. Das wäre besser, als wenn sie vermuten würden, es handele sich um die Pferde, die wir geritten haben." Zumindest war es besser für mich. Vermutlich war Genevieve nicht meiner Meinung.

Ich ließ sie am Rand des Hains stehen, wo sie über die Ebene starrte, und wandte mich unserem Unterschlupf zu, um ihn zu untersuchen.

Früher muss die große Weide ganz am Rande des Flusses gestanden haben, und ihre Wurzeln reichten wohl bis ins Wasser hinein, um damit das Nass aufzunehmen. Im Laufe zahlloser Jahre hatten sich Sand und Treibgut im Gewirr der Wurzeln verfangen, wodurch sich eine niedrige Sandbank gebildet hatte, die nur ein paar Fußlängen breit und einige Fuß tiefer als das ursprüngliche Flussufer war. Der schmale Streifen Strand war von der Ebene aus nicht einsehbar. Wenn wir uns hier hinter dem Stamm der Weide duckten, wären wir nur bei genauem Hinsehen zu entdecken.

Ich trug den Schild und den Helm zu dem kleinen Strand hinunter und legte meinen Köcher und meinen Bogen neben sie.

„Kommt", rief ich Genevieve zu. „Bringt den Essenskorb. Wir werden hier auf das Schiff warten."

„Es gibt kein Schiff, nicht wahr?" sagte sie, nachdem sie sich zu mir gesellt hatte. „Es ist fort. Ihr sitzt jetzt hier in der Falle und könnt nicht entkommen."

Ich antwortete nicht, denn im Herzen befürchtete ich, dass ihre Worte wahr waren. Die Möwe würde nicht kommen. Wir waren zu weit flussaufwärts.

Die Sonne hatte ihren Höhepunkt und meine Laune einen Tiefpunkt erreicht, als wir sie sahen. Fünfzehn Krieger der fränkischen Reiterei, die langsam stromabwärts auf uns zu ritten. Es sah aus, als folgten sie den Spuren unserer Pferde, denn in regelmäßigen Abständen beugte sich der vorderste Reiter nach vorn, als untersuche er den Boden. Ich vermutete, dass dies der Hauptmann war, denn ein schmaler, blau und weiß gestreifter Wimpel flatterte von der Spitze seines langen Speers.

Die Patrouille stoppte in einiger Entfernung von der Baumgruppe, hinter der wir auf dem niedrigen Streifen Strand versteckt kauerten. Konnten sie unsere

Fußspuren sehen? Hatte ich nicht alles verwischt? Der Hauptmann und einige seiner Männer diskutierten irgendetwas. Während ich sie beobachtete, bespannte ich meinen Bogen und zog meinen Köcher näher.

Schließlich stieß einer der Franken seine Fersen in die Flanken seines Pferdes und kam in lässigem Schritttempo in unsere Richtung. Er folgte nicht unsere Fußspuren, denn er schaute dabei nicht auf den Boden. Er schien auch keine Probleme zu erwarten – er ließ seinen Schild an dem langen Riemen über seinen Rücken hängen und hielt seinen Speer aufrecht an die Schulter gelehnt. Die Franken wussten nicht, dass wir hier waren. Dieser Krieger überprüfte einfach das Dickicht, bevor die Patrouille weiterzog.

Vielleicht würde er nur einen flüchtigen Blick vom Rand des Wäldchens darauf werfen und uns nicht sehen. Vielleicht.

„Bleibt in Deckung", warnte ich Genevieve im Flüsterton. Sie starrte gebannt auf die Franken auf der Ebene. „Bewegt Euch nicht. Ich will keinen Ton hören!"

Als der Reiter sich dem Unterholz näherte, das unser Dickicht umgab, schnappte Genevieve plötzlich nach Luft.

„Was?" zischte ich.

„Ich kenne den Anführer", flüsterte sie, mehr zu sich selbst als zu mir. „Es ist Hauptmann Marcus. Diese Männer sind von der Scara meines Onkels."

Auf einmal sprang sie auf, lief bis zum Ende des kleinen Strands und kletterte die Böschung hinauf.

„Hilfe!" schrie sie und winkte dabei mit den Armen. „Hauptmann Marcus! Ich bin hier!"

311

Der nahende Franke erschrak und bewegte sein Pferd einige Schritte zurück, während er seinen Schild nach vorne schwang und die Spitze seines Speers senkte.

Ich ließ meinen Bogen fallen, erklomm das Ufer und sprintete Genevieve hinterher. In drei Schritten hatte ich sie eingeholt. Sie schrie auf, als ich sie von hinten packte.

„Es ist Frau Genevieve!" rief der Franke. Er gab seinem Pferd die Sporen in das Unterholz hinein. Ich machte einen Schritt zur Seite und warf Genevieve seitlich von mir zu Boden in den Pfad des Kriegers. Der Franke zog hart an den Zügeln, um das Pferd beiseite zu lenken und ihr auszuweichen. Er stach mit einem Überhandstoß seines Speers nach mir und zielte auf meinen Hals. Ich warf mich auf die Erde. Seine Speerspitze streifte meine Schulter, wurde aber von den Kettengliedern meiner Brünne abgelenkt.

Er wendete sein Pferd wieder und spornte es an. Er wollte mich niedertrampeln, während ich am Boden lag, aber ich rollte beiseite und krabbelte außer Reichweite seines Speers.

Der Franke drehte sich zur Ebene, erhob seinen Speer und schwenkte ihn hin und her. „Hauptmann Marcus! Sie ist hier!" rief er. Dann schwang er seinen Schild wieder auf den Rücken und beschleunigte sein Pferd auf Genevieve zu. Er beugte sich zu ihr und reichte ihr die Hand. „Kommt!" rief er.

Sie taumelte schwankend auf die Füße und machte einen Schritt auf ihn zu. Ich riss mein Schwert aus der Scheide, stürmte vorwärts und rammte die Klinge in den Bauch des Pferdes.

Das Pferd schrie und trat nach mir. Als ich zurückwich, drehte sich der Franke im Sattel und schlug mit dem Schaft des Speers nach unten auf meinen Kopf. Ich hob mein Schwert und wehrte den Schlag ab, dann stürzte ich mich wieder vor, schlug mit der Klinge auf ein Sprunggelenk des Pferdes und schlitzte ein Hinterbein bis auf die Knochen auf.

Das Pferd taumelte zur Seite und fiel fast hin. Der Franke umklammerte krampfhaft die Zügel, ließ seinen Speer fallen und versuchte, das verkrüppelte Tier vorwärts aus dem Dickicht und außerhalb der Reichweite meines Schwertes zu bringen. Das Pferd versuchte, das verletzte Bein zu belasten, und taumelte wieder, bis es gegen eine der kleineren Weiden krachte.

Ich steckte mein Schwert mit Wucht wieder zurück in die Scheide und nahm den gefallenen Speer auf. Ich rannte seitlich von hinten auf die Flanke des sich abquälenden Pferdes zu und stieß die lange Klinge des Speers mit beiden Händen in den Rücken des Franken.

„Nein!" kreischte Genevieve. Der Franke schrie vor Schmerz. Ich riss den Speer heraus, und er sackte nach vorne und rutschte vom Pferd, das durch das Unterholz und hinaus auf die Ebene taumelte.

Der Rest der Franken stürmte in einer unregelmäßigen Linie auf die Bäume zu. Ich drehte mich um und lief zu Genevieve. Als der erste Reiter, ihr Hauptmann, das Unterholz durchbrach, hob er seinen Speer, um ihn zu werfen. Ich packte Genevieve an der Schulter und wirbelte sie herum, damit sie zwischen mir und dem Franken stand. Mit meinem linken Arm um ihre Taille hielt ich sie fest an meine Brust gedrückt, hob ihre Füße vom Boden, und wich vor dem fränkischen Hauptmann zurück. Sie schlug mit den Armen und Beinen hilflos und wild um sich, während ich mich mit ihr als Schutzschild in Richtung Flussufer zurückzog und den Speer wurfbereit in der freien Hand hielt.

„Zurückbleiben!" rief ich, als ein zweiter und ein dritter Reiter die Baumgruppe erreichte. „Zurückbleiben, oder wenn Eure Speere sie nicht töten, werde ich es tun!"

Jetzt umzingelte der gesamte Reitertrupp die Baumgruppe. Die meisten hatten etwas außerhalb angehalten und waren unsicher, was sie tun sollten. Nur die ersten drei Reiter, unter ihnen der Hauptmann, waren in das Unterholz geprescht. Einer davon stieg jetzt von seinem Pferd ab und eilte zu seinem verwundeten Kameraden, der ächzend am Boden lag. Er legte den Arm des Verwundeten um seine Schulter und zog ihn auf die Füße. Der zweite lenkte sein Pferd zu ihnen, während er mich vorsichtig im Auge behielt. Dann warf er seinen Schild auf den Rücken und beugte sich mit ausgestrecktem Arm nach vorne, um den verletzten Krieger auf sein Pferd zu hieven.

Ich hatte den Rand des Ufers erreicht. Ich ließ den Speer fallen, kletterte zu dem Streifen Sandstrand hinunter und trat hinter den Schutz der großen Weide. Dort schleuderte ich Genevieve hart genug zu Boden, dass ihr die Luft wegblieb. „Bewegt Euch nicht", stieß ich wütend hervor. Als sie keuchend und nach Luft schnappend dalag, hob ich meinen Bogen und meinen Köcher auf.

Ich kochte vor Wut über das, was Genevieve getan hatte. Es hätte mich fast das Leben gekostet. Die Franken würden mit Blut bezahlen.

Ich legte einen Pfeil auf, zog meinen Bogen voll aus und trat aus dem Schutz des Weidenstamms heraus.

Der Hauptmann war mit seinem Pferd weiter nach vorne geritten, um zu sehen, wo Genevieve und ich geblieben waren. Er war nur eine Speerlänge entfernt. Ich sah, wie er bei meinem Anblick die Augen weit aufriss und den Mund öffnete, um seine Männer zu warnen. Ich benutzte seinen offenen Mund als Ziel und schoss einen Pfeil hinein.

Sein Körper sackte zurück auf sein Pferd und glitt dann seitlich aus dem Sattel. Bevor er auf dem Boden aufschlug, hatte ich einen zweiten Pfeil aufgelegt und in der Brust des Franken versenkt, der abgestiegen war, um seinem verwundeten Kameraden zu helfen. Als er zu Boden sank, wendete der verbliebene Franke im Hain sein Pferd und gab ihm die Sporen, während er seinen verletzten Kameraden vor sich fest umklammerte. In dem Moment, als er das Dickicht verlassen hatte, traf ihn mein dritter Pfeil zwischen die Schulterblätter. Sein Pferd lief weiter, aber er und der Mann, den er hielt, stürzten zur Seite ab.

Bei meinem plötzlichen und tödlichen Angriff gerieten die verbliebenen Franken in Panik. Sie drehten ihre Pferde um und galoppierten zurück auf die Ebene und außer Reichweite.

Vier der Franken, unter ihnen ihr Hauptmann, waren getroffen und tot, oder sie lagen im Sterben. Aber es blieben noch elf übrig, und sie konnten Verstärkung holen. Ich saß in der Falle. Ich konnte dieses Dickicht nicht verlassen. Und die Zeit war auf Seiten der Franken.

Genevieve hatte sich jetzt aufgerichtet und wischte etwas Sand aus ihrem Gesicht. „Was ist passiert?"

„Die Franken haben sich zurückgezogen", antwortete ich. „Fürs Erste."

Eine Träne lief ihr die Wange hinunter und hinterließ dabei eine Spur durch den Sand, den sie nicht weggewischt hatte.

Ich konnte ihr keine Bewegungsfreiheit mehr gönnen. Das war klar. Ich musste sicherstellen, dass sie nicht eingreifen konnte, wenn es wieder zum Kampf mit den Franken kam. Aber ich hatte das Seil, mit dem ich sie zuvor festgebunden hatte, am Sattel meines Pferdes gelassen.

Ich zog die Ersatzbogensehne aus dem Beutel an meinem Gürtel und ging auf sie zu. Sie zuckte zusammen und wich zurück. Ich schob sie grob mit dem Rücken gegen eine dicke Wurzel, die vom Stamm der Weide hinunter bis zum Strand wuchs. Im Laufe der Zeit hatten Regen und Hochwasser die Erde dahinter ausgewaschen, sodass die Wurzel jetzt ein Stück aus dem Ufer heraustrat. Ich wickelte die Bogensehne mehrmals um Genevieve Hals und die Wurzel und fixierte sie auf diese Weise. Wenn sie etwas anderes tat, als still zu sitzen, würde die Sehne sie würgen.

„Rührt mich nicht an!" protestierte sie, als ich sie an die Wurzel band. „Ihr seid ein Schwein und ein Feigling. Was für ein Krieger versteckt sich hinter einer Frau?"

Ihre Worte machten mich noch wütender – und bösartig.

„Die Art von Krieger, der Franken tötet. Und ich werde vor Ende dieses Tages noch mehr töten. Ihr habt gesagt dass Ihr den Hauptmann dieser Männer kennt? Ihr habt ihn das Leben gekostet. Er liegt tot auf der anderen Seite dieses Baumes. Wenn Ihr nicht gerufen hättet, würde er noch leben."

Sie schloss die Augen und fing an zu schluchzen. Tränen strömten ihr Gesicht hinunter.

Ich nahm meinen Köcher auf und warf ihn über meine Schulter. Es waren noch einundzwanzig Pfeile darin. Drei weitere steckten in den gefallenen Franken. Hoffentlich waren sie nicht gebrochen. Ich vermutete, dass ich sie alle brauchen und mir noch mehr wünschen würde, bevor dieser Tag zu Ende war.

Der Hauptmann und der Mann, den ich in die Brust geschossen hatte, waren tot. Der dritte Franke, der kurz hinter dem Hain vom Pferd gestürzt war, atmete noch. Glücklicherweise war er bewusstlos und sah so aus, als würde er wohl niemals wieder erwachen. Nachdem ich meine Pfeile wieder geholt hatte, richtete ich mich auf und blickte über die Ebene. Die verbliebenen fränkischen Reiter saßen auf ihren Pferden und beobachteten mich aus sicherer Entfernung. Ich zählte sie. Es waren nur noch zehn. Sie hatten bereits jemanden losgeschickt, um Hilfe zu holen.

Ich wandte mich ab und untersuchte den Weidenhain. Was eigentlich nur als Unterschlupf gedacht war, musste mir jetzt als Festung dienen. Ich fragte mich, ob das Schicksal, das die Nornen für mich webten, hier enden würde. Wenn ja, was hatte das alles für einen Sinn? Warum hatten sie mir erlaubt, allen Widrigkeiten zum Trotz ein freier Mann und ein Krieger zu werden, um mich dann hier in diesem fremden Land sterben zu lassen?

Ich schüttelte die Gedanken ab und machte mich an die Arbeit. Das Unterholz zwischen den Bäumen war als Sichtschutz nützlich gewesen, um den Blick von der Ebene auf das Flussufer und den kleinen Strand zu versperren. Jetzt würde es nur meine Schusslinie stören. Ich zog meine kleine Axt aus dem Gürtel und begann, den Weidenhain zu roden. Nachdem ich das Gebüsch abgeschlagen hatte, schleppte ich es zu einer Stelle knapp außerhalb des Dickichts auf der flussabwärts gelegenen Seite und stapelte es dort. Als ich fertig war, schichtete ich getrocknete Blätter und Zweige darunter auf und zündete sie mit Feuerstein und Stahl an. Es wäre nachteilig, den Haufen als Schutz für einen Angreifer hier zu lassen. Als sie brannten, verwandelten sich das frische Holz und die grünen Blätter in eine Fahne dicken, beißenden Rauchs.

Dass das Wäldchen so klein war, würde sich zu meinem Vorteil auswirken. Die alte Weide am Ufer des Flusses war der einzige Baum der groß genug war, dass sich ein Mann dahinter verstecken konnte. Die übrigen Bäume waren noch jung – der größte hatte einen Stamm, der im Durchmesser nicht größer als der Oberschenkel eines Mannes war. Ich würde von dem kleinen Strand aus kämpfen, wo ich gut geschützt war. Die Franken würden ungeschützt sein, wenn sie sich meiner Stellung näherten. Aber wenn es genug von ihnen geben sollte und wenn sie akzeptierten, dass einige von ihnen sterben würden, würden sie sich durchsetzen.

* * *

318

Am späten Nachmittag kam ein zweiter Kavallerie-
trupp an. Zusammen mit den zehn Franken, die auf der
Ebene gewartet hatten, formten sie eine lange Linie und
kamen mit ihren Pferden auf das Weidendickicht zu.

Die Reiter hielten genau außer Reichweite eines
Bogenschusses an. Ein einzelner Reiter –dem Wimpel an
seinem Speer nach wohl ein Offizier – ritt weiter in
Richtung Hain.

„Nordmann!" rief er, als er sich näherte. „Nicht
schießen. Ich möchte mit Euch verhandeln."

Ich blieb hinter der Weide in Deckung, lugte mit einem Auge hinter dem Stamm hervor und beobachtete,
wie er näher kam, antwortete aber nicht. Ich erwog, ob
ich ihn töten sollte, sobald er etwas näher war. Ich
wusste nicht, wie viele saubere, einfache Schüsse ich in
diesem Kampf haben würde.

„Ihr führt eine unserer Frauen mit, nicht wahr?"
setzte der Franke fort. „Ist es die Frau Genevieve? Habt
Ihr die Tochter von Graf Robert?"

Ich antwortete immer noch nicht.

„Sprecht mit mir, Nordmann", rief der Franke. „Es
wird Euch nicht schaden, zu verhandeln. Vielleicht
können wir uns einigen."

Ich stand auf und zeigte mich. Der Franke war jetzt
fast bis zum Rand des Weidenhains gekommen.

„Keinen Schritt näher!" rief ich. „Sprechen wir. Was
bietet Ihr an?"

„Zuerst möchte ich die Dame sehen", antwortete er.
„Ich muss mich vergewissern, dass sie lebt und unverletzt ist."

„Ruft ihm etwas zu", befahl ich Genevieve. Ich hatte nicht vor, sie nur deswegen loszubinden, damit der Franke sie sehen konnte. „Sagt ihm, wer ihr seid, und dass Ihr nicht verletzt seid."

„Könnt Ihr mich hören?" rief sie. „Ich heiße Genevieve. Mein Vater ist Robert, Graf von Tours, Autun und Paris."

Ich hatte Genevieve bisher nicht danach gefragt, in welchen Landesteilen ihr Vater regierte. Es klang, als wäre er viel mächtiger – und hoffentlich viel reicher – als der Graf, der in Ruda regiert hatte. Sie war eine viel wertvollere Beute, als ich gedacht hatte.

„Seid Ihr gesund, verehrte Frau?" fragte der Franke.

„Ich bin müde und hungrig, und ich habe Angst, aber der Nordmann hat mir nichts zuleide getan."

„Ich habe ihr *noch* nichts zuleide getan", warf ich ein. „Wenn Eure Männer angreifen, werde ich ihr die Kehle durchschneiden."

Ich hörte, wie Genevieve nach Luft schnappte.

„Wenn Ihr sie umbringt, wird es nichts geben, das uns zurückhält", antwortete der Franke. „Wir werden Euch töten."

„Ihr habt viele Männer und ich bin alleine. Wenn Ihr mich angreift, werden einige von Euch sterben, aber wir wissen beide, dass Ihr mich letztlich töten werdet. Aber was wird ihr Vater sagen, wenn Ihr für ihren Tod verantwortlich seid, weil Ihr mich angegriffen habt?"

Ich hoffte, dass es ihrem Vater nicht egal sein würde, auch wenn ich mir nach dem, was Genevieve mir bereits erzählt hatte – dass er nur widerwillig Lösegeld für sie zahlen würde – nicht sicher war. Hoffentlich wusste der Franke nicht, dass die Beziehung zwischen Vater und Tochter nicht unproblematisch war.

„Lasst sie frei", sagte der Franke. „Dann geben wir Euch ein Pferd und ermöglichen Euch, unbehelligt abzuziehen. Ich gebe Euch mein Wort, dass keiner der mir unterstehenden Männer Euch verfolgen wird."

Es war ein ziemlich leeres Angebot. Ich hatte keinen Zweifel, dass andere Patrouillen der Kavallerie inzwischen alarmiert worden waren und mich abfangen würden, lange bevor ich Ruda erreichen konnte.

„Ich bin Eurer Pferde inzwischen überdrüssig geworden", sagte ich ihm. „Euer Angebot interessiert mich nicht. Bringt mir ein Boot. Eines mit Rudern, das von einem einzelnen Mann manövriert werden kann. Dann können wir weiter reden. Vorher haben wir nichts mehr zu diskutieren."

„Wartet, Nordmann", wandte der Franke ein.

Ich hob meinen Bogen auf und zog einen Pfeil aus dem Köcher. „Ich habe Euch erlaubt, Euch zu nähern, damit wir verhandeln können. Wir haben jetzt verhandelt. Verlasst den Hain, solange Ihr noch könnt."

Der Franke drehte sein Pferd um und kanterte zurück auf die Ebene.

Genevieve beobachtete mich mit einem ängstlichen Ausdruck im Gesicht. „Ihr würdet mich töten? Ihr würdet mir die Kehle durchschneiden?"

„Ich würde es drohen", antwortete ich. „Damit die Krieger nicht angreifen."

„Ihr habt Hauptmann Marcus getötet. Ihr habt meinen Vetter Leonidas getötet. Ihr habt auch andere Soldaten umgebracht."

Ich nickte. „Ja, das habe ich. Es waren Krieger wie ich. Sie haben mich angegriffen, und ich habe mit ihnen gekämpft. So ist das nun einmal. Das tun Krieger. Ich habe sie getötet, aber wenn sie mich nicht angegriffen hätten, hätte ich das nicht getan. Sie haben den Pfad, der zu ihrem Tod führte, selbst gewählt."

„Ihr seid ein Mörder. Ein unbarmherziger, grausamer Mörder."

Ich schüttelte den Kopf. „Ich bin ein Krieger."

„Was ist der Unterschied?" fragte sie mit Verachtung in der Stimme.

„Wenn ich ein Mörder wäre, würde ich Euch töten. Aber das werde ich nicht tun. Wenn die Soldaten angreifen, werde ich mit ihnen kämpfen und so viele töten, wie ich kann. Dann werden sie mich töten, und Ihr werdet frei sein."

Die Abenddämmerung nahte. Die Franken hatten außerhalb der Reichweite meines Bogens Wachen in regelmäßigen Abständen um den Hain postiert, während die übrigen Krieger sich weiter auf die Ebene hinaus zurückgezogen und ein Lager aufgeschlagen hatten. Kochfeuer loderten. Ich war froh, dass der Wind vom Fluss her wehte. Von meinen schwindenden Essensvorräten blieb nur ein einziges Stück Hartkäse übrig – und das Wasser des Flusses. Ich hatte keine Lust, vom Geruch von frisch zubereitetem, heißen Essen gequält zu werden.

Ich würde während der Nacht wach bleiben müssen, denn die Franken könnten versuchen, im Schutz der

Dunkelheit heranzuschleichen und einen plötzlichen Angriff zu starten. Das würde schwierig werden, denn ich war den ganzen Tag und die ganze Nacht davor wach gewesen. Das letzte Mal, das ich geschlafen hatte, war in der Schlucht mit Genevieve neben mir. Einen Augenblick lang schloss ich die Augen und erinnerte mich, wie ihre Haare sich an meiner Wange angefühlt hatten und wie sie gerochen hatten.

„Warum lächelt Ihr?" fragte sie. Ich öffnete die Augen und stellte fest, dass sie mich anstarrte.

Ich schüttelte den Kopf. „Ich habe nur an eine andere Zeit und einen anderen Ort gedacht."

Auf der Ebene hörte ich etwas. Ich stand auf und sah einen fränkischen Reiter, der flussaufwärts in Richtung des Lagers galoppierte. Nachdem er das Lager der Franken erreicht hatte, war es auf einmal aus mit der Ruhe, als Männer ihre Pferde sattelten und ihre Rüstungen anlegten.

„Was ist los?" fragte Genevieve.

„Ich weiß es nicht. Die Franken auf der Ebene bewaffnen sich. Ich vermute, dass sie angreifen werden."

Mit einem beklommenen Gefühl bespannte ich meinen Bogen, schwang den Köcher über die Schulter und schnallte den fränkischen Helm fest, den ich vom toten Vetter Genevieves erbeutet hatte. Als ich die Riemen unter meinem Kinn festzog, hörte ich ein leises Geräusch weit flussabwärts.

Es war ein Horn. Als es wieder ertönte, diesmal lauter, wusste ich, dass ich dieses Horn schon einmal gehört hatte. Es war Ivar.

Verzweifelt suchte ich auf dem Boden nach Zunder,

nach irgendetwas, was brennen würde. Nachdem ich einen kleinen Haufen getrocknetes Gras und abgestorbene Blätter aufgeschichtet hatte, zog ich meinen Dolch und ging hinüber zu der Stelle, wo Genevieve noch an der Wurzel der Weide festgebunden war.

„Was habt Ihr vor?" fragte sie mit zittriger Stimme. „Ihr habt doch gesagt, Ihr würdet mich nicht töten."

„Ich brauche einen Streifen Stoff", antwortete ich. Dann kniete ich mich hin und schnitt einen schmalen Streifen Leinen vom Saum ihres Unterkleids ab. Damit band ich etwas Zunderholz am Ende eines Pfeils fest und zündete es mit Feuerstein und Stahl an. Als es hell brannte, legte ich den Pfeil an meinen Bogen, hob ihn über den Kopf und schoss ihn hoch in den Himmel.

Der brennende Pfeil flog in einem Funken sprühenden Bogen über den Fluss, dann wurde er langsamer und fiel vom Himmel wie eine Sternschnuppe. Flussabwärts ertönte wieder das Horn in drei schnell aufeinanderfolgenden Stößen.

„Was ist das?" fragte Genevieve.

Tränen liefen mir die Wangen hinunter, als ich mich an sie wandte. Ich konnte sie nicht unterdrücken, aber es war mir egal. Wieder einmal hatten die Nornen mich verschont. Wieder einmal hatte sie sich dafür entschieden, das Muster meines Lebens weiter zu weben.

„Es ist ein Schiff", sagte ich. „Ich bin gerettet."

Mit einem verzweifelten Gesichtsausdruck fing Genevieve an, zu weinen.

Karten

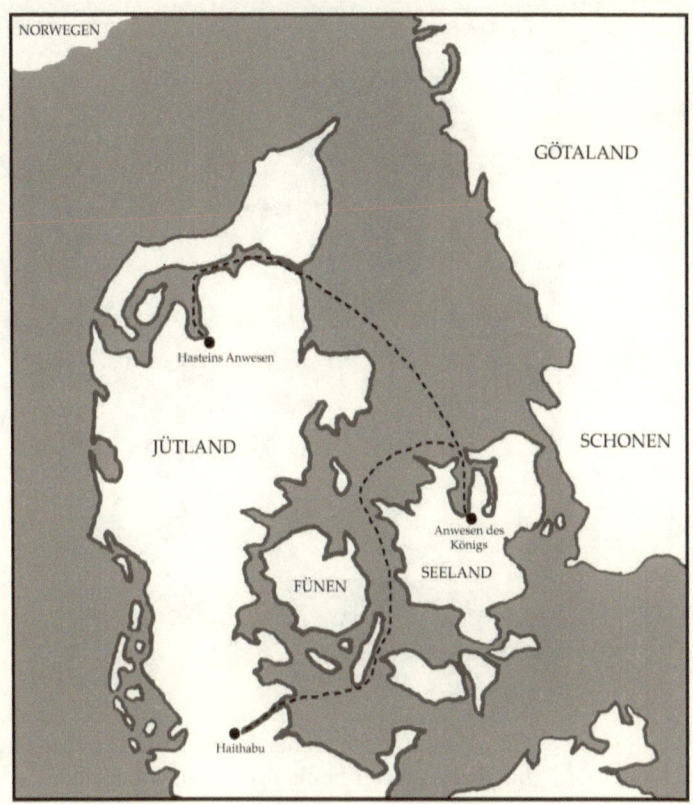

Die Reise der *Möwe* von Haithabu zur Ratsversammlung des Königs und weiter zu Hasteins Anwesen.

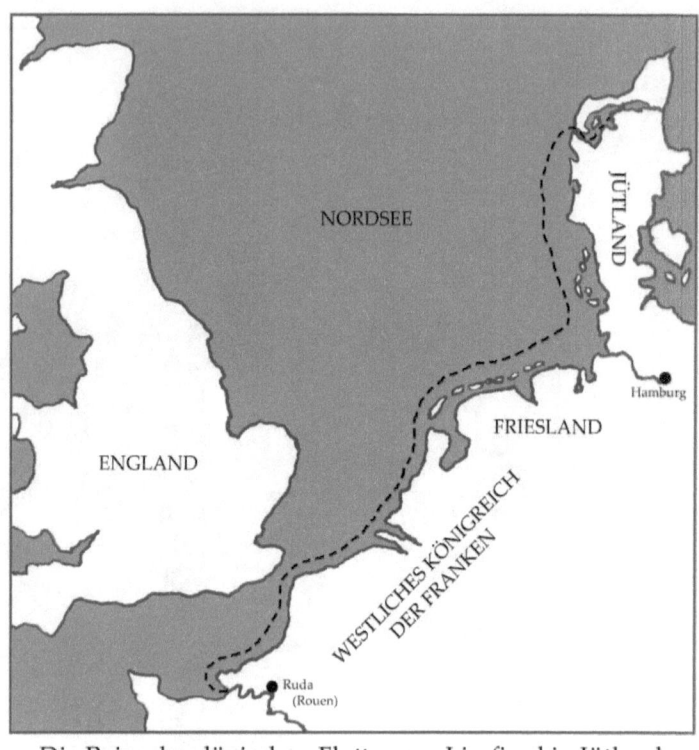

Die Reise der dänischen Flotte vom Limfjord in Jütland
bis Ruda an der Seine im Westfrankenreich

Glossar

Armschutz: Eine lange Lederstulpe, die von Bogenschützen am Unterarm des Armes, mit dem sie ihren Bogen halten, getragen wird, um sie vor dem Schlag der Bogensehne zu schützen, wenn ein Pfeil abgeschossen wird.

Befiederung:: Die drei Federn am hinteren Ende eines Pfeils, die den Flug des Pfeils stabilisieren.

Beinschienen: Rüstung, die üblicherweise aus gebogenen Stahl- oder Bronzeplatten gefertigt wurde, und die an den Unterschenkeln vom Knie bis zum Knöchel getragen wurde.

Berserker: Skandinavische Krieger, die für ihre Wildheit und Furchtlosigkeit im Kampf berühmt waren. In Friedenszeiten waren sie als launisch und schwierig bekannt.

Birka: Eine Stadt in Schweden, die ein wichtiges Handelszentrum der Wikinger war. Birka lag am nördlichen Ende zweier wichtiger Handelsrouten, die entlang einiger Flüsse durch das heutige Russland führten und am Schwarzen Meer und am Kaspischen Meer endeten. Über diese östlichen Handelsrouten konnten die

Wikinger mit dem byzantinischen Reich und den maurischen Ländern im Mittelmeerraum Handel treiben.

Brünne: Ein Kettenhemd, das aus Tausenden kleiner Eisen- oder Stahlringe besteht, die miteinander verknüpft sind, sodass ein flexibles Kleidungsstück entsteht.

Damaststruktur: Ein Muster, das beim Damaszieren entsteht, einem Verfahren der Wikingerzeit zur Herstellung von Klingen hochwertiger Schwerter und anderer Waffen. Zahlreiche kleine Stangen aus Stahl und Eisen wurden bei hoher Temperatur in mehreren Lagen zusammengeschmiedet, um einen einzigen massiven Stahlrohling herzustellen, in dem die einzelnen Stücke als Muster im Stahl erkennbar waren. Durch das arbeitsintensive Verfahren des Damaszierens konnten Klingen hergestellt werden, die zwar teuer, aber sehr flexibel und bruchfest waren, und die ihre Schärfe länger hielten. Damaszenerstahl wird auch Schweißverbundstahl genannt.

Danewerk: Ein großer Erdwall, der sich am südlichen Ende der dänischen Halbinsel Jütland von einer Küste zur anderen erstreckte, um die Dänen vor Angriffen der Franken zu schützen.

Dorestad:	Eine fränkische Hafenstadt und Handelssiedlung an der Gabelung der Flüsse Rhein und Lek. Das Gebiet ist jetzt Teil der Niederlande. Dorestad war eine der größten Handelssiedlungen des frühen Mittelalters.
Frankenreich:	Auch fränkisches Reich genannt. Das Land der Franken umfasste ungefähr das Gebiet des heutigen Frankreichs, Belgiens, der Niederlande und des Westens von Deutschland. Bis 845 n. Chr., der Zeit des Romans, hatte sich das Frankenreich in drei Königreiche aufgespalten: das Westfrankenreich, das etwa dem modernen Frankreich entsprach, das Ostfrankenreich, das sich östlich des Rheins über das Gebiet des heutigen Deutschlands erstreckte und das Mittelreich, das nur von kurzer Dauer war, und das sich von Friesland im Norden bis zur französischen Mittelmeerküste und Teilen Norditaliens im Süden ausdehnte.
Friesland:	Das Küstengebiet des Frankenreichs, das ungefähr den heutigen Niederlanden und dem deutschen Friesland entspricht.
Fylgja:	Ein Schutzgeist, der einen Menschen begleitet und diesem Glück bringt. Einige waren sichtbar und nahmen Tiergestalten an, die oft einen Aspekt

329

des Charakters oder der Persönlichkeit des Menschen reflektierten, den sie begleiteten; ein Rabe symbolisierte beispielsweise Weisheit, ein Wolf Wildheit. Andere waren unsichtbar, aber sie wurden in der Regel als weibliche Schutzgeister betrachtet.

Gode: Ein heidnischer Priester der skandinavischen Gesellschaft zur Zeit der Wikinger. Die Position des Goden wurde in der Regel von einem Anführer bekleidet, und normalerweise zelebrierte der Gode nicht nur religiöse Feste und Opfergaben, sondern er stand auch dem örtlichen Thing, das heißt, der Regionalversammlung, vor. Goden nahmen auch Eide ab, die oft über einem speziellen Ring aus Eisen oder manchmal auch Gold gesprochen wurden.

Lodenhose: Lodenhose ist die Übersetzung für „Logbrod" oder „Lodbrok", dem Beinamen von Ragnar, einem berühmten Anführer der Wikinger im 9. Jahrhundert.

Haithabu: Die größte Stadt in Dänemark im 9. Jahrhundert und ein großes Handelszentrum der Wikingerzeit. Haithabu lag am südlichen Ende Jütlands, auf der östlichen Seite der Halbinsel an einem Fjord, der von der Küste ins Landesinnere ragt.

Hnefatafl: Ein beliebtes Brettspiel der Wikinger. Der Name bedeutet soviel wie „Königstafel". Das Brett war in quadratische Felder ähnlich einem Schachbrett aufgeteilt. Ein Spieler nahm die Spielfiguren in der Mitte des Bretts und versuchte, seinen König bis zum Außenrand des Bretts zu bewegen. Der andere Spieler startete mit Spielfiguren, die die Figuren des Gegners umzingelten, und versuchte, den König gefangen zu nehmen, bevor er entkommen konnte.

Huscarl: Ein Krieger im Dienst eines Stammesfürsten oder Adligen.

Jarl: Ein sehr hochrangige Anführer in der skandinavischen Gesellschaft der Wikingerzeit, der in der Regel im Namen des Königs über große Ländereien herrschte. Das Wort „Jarl" ist der Ursprung des englischen Worts „Earl" (Graf).

Julfest: Das heidnische Fest der germanischen Wintersonnenwende.

Jütland: Die Halbinsel, die das Festland des heutigen und des historischen Dänemarks bildet. Der Name stammt von den Jüten, einem alten dänischen Volksstamm.

Karl: Ein freier Mann in der skandinavischen Gesellschaft zur Zeit der Wikinger.

Knorr: Ein Mehrzweckschiff für den Handel und andere kommerzielle Nutzungen in Skandinavien zur Zeit der Wikinger. Die Konstruktion ähnelte der von Langschiffen; Knorren waren jedoch kürzer und breiter und hatten höhere Seiten. Sie wurden in erster Linie durch Segel vorwärtsbewegt. Sie konnten aber auch gerudert werden und besaßen zumeist auf jeder Seite drei bis fünf Ruder.

Langschiff: Ein langes, schmales Schiff, das von den Völkern der Wikingerzeit als Kriegsschiff benutzt wurde. Langschiffe hatten einen geringen Tiefgang und konnten dadurch an Land gezogen werden oder in Flüssen navigieren, und sie waren für die schnelle Fortbewegung mit Segeln und Rudern optimiert. Sie wurden auch als Drachenschiffe bezeichnet, weil sie am Vordersteven oft mit Drachenköpfen oder anderen Tierdarstellungen dekoriert waren.

Limfjord: Ein großer Sund im nördlichen Teil Dänemarks, der in der Wikingerzeit als geschützter Durchlass von der Ostsee bis zur Nordsee genutzt wurde.

Niddingsvaark: Ein Akt der Ehrlosigkeit; die schänd-lichen Taten eines Nithings.

Nithing: Auch Nidding. Einer ohne Ehre, der deshalb nicht als Person betrachtet wurde.

Nocke: Die Einkerbung am Ende des Pfeil-schafts zum Einnocken des Pfeils auf der Bogensehne, um ihn zu schießen. Auch der Name für die Kerben am Ende der Wurfarme, in denen die Bogensehne am Bogen befestigt wird.

Nordmänner: Die skandinavischen Stämme, die im Gebiet des heutigen Norwegens lebten. Mitte des neunten Jahrhun-derts herrschten dänische Könige zumindest nominell über große Teile der skandinavischen Länder. Außer-halb von Skandinavien wurde der Begriff Nordmänner manchmal für Krieger der Wikinger auf Raubzug genutzt, egal aus welchem Land sie stammten.

Nornen: Drei alte Schwestern, die in der nordischen Mythologie zu Füßen des Weltenbaums saßen und die Schick-sale der Menschen und der Welt als Fäden spannen und dann auf ihren Webstühlen webten.

Odin: Der skandinavische Gott des Todes, des Kriegs, der Weisheit, der Rache und der Dichtung; das Oberhaupt der Götter.

Plankengang: Eine Planke, die beim Rumpfbau eines Wikingerschiffs verwendet wurde. Plankengänge waren oft nicht breiter als drei Zentimeter. Der Rumpf wurde aus überlappenden Plankengängen zusammengenietet (geklinkert). Eine andere gängige Methode zur Konstruktion eines hölzernen Rumpfs bestand darin, die Planken Kante an Kante aneinander-zulegen und auf die Spanten zu nageln.

Ribe: Eine Stadt zur Zeit der Wikinger, die ein Handelszentrum an der Westküs-te der Halbinsel Jütland in Dänemark war.

Roheisen: Barren aus rohem Renneisen, das beim Erschmelzen von Eisenerz produziert wird, und das den wich-tigsten Rohstoff für das Schmieden von Produkten aus Eisen oder Stahl darstellt.

Ruda: Der Name der Wikinger für Rouen, einer fränkischen Stadt in der Nähe der Mündung der Seine.

Runen: Die Schriftzeichen der alten nordischen und germanischen Sprachen. Runische Buchstaben bestanden aus einfachen, geraden Strichen und waren leicht in Stein oder Holz zu ritzen.

Sax: Der Sax (auch Scramasax) war ein oft ziemlich großes einschneidiges Messer, das als Waffe und Werkzeug in den skandinavischen, germanischen und angelsächsischen Gesellschaften weit verbreitet war.

Scara: Eine größere Einheit der fränkischen Reiterei. Jede Scara bestand aus einigen kleineren Einheiten, den Cunei, die jeweils fünfzig bis hundert Mann umfassten.

Schleifjord: Ein langer Meeresarm an der Ostküste im Süden der Halbinsel Jütland. Die Stadt Haithabu lag am Schleifjord.

Skald: Ein Dichter.

Strandhögg: Die Praxis von Schiffsbesatzungen der Wikinger, Vieh und anderen benötigten Proviant zu beschaffen, indem sie an Land gingen und ihre Vorräte stahlen.

Svear: Ein skandinavischer Stamm, der Teile des heutigen Schwedens bewohnte.

Thing:	Eine regelmäßig abgehaltene regionale Volksversammlung in skandinavischen Ländern zur Zeit der Wikinger, bei der Bürger Fälle vorbringen konnten, über die nach dem Gesetz in einer Abstimmung entschieden wurde. Bei Things verhandelte Rechtsstreitigkeiten waren Vorläufer und Ursprung des Schwurgerichtsverfahrens, das Jahrhunderte später in England geltendes Recht wurde.
Thor:	Der heidnische Gott des Donners, der fruchtbaren Ernte, der Ehre, und des Eids; der mächtigste Krieger unter den skandinavischen Göttern.
Thrall:	Ein Sklave in der skandinavischen Gesellschaft zur Zeit der Wikinger.
Weißer Christus:	Abschätziger Name der Wikinger für den Gott der Christen. Er sollte die Feigheit eines Gottes ausdrücken, der sich ohne Gegenwehr festnehmen und töten ließ.
Wergeld:	Die Entschädigung, die beim Töten eines Mannes als Wiedergutmachung bezahlt werden musste.

Anmerkungen zur Geschichte

Historische Verzerrungen, die im Laufe der Jahrhunderte entstanden sind, haben eine weit verbreitete falsche Vorstellung über die Wikinger hinterlassen, der zufolge sie gewalttätige Barbaren und die Geißel der vermeintlich zivilisierten europäischen Länder waren. Es ist nicht allgemein bekannt, dass es während des achten und frühen neunten Jahrhunderts die Franken waren, die häufig ihre Nachbarn terrorisiert hatten – und die jetzt als Vorbild für Zivilisation und Kultur während einer dunklen Zeit gelten. In den letzten Jahrzehnten des achten Jahrhunderts führte der Frankenkönig Karl der Große einen langen, brutalen Krieg gegen die sächsischen Stämme südlich der Halbinsel Jütland. Die Franken massakrierten Tausende sächsischer Gefangener, verkauften Tausende weitere in die Sklaverei und vertrieben die restlichen Sachsen aus ihrer Heimat in die Wildnisgebiete entlang der östlichen Grenze des fränkischen Reichs.

Karl der Große hatte bald auch die Dänen im Visier, und im frühen neunten Jahrhundert startete er einen erfolglosen Feldzug gegen sie. Gudfred, der dänische König zu der Zeit, reparierte und verlängerte das Danewerk, einen massiven, defensiven Erdwall, der am südlichen Ende der dänischen Halbinsel Jütland von einer Küste zur anderen gebaut worden war, um die Dänen vor der Bedrohung durch die Franken zu schützen. Darüber hinaus griff er Friesland mit einer Flotte schneller Langschiffe an, um die fränkischen Armeen abzulenken. Während der Herrschaft von Karls Sohn Ludwig dem Frommen griffen die Franken Dänemark erneut an – und wieder waren sie erfolglos.

Wenige Jahre vor 845 n. Chr., der Zeit, in der *Drachen aus dem Meer* spielt, war Ludwig der Fromme von seinen drei Söhnen beerbt worden, die das Frankenreich in drei Königreiche aufteilten. Relativ kleine Wikingertruppen waren seit Jahren über die fränkische Küste hergefallen, aber im Laufe des Jahres 845 starteten die Dänen zwei groß angelegte Angriffe gegen die Franken. Eine Flotte, die möglicherweise vom dänischen König Horik selbst angeführt wurde, segelte die Elbe hinauf, griff die fränkische Festungsstadt Hamburg an und brannte sie nieder. Die andere Flotte aus etwa 120 Langschiffen segelte die Seine aufwärts und griff das Westfrankenreich Karls des Kahlen an. Nach fränkischen Quellen hieß der Anführer dieser Armee Ragnar.

Ragnar Logbrod (auch als Lodbrok bekannt), seine Söhne Ivar der Knochenlose und Björn Eisenseite sowie der Anführer Hastein waren alle historisch belegte Wikingerführer, die viele der wichtigsten Ereignisse in der zweiten Hälfte des neunten Jahrhunderts beeinflussten. Obwohl viele der überlieferten Geschichten über Ragnar zweifellos erfunden oder extrem ausgeschmückt wurden, so scheint es unbestreitbar, dass er ein wichtiger und viel bewunderter dänischer Stammesfürst und militärischer Führer in der Mitte des neunten Jahrhunderts war. Da es in dieser Zeit keine andere historische Figur von ähnlicher Bedeutung namens Ragnar gibt, ist es sehr wahrscheinlich, dass es sich bei dem Ragnar, der im Jahr 845 den Angriff über die Seine führte, um Ragnar Logbrod gehandelt hat. Im Rahmen der Geschichte der Starkbogen-Saga habe ich mich jedenfalls entschieden, es so zu handhaben. Ich habe mir auch die dichterische Freiheit genommen, Björn, Ivar und Hastein ebenfalls zu Führern der dänischen Armee zu machen, obwohl es keine historischen Belege dafür gibt, dass sie an dem Feldzug teilgenommen haben. Die wahren Ereignisse des dramatischen Feldzugs der Dänen an der Seine im Jahr 845 sind der historische Hintergrund für Buch 3 der Starkbogen-Saga, *Der Weg der Rache*.

Wenn Sie mehr über die Starkbogen-Saga erfahren oder mich kontaktieren möchten, können Sie meine Webseite www.judsonroberts.com (in englischer Sprache) besuchen. Dort finden Sie aktuelle Neuigkeiten zur Serie, ein Leserforum und Artikel mit weiterführenden historischen Hintergründen zur realen Welt der Wikinger.

Danksagung

Es bedarf der Leistung Vieler, bis ein Roman schließlich in die Hände seiner Leser gelangt. Ich möchte diese Gelegenheit nutzen, allen zu danken – auch den vielen, deren Namen ich nicht einmal kenne –, die dazu beigetragen haben, dass die englische Originalfassung dieses zweiten Bands der Starkbogen-Saga bei Harper Collins erscheinen konnte. Besonderer Dank geht an Sarah Thomson für ihre Lektoratsarbeit an *Dragons from the Sea*. Ihr Engagement und ihre exzellenten Ideen haben eine entscheidende Rolle in der endgültigen Fassung des Romans gespielt.

Die Neuauflage des englischen Originals von *Drachen aus dem Meer* in der überarbeiteten Northman Books-Ausgabe (2010) wäre ohne das Mitwirken meines guten Freundes und Schriftstellerkollegen Luc Reid kaum möglich gewesen. Mit seinem Geschick in IT und Grafikdesign konnte er meine groben Zeichnungen in die Karten verwandeln, die jetzt in den Northman-Ausgaben der Bücher zu finden sind, und er hat enorme Unterstützung beim Layout der neuen gedruckten Fassung geleistet. Besonderer Dank geht auch an das dänische Wikingerschiffsmuseum für die Erlaubnis zur Verwendung des Fotos, das die Grundlage für das Cover bildet, an Lou Harper und Luc Reid für die Covergestaltung, und an Ruth Nestvold und ihren Ehemann Chris für die Übertragung ins Deutsche. Schließlich geht mein größter Dank an meine Frau Jeanette für ihre Unterstützung und ihren unerschütterlichen Rückhalt.

Judson Roberts, 2016

www.ingramcontent.com/pod-product-compliance
Lightning Source LLC
Chambersburg PA
CBHW050917250626
47155CB00001B/268